小学館文庫

非合法員

船戸与一

JN170521

小学館

目次

■主な登場人物

神代恒彦《かみしろつねひこ》……………………非合法員

ハンス・ボルマン…………………ドイツ人。非合法員。

グエン・タン・ミン………………ヴェトナム人。呼び名『野鼠』。非合法員。

ジェイコブ・レヴィン……………ユダヤ人。ＣＩＡの正規機関員。暗号名ソクラテス。

イーライ・スローヴィック………チェコ人。非合法員。

エミリオ・イエペス………………メキシコ人。メキシコ内務省保安局特殊任務課の秘密連絡員。暗号名『パレンケ』。

シヴィート・ベアランナー………ＦＢＩの最重要指名手配犯。ＡＩＭ（全米先住民族運動）の活動家。

アンディ・ショウ…………………テキサス出身。非合法員。

アンリ・ピネエ……………………フランス人。非合法員。

フェリペ・ギョーム………………元・ベルギー領コンゴ出身のベルギー人。非合法員。

カリム・ガデル……………………スペイン領サハラ出身。デンマーク人とアラブ人の混血。非合法員。

オーティス・ブラウン……………キャノン機関の元・課報部員。

ドナルド・ベケット……CIAとKGBの二重スパイ。
エイプリル・ローズ……アメリカ人。
フランク・ジョーダン……パーカーズヴィルの保安官。
ボー・ト・ファ……グエン・タン・ミンの義妹。
セルマ・シュバリエ……ヴォドウ教の呪術医。
ロ・バン・フー……グエン・タン・ミンの元・部下。
レ・チェン・チン……グエン・タン・ミンの元・部下。
ロア・シュバリエ……セルマ・シュバリエの息子。
鵜沢幸治《うざわこうじ》……ロサンジェルスで鮨屋を経営。
上林《かんばやし》重信……日本企業懇話会会長。
姚九竜《ヤオ・クールン》……中国人。ロサンジェルスの私立探偵。
ゴ・チャン・ホイ……ヴェトナム人。
カオ・バン・クアン……元・南ヴェトナム政府軍の軍医。
檜垣真人《ひがきまさと》……ロサンジェルスにおける都市再開発反対運動の煽動者。

非合法員

序の奏　禁猟区のプレリュード

禁猟区のガジュマルの木陰に滴《したた》り落ちた血の収支決算書はすでにステンレス製のファイル・ケースの奥に眠りこけた。仕組まれた殺戮《さつりく》を裏づけるものは他にない。ユカタンの樹海に埋もれた屍《しかばね》の製造プロセスを類推させる唯一の証拠物件は、メキシコ・シティのチャプルテペック公園のそばのタクバヤ通りに面したあの白亜館の資料室に厳重に保管されている。濃紺の制服に身を固めた神経質な男たちが四六時中パトロールに余念のないこのメキシコの呪詛《じゅそ》と陰謀の牙城の奥の院で、防腐剤の臭いにむせかえりながら暗黒のファイルに眼を通すことができるのは、ごく少数の限られた関係者だけだ。メキシコ内務省保安局特殊任務課が作成した十九ページから成るその極秘文書の表紙にはタイプライターでそっけなくこう書かれている。

『№７８９６　禁猟区における害虫駆除の実施についての報告』

ページをめくると、まず害虫駆除計画の立案主旨と主たる害虫名、次のページには駆除代行業者の番号と能力、それに契約条件、さらにページをめくっていくと使用する薬品番号、実施後の処置法などが次々と無味乾燥な文章で記載されている。そして最後のページにはこうだ。

『実施効果——良好』

ファイル・ケースの奥に仰々《ぎょうぎょう》しく収まっている極秘資料の中身はだいたいこんなところである。だから、すでに埃《ほこり》をかぶりつつあるこの文書がたとえ白日のもとに曝《さら》されたとしても、このままではいかなる反響も呼びはすまい。だが、もしここに書かれた主たる害虫名がそれぞれ次の四名を意味するのだとしたら、話はまったく別だ。

メイガ——フリオ・コステロ
ハダニ——ミゲル・オルチス
タマバエ——パブロ・ハラミージョ
ハバチ——アルベルト・アヤラ

この四人は、メキシコ・オリンピックの直前に試みられた学生叛乱《はんらん》の実質的な指導者であった。フリオ・コステロとミゲル・オルチスは混血《メスティーソ》だが、パブロ・ハラミージョとアルベルト・アヤラは純血インディオである。一九六八年十月二日、メキシコ政府はトラテロルコの広場に集結した無数の学生叛乱者たちに機関銃とライフルの一斉攻撃をしかけ、死者七百八十三名、逮捕者千五百数名を出したが、この四人はとり逃した。

メキシコ政府は躍起になって四人の首を捜し求めたが、その行方は杳《よう》として知れなかった。このために動員されたメキシコ警察の捜査員の延人数は三千名は下らないと言われており、投じた費用は二千万ペソを超えると囁《ささや》かれている。五年間の捜索の結果、メキシコ政府はひとつの結論に達した。

国外逃亡。

捜査はこれでいったん打ち切られた。

メキシコ政府は学生叛乱の余熱は終息したという判断に基づき、治安維持のための強引な弾圧策を緩《ゆる》めることにした。国際世論の手前もあって、権力者たちは自由だの人権だのという民主主義の諸原則を振りまわしメキシコを近代国家らしく見せることに熱中しはじめた。

だが、メキシコ政府のその見解をあざ嗤《わら》うかのように、新たな直撃弾が首都から三百四十キロ離れた谷間《たにあい》で発射された。一九七四年春、革命児E・サパタの再来と言われたルシオ・カバーニャス・バリエントスを中心とする武装蜂起がオアハカ山岳地帯で開始されたのだ。

自由だの人権だのという花言葉はすぐに吹き飛んだ。メキシコ政府は軍隊を動員し、戦車、装甲車、戦闘機を繰りだして、十二月二日、蜂起から七ヵ月ぶりにこの農民指導者の首級をあげた。そして、それ以後、徹底的な左翼狩りに狂奔しはじめた。

標的にされたのは、組合活動家、知識人、学生と広汎にわたったが、とくに狙い撃ちされたのはメキシコ独得の歴史事情から農村のインディオと結びついた左翼であった。このため、いったん国外逃亡と断定したはずの六年前の学生叛乱指導者四名の捜索も、うち二名が純血インディオという理由で、インディオ集落へ潜入した可能性も残っているとして再開に踏みきることとなった。

メキシコ政府の主たる狩猟場はオアハカの山岳地帯であった。ルシオ・カバーニャス・バリエントスの残党にたいする絨毯《じゅうたん》爆撃とゲリラ戦に適したこの地域の蜂起の芽を完全に摘みとることが狙いだった。次いで、ゲレロ州、イダルゴ州、モレロス州の丘陵部、つまり緑と革命的伝統に包まれた地域が集中砲火を浴びた。

手段を選ばない二年間の狩猟のあげく、メキシコはふたたび小康状態を取り戻した。政府がものにした獲物は多種多彩だった。ただ、四名の学生叛乱指導者だけが猟場には影すら見せなかったが、当局は四人はやはり国外逃亡したものという最初の判断に帰着して深くは考えなかった。政府首脳たちはハンティングの季節が終わったと踏んだ。

一連の左翼狩りの実際の指揮をとっていたメキシコ警察公安部長の警視総監への昇任が内定したその日、つまり、一九七七年三月四日、メキシコ市警の麻薬特捜班はひとりの混血青年《メステイーソ》を逮捕した。ヘロインの密売容疑だった。

男は逮捕されたとき、麻薬密売人にあるまじき行為にふけっていた。ヘロインを打っていたのだ。男の夢心地の脳裏から四名の学生叛乱指導者の名まえが唇を伝わって洩《も》れた。

メキシコ警察公安部の顔色が変わった。度《たび》重なる拷問と禁断症状の助けを借りて取調べ官は四人がユカタン半島の樹海の中に潜伏していることをつきとめる。ユカタン半島最深部の小さな集落オカバから雑草の生い茂る廃道を六十キロほど行ったところに四人は基地を設営しつつあるというのだ。

メキシコ政府は動揺した。

ユカタン半島はメキシコの中では特別の地であった。ここは他のどの地域の例も参考にならぬほど中央への反感が強かった。メキシコ政府が厖大《ぼうだい》な予算を使って開始した広汎な左翼狩りでもこの地域だけは除外したのは、中央から官憲が派遣されることを住民たちが極度に嫌うことを熟知していたからだった。

反中央の騒々しい代表は純血スペイン人たちだった。ユカタン半島は州都メリダを中心としてハプスブルク朝の伝統にしがみついた貴族の末裔《まつえい》が数多く残存しており、彼らはその大半が広大な荘園《アセンダ》を所有していた。

メキシコ政府はこの荘園からあがる莫大《ばくだい》な利益の一部を政治献金というかたちでおすそわけにあずかっていたが、同時に貧民層の選挙票を確保するためにときおり土地改革のポーズをとりつくろう必要にも迫られていた。荘園主《アセンダード》たちはメキシコ革命以来、こういう煮えきらない政府首脳に抗して分離独立の気運を強く残し続け、荘園内に私兵を囲い、いざという場合は一戦も辞さぬかまえを見せていた。メキシコ内務省保安局特殊任務課が発足してすぐに十数名の秘密連絡員をメリダに配置したのは、こういう荘園主の動向を監視させるためだった。

反中央、反権力の猛々《たけだけ》しい空気がユカタン半島に充満する理由は、土地改革を憎悪する純血スペイン人たちの分離独立の気運のせいだけではない。この地域に広大な麻薬地帯が存在することも大きな原因だった。ここでは良質のコカイン、マリファナ、それに最近アメリカの若者たちが好んで使いはじめたマジック・マッシュルームと呼ばれる新手の幻覚用きのこ、そして阿片《あへん》を産するのである。この地域で採れた麻薬類はメキシコ政府の関知できない秘密のルートを通じてアメリカへ送られた。

麻薬類の製造・販売はメキシコのいかなる法律に照らしても違法であった。だが、地域住民たるインディオがこのコカイン、マリファナ、幻覚用きのこ、阿片の売りあげによって辛うじて餓死を免れていることもまた周知の事実だった。

メキシコ政府がもし力によってこの地域の麻薬製造をやめさせようとしたら、武装蜂起へ至る可能性が増殖されるのは眼に見えていた。そうでなくとも、メキシコ独得のインディオのパラシュート集落が各主要都市に続々と誕生するのは明白だった。農村を食いつめたインディオたちが都市に漂着してその郊外にまるでパラシュートで空から舞い降りたかのごとく一夜《の》にしてテント村を創りあげてスラムを形成するのだ。政府はインディオたちを立ち退かせようにも、収容場所も収容能力もなかった。

純血スペイン人と麻薬地帯、このふたつの理由によってメキシコ政府はユカタン半島にたいする力ずくの支配をとうの昔に諦《あきら》めていた。見て見ぬふりをしておくのが最良策だと判断したのだ。この地域に手をつけないことが歴代の政府首脳の延命策であった。かくて、私兵をフル回転させた荘園主《アセンダード》の搾取・収奪は思いのままだったし、インディオたちも樹海の中で麻薬栽培に精をだした。メキシコ・シティから千五百キロ離れたこの遠隔の地は中央の意向を気にやむ必要はどこにもなかったのだ。政府の警察権がまがりなりにも効力を発揮するのは州都メリダだけだった。

　ユカタン半島はいわば独立区なのである。この地域はメキシコ革命が終わってからも放置されっぱなしだったのだ。とくに、インディオの麻薬地帯は地図さえなかった。

　インディオたちは天然の防壁とも言うべき広大な樹海の深奥《しんおう》で、大麻を育て、コカを栽培し、けしの花を摘んだ。そして、インディオたちは空文になっているとはいえ麻薬栽培が違法であることを知っているから、狩猟用ライフルを手にしてこの地帯への侵入者を厳重に警戒した。このため、官憲はもちろんメリダ在住の行商人ですらこの地帯へ足を踏みこむことはできなかった。メキシコ共和国刑法は完全に無視され、ここは犯罪共和国とでも呼ぶべき状況を呈していたのだ。一歩踏みこめば、この地帯ではメキシコ・シティとはまったく別種の規範が支配していることは確かだったが、政府はそれが何であるか知ることはできなかったし、また知ろうともしなかった。政府関係者がこの地帯についてこれまで行なったことといえば、ここをある特別の名で呼んだことだけだった。

　そこは『禁猟区《レジオン・デ・ヴエダ》』と呼ばれていた。

　フリオ・コステロ、ミゲル・オルチス、パブロ・ハラミージョ、アルベルト・アヤラの四人が潜入したのは、この『禁猟区』の中だった。樹海の深奥の犯罪共和国の内懐《うちぶところ》であった。

　メキシコ政府は困惑した。

　四人と『禁猟区』の結びつきが今後、何を意味していくことになるのか、判断はつきかねた。夜を徹して行なわれた討議のあげく決定したものは、四人の処置を警察庁からメキシコ陸軍情報部を母体として一九五九年にできた国家保全のための情報組織、内務省保安局特殊任務課の管轄に移すということだけだった。

特殊任務課はメリダに常駐させている連絡員以外に十八名の応援員をユカタン半島に送ってまず調査を開始した。

その結果、四人が潜入したと思われる一九六八年から麻薬の栽培量と販売量が飛躍的に伸びはじめたことを知った。あくまでも推定だったが、去年のこの地帯の麻薬による年間収入は一九六八年に較《くら》べて実に七倍の伸びを示し、『禁猟区』に八千万ペソの現金所得があったと思われるのだ。

次に、この地帯への侵入路を警邏《けいら》するインディオたちの持つライフルの質が変わったことが報告された。米墨《べいぼく》戦争当時からの年代物の狩猟用ライフルが去年の暮れから新型のベルギー製FNブローニング自動五連銃に変わっているのだ。追跡調査の結果、これらの新しいライフルはユカタン半島のつけ根で国境を接しているベリーズ（旧・英領ホンジュラス）から七百梃《ちょう》ほど流れてきたものであることが判明した。

さらに、特殊任務課は『禁猟区《レジオン・デ・ヴエダ》』に何らかの関連があると思われる事件の洗い直しを図った。

《事件1》

一九七六年十二月九日。カムペッチュ州チェンコイからメリダに向かう二六九号線の路上でメリダ市警がある男を逮捕したが、男は獄中で自殺した。この男はヴェネズエラからの船員で、ヴェラクルス港に停泊中の貨物船で船長を刺殺して逃走中だった。ふつうならまっすぐ西へ向かってメキシコ・シティをめざすはずなのに、男は逆のコースをとった。詳しい身元をヴェネズエラ警察に照会すると、男はカラカスで華々しく叛米運動をしていたことが報告された。

《事件2》

一九七七年一月二十九日。メリダ市警とCIA（米中央情報局）の協力によって、アメリカ合衆国から逃亡してメリダの安ホテルに逗留《とうりゅう》していたインディアンが銃撃戦の末、射殺された。男は国際刑事警察機構《インターポール》から指名手配されていたAIM（全米先住民族運動）の活動家だった。

《事件3》

一九七七年三月八日。メリダ郊外でブラジルから来た男が交通事故で死んだ。ブラジル保安局に男の所持していた旅券を送って調査を依頼すると、旅券は偽造されたものであり、男の正体はサンパウロでブラジル陸軍の参謀総長を狙撃しようとして失敗し警察と軍の両方から追われていたインディオだった。

特殊任務課は以上のようなことから、『禁猟区』の動向を次のように理解した。

フリオ・コステロ、ミゲル・オルチス、パブロ・ハラミージョ、アルベルト・アヤラの四人は、『禁猟区』に潜入し、麻薬の栽培技術の改良と販売網の拡大によって『禁猟区』

内での発言力を確保し、この地域の組織化と国際化を進行中である。そして、この『禁猟区』はいまや南北アメリカ各地の反体制派の国際的なセンターになりつつある。もはや放置するわけにはいかない、と。

特殊任務課はいったんこの見解を政府首脳に報告し、四人にたいする早急な抹殺許可を求めた。

折り返し届いた指令は『ただちに遂行せよ』だった。

メキシコ・シティのチャプルテペック公園のそばのあの白亜館の会議室で抹殺プランが熱心に討議された。

刺客が送りこまれることになった。

まず、特殊任務課内部のそういう仕事のできそうなタレントがひとりずつ検討された。だが、どれも能力不足か顔を知られすぎているかで適任者がいなかった。フリオ・コステロ、ミゲル・オルチス、パブロ・ハラミージョ、アルベルト・アヤラの四人はあくまでも『禁猟区』内の内部抗争の結果、殺されたことにせねばならなかったし、万にひとつも失敗して特殊任務課の局員であることが判明した場合、その反動は計り知れなかった。

外国人が選ばれることになった。

選定を委任されたのは特殊任務課第四課主任ルーベン・ヘススだった。特殊任務課はまだ外国人のこういうプロフェッショナルを飼っておくほど巨大化していなかったので、ルーベン・ヘススはロサンジェルスに飛びカリフォルニア大学留学時代の友人でＣＩＡ第七課主任のジェイコブ・レヴィンから信頼できる男を紹介してもらうことにした。

ジェイコブ・レヴィンはひとりの非合法員《イリーガル》を推薦した。東洋人だった。非合法員とは情報組織に傭《やと》われて破壊工作に携わる特殊な技術者だ。正規職員《レギュラー・スタッフ》のように身分の保証はなかったが、報酬は悪くなかった。

ロサンジェルスのダウン・タウンで何度も接触を重ねたあと、ルーベン・ヘススはその男に最終的な依頼を行なうことにし、計画を打ちあけ、この非合法員の反応を待った。

東洋人はにこりともせずに言った。

「この規模の計画には三人必要だ。あとふたりの人選はおれに委《まか》せてもらう。武器はこちらの指定するものをメキシコで用意して欲しい。車はステーション・ワゴンがいい。報酬は三分の一が前払い、あとは仕事が終わってからだ。四人の死体を写真に撮る。それと引きかえに残りの金を貰う……」

壱の奏　樹海のエチュード

1

死者の道を通って沈鬱《ちんうつ》な旅路の果てに往《ゆ》きつくところは月のピラミッドである。疲れはてた足をひきずって、一歩、一歩、長い石畳の階段を昇っていかねばならぬ。白蛇の神殿。血の祭壇。マヤの神々。そこではあでやかな禊《みそぎ》の儀式が一晩中行なわれ、人はあやまたず地上から幽境へと抜けでるのだ。急ぎたいが、体の中にエネルギーはあまり残っていない。喘《あえ》ぎながら右脚を踏んばると、血肉刺《ちまめ》が破れて靴下を不快に濡らした。顔をしかめて思わずうしろを振り返ると、眼下には、重い鎖に繋《つな》がれて、兇状持《きょうじょうも》ち、心中片割れ者などが呪文を唱えつつ彼方《かなた》まで続いていた……。

「水をくれ」

神代恒彦《かみしろつねひこ》は呻《うめ》きながら隣に寝ているはずの混血《メスティーソ》の娼婦を揺り動かそうとした。だが、女はもういなかった。枕元に置いていた偽造旅券がその拍子にぽとりと床に落ちただけだった。

　神代恒彦は半睡のままベッドで身を起こした。

　朦朧《もうろう》とした意識の中で、額《ひたい》から滲《にじ》みでたぬるぬるとした汗を手の甲で拭《ぬぐ》い、宿酔《ふつかよ》いの不透明な頭を左右に振ってみた。昨夜のテキーラはまだ喉まで残っていた。

　接着剤でくっついているような両の瞼《まぶた》にそっと触《ふ》れてみると、びっくりするほど多量の眼やにがたまっていた。軽く擦《こす》ると、睫《まつ》毛《げ》の間から乾いた粉が音もなく剝《は》げ落ち、その途端、純日の光が眼球を突き刺した。

　うだるような暑さだった。

　体は筋肉の隙間で燃え続ける炎に骨の髄まで火照《ほて》りきっていたし、五臓を痛めつけているアルコールは汗となって全身の皮膚から噴きだしていた。胸のむかむかは生欠伸《なまあくび》となって何度もとぐろを巻いた。

　神代恒彦は風を入れるためにベッドから立ちあがった。上半身は裸のままだ。窓から差しこんでくるユカタンの陽光が左肩の傷跡や脂肪のたまりかけた腹を容赦なく照らしだした。

《ユカタン・ホテル》の窓からは中央広場《ソカロ》の様子が手にとるように見渡せた。

　白い石畳でできた中央広場では緑の軍服を着た楽隊がマリアッチを演奏し、そのまわりをマヤ族の後裔《こうえい》たち、混血《メスティーソ》たち、スペインの征服者の直系たち、そしてペプシ・コーラを手にしたアメリカからの観光客たちが埋めつくしていた。物売りたちの声、広場周辺にぎっしりと駐車している客待ち顔のタクシーの群れ、メキシコの日曜日の午後の喧噪《けんそう》の風景はどこもさしたる変わりはないが、ユカタンの州都メリダの中央広場を著しく特徴づけているのは、まだ実際の交通機関として使われている二輪馬車が広場のまわりを喘ぎながら群衆をかきわけてゆっくりと歩きまわっていることであった。楽隊の騒々しい笛や太鼓の合い間に、エルナン・コルテス以来の古い石畳の上を馬の蹄《ひづめ》がこつこつと乾いた音を響かせるのだ。同時にメリダの中央広場を有名にしているのは、広場を囲む建造物のたたずまいだった。ホテル、カトリック教会、レストラン、官庁、どれも百年を超す風雪に耐えて古色蒼然《そうぜん》としており、高さといい、容積といい、色といい、みなみごとな調和を保って中央広場を見下ろしていた。

神代恒彦は窓を開け、裸身を風に晒《さら》しながらしばらく中央広場に眼を落としていたが、湧き続ける不快感に衝《つ》き動かされて浴室へ向かった。

鏡の前の洗面台にプラスティックのコップが置かれていた。水を汲《く》んで一気に飲みこんだ。生ぬるい水が昨夜のテキーラと混《ま》じった。嘔吐《おうと》感が胃腑《いのふ》を刺戟《しげき》したが、無理に生唾《なまつば》を呑《の》みこんで抑え、神代恒彦は鏡の中のじぶんを凝視した。

得体の知れない毒蜘蛛《どくぐも》がそこにいた。

まだ三十歳を超えたばかりなのに、もう中年の域に達したかのように見える小男がそこに立っていた。重く垂れ下がった瞼、張りを失った、締まりのない唇、そのひとつひとつを確認するように手で触ってみながら、神代恒彦はじっと鏡を覗《のぞ》きこんだ。

〈他人を愛したことなんて一度もないのよ。あんたが惚《ほ》れているのはいつだってじぶん自身だけだわ〉

ふと、耳元で女の声が谺《こだま》した。

自己を占ってはならぬという易占《えきせん》の戒律を破って太平洋を越えた四十歳間際《まぎわ》の女占い師はあのときそう呟《つぶや》いた。女はカリフォルニアに上陸してすぐに相学の看板をあげたが訪れる客はひとりもなく、仕方なしにロサンジェルスの小東京《リトル・トウキョウ》の小さな飲み屋でその若くい春を鬻《ひさ》いでいた。飲み屋の二階の腐臭漂う小部屋で神代恒彦とのそそくさとした営みのあとで、女はそう洩《も》らしたのだ。

神代恒彦は鏡の前の蛇口をひねってコップに水を注《そそ》ぎ、半分だけ飲んだ。水は前にも増し生ぬるかった。

女占い師はあのとき続けた。

〈だから、あんたの顔には未来もなければ過去もない！〉

神代恒彦はいきなりコップの中の残りの水を鏡にめがけて烈《はげ》しくぶちまけた。

鏡は一瞬、鮮明さを失《な》くしたが、数筋の水の流れが表面を伝わり落ちると、やがて元に戻った。おぼろになってはるか遠くに見えた小男はふたたび鏡の中でくっきりとした像を結んだ。

神代恒彦は鏡から眼をそらせ、洗面セットの袋から歯磨と歯ブラシを取りだした。口の中に歯ブラシを突っこんだときだった。突然、体の深奥からどろどろとした臭気が出口を求めてさまよいだした。

喉がひくひくと顫《ふる》えた。たまらず洗面台の前に前かがみになった。指を喉の奥に突っこんだ。

低い呻きとともに吐きだしたものは水と胃液だった。昨夜さんざん胃の中にかきこんだはずのメキシコ料理は影もかたちもなかった。みな消化しきっていたのだ。ただ、水と胃液だけが白い陶器の中に吐きだされていた。喉が無性に乾いた。神代恒彦はあわただしく嗽《うがい》し終わると、たて続けに水を飲んだ。しかし、爽快感は束《つか》の間だった。ふたたび嘔吐感が全身をたっぷりと浸《ひた》しはじめた。腹の底から呻き声が迸《ほとばし》りでた。胃の中から飲んだばかりの水が絞りだされ、勢いよく洗面器の中に流れ落ちた。脂汗が額を伝わって眼にはいった。

神代恒彦はそれを拭いもせずに朦朧として嘔吐物を眺めた。洗面器の排水口のゴム栓は閉めたままだったので、吐きだしたものはそっくりそのまま残っていた。胃液の中には青黒い紐《ひも》状のものが混ざっていた。それは胆汁と見えた。

反吐《へど》を見ているうちに、また口中に不健康な苦さが充満しはじめた。すると、さらに二度、三度と水と胃液が臓腑から喉を押しわけて洗面器の中にしぶきをあげながら突入していった。

すべての力が脱けたようだった。

体を支えていた腕がへなへなと崩れた。顔が洗面器に突っこみそうなほど近づいた。異臭が鼻をついた。嘔吐物の中におぼろげながらじぶんの顔が映っているのが見えた。

神代恒彦は両腕の筋肉を強《こわ》ばらせてやっとのことで踏んばり、救いを求めるように鏡を見上げた。その瞬間に背筋を冷たい風が吹きぬけた。

全身の筋肉がひきつりはじめた。

脂汗にまみれた眸《まなこ》はぴったりと鏡に吸いつけられて離れなかった。鏡に映った神代恒彦の像には、額から頬にかけて黒々とした墨文字がぎっしりと書きつけられていたのだ。筆で書かれた経文らしきものが肌に浮いていた。米粒ほどの小さな漢字が顔いっぱいに記されていた。

神代恒彦は眼を拭ってもう一度鏡を見直した。

錯覚だった。

墨文字は消えていた。

神代恒彦の脳裏に三十年前の古ぼけた物語が点滅しはじめた。

〈ほんとうのことはだれもわからんのだが……〉

神代恒彦が十二歳になったとき、父親だと思っていた男がその物語を言い残して死んだ。

〈その脱走兵は沖縄人とも台湾の高砂族《たかさごぞく》とも言われておった……〉

神代恒彦の戸籍上の父が病《やまい》の床で語りはじめた物語は、昭和二十年夏、広島の片田舎の稲畑からはじまっていた。

稲畑の一角が大きく割れ、その中では雄と雌とが砂埃《すなぼこり》をたてながら必死の格闘を続けていた。引きちぎられた野良着、女の頬を染める打撲の跡、男の顔面に食いこむ細い爪、それらを朝の太陽が見守っていた。

〈そいつは一週間前に徳山の兵舎を脱走してきたらしい。どういうわけでこの小さな村へやってきたのかは知らんが……〉

雄は雌の頬に最後の一撃をくれた。

女は抵抗の気力を失った。

もんぺが脱がされ、女の白い太股《ふともも》が露《あら》わになった。男はベルトをはずして大日本帝国陸軍のズボンを引き下ろした。女は南方に出征している新婚間もない夫の顔を憶《おも》いだした。

〈そのとき、婆さんが近くを通りかかった。手には鍬《くわ》を持っておった……〉

女の上で動いている兵士の姿を見かけたのは女の祖母だった。女は両親を早く亡くし、その老婆は孫娘を溺愛《できあい》していた。

老婆は喚《わめ》きながら稲畑に突進した。

兵士は委細《いさい》かまわず行為を続けた。

老婆は鍬を握りしめた。殺すつもりはなかった。兵士の背を叩《たた》くつもりだった。

老婆は鍬を頭上に振りあげた。

その刹那《せつな》、正確に言えば昭和二十年八月六日午前八時十五分、見開いた老婆の瞳に彼方で天を焦がすような閃光《せんこう》とともに巨大なキノコ雲が湧きあがるのが映った。

〈そのとき、ちょうど広島に原爆が投下されたんだ……〉

老婆の腕の筋肉が電撃に打たれたように硬直した。手元が狂って、老婆の手にした鍬は渾身《こんしん》の力で兵士の首に打ち下ろされた。

異様な悲鳴とともに鮮血が老婆の全身に浴びせられた。同時に兵士の体内から多量の精液が発射された。

脱走兵の種子は原爆投下の瞬間に女の腹の中で息づくこととなった。

〈腹の子が目立ちはじめると、村の者はいろんな噂《うわさ》をしはじめるようになった。お国のために戦った夫の眼を盗んで不義を働いたとか何だとか……〉

敗戦の混乱の中で何人かの男たちがその小さな村に前線から引きあげてきたが、女の夫は還ってこなかった。ニューギニアで餓死したとの噂だった。女は夫の帰りを待っているうちに堕胎の機会を逸した。

昭和二十一年の六月の蒸し暑い夜、女は男の子を産んだ。赤子をとりあげたのは祖母である老婆だった。

〈婆さんは一向宗安芸《あき》門徒の熱心な信者だったが、そればかりじゃなく村はずれの地蔵堂へ通いつめ、ときどき地蔵のお告げを聞いておった……〉

赤子を産湯につけ、出産直後の女の寝顔を見ているうちに、老婆の耳に地蔵のお告げが聴こえはじめた。老婆はその声に従うことにした。

老婆は仏壇の引きだしから墨と筆を用意して、赤子の顔面にぎっしりと涅槃経《ねはんぎょう》の経文を書きこんだ。この世に生まれてきたばかりの小さな生命に黒々とした米粒ほどの文字が蠅《はえ》の群がるように記された。

老婆は低い声で涅槃経を唱えはじめた。

経文を唱えながら赤子の首をひねろうとした。

そのとき、女が眼を覚ました。

女は脱兎《だつと》のごとく蒲団《ふとん》から飛びだして老婆をつき飛ばした。

老婆の心臓に変化が生じた。

か細い呻きとともに体を硬直させたまま、その場に転がって動かなくなった。赤子の火のついたような泣き声だけが、老婆の死体のまわりに響いた。

女は事情を話して赤子を同じ村に住む女の叔父に預け、それから裏山に登り、首をつって死んだ。

〈それがおまえだ。そのとき連れてこられた赤子がおまえだ……〉

その言葉が脳裏で何度も跳《は》ね返った。神代恒彦は鏡に向かって苦笑した。鏡の中の毒蜘蛛が嗤《わら》った。嘔吐感は完全に収まっていた。

神代恒彦は洗面器の排水口を開け反吐《へど》を流し水を撒《ま》いて清掃を終えると洗顔にとりかかった。鼻を間にはさんで額から頬へと両手を強く擦《こす》りつけ、首筋まで水を浸した。次いで、頭を蛇口に近づけ頭髪を洗いだした。

髪の毛が数本、白い陶器の上に落ちた。

神代恒彦はそれを一瞥《いちべつ》して、さらに激しく頭皮を掻《か》くようにして髪を洗った。すると今度は大量の頭髪が洗面台の上に落ちた。黒い抜け毛が白い洗面器の中に生命力を失くして不気味に横たわった。いままで、これほど大量の髪が抜けたことは一度もなかった。頭を掻く手がぴたりと停《と》まった。

洗面器にしなだれている髪をつまんで洗面台の下の屑箱《くずばこ》に棄てた瞬間だった。屑箱の中で抜け毛が含んでいた水が飛び散る音に吸い寄せられるように、体が沈みこんでいった。浴室のライトブルーのタイルが見る見るうちに近づいてきた。

原因不明の持病だった。

いままでかかったどの医者も病名を言いあてることができなかった。とにかく突如として全身の筋肉が力を失うのだ。この発作に襲われると立ってることも不可能だったが、数十秒で回復し元に戻るのでたいして気にもとめてはいなかった。だが、二十歳のときに発病して以来、この発作に襲われる周期はしだいに間隔《かんかく》をせばめつつあった。

神代恒彦は浴室に転がった。

遠くで電話が鳴るのが聴こえた。その音が急速に近づいてきた。ベッドのそばの室内電話が鳴り響いているのだ。神代恒彦の肉体に力が蘇《よみがえ》ってきた。

タオルを頭にかぶって浴室を出た。

「おれだ。起きてたか？」

受話器をとると、ドイツ語訛《なま》りの英語が聴こえてきた。ハンス・ボルマンだった。

「いま、顔を洗ったところだ」

「野鼠《のねずみ》が逃げたぜ」ボルマンが早口で言った。

「何だと？」

「電話じゃあ話せねえ。風にも当りたかろう？　十分後にホテルの玄関前で待ってる。降りてきな」

2

神代恒彦はホテルの隣の部屋を覗いた。中では混血《メスティーソ》の中年女がもの憂そうに掃除しているだけだった。ハンス・ボルマンが『野鼠』と呼ぶグエン・タン・ミンの姿はどこにもなかった。

階段を降りて中庭を抜けた。

スペイン風の玄関《ポーチ》の前に一九七二年型ビュイック・スカイラークのステーション・ワゴンがエンジンをふかしたまま待機していた。中で、ボルマンがソクラテスに餌のバナナを与えていた。

ソクラテスは禁猟区の樹海の中で捕まえた猿だったが、ＣＩＡの正規機関員《レギュラー・スタッフ》ジェイコブ・レヴィン、暗号名《コード・ネーム》ソクラテスに眼つきがそっくりなことからこの名がつけられた。命名したのはボルマンだった。

神代恒彦は助手席に乗りこんだ。

　白い石畳の道路の隅にしゃがみこんでピーナッツを売っていたインディオの老婆がよたよたと立ちあがり、ウィンドウ越しに皺《しわ》だらけの手を差しだした。ふたりはそのわずかな憐《あわ》れみを無視した。

「宿酔《ふつかよ》いか？」

　ボルマンはポケットからチョコレートの包みを取りだした。仕事を終えるといつもこうだった。アルコールにはいっさい興味を示さないが、異常なほど甘い物を求めた。歯で銀紙を食い破り、くちゃくちゃと粘着質の音を立てて、このドイツ人はチョコレートを貪《むさぼ》り食った。

「宿酔いか？」ボルマンはもう一度尋ねた。

「わかってるなら訊《き》くな」神代恒彦はドイツ人の横顔に吐き棄てた。

　細く高い鼻、縮れていない明るい金髪《ブロンド》、明るく濃いブルーの瞳、薔薇《ばら》色を帯びた白い膚《はだ》、どこをとってもボルマンはゲルマン民族の典型的な顔だちをしていた。

〈それはそのはずだ、ボルマンはそういうふうに造られたんだ〉

　神代恒彦にボルマンを紹介したジェイコブ・レヴィンはあるときそう説明した。ソクラテスの暗号名を持つこのユダヤ人は意地の悪い眼を輝かせていた。

〈『レーベンスボルン』というのを聞いたことはないか？　ハンス・ボルマンは『レーベンスボルン』で産み落とされたんだ……〉

　レヴィンの説明によれば、この『レーベンスボルン』というのは、『レーベン』つまり

『生命』というドイツ語と『ボルン』つまり『泉』という中世ゲルマン語を組み合わせてできた造語で、一九三五年十二月にSS（ナチ親衛隊）長官ハインリッヒ・ヒムラーがSS人種総局に命じて創設した産院であった。ナチの時代、ドイツ各地に設けられたこの施設はゲルマン民族の種付けから出産・養育までを計画・管理した。

『レーベンスボルン』創設の目的は、ハインリッヒ・ヒムラーの言葉を借りれば『スーパー北方種族』を産みだすことであった。『スーパー北方種族』とはナチの人類学者ハンス・ギュンターの定義する『正真正銘のゲルマン人』つまり『金髪、大柄、長頭、狭い額、線のはっきりした顎《あご》、高くしっかりした細い鼻、縮れていない髪、明るい濃い碧眼《へきがん》、薔薇《ばら》色を帯びた白い膚』の持ち主のことを意味した。『レーベンスボルン』はこの『スーパー北方種族』を量産するための『交接・出産・養育』施設だった。

まず種付けが行なわれた。

種付けはSS人種総局に提出されたカードと写真をもとに進められ、人種鑑定官が最終的な決定を下すことになっていた。カードに記入された事項は『身長、立位および座位。頭、顔、額などの形。眼の色、位置、開き具合。鼻の曲り方、大きさ、高さ。腕、脚、胴の長さ。毛髪の系統（色、生え方、質）。皮膚《ひふ》の色。後頭部、頬、顎、眼瞼《がんけん》。男子の場合は胸部、女子の場合は骨盤の大きさ、形』などで、それに人種鑑定官が評価を下し、外貌的階級を決めるのだ。たとえば、身長は男子一七五センチ、女子一六二センチ以下の場合は無条件に『レーベンスボルン』の種付け計画から除外された。また、カードに添付する写真は、男子は全裸、女子は水着姿であることが義務づけられていた。

人種鑑定官たちはカードと写真でまず外貌を選択し、次いで、家系的に一七五〇年以来、ゲルマン民族以外の血がはいっていないことを確認したうえで、ゲルマンの若い男女に『レーベンスボルン』での交接を命じた。人種鑑定官の眼にかなうのは、男子の場合、たいていSS隊員であった。

〈だから、『レーベンスボルン』ではSS人種鑑定官によって厳選された婚姻外の若い男女が多数、夜となく昼となく性行為に励んだというわけだ。無数のアドルフ・ヒットラーの息子たちを造りだすためだったんだ。『レーベンスボルン』で生まれる子供はその将来をすべてナチ総統に差しだすことになっていたからな〉

人種鑑定官の認定書つきのゲルマン男女の交接の結果、産み落とされた『スーパー北方種族』の子供たちは父の名も母の名も知らなかった。出生後はすべて『レーベンスボルン』の施設によって機械的に面倒を見られたのだ。ヒットラーは着々と純粋培養の息子たちを造りつつあった。

ハンス・ボルマンは一九四五年二月、ミュンヘンの『レーベンスボルン』で誕生した。顔だちはSS長官ハインリッヒ・ヒムラーの好みに完膚なきまで符号していたが、しばらくすると背中に大きな瘤《こぶ》が生えはじめた。

身体障害児はSS人種総局にとって我慢できない存在であった。ゲルマン民族の汚点でしかなかった。ましてや、『スーパー北方種族』に肉体的欠陥などあってはならないことだった。だが、意に反して『レーベンスボルン』では通常よりも多くの比率で、障害児が産みだされていた。口唇裂症、えび脚、脳水腫《のうすいしゅ》、ありとあらゆる障害が『レーベンスボルン』で蔓延《まんえん》した。

ヒムラーはこれらの『レーベンスボルン』生まれの障害児にたいして、ただちに『消毒』を決定した。つまり、抹殺であった。正確な数は不明だが、この『消毒』によって、『レーベンスボルン』生まれのかなりの子供たちがものごころつく前に粛清された。

ボルマンが『消毒』を免れたのは、ひとえにあわただしい時局のせいだった。

この男が生まれたとき、すでにW・チャーチル、F・ルーズヴェルト、I・スターリンの三人はヤルタで対独戦後処理の問題を話しあっていたし、連合軍はライン地方の攻撃を開始していた。もはや、アドルフ・ヒットラーのドイツはあらゆる機能を失いつつあったのだ。

SS人種総局も壊滅寸前であった。だから、ボルマンの病が確認されても、ミュンヘンの『レーベンスボルン』の関係者は『消毒』の許可申請を出すどころではなかった。進撃してくる連合軍の恐怖におののきながら、医師、看護婦、栄養士、事務員らの頭の中にあったのは、逃亡計画と施設内の食糧の着服プランだけだった。『レーベンスボルン』の関係者が考えていたのはこれしかなかった。

『レーベンスボルン』は連合軍の先遣部隊がレマゲン鉄橋を越えたとき、完全にその機能を停止した。関係者はみな逃げだした。残された子供たちの世話は近所の女たちが交代でみたが、ミルクも食糧もほとんどない状態だった。

　ボルマンはそれでも何とか生き延びた。痩せこけたこの乳飲み児が飢えに泣きながら米軍兵士の手で抱きあげられたのは、ヒットラーの自殺が伝えられた三日後だった。

　ボルマンはその後、十四歳までミュンヘンの孤児院で暮らし、一九五九年六月にそこを脱走した。身長は孤児院脱走当時からほとんど変わらず神代恒彦の耳までしかなかったが、背中の瘤はどんどん成長して巨大な脂肪の貯蔵庫となった。

　ハインリッヒ・ヒムラーの人種実験はこの男に奇怪な肉体を与えただけだったが、運命はこの瘤の持ち主に天賦《てんぷ》の才能を授けた。卓抜《たくばつ》した語学能力だ。ボルマンは主要語はすべて喋《しゃべ》れたし、特殊語も短期間ですぐに覚えた。禁猟区での行動のためのインディオ語もわずか一ヵ月でこなせるようになった。

　ジェイコブ・レヴィンはボルマンの出生について喋り終えると、薄笑いを浮かべて神代恒彦にこう訊いた。

〈ハンス・ボルマンを幸運な男と思うかね？　それとも不運な男と考えるかね？〉

3

「飲み過ぎるんじゃねえ」ハンス・ボルマンは膝の上に乗せていた猿のソクラテスを後部座席に追いやりながら言った。「飲み過ぎるとそのうちイーライみてえになるぞ」

イーライ・スローヴィックは半年前までハンス・ボルマン、神代恒彦と一緒に組んで仕事をしていたチェコ人だった。アルコール中毒で使いものにならなくなったので、ふたりはこの男と手を切った。

「馬鹿を言うな。おれが翌日まで残るような酒の飲み方をするのは仕事を終えた直後だけだ」神代恒彦は不機嫌な声を出した。「やつのようにだらしなく毎日毎日飲み続けるような真似《まね》はしない」

「最初はだれだってそうなんだ」

「酒を飲んだこともないくせにきいたふうな口をたたくんじゃねえ……」

「酒を飲まないから、酒におかしくなっていくやつの様子は手にとるようにわかるんだ。それに……」

「それに、何だ？」神代恒彦は挑戦的な口調で訊いた。

「おれはおまえよりもやつとは付き合いが長い。やつも最初はおまえみたいだった。おまえみたいに酒を飲むのは仕事を終えてからだった」

「イーライが、か？」

「そうだ、イーライが、だ。やつだって最初は仕事を終えた直後に気分転換のために酒を飲んでいたんだ。それがだんだん酒量が増し、毎日アルコールを入れなきゃどうしようもなくなった……」

「そのうち、手が顫え、眼がかすみ……」神代恒彦はふざけた調子で言葉をはさんだ。

「それだけじゃない」ボルマンは毅然《きぜん》として言った。「現実と妄想の区別がなくなるんだ！」

神代恒彦は語勢に押されて沈黙した。

ドイツ人は続けた。

「おれはあるとき用があってイーライのアパートへ行ったことがある。やつはウイスキーでもうぐでんぐでんだった。おれはやつを寝かしつけて、ソファで眠ろうとした。そしたら、やつは深夜に眼を覚まして洗面所へ向かった。なかなか出てこないんで見にいったら、やつは一所懸命、手を洗っていた。何度も何度も手の皮が破れるんじゃないかと思うほど力を込めて手を洗ってるんだ。手を洗いながらイーライはこう言って泣いていた。落ちねえ、落ちねえ、血が落ちねえ。おれが殺した男たちの血が落ちねえ、とな」

「それがおれにどんな関係がある？」

「おれはただ、おまえに飲み過ぎるな、と言ってるだけだ。飲み過ぎてアルコール中毒にでもなったら、それでお終《しま》いだ。使いものにゃならねえ」ボルマンは真剣な顔つきだった。

「おまえが今回の仕事でイーライを切ったのは正しい。アル中患者は追放せにゃならん。もうやつはこういう仕事には無理だ。せいぜい仕事の下調べぐらいが関の山だろう。だがな、飲み過ぎておかしくなると、おまえもじぶんが追っ払ったものと同じになるんだぜ」

「おまえは牧師か教師にでもなりゃあよかった」神代恒彦は鼻を鳴らして言い棄てた。

「その背中の瘤が同情と共感を呼んで、おまえの説教はたいした人気を集めたろうぜ」

「いまのうちに減らず口をたたいておきな。あと一年もすりゃあ、おれがおまえをお払い箱にしてやる」ボルマンはゆっくりとステーション・ワゴンのアクセルを踏みこんだ。

「どこへ行くつもりだ？」

「メリダ郊外を一まわりしよう。このホテルでじっとしてるのも飽きた。おまえの宿酔いも治る。野鼠のことも話さなきゃならんしな。とにかく、この人混みを抜けたい」

物売りや観光客でごったがえしているメリダの街にステーション・ワゴンは動きだした。しかし、次から次へと前を横切る人の群れのために、ほとんど進まなかった。

「何だってこんなに混みやがるんだ！」ドイツ語訛りの英語が苛立《いらだ》った。

「もうすぐスコールの時間だ」神代恒彦はドイツ人をなだめた。「そうすりゃ、おまえの嫌いな人間どもを追っ払ってくれる」

ハンス・ボルマンはポケットから二枚目のチョコレートを取りだした。左手でハンドルを握ったまま、食いはじめた。カカオの甘酸っぱい臭いが鼻腔《びこう》を刺戟した。

突然、後部座席でソクラテスが騒ぎはじめた。禁猟区の樹海で捕まえたこの小さな猿は天候の変化に敏感だった。

「降りはじめるぜ」ボルマンが嬉《うれ》しそうに呟《つぶや》いた。

にわかにあたりが暗くなった。

大粒の雨がフロント・ガラスを叩きはじめた。純白の水しぶきが前面を蔽《おお》った。ドイツ人はワイパー・ボタンを引いた。せわしないワイパーの動きの向こうに、人混みが悲鳴をあげながら割れはじめ、見る見るうちに無人のアスファルト道路ができあがっていった。

「いつもより早いスコールだな」神代恒彦は腕時計を見た。二時五分前を指していた。

「野鼠が逃げたせいだ」ボルマンが答えた。「おまえがイーライを追っ払って、かわりに連れてきたあのヴェトナム人は何を考えてやがるんだ？」

ハンス・ボルマンが『野鼠』と呼ぶグエン・タン・ミンはヴェトナム難民だった。一九七五年春の米軍のヴェトナムからの最終撤退とともにアメリカに渡ってきた元・南ヴェトナム政府軍の空軍少佐だった。

神代恒彦がグエンに出逢ったのは、去年の十一月、ロサンジェルスのプロッサー街の射撃練習場でであった。この筋肉質のアジア人のライフルの銃弾は無駄なく標的の中心に集中していた。

〈たいしたもんだな〉神代恒彦はそのときそう声をかけた。

〈それほどでもない〉男は無愛想《ぶあいそう》に答えた。

〈ヴェトナム人か？　銃の扱いは軍隊で習ったのか？　南ヴェトナム政府軍で？〉

〈そうだ。こういうものは練習しないとすぐに腕が落ちる……〉男は勝手に相槌《あいづち》を打って、それから溜息《ためいき》をついた。

〈こんな紙っ切れの標的を狙ったってちっともおもしろくない。人間を撃ちたいぜ。おれが育ったところは、生まれてこのかた、ずっと戦争だったんだ。毎日毎日、だれかが死に、戦線が移動した。おれはそういうところで生きてきたんだ……〉

神代恒彦はこの男グエン・タン・ミンに興味を持ちはじめた。長年のパートナー、イーライ・スローヴィックはもはや一緒に組むべき状態ではなくなっていた。今年の四月の半ば、メキシコ内務省保安局特殊任務課から『害虫駆除』の依頼があったとき、神代恒彦は意を決してこのヴェトナム人を計画の中に引き入れた。

「野鼠はな」ボルマンは運転しながら憎々しげに言い放った。「今朝一番の飛行便でメキシコ・シティへ向かった。やつの部屋がもぬけの殻《から》だったから空港事務所に問い合わせたんだ。乗客名簿にちゃんと載っかってる。いまごろはロサンジェルスかどこかに向かう便に乗り継いだことだろうぜ」

「なぜだ？　何のつもりだ？　金も受け取らず、おれたちに連絡もしないで」

「なぜだと？」ドイツ人が吼《ほ》えた。「そいつはおれが聞きたい！　おまえらアジア人同士ならたがいの気持ちはよくわかるだろう」

「おい」神代恒彦は低い声で唸《うな》った。「舐《な》めるなよ」

ふたりはしばらく黙った。

ステーション・ワゴンはメリダの市内を抜けた。白い雨しぶきの中をだれもいないまっすぐな道路が続き、その両横をうっそうとした樹海が横たわっていた。スコールはすべての風景の色彩と輪郭を奪い、締まりのない光と影がうっすらと眼の前に滲《にじ》んでいた。

ボルマンがふたたび口を開いた。

「野鼠はひとつだけメッセージを残した」

「何だ？」

「こいつだ」ドイツ人はポケットから一枚の紙切れを取りだした。「これがやつの部屋に置いてあった」

　神代恒彦は折りたたんであるその紙を開いた。それには金釘流《かなくぎ》のゴチック体でこう書かれていた。『けしの花が風に散った。花びらはメコン河を流れていった』

「何の真似だ、これは？」神代恒彦はその文句とボルマンの横顔を交互に見較《みくら》べた。

「そんなことをこのおれが知るか！」ドイツ人は怒声をはりあげて狂ったように無人の道路でクラクションを鳴らした。「そんなことは、やつを引っ張りこんだおまえが考えるんだ！」

　神代恒彦は煙草《たばこ》の箱を取りだしてハンス・ボルマンが吼え終わるのを待った。皺くちゃになったポールモールの箱の中には一本しか残っていなかった。

　うしろからソクラテスがじゃれついてきた。

「まあ、いい」神代恒彦は煙草に火をつけた。「やつが何のつもりでこんなすっとぼけたことをしたかはロサンジェルスに帰ってゆっくり聞きだす」

「うまくとっ捕まえられればな」

「グエンはヴェトナム難民だ。合衆国に渡ってから二年にしかならない。交遊関係は知れてる。やつがどういうつもりでも捜しだすのは早い。それにおれはやつが付き合ってる連中の住所も秘《ひそ》かに控えた……」

ボルマンは煙草の煙にむせた。しばらく咳込《せきこ》んだあと、話題を変えてぽつりと呟いた。

「野鼠は金を受け取る段になって急に怖《こわ》くなったんだろうな……」

「怖くなった？　馬鹿な！　やつの仕事ぶりを見たろう？　グエンは南ヴェトナム政府軍では空軍少佐だったんだぜ、三十二歳の若さで！」

「空軍少佐と言ったって」ボルマンは意地の悪い笑いを浮かべた。「おまえもよく知ってるはずじゃないか。ヴェトナム戦争の末期には、南ヴェトナム政府軍は解放戦線に押されて軍規はばらばらになった。そこで、前線の実動部隊の将校の心を何とか惹《ひ》きつけておこうと階級をどんどん釣りあげていったんだぜ。野鼠があの若さで少佐になれたのは階級バーゲン・セールの政策の一環じゃないか」

「それがどうした？　今度のやつの働きぶりに不服があると言うのか？　グエンは禁猟区の中じゃあ期待どおりの動きをした」

「確かにやつの腕は凄《すご》かった。野鼠がいなきゃあ、今度の仕事がこれほどうまくいったかどうかは疑問だった……」ドイツ人は一語、一語、噛《か》みしめるように言った。「だがな、やっぱり、やつは臆病風に吹かれて逃げだしたんだ」

「おい、どうかしたんじゃないのか？　仕事はもう終わったんだぜ。どうしてやつに臆病風が吹く？」

「仕事は終わった。だから怖くなったんだ」

「どういう意味だ？」

「いいか」ボルマンは力を込めて喋りはじめた。「人を殺すのと、人を殺すことを商売とするのは違う。ある状況のために人を殺すのと、ただ金のために人を殺すのはまるで次元が違うんだ。理由があって人を殺す人間と、人を殺すのに理由の要《い》らない人間はもう人間の種類が違うんだ。確かに、野鼠は禁猟区の中では活《い》き活きと動いた。だが、それはやつにとってヴェトナム戦争の延長でしかなかったんだ。この段階で手を引けば、まだ元へ戻れる。しかし、もし保安局特殊任務課から金を受け取れば、やつはただの元・南ヴェトナム空軍少佐ではなくなってしまうんだ。かつて戦争で何人もの人間を殺したことのある将校というだけなら、まだふつうの人間と話もできる。しかし、今度のことで特殊任務課から金を受け取れば、野鼠は完全に別種の人間になってしまうんだ。やつはそれを恐れた……」

「非合法員《イリーガル》になるのを怖がって、逃《ず》らかったというわけか？」

「いまのところ、それ以外に野鼠が逃げだした理由が考えられるか？」ボルマンはアクセルを踏みこんで一段とスピードをあげた。

「いずれロサンジェルスに戻ればわかることだ」神代恒彦は答えた。

「ロサンジェルスに帰って、野鼠が妙な動きをしはじめるようだったら……」ドイツ人は声を落とした。「早いとこ始末しなきゃならんぜ」

「わかってる」

「非合法員というのは」ハンス・ボルマンはたたみかけるように言った。「いくら腕がよくても、正規軍の将校だった人間や、ゲリラ兵士としてある思想を持った人間には、結局、務まる仕事じゃあねえ……」

神代恒彦はドイツ人の言葉を聞き流しながら助手席の足元に置いてあるバッグを取りあげて膝の上に載せ、留め金をはずした。中のタオルの下にしまってある黒い鋼鉄は相変わらず確かな感触だった。神代恒彦はS&Wチーフス・スペシャルを握りしめて、それに消音器《サイレンサー》を装着した。

「おれはな」ハンス・ボルマンは続けた。「おまえと組む前に、ある黒人とアイルランドで仕事をしたことがある。そいつはコンゴ動乱のとき、ルムンバ軍のゲリラ隊長として凄腕だった。その男はルムンバが殺されてからはもう革命だとか何だとかいうことにはまるで興味を示さなくなった。だから、おれはその黒人と組んだんだ。腕の方は抜群だった。しかし、仕事を終えて金を渡す段になると、やっぱり野鼠のように逃げだした。で、そいつは酒びたりになった。ロンドンの場末のパブでわけのわからないことをぶつぶつと呟きながら四六時中飲み続けるんだ。新聞記者が興味を示す前に、な、わかるだろう、おれはそいつの口がきけねえようにしてやった……」

神代恒彦は無言のまま膝の上でS&Wを弄《もてあそ》び、やがてゆっくりとフロント・ガラスに向けて狙いをつけた。フロント・ガラスを叩いていた雨粒はしだいに小さくなりつつあった。空も明るくなりはじめていた。

「おい、もうスコールがあがる。拳銃をしまえ！」ボルマンが神経質な声を出した。

「おまえの言うとおりかも知れねえ。グエンは非合法員として生きるのが怖くなったのかも知れない」神代恒彦は消音器を装着したままS＆Wをバッグの中に押しこんだ。「しかし、やつの人生はヴェトナムで終わってるんだ。生きるんなら、おれたちのように生きる以外にない……」

「化石のような人生というのもある」ドイツ人は薄笑いを浮かべた。

「とにかく」拳銃を入れたバッグを足元に置いた。「グエンの腕はこのまま見棄てるには惜しい。おれはやつが怖くなったりしたんじゃゃなく、別の理由でメリダを発《た》たなくちゃならなくなったんだと思いたい……」

「別の理由って何だ？」

「いずれはっきりする。昨晩、おれたちが女を探しにいったとき、ロサンジェルスに国際電話をして、急に帰らなくちゃいけない用ができたとも考えられる。とにかく、ロサンジェルスに戻ればわかることだ……」

ハンス・ボルマンは口を歪《ゆが》めて笑った。乾いた笑いのあとで、ねばねばした台詞《せりふ》が唇から洩れた。

「おまえは野鼠に肩入れしすぎるぜ。同じアジア人同士というんで妙に買いかぶってるんじゃねえのか？」

「おい」神代恒彦は低い声で制した。「舐めるんじゃねえと言ったはずだ。おれがそんなくだらない感傷を持ってるとでも思うのか？」

ドイツ人は何か言いたそうだったが、言葉は出てこなかった。

空はすっかり晴れあがり、樹海の向こうに残骸を晒《さら》している廃墟《はいきょ》となったカトリック教会の十字架に虹がかかっていた。バックミラーの中では、ソクラテスが後部座席で所在なさそうに動きまわっていた。

神代恒彦は腕時計に眼をやった。二時二十分だった。

「金か？」ボルマンが訊いた。

「そろそろ受け取る時間だぜ」

「パレンケはまだ外から戻ってきてない。会社には三時に戻るそうだ。さっき《ディアリオ・ユカタン》に電話を入れてみたら、エミリオ・イエペスは三時まで帰社しねえとよ」

禁猟区での成否を確認し、報酬の支払いを担当する保安局特殊任務課の秘密連絡員エミリオ・イエペスは有名なマヤの遺跡にちなんで『パレンケ』という暗号名《コード・ネーム》を持っていた。もちろん、エミリオ・イエペスが本名である保証はどこにもなかった。このメキシコ人は七年前から調子がよくて派手好きなセールスマン・タイプの男としてメリダの地方紙《ディアリオ・ユカタン》社の広告部に就職していたが、広告部員としての成績はまずまずで社内の評判は悪くなかった。

「ここでUターンしな」神代恒彦は眼の前に広がった虹を見ながら命じた。「街に戻ってパレンケを待とう。この樹海の風景はもううんざりだ」

ボルマンはハンドルを切ってステーション・ワゴンを大きく旋回させた。後部座席でソクラテスが車の軋《きし》みに合わせて神経質に喚《わめ》いた。

「金を受け取ったら早いとこ、ロサンジェルスに引きあげようぜ」神代恒彦は欠伸《あくび》をしながら呟いた。「最初からこの仕事はどうも気が進まなかった、それに……」

「それに、何だ？」

「さっき眼を覚ます前に、妙な夢を見た。夢なんか見たこともないおれが……」

「どんな夢だ？」

「ただ、妙な夢だ。説明できるような夢じゃない」

4

スコールのあとのメリダの街はあらゆる色に映《は》えていた。

白い石畳、観光客たちのアロハ・シャツ、道端で売られているオレンジやパパイヤ、マンゴー、すべての色彩が生命を帯びて光り、中央広場のすぐそばのくすんだ灰色の建物の壁さえもが人を惹きつけるような輝きを発していた。ハンス・ボルマンはステーション・ワゴンをメリダの地方紙《ディアリオ・ユカタン》の社屋《しやおく》の前に横づけた。二階からは輪転機の音が表通りまでせっかちな響きをたれ流していた。

「鳥……安い……二十ペソ……」

インディオの少年が神代恒彦の顔にもの珍しそうに見入りながら、極彩色の羽をしたインコを手にかざして、たどたどしい英語で話しかけてきた。神代恒彦は黙ってかぶりを振ったが、インコを見てソクラテスがうるさく騒ぎたてた。

ボルマンはまたポケットからチョコレートを出して食べはじめた。インコを持った少年が歩き去ると、ソクラテスはおとなしくなり、ステーション・ワゴンの中はチョコレートを食《は》む粘着音だけが聴こえた。神代恒彦はラジオのスイッチをひねった。スピーカーから吹きだしてくるラテンのリズムがドイツ人のねばついた唇の音をかき消した。

十分ほど待った。

「来たぜ」

ボルマンの声に、神代恒彦はラジオを消した。

通りの向こうから、突きでた腹とがっしりした肩幅の縮れた黒髪の五十歳前の男がまっすぐこっちに歩いてきた。脂ぎった顔は鼻の下の口髭《くちひげ》に汗を光らせていた。パレンケはメキシコ人以外のどういう国籍の人間にも見えなかった。

パレンケの足どりは速かった。この特殊任務課の秘密連絡員はステーション・ワゴンの中の人物に一顧《いっこ》の注意も払おうとせずに、ただ仕事の打ち合わせから帰ってきた広告部員然としてせかせかと《ディアリオ・ユカタン》社の玄関に消えようとした。

「エミリオ・イエペス！」

神代恒彦は助手席のウィンドウを開けて声をかけた。

パレンケは不快そうな表情で振り返った。

「中にはいってくれ」神代恒彦は体をひねって後部座席のロックを開けた。

「どういうつもりなんだ？　金を払ったら二度と顔を合わさない約束じゃないか！」イエペスは後部座席にはいりこむと、スペイン語訛《なま》りの英語で吐き棄てた。

「金を払ったら？　どういう意味だ、そりゃあ？」ボルマンが喉を顫わせた。

「何を言ってるんだ！　今朝早く、あんたがたのひとりが全額持っていったじゃないか。あのヴェトナム人が……」

「何だと？」神代恒彦の顔の筋肉がひきつった。「金を払うのは、二時半から三時までの間ということになってたはずだ！　それも死体の顔写真を確認してからということになってたはずだぜ！」

「何を喚《わめ》くんだ？　二時半から三時までというのは、緊急の場合いつでも変更するようにと頼んだのはそっちじゃないか」パレンケは面倒臭そうに言った。

「死体の確認は？」

「死体を確認したから金を支払ったんじゃないか」

ボルマンが弾《はじ》かれたように胸のポケットに手をやった。

「ねえ！」ドイツ人は体全体を痙攣《けいれん》させながら怒号した。

「何だと！」神代恒彦が反射的に怒鳴り返した。

「写真がねえ！」ボルマンの眼が血走った。「野鼠が盗みやがったんだ！」

ステーション・ワゴンの中を交差する怒声にソクラテスが興奮して歯をむいた。イエペスは神代恒彦とボルマンのふたりの顔を交互に見較《みくら》べた。

「下手《へた》な芝居はやめてくれ」スペイン語訛りが重苦しく響いた。

「やつはおまえに写真を見せたのか？」神代恒彦はパレンケの胸ぐらを摑《つか》んだ。

「何をするんだ！」パレンケは肉づきのいい大きな手で神代恒彦の腕を振り払った。「写真を見たからこそ約束どおり金を渡したんじゃないか」

「証拠はあるのか？」

「おれはその写真を持っている。それに、あのヴェトナム人の領収書も」

神代恒彦は握り締めていた手を離した。

「ほら、これだ」パレンケはポケットから四枚の写真を取りだした。

写真には四枚とも禁猟区《レジオン・デ・ヴエダ》で暗殺した四人の男の血まみれの死体が写っていた。

一枚目の写真はフリオ・コステロのものだった。コステロはガジュマルの木陰であぐらをかくようにして死んでいた。

二枚目はミゲル・オルチスの死体だった。オルチスは泥沼に浮いて虚空《こくう》を見上げていた。

三枚目の写真はパブロ・ハラミージョだった。ハラミージョは草の褥《しとね》に寝そべるようにして息絶えていた。

最後はアルベルト・アヤラの死顔だった。アヤラは左のこめかみを撃ち抜かれて絶命していた。

どの写真も神代恒彦がシャッターを押したものだった。報酬と引き換えに保安局特殊任務課に提出する証拠資料にまちがいなかった。

「領収書だってある」エミリオ・イエペスは息をはずませながら、一枚の領収書を差しだした。

それには約束の金額とグエン・タン・ミンの署名が記されていた。

ボルマンの顔からは完全に血の気《け》が引いていた。

神代恒彦は未練がましく何度も写真と領収書を見較べた。

「あのヴェトナム人に裏切られたのかね？」

パレンケの声が聴こえた。

「しかし、そいつはおれの知ったことじゃあない」イエペスは追いうちをかけるように喋りだした。「あんたがたは約束の仕事をした。あんたがたのうちのひとりが約束の写真を持ってきたから、こっちは約束どおりの金を支払った。それだけだ。いまのところ、どっちにも落度はない。あんたがたの仲間うちで何があったかは保安局の関知するところではない……」

神代恒彦はパレンケを睨《にら》みつけながら、四枚の写真と領収書を押し返した。手のひらからは汗が滲みでた。それをズボンに擦りつけて拭《ふ》きとった。

イエペスは勝ち誇った声で続けた。

「発注─受注─納品─支払いと手続きはすべて終わった。だから、あんたがたは早いとこメキシコから消えてくれ。貸与《たいよ》した武器とこのステーション・ワゴンはメリダ空港の駐車場に置いといてくれればいい……」

神代恒彦とボルマンは黙ってパレンケの言葉を聞いていた。ソクラテスだけが餌をせがんで啼《な》き声をあげた。

パレンケははじめてソクラテスの存在に気づいたように猿の頭に触って言った。

「そういえば、あのヴェトナム人が言ってたな、樹海の中で猿を捕まえたって。ヴェトナム人は金を持って逃げたらしいから、結局、あんたがたふたりが体を張って得たものは、この猿一匹ということになる……」

「うるせえ！」ドイツ人がたまりかねて甲高い声で怒鳴りつけた。「それだけ喋りゃあ満足だろう！　とっとと失《う》せな！」

イエペスは鼻を鳴らして車を降り、《ディアリオ・ユカタン》の社屋に消えていった。

車の空調器《エア・コンディショナー》が急速に温度を下げて肌を刺した。

ボルマンがステーション・ワゴンを始動させた。顔からはもう興奮は消えていた。中央広場の混雑の中に車を進めながら、背中の瘤を揺すって笑いはじめた。無理な笑いっぷりだった。

「何がおかしい？」

「おれは野鼠が非合法員《イリーガル》になるのを怖がって逃げたと言った……。とんだお笑い草だ！」

神代恒彦はドイツ人の横顔を眺めた。

薔薇色の額から頬にかけてうっすらと汗が滲んでいた。ボルマンは神代恒彦の視線に気づいて、冷え冷えとした眼を向けた。

「おまえは野鼠がもっと別の理由で逃らかったと言ったな。なるほど、たいした理由だったぜ！」

「心配するな！　金はかならず取り返す」

「それだけじゃすまねえ！」ボルマンの声が強ばった。「野鼠はおれたちを裏切った。パートナーから裏切られたら……こんな噂はどうせすぐ広がる……おれたちの値段が暴落するのは眼に見えてる」

「わかってる」

「イーライ・スローヴィックのかわりにやつを引き込んだのはおまえだ。何をしなきゃならんかわかってるんだろうな」

「わかってると言ってるんだ！」神代恒彦は唾《つばき》を飛ばして吼えた。

「興奮するんじゃねえ！」ドイツ人が怒鳴り返した。「吼えたててかたのつくことじゃあねえ。とりあえず、どうするつもりだ？」

「ロサンジェルスに電話を入れる」

「イーライのところへか？」

「やつに頼んでグエン・タン・ミンの居場所を押さえさせとく……」

「やつに今度の禁猟区の仕事の件を知られたら面倒な話になるぜ」

神代恒彦は黙りこんだ。

ボルマンは声を柔らげて話題を変えた。

「野鼠は最初からこうやって金をくすねるつもりだったんだ。だから、仕事が終わっても、酒も飲まなきゃ女も買わなかった。おれたちがメリダの街を漁《あさ》ってるときに、ホテルでおれの部屋からあの写真を盗みだしたんだ。やつは昨晩、おれがこの服を着替えてめかしこんだのを見てやがった。おれは洋服ダンスに鍵を掛けてたんだが、やつにしてみりゃ針金一本でかたがつくってわけだ。こういう仕事の報酬の受け取りに領収書を書くような素人《しろうと》にこんな真似をされるなんて、おれも焼きがまわったぜ」

ステーション・ワゴンは《ユカタン・ホテル》の前に停まった。

ロビーの中にはだれもいなかった。受付係が二階で若い洗濯女とふざけあっている声が階下まで聴こえていた。公衆電話は受付のそばにあった。

神代恒彦はロサンジェルスに向けて国際電話を入れた。

「何だ、おまえか?」イーライの弛緩《しかん》した声が受話器からふきこぼれてきた。「メキシコから国際電話とはな。おまえ、おれに声をかけずにメキシコででっかい仕事をやってるんじゃねえだろうな」

「いや、個人的な用件でこっちへ来てるんだ」

「個人的な用件?　結構なご身分だな」

「おまえに頼みたいことができた」

「何だ？」

「グエン・タン・ミンというヴェトナム人がメリダ空港からメキシコ・シティに今朝の飛行機で向かった。いいか、グエン・タン・ミンだ」神代恒彦はスペルをゆっくりと発音した。

「グエン・タン・ミン……だな？」

「おそらくこの男はメキシコ・シティでロサンジェルス行きの便に乗り換えるはずだ。そいつをロサンジェルス空港から尾行してくれ」

「尾行してどうするんだ？」

「尾行してくれさえすりゃあいい。絶対に眼を離すな。おれはきょうの夕方の便でそっちへ向かう。連絡先は例のサンファン通りのバー《白蟻《ホワイト・アント》》だ」

「わかった」

神代恒彦は電話を切ろうとした。

「おい、待てよ」イーライはあわててそれを制した。「おまえ、最近、このおれに隠れて仕事してるんじゃねえだろうな？」

「そんなことをするか！」神代恒彦は声を荒《あら》らげた。

「怒鳴るなよ」受話器の向こうの声は消え入りそうになった。「おまえがそんなことをするはずないことはわかってるが……」

「何だ？」

「いや、ただ冗談を言ってみただけだ」

「何かあれば、おれはおまえに連絡するじゃないか」

「おまえもここのところ仕事をしてないだろう？　おれのとこにはいくつか依頼が来てるんだけど、みんなちゃっちい仕事ばかりでな、気が進まねえからみんな断わってるんだ」

「わかってる。おまえほどの大物になりゃあ、ちゃちな仕事をするわけにもいくまい」

5

滑走路の彼方に太陽が弱々しい余韻を残しながら消えていった。メリダ空港は白濁色の大気に素っ気なく包まれた。

神代恒彦とハンス・ボルマンは空港駐車場にステーション・ワゴンを置いて搭乗手続きに向かった。残されたソクラテスが狂ったように車の中を跳びまわった。

搭乗ロビーにはいってから十分待った。

ソファの隣に座っているボルマンが小刻みに右膝を顫わせていた。この男の手持ち無沙汰のときの癖だった。

神代恒彦はグエン・タン・ミンがホテルの部屋に残した紙片を眺めていた。

『けしの花が風に散った。花びらはメコン河を流れていった』

神代恒彦はこの文句を見ていた。メキシコ・シティ行きのアエロ・メヒコ機を待つ搭乗客がざわつく中で、ただじっとこの金釘流のゴチック体を見ていた。

「何を考えてるんだ？」

ハンス・ボルマンの声が聴こえた。神代恒彦は答えなかった。

「そいつに何の意味があるか知らんが、そんなものに振りまわされることはない。おれたちは野鼠がどんな命乞《いのちご》いをするかを想像してりゃあいい……」

ドイツ人がそう呟いて喉の奥でわざとらしい笑いを洩らしたとき、搭乗案内のアナウンスがロビーに響いた。

神代恒彦は紙片から眼を離して顔をあげた。

搭乗ロビーを囲っているガラスのフェンスの向こうに立っている白いサファリ・コートの男が網膜に飛びこんできた。男は背が高く、薄茶色の眼をしていた。フットボールのように膨らんだ頰、瞼は極端に垂れ下がっていた。

見覚えのある顔だった。

男はこっちを見ていた。

視線が合うとさりげなく踵《きびす》を返した。

「おい」神代恒彦はボルマンの顫えている右膝を叩いた。「見ろよ、あいつ。どこかで見た記憶はないか？」

「どいつだ？」

「あいつだ。あの白いサファリ・コートを着た男だ」

男はガラス・フェンスの向こうの送迎ロビーの人の渦の中を足早に歩いていた。ボルマンが確認した途端、見送り人の団体の向こうに姿を消した。

「おれはあの男をどこかで見た」

「おれもだ」ボルマンが頷《うなず》いた。

「どこでだったか、憶《おも》いだせないが……」

「待ってろ、いま憶いだす」ドイツ人は頭を抱えて前かがみになった。

背中の瘤が余計に目立った。

金髪を何度も指で掻きむしった。

搭乗客たちがそれを横眼で眺めながらロビーを抜けていった。

「駄目だ。憶いだせない」ボルマンは諦めて、張りつめていた体を弛緩させた。「おれの取柄《とりえ》は語学と記憶力なのに」

「まあいい。今度逢えば憶いだす」神代恒彦は立ちあがった。

他の搭乗客とともにマイクロ・バスでタラップに向かった。

広い滑走路にアエロ・メヒコ機が翼を横たえていた。他には、格納庫のそばに双発のプロペラ機が二機、停まっているだけだった。さっきまでわずかではあったが銀色の光を発していた滑走路も、いまはすっかり黒ずんでいた。

搭乗客たちはマイクロ・バスを降りると黙々とタラップへ向かった。メリダの地方空港に生暖かい風が吹きぬけ、搭乗客たちのズボンやスカートの裾《すそ》が揺れ動いた。

神代恒彦はハンス・ボルマンに続いてタラップを昇りはじめた。

ボルマンの前を昇っているのは三人の男の子を連れた黒髪の女だった。女は多産系の尻を揺すりながらタラップを昇っていた。そのスピードの遅さにドイツ人は途中で何度も立ち停まって待たねばならなかった。

タラップを半分ほど昇ったとき、女が連れていた三人の男の子のうち、四、五歳の子が振り返ってボルマンを見下ろした。その子はドイツ人の背中から突きでている瘤をもの珍しそうに眺めて母親に何か言った。女はスペイン語で叱《しか》った。

そのときだった。

ふいに風を切るような音がした。

ボルマンの体があおむけに落ちてきた。

神代恒彦はその体重をまともに受けてタラップから転がり落ちた。そのあおりを食って、うしろに続いていた他の搭乗客四人が将棋倒しとなって落下し、全員がアスファルトの上に投げだされた。

「何があった？」神代恒彦はドイツ人の肩を摑んだ。

ボルマンは右指を三本突きだして見せた。暗号だった。危険を避けるためにわざとこうしたというサインだった。

「何があった？」神代恒彦は小声でもう一度訊いた。

「消音銃だ。狙い撃ちされた……」

神代恒彦はアスファルトの上に倒れたまま空港の周囲に眼を配った。

「あの車だ」ドイツ人が言った。

ボルマンの視線に合わせて空港ビルの右方向を見ると、鉄条網のフェンスの向こうにモスグリーンのフォード・セダンがゆっくりと走り去っていくのが見えた。

「パレンケか？」ドイツ人は顔をひきつらせて訊いた。

「わからねえ」

ふたりが立ちあがろうとすると、タラップから乾いた音をたてながら、小さな物体が落ちてきた。弾丸だった。ハンス・ボルマンはすばやくそれを握りしめてポケットにしまいこんだ。

「どうしました？」タラップの下にいたパーサーがようやく駆け寄ってきた。

「眩暈《めまい》がしただけだ」

「お怪我《けが》は？」

「ない」ボルマンはそう言い棄てて倒れている四人の搭乗客に向きなおった。

四人は衣服についた埃《ほこり》を払い落としながら立ちあがった。ボルマンはスペイン語を喋った。四人とも痛々しい眼でドイツ人の背中の瘤を眺め、納得の表情を造った。

ボルマンの声がパーサーに向かった。

「だれも怪我はないそうだ。こっちは頭痛がひどい。旅行は取り消す」

6

「パレンケだ、まちがいない！」ハンス・ボルマンの喉が顫《ふる》えていた。「おれたちの口を塞《ふさ》ぐつもりだ！　保安局は用済みになったおれたちを始末する気だぜ！」

「だとしたら、グエンをメリダ空港からそのまま発たせたのはどういうわけだ？」

「野鼠？　まさか、おまえ……」ドイツ人の顔色が変わった。

「何だ？」

「もしかしたら、やつはおれたちより先に消されてるかも知れねえ！　メキシコ・シティに向かったという情報はおれが電話で問い合わせただけだ……」

神代恒彦の頰の筋肉がひきつりはじめた。喉が急速に乾きだした。ふたりはアエロ・メヒコのカウンターへ走りだした。

乗客名簿を覗《のぞ》きこんだ。

グエン・タン・ミンの名はあった。

「信用できねえ……」ボルマンが呟《つぶや》いた。「相手はまがりなりにも情報組織だ。細工する気なら乗客名簿に悪戯《いたずら》することぐらいわけはない。死人を飛行機に乗せたことにするのは簡単なことだぜ……」

神代恒彦は何も言わなかった。

「とにかく、メリダの街へ引き返さなきゃなるまい。ステーション・ワゴンはまだあのままだと思うか？」

神代恒彦は否定も肯定もしなかった。

「何で、さっきから黙ってるんだ？」

「おかしい」

「何が？」

「さっきの狙撃はほんとうにパレンケだと思うか？」

「決まってるじゃねえか！　他にだれが？」

「まあいい」神代恒彦は言葉を濁《にご》した。「いいか、このビルを出た途端、また鉛の塊を浴びせかけられるかも知れん。二手に分かれよう。おまえは右にまわれ。駐車場まで一気に突っ走るんだ」

ふたりは空港ビルを出た。

ボルマンは空港ビルのエントランス沿いに走った。弾力のある丸い小さな上半身が、身長に似合わぬ大きなストライドでまっしぐらに進んだ。

神代恒彦は少し遅れて飛びだした。空港ビルの左手に設けられた噴水を迂回《うかい》して駐車場に向かった。

ステーション・ワゴンは元の場所に元どおりに置いてあった。ソクラテスがふたりの顔を見て、嬉々《きき》として騒いだ。ドアを開けると、猿はボルマンにしがみついた。

「うるせえな！」ドイツ人はソクラテスをはねのけて、後部座席のシートをひっくり返した。「武器もそのままだぜ。ライフルも手榴弾《しゆりゆうだん》も手つかずだ。そっちはどうだ？」

「拳銃もそのままだ。バッグの位置も動いてない」

「パレンケのやつ、何を考えてやがるんだ？　狙撃が失敗したことぐらい、わかってるだろうに。おれたちが武器を手に入れるには、ここに戻ってくるのが一番手っ取り早いことは常識だぜ。それとも、おれたちがそのままメキシコ・シティへ飛んだとでも考えてやがるのかな？」

神代恒彦はステーション・ワゴンを発進させた。

空港を出るとすぐに人家が途切れた。ヘッドライトの中に白いアスファルトの道がゆるやかにうねりながら続いた。

もう夜だった。

ユカタンの空に星がまたたいていた。

「非合法員《イリーガル》をこんなふうに扱ったら」後部座席でボルマンが呟いた。「どんなことになるかをパレンケにたっぷり教えてやる……」

「おい、待ちな」神代恒彦は背後に声をかけた。

「何だ？」

「どう考えても、しっくりしねえ」

「何が？」

「保安局がおれたちの口封じに狙撃したというのは間尺に合わねえ。いいか、おれたちはＣＩＡのソクラテスに紹介されたんだ。アメリカとメキシコの関係を考えてみな！　保安局がＣＩＡからの紹介者をこんなふうに扱えるか？」

「そこがメキシコ人の間抜けなところだ」

「真面目に聞きな。このメキシコじゃあ、問題は山ほど転がってるんだ。どうしても荒療治の請負人が要《い》る。もし、おれたちを消してみろ、今後どうやって非合法員《イリーガル》を探すんだ？　こんな噂は腕のいい非合法員にはすぐに伝わるんだぜ」

「パレンケじゃねえと言うのか？」

「まだわからねえと言ってるんだ」

「おまえ、まさか……」

「何だ？」

「野鼠を疑ってるんじゃねえだろうな」

「馬鹿を言うんじゃない。やつなら、あの距離からは絶対にはずさん」

「いいか」ハンス・ボルマンはうしろから神代恒彦の肩をこづいた。「おれとおまえがこのメリダにいることを知ってたのは、野鼠とメキシコ保安局とＣＩＡのソクラテスだけだ……」

「いや、ソクラテスは知らないはずだ。やつはおれを特殊任務課に紹介しただけだ」

「なら、話はもっと早い。もしさっきの狙撃が野鼠でないとすると、な、わかるだろう。

少なくともパレンケがエース・カードを握ってるんだ」

「おい」神代恒彦は言った。

「何だ？」

「そっちの灰皿に煙草の吸い殻は残ってないか？」

「ねえな」ドイツ人は後部座席の灰皿を開けた。「さっき掃除したからな」

「何だってそんな余計な真似をするんだ？」

「煙草が切れたからって、やつあたりするんじゃねえ！　おれは綺麗好きなんだ、おまえと違って。そっちの灰皿にはないのか？」

「ねえから訊いたんだ！」

神代恒彦は苛立たしくアクセルを踏みこんだ。スピード・メーターが百マイルを超えた。対向車とすれちがうと、風圧でステーション・ワゴンはハンドルをとられて揺れた。

メリダ市街にはいった。

中央広場《ツカロ》は就寝前の夕涼みの住民たちで埋めつくされていた。それをあてこんで、中央広場の周囲のレストランは観光客用メニューから住民用メニューに変えてテラスを開放していた。街は人いきれとタコスとテキーラの臭いでいっぱいだった。

神代恒彦は《ディアリオ・ユカタン》社から百メートルの距離にステーション・ワゴンを停めた。運転席の窓を開け、S&Wを握りしめて、ボルマンを掩護《えんご》する姿勢をとった。

ドイツ人は新聞社に近づいていった。

パレンケはもういなかった。

受付はボルマンにエミリオ・イエペスの自宅の電話を教えた。

「直接、電話するわけにもいかねえ」ドイツ人が言った。「いきなり、やつのところへ踏みこまなきゃあな」

「住所は聞けたのか？」

「電話番号だけだ。パレンケは《ディアリオ・ユカタン》にも住所を教えてないらしい」

「どうする？　電話局にかけて電話番号の住所を調べさせることはできねえぜ、世界中どの国でも」

「何とかする。おまえは煙草でも買いな」

神代恒彦は車を降りて煙草を買った。

ボルマンは歩道を歩いていた二十歳前後の混血《メスティーソ》の娘に声をかけた。スペイン語でしばらく話したあと、百ペソ紙幣を女の手に握らせた。

女は当惑の表情を浮かべていたが、意を決したように近くの電話ボックスへはいった。そして、一分も経《た》たないうちに出てくると、何ごとかをボルマンに告げた。

「わかったぜ、おれが運転する」

「女に何をさせた？」

「食料品店の者だが、届け物を頼まれたんで住所を教えてくれ、と尋ねさせただけだ」

「電話に出てきたのはだれだ？　パレンケみたいだったか？」

「いや、中年の女の声だったそうだ」

7

露店商や居酒屋の密集するサン・セバスチャン通りを抜けるとすぐに純血スペイン人たちの豪邸が続き、やがて人家もまばらな郊外へ出た。道路沿いに設置された街灯の間隔がしだいに長くなり、すれちがう対向車の量が急速に減っていった。

ハンス・ボルマンは碧眼《へきがん》を大きく見開いてそろりそろりとステーション・ワゴンを走らせた。

前方に灯《あか》りが見えた。

「あそこだ」

道路沿いから少しひっこんだところに壁土にピンク色のペンキを塗りたくった家が街灯の裸電球に映しだされていた。ボルマンは七十メートルほど手前にステーション・ワゴンを停めた。

神代恒彦は消音器を装着したS＆Wをベルトの間に挟み、手榴弾を三発、ズボンのポケットにねじこんだ。空腹で、胃が萎《な》えた音をたてた。

「犬がいるぜ」ボルマンがデリンジャー拳銃に弾丸を装塡《そうてん》しなおしながら囁《ささや》いた。

「鎖に繋がれてるのか？」

「いや、放し飼いだ」

後部座席で、ソクラテスが落ちつきを失くした。

神代恒彦は窓を開けた。

空調器で冷えた車内を生暖かい空気が包んだ。アスファルト道路の傍《かたわ》らの叢《くさむら》で鳴いている虫の声とピンク色の壁の家の中から聴こえてくるけたたましいマリアッチのラジオ放送が耳朶《じだ》にまとわりついた。

神代恒彦はS&Wをベルトの間から抜いた。

家の前で寝そべっていた大きな雑種犬が不審そうに立ちあがった。

引鉄《ひきがね》を引いた。

犬は投げ棄てられた雑巾のように叢に転がって動かなくなった。

車を降りた。

「おれは右手からまわる」ハンス・ボルマンが家の右側の木立ちを抜けて、忍び足で裏側にまわった。猫のような身の動きだった。

神代恒彦は左手からまわって窓辺に近づいた。

家の中はまる見えだった。

太った中年の混血女と五人の子供、それに三十四、五歳の混血の男がラジオを聴いていた。男は顔かたちから見て明らかに女の血縁だった。

「パレンケはいねえぜ」ボルマンがそばに忍び寄って押し殺した声を出した。

「踏みこんでみる以外にないな」

ふたりは玄関前にまわった。

神代恒彦は握りしめていたS&Wをふたたびベルトの間に挟み、それを上着で隠し、ドアを叩いた。ボルマンもデリンジャーをポケットにしまいこんで反応を待った。

中のマリアッチの響きが小さくなった。

甲高いスペイン語が聴こえ、女が顔を出した。五人の子供が母親の腕にむしゃぶりついたまま訪問者を見上げた。

ボルマンがスペイン語で挨拶して喋りはじめた。ひとまずドイツ人の言葉を聞いたあと、女はぎすぎすした早口でまくしたてた。

「この女はやつの女房か？」神代恒彦が女の話の途中で口を挟んだ。

「そうらしい。やつはどこへ行ったかわからないし、きょう帰ってくるかどうかもわからない、と言ってる。しかし、何だってこの女はこんな凄い剣幕で喋りやがるんだ！」

女は不審の眼差しでふたりを睨みつけていた。黒い瞳は取りつく島がなかった。

奥で男の声がした。

目鼻だちが女とそっくりのメキシコ人が顔を出した。

「外国人？」男は英語で質問した。

神代恒彦は頷いた。

「アメリカ人かね？」

ボルマンが首を横に振った。

「アメリカ人じゃないのか。みたいな気がしたがね。ところで、あんたたち、エミリオに何の用があるんだね？」

流暢《りゅうちょう》な英語だった。おそらくこの男は何年かの滞米生活を経験してるはずだ。それも、神代恒彦を含めてアメリカ人と訊くところを見ると、おそらく日系人の多いカリフォルニアで暮らしたに違いなかった。

「《ディアリオ・ユカタン》紙の広告の件で、至急、会わなくちゃならないんだ」

男は神代恒彦の表情をしばらく睨《ね》めまわし、やがてせせら笑いを浮かべた。

「あんた、嘘《うそ》を言ってるね？」

神代恒彦は男の挑発的な態度を黙って観察しはじめた。

男は今度はドイツ人に向かって言った。

「ほんとうは、あの女を捜しているんじゃないのかね？」

ボルマンと神代恒彦は、一瞬、顔を見合わせた。

「実はそうなんだ」ドイツ人は口から出まかせを喋りだした。「おれたちはあの女《セニヨリータ》を捜してる。早いとこ、見つけださなきゃ、面倒なことになるんだ！」

いきなり、女が男に向かって騒々しく喚きたてた。ボルマンが女《セニヨリータ》というスペイン語を使ったことが原因らしかった。

男は大仰な身ぶり手ぶりで執拗《しつよう》な説明を繰り返しはじめた。女は、勝手にしろ、という顔をして子供たちを連れて奥へ引っ込んだ。

「あんたたち、あの女とどういう関係かね？　あの不潔なアメリカ女と」男が一息入れて、小声で尋ねた。

ボルマンが、喋るわけにはいかないというふうにわざとらしく首を振った。

「あの女、エイプリル・ローズなんてふざけた名まえを持ったあの女……」男は忌々《いまいま》しそうに舌打ちした。「エミリオはすっかりあの女にいかれちまって……。見たろう？　マリアは五人の子供を抱えてあのざまだよ。あ、おれはマリアの弟だよ。つまり、エミリオの義弟なんだが」

「エミリオ・イエペスは」ハンス・ボルマンの声が詰問調になった。「エイプリル・ローズにそんなにいかれてるのか？」

男の表情に不安の色が浮かんだ。

「ちょっと待ってくれ。あんたたち、エイプリル・ローズのいったい何なんだね？」

ドイツ人は言葉に窮した。

「実は、おれたちは……」神代恒彦が助け舟を出した。「あの女の父親に頼まれて、エイプリル・ローズをアメリカに連れて帰ることになってる……」

「私立探偵かね？」男の顔が急に明るくなった。「私立探偵なのか！」

神代恒彦は頷いた。

「マリア！」男はうしろを振り返って弾むような声で叫び、ちょっと失礼という仕草をして奥へ消えた。軽い興奮が背中に漲《みなぎ》っていた。

「さっきあのふたりがスペイン語で喚きあってたのは、何と言ってたんだ?」神代恒彦は小声で訊いた。

「パレンケの女房は、見ず知らずの人間に余計なことを喋るな、と喚いた。女房の弟は、この連中はあの女のことを何か知ってるかも知れない、エミリオを連れ戻すためにはこの連中から何か聞きだした方がいい、と説得した。興奮しておれがスペイン語ができることを忘れたんだな」

ボルマンの言葉が終わるか終わらないうちに、男が奥から出てきた。

「中にはいってくれ。おれはホセだ。ホセ・ロドリゲス」

神代恒彦とボルマンは中にはいって、居間の黒い模造革のソファに腰を下ろした。ソファはところどころ表革が破れ、中からスポンジが覗いていた。

居間の中は、子供の玩具や小さな靴、読みかけの雑誌類で散らかり、スープの臭いが漂い、トランジスタ・ラジオがマリアッチを奏《かな》でていた。この家の持ち主がメキシコ内務省保安局の秘密連絡員であることを窺《うかが》わせるものは何ひとつなかった。

パレンケの妻はコーヒー・カップにインスタント・コーヒーの粉末を入れてふたりの訪問者に差しだした。その様子を五人の子供たちが沈黙して見ていた。上は六歳ぐらい、下は一歳になるかならないかだった。

ホセ・ロドリゲスが台所から湯を沸かして持ってきた。ふたりのコーヒー・カップに無造作に熱湯を注ぎながら言った。

「アメリカ人じゃないのに、アメリカの私立探偵をやってるのかね？」

「シカゴじゃかなり大きな探偵社で、おれたち外国人スタッフもかなりいる。おれは日本人で、この男はドイツ人だ。英語圏以外の国での調査はたいていおれたち外国人スタッフがやる」

「探偵を傭《やと》えるぐらいだから、あのエイプリル・ローズの父親はかなりの金持ちなんだろうな？」

「そういうわけでもない。ただ、父親は娘を溺愛《できあい》している。だから、娘のためには少々の金は使うつもりだ……。ところで、エミリオ・イエペスはどうやってエイプリル・ローズと知りあった？」

　神代恒彦の問いにロドリゲスは顔を歪《ゆが》めた。

「エミリオは重症のメキシコ病患者なんだ」

「メキシコ病？　何だ、そいつは？」

「知らないかね？　メキシコ人はスペイン人とインディオとの混血《メスティーソ》だ。征服者が原住民の女を強姦してできあがった民族だろ。だから、強姦者である父の血を憎むと同時に悲惨な母の血からも遠ざかる。白人を嫌悪しながら白人に憧れ、インディオに同情しながらインディオを軽蔑《けいべつ》するんだ。その結果がヒステリー性の情緒不安定……これがメキシコ病というわけだよ」

ロドリゲスは早口で喋りまくった。

ボルマンが右膝を顫わせながらメキシコ人を凝視《ぎようし》していた。

ロドリゲスはその視線に気づいて、羞《は》じらいながらあわててつけ加えた。

「おれはバークレーで社会心理学を専攻したんだ。カリフォルニア大学のバークレー分校で……」

「そのメキシコ病にエミリオ・イエペスはどう重症なんだ？」神代恒彦は話を元に戻した。

「エミリオは最悪だ。白さへの憎悪と憧憬《どうけい》はこの国じゃあ現在ではアメリカ合衆国への憎悪と憧憬へすぐに転化されるんだが、この感情はふつう性的なかたちになって表われる。グリンゴという言葉を知ってるだろう、グリンゴってのはメキシコ人がアメリカ人を侮蔑《ぶべつ》するときの言葉だ。エミリオはアメリカ人をグリンゴと罵《ののし》りながら、異常な熱意でヤンキー娘の尻を追っかけまわすんだ……」

「その熱意にエイプリル・ローズが負けたというわけだな？」

ロドリゲスは答えるのを躊躇《ちゆうちよ》したが、やがて意を決したようにこう訊いた。

「私立探偵という商売は個人の秘密を警察に密告するような真似はしないんだろう？」

「あたりまえだ！」ボルマンがわざと憤然とした態度を示した。「そんなことをすれば依頼も来なくなるし、調査の協力者もいなくなる！」

ホセ・ロドリゲスはそれでも不安のようだったが、ついに喋りはじめた。

「このメリダにやってくるアメリカ人の大半はユカタン半島のマヤ文明の遺跡を観《み》に来る

観光客だが、ヒッピーもずいぶん混じっている。連中の狙いは麻薬だよ。コカインやマリファナ、マジック・マッシュルーム、それにときには阿片《あへん》を求めてメリダ周辺をほっつきまわるんだ。エミリオはそういうヒッピー連中の中のいかれた娘を夢中になって追っかけまわすんだ」

「ヒッピーの女はメキシコ病に弱いのか？」

　ロドリゲスは苦笑した。

「決め手は麻薬だ。ユカタン半島は麻薬の名産地だといわれているが、通りすがりのヒッピー連中にはなかなか手にはいりにくい。一応、警察も眼を光らせてることだしな。もっとも麻薬所持で捕まったとしても、袖の下を渡せば簡単だがね。メリダの官憲は腐りきってるんだ！」

「エミリオ・イエペスはその麻薬の入手法を知っていて、そいつを餌に女に近づくというわけだな？」

「そうなんだ。どういうルートで手に入れるのか知らないが、エミリオは麻薬を与えて女をものにするんだ。ときには金もくれてやるらしいが」

「エイプリル・ローズの場合も同じ手口だったのか」

　ロドリゲスは大げさに頷いた。

「ただ、あの女の場合は期間が長い。ふつうは、二、三日でヒッピー娘はエミリオと別れて別の場所へ旅立つんだが、今度の場合はもう三週間も一緒だ。エミリオもあの女ももうすっかり夫婦気取りなんじゃないかな」

「一緒に住んでる？」

「ああ、ここから三十キロばかり先のロッジにふたりだけでね。エミリオはヒッピー娘を連れ込むために、一年前にわざわざロッジを建てたんだ……」

このとき、黙って聴いていたパレンケの妻マリアが、突然、激しい調子で口から泡を飛ばして喋りはじめた。ロドリゲスがなだめるように応答すると、女はますます声を荒らげた。

「何と言ってる？」神代恒彦はボルマンをこづいた。

「エミリオなんか帰ってこなくてもいい、生活費さえ月々入れてくれればそれでいい、わたしはもうエミリオの顔を見るのも厭《いや》だ、と女は言ってる。ロドリゲスは、子供のことを考えればそんなことは言ってられない、となだめてるんだ……」

神代恒彦とボルマンはしばらく姉と弟の会話を眺めていた。そのうち、女が棄て台詞めいたものを残して台所へ消えた。

「六年半になるのかな」ロドリゲスは冷《さ》めたコーヒーを啜《すす》った。「結婚して六年半で夫婦の間があぁも冷えちまうんだから。五人もの子供を抱えて……」

「六年半？　晩婚だな？」

「エミリオが四十歳で、マリアが三十歳のときだった。エミリオはメリダにやってきて、すぐにマリアと結婚したんだ。おれはそのときバークレーに留学中だった。おやじはメリダでかなり大きな雑貨店を経営してたが、エミリオとマリアが結婚する直前に倒産したんだ。エミリオがオールド・ミスだったマリアと結婚したのはひょっとしたら、おやじの財産目あてだったかも知れない……」

「ふたりはどうなると思う？」

「どうなるもこうなるも、エミリオをあんな女に入れあげさせておくわけにはいかない。五人も子供がいるんだし……」

「じゃあ、どうしてロッジへ行ってふたりを引き離さないんだ？　いつものように二、三日の浮気じゃなく三週間も一緒に暮らしてるんだろう？」

この質問はロドリゲスの急所を直撃したようだった。一瞬、息を詰まらせ、やがて自嘲《じちょう》の笑いに顔が歪みはじめた。

「おれは失業中なんだ。ここのところ、ずっとエミリオの稼ぎで食っている。強いことも言えないんだ……」

神代恒彦とハンス・ボルマンは口ごもるロドリゲスを見凝《みつ》めながら立ちあがった。

「心配するな。おれたちがふたりを引き離してやる」

「頼むよ。そうだと思ったから、すべてを話したんだ」

「ふたりが住んでるロッジはどこだ？」

「地図を書くよ」

神代恒彦とボルマンはロドリゲスがボールペンで書いた地図を受け取って表に出た。外は降るような星空だった。

ロドリゲスは玄関まで見送った。別れの挨拶をすますと、大きな声で犬を呼んだ。

「ぺぺ！　ぺぺ！　しようがねえな、あの犬は！　どこへ行きやがったんだ、すっかり盛りがつきやがって！」

ロドリゲスの舌打ちにボルマンが振り返った。

「そう怒るんじゃねえ！　飼主のエミリオ・イエペスに似ただけの話だぜ」

ロドリゲスが自虐的な笑い声をあげて家の中に姿を消すのを見届けて、神代恒彦とボルマンはステーション・ワゴンの方へゆっくりと歩きはじめた。叢《くさむら》の虫たちがうるさく鳴いていた。

「おかしいとは思わねえか？」神代恒彦が言った。

ドイツ人は答えずに運転席に乗りこんだ。

「狙撃が失敗したことがわかりながら女といちゃついていられるほど、パレンケの肝っ玉はでかくは見えなかったぜ」

「罠《わな》だと言うのか？」ボルマンはエンジンを始動させた。

「もしパレンケが狙撃したのならな」神代恒彦は助手席のシートに深々と身を沈めた。

フロント・ガラスを通して見える濃紺の星空に雲が流れていた。

ボルマンがぽつりと呟いた。

「今夜は風が吹くぜ」

8

マヤの遺跡で知られるティカルへ向かう一八四号線は樹海の中を縫うようにして走っていた。ヘッドライトの前方に廃墟となった交易所の残骸が浮かんできた。

「ここだぜ」ハンス・ボルマンが言った。「ここから脇道を二キロ行ったところだ」

神代恒彦は窓を開け、左手で外気を確かめた。

「この風じゃ、これ以上近づけばエンジン音を聞かれちまう」

ふたりはステーション・ワゴンを交易所の裏手に隠し、ソクラテスを残したまま脇道を歩きはじめた。握りしめた拳銃が夜の大気にすぐに湿気を帯びはじめた。ポケットの三発の手榴弾が擦れあって、ときどき重苦しい音をたてた。

灯りが見えた。

パレンケのロッジだった。近くに人家は一軒もなく、脇道からさらに二十メートルばかりトラクターで木の根を削りとってできた土塊《つちくれ》も生々しい私道の奥がエミリオ・イエペスの情事の根拠地だった。

私道の手前にフォルクス・ワーゲンが停めてあった。神代恒彦とボルマンは土塊の上を豹《ひょう》のような足どりで歩いた。叢の虫たちがぴたりと鳴くのをやめた。メリダ市街を離れると虫ですらが性向を変えるのだ。うっそうとした木立ちの中に小さな建物が姿を現わした。

ロッジと言えた代物ではなかった。

パレンケのロッジは通称トレーラー・ハウスと呼ばれるアルミ製の簡易住宅だった。トレーラーで運ばれるできあいのハウスは、ただ、居間の部分が全面採光できるように改造してあるだけだった。そこから電灯の硬い光が吹きだし、前に生い茂るガジュマルの樹々を突き刺すように照らしだしていた。

「やけに静かだ……」ボルマンが囁いた。

「もう少し近づこう」神代恒彦はポケットから手榴弾を一発取りだしてドイツ人に手渡した。

ふたりは背丈ほどもある雑草の中を抜けて居間のほぼ正面の巨大なガジュマルの茂みの下に身を沈めた。中の様子は手にとるように窺えた。

裸電球がふたつ、居間の壁のソケットに取りつけられ、それが部屋の中のすべてを映しだしていた。赤いトリコット製の華奢《きゃしゃ》なソファと白いテーブルが居間の中央に備えつけられ、テーブルの上にはブランデーのボトルと飲みかけのグラスがひとつ、それにアンティック調の電話が置かれていた。アルミ・サッシのガラス戸は半分開け放たれ、両横にたぐられたレースのカーテンの裾が舞い込んでくる風に揺れていた。

居間にはだれもいなかった。蒸し暑さだけが漂っていた。

視線を隣の窓に移した。

こちらは一眼で寝室とわかった。緑色のカーテンで閉めきられ、部屋の灯りがその緑を鮮やかに映《は》えさせていた。

「お楽しみ中というわけだ」

ハンス・ボルマンがそう呟いたとき、緑色のカーテン越しに人影が映った。どう見ても情事のあとの動きではなかった。黒いシルエットは犯罪をはじめて犯した少年ギャングのように硬直していた。

「踏み込むか？」ドイツ人が促した。

「もう少し待ちな」

緑色の窓辺から黒い影が消えて、強烈な光の居間にパレンケが姿を現わした。イエペスは昼間と同じ服装をしていた。ただ、びっしょりと顔中に汗をかいていた。

パレンケは落ちつかない様子でテーブルの上のブランデー・グラスを手にした。まるで毒物でも呷《あお》るように一気にその琥珀《こはく》色の液体を飲みこんだ。それから、ぎくしゃくとした態度でソファに腰を下ろし、下手な役者の演技のように両手で頭を抱えこんだ。だが、十秒も経たないうちにまた立ちあがり、腕時計を見て、顫える手でグラスにブランデーを注ぎ、アンティック調の電話に手をやろうとした。

「何を慌《あわ》ててやがるんだ？」

パレンケはボルマンの消えいるような呟きが聴こえたかのように、電話を諦め、ブランデー・グラスを持ったままガラス戸に近づいてこっちを観た。眼が空虚《うつろ》だった。何かにとり憑《つ》かれていた。

神代恒彦とボルマンはその様子を息を殺して観察した。

パレンケはふたたびソファに戻った。ブランデーを飲み干して何度も腕を組み替えた。口髭に触りながら、また立ちあがった。何か重要な忘れ物をしたかのようにせかせかと寝室へ歩を運んだ。

「この様子じゃやつ以外にだれもいねえぜ」ドイツ人が言った。

「踏み込もう!」

神代恒彦とボルマンはガジュマルの茂みから飛びだした。

居間の中にはいるまで三秒とかからなかった。

ふたりは寝室のドアの両横の壁に背をもたせかけて、パレンケが出てくるのを待った。ドイツ人はデリンジャーを耳の位置にかざしていた。神代恒彦はS&Wを腰の位置に固定していた。開け放たれたガラス戸から虫たちが威勢よく鳴きはじめるのが聴こえた。一匹のやぶ蚊が左眼の下にとまったが、神代恒彦は微動だにせず血を吸わせた。背中の汗はそれほどでもなかった。ボルマンも押し寄せてきた数匹のやぶ蚊になすがままにさせていた。

寝室の中ではじめて小さな気配がした。男の溜息だった。

靴音が近づいてきた。

ドアが開いた。

パレンケが出てきた。神代恒彦がその背中に銃口を突きつけるのと、ボルマンが寝室の中に飛び込むのが同時だった。

「声をあげるんじゃない」神代恒彦は低い声で命じて、パレンケのポケットを調べて銃器のないことを確認した。

「だれだ？」イエペスは後ろ向きのまま上《うわ》ずった声をあげた。

「黙ってるんだ！」

神代恒彦は銃口でパレンケの背をこづきながら、居間のソファに腰を下ろさせた。硬直した肩を見ながら正面にまわってS&Wをかざした。

イエペスの顔に驚愕《きようがく》と安堵《あんど》の入り混じった複雑な色が浮かんだ。興奮して何か喋りだそうとするのを、神代恒彦はかぶりを振って制した。

「女が死んでるぜ！」

寝室から出てきたボルマンがそう言い残して台所へ向かった。

「他にはだれもいねえ！」

パレンケはソファの上で腕を組んだ。諦めと開き直りの態度だった。

「いったい、何の真似だね？」

「黙ってろ、と言ってるんだ！」

「それにどうしてここがわかった？」

「黙れと言うのが聴こえねえのか」

イエペスは神代恒彦の語勢に唇を噛んだ。

ボルマンが居間に戻ってきた。

「メキシコ・シティに飛んだはずじゃなかったのか?」パレンケはドイツ人に救いを求めるように質問した。「それにどうしてここへやってきたのかね?」

「その理由はこっちが聞きてえ!」ボルマンは憎しみを満面に浮かべた。

神代恒彦はドイツ人と入れ替わって寝室へ向かった。

ドアを開けると、けばけばしい装飾を施したウィンザー調のダブル・ベッドの上に女がネグリジェ姿で横たわっていた。長い金髪が枕の上に無造作に投げだされ、白眼は天井を睨んでいた。しゃくれた鼻の下の唇は半開きのままだった。

弾力のある乳房と発達した太股、薄いナイロンのネグリジェからは女のすべてが透けて見えた。推定年齢二十六、七歳というところだ。豊満な肉体だった。

神代恒彦はポケットからマッチを取りだし、一本擦って女の眼の上にかざした。瞳孔《どうこう》反応があった。

胸に耳を当ててみると、かすかに心音が聴こえた。きわめて緩慢《かんまん》だったが、心臓は動いていた。仮死状態だった。あとどれぐらい保《も》つか不明だったが、とにかく心臓はまだ停まってはいなかった。

「さあ、説明してもらおうか!」

壁の向こうで、ボルマンの猛々《たけだけ》しい声が響いた。

神代恒彦は居間に戻った。

「事故なんだよ、事故……」パレンケの声は哀願調だった。「あんたがたのことだから、警察に行くようなことはしないだろう？」

「事故だと？」

「そうなんだ、あの娘がもっと強い麻薬が欲しいと言いだして……ヘロインが欲しいと言いだして……それでおれはヘロインを手に入れた。しかし、適量がわからなくて……ああなったんだ。死んじまった。ショック死なんだ。頼むから死体をうまく処理してくれないか。警察に知れると面倒なんだ。あんたがたはこういうことは慣れてるだろう？　金はいくら出せばいい？」

「ふざけるな！　とぼけやがって！　そんなことを聞きにきたんじゃねえ！」ボルマンはパレンケの脛《すね》を蹴っ飛ばした。

「何するんだ？」エミリオ・イエペスはむっとして睨みつけた。

「何をする？　おまえがおれたちにしたことを考えりゃそんな台詞が吐けるわけはあるまい！　なぜ、おれたちを殺そうとした？」

「殺そうとした？　何のことだ？」

「とぼけるな！」

ドイツ人はパレンケの口をデリンジャーの銃把《じゅうは》で思いきり殴った。

ソファの上でイエペスの首がバネ仕掛けの人形のごとく半回転した。血が口から滴《したた》り落ちた。

白いテーブルが赤い絵具を撒き散らかしたかのように染まった。パレンケの前歯が一本折れてテーブルの上を転がり、無機質な音をたてた。

「どういうつもりなんだ?」イエペスは怨《うら》みに燃えた眼でドイツ人を見上げた。

「どういうつもりだ? どこまでしらばっくれるつもりだ!」ボルマンは苛立たしくポケットから小さな物体を取りだしてテーブルの上に置いた。空港で狙撃されたときに拾った弾丸だった。「こいつが証拠だ! なぜおれたちを撃とうとした? さあ、話してもらおうか」

パレンケはテーブルの上の弾頭のへしゃげた弾丸を手にして当惑の眼差しで眺めた。態度はおどおどしていたが、うしろめたさはなかった。

「さあ、洗いざらい喋っちまいな!」ドイツ人はまたエミリオ・イエペスの脛《すね》を蹴った。

「説明してくれ!」パレンケは悲痛な声を出した。「これがどうしたと言うんだ?」

「こいつ、命が惜しくねえのか。おれたちの商売がどんなものか知らねえわけじゃあるまいに」ボルマンがいきりたった。

「待ちな」神代恒彦がそれを制した。

パレンケの眼が嘆願の色を帯びた。

神代恒彦は煙草に火をつけ、大きく吸いこんだ。紫煙がゆっくりと裸電球の光の中で消えていった。

「メリダ空港で狙撃された……」神代恒彦は諭《さと》すように言った。

「だれから？」

「いまのところ、考えられるのはおまえ以外にない」

「おれが？」パレンケは甲高く叫んだ。「どうしておれがあんたがたを狙うんだ？」

「内務省保安局特殊任務課の指令によって、だ」

「そんな指令なんかない！　なぜ保安局がそんな指令を出す？」

「口封じだ。よくあることだぜ。禁猟区での件を知ってる他所《よそ》者はおれたちだけだからな。生かしちゃおけねえってわけだ」

「第一、おれたちがここにいることは保安局しか知らねんだ！」ボルマンが横から口を出した。「どう考えても、このユカタン半島でおれたちを消したいやつは他には見当らねえ！」

「馬鹿な！　たとえそうだとしても、おれはただの連絡員で銃の撃ち方さえ知らないんだ。信じてくれ！」

「おれたちのような人間を傭うことはできる」ドイツ人が言い放った。

　パレンケは金縛りにあったように硬直したが、すぐに力なく肩を落とした。

「知らないんだ、ほんとうに何も知らないんだ……」

「いまに憶いださせてやるぜ。おれはすぐに吐かせる方法を知ってるんだ」ボルマンが意地の悪い眼で笑った。

「知らないものは知らないんだ……」イエペスは両手で顔を蔽《おお》い嗚咽《おえつ》しはじめた。「きょうの午後、あんたがたと別れておれはずっとここにいた。信じてくれ……」

「手をテーブルの上に出しな！」ドイツ人が命令した。「おれのデリンジャーがおまえが喋るまで一本ずつ指をぶっちぎるぜ。さあ、早く手を出しな！」

パレンケは両手を握りしめてその場にうずくまった。背中を顫わせてむせび泣いた。

「つまらねえ演技はしねえ方がいい」ボルマンが鼻を鳴らして吐き棄てた。

神代恒彦は煙草を大きく吸いこんだ。

紫煙の中のイエペスは壊れた玩具のようだった。ドイツ人は蝶を捕まえた蜘蛛のようだった。

神代恒彦は半分近くまでになっている煙草の火に眼をやり、次いで、その彼方に視線を移した。

さっきまで風に揺れていたカーテンの裾が微動もしてなかった。風向きが変わっていたのだ。虫たちの鳴き声もはるか遠くに聴こえていた。

突然、その虫の唄がぴたりと止んだ。

体の奥底から冷たい予感が烈しく噴きあげた。

「伏せるんだ！」

神代恒彦は叫びざま、床の上に転がった。

ボルマンも同時に倒れこんだ。

乾いた連続音が聴こえた。

ガラス戸が粉々に砕け飛んだ。その向こうのガジュマルの茂みの中で黄金の光がめまぐるしく点滅した。数えきれないほどの白い煙の糸がすさまじい勢いで部屋の中に注ぎこまれた。花柄模様の壁紙に無数の穴が開いた。

「機関銃だ！」ボルマンの叫びが連続音の中で響いた。

軽機関銃の乱射の中でパレンケが夢遊病者のようにソファから立ちあがった。どこかを撃たれてそのはずみで立ちあがったのだ。パレンケは弾丸が注ぐ中を舞いながら崩れ落ちていった。

パレンケの肉体が床に落ちる鈍い音とともに眼と鼻の先で拳銃音がした。居間の裸電球ふたつが瞬時にしてボルマンのデリンジャーにぶち抜かれた。

闇が押し寄せた。

神代恒彦はポケットから手榴弾を取りだして発火縄を歯で引っぱった。投げた。ガジュマルの茂みの中で弾体が炸裂《さくれつ》した。続いて、もう一発、ボルマンの手榴弾の爆発音が耳をつんざいた。ＴＮＴ火薬の臭いとともに強い爆風が体の上を通過した。

軽機関銃の音が停まった。

鼓膜はまだどんな刺戟も受けつけそうになかったが、機銃音が停止したことだけは確かだった。神代恒彦は沈黙の世界の中で二発目の手榴弾を投擲《とうてき》した。

爆風がふたたび吹き荒れた。

Ｓ＆Ｗをガジュマルの茂みめがけて乱射しながら、神代恒彦は生唾を呑みこんで聴力を回復した。隣でボルマンがデリンジャーを撃ち続けていた。

「逃らかりやがったぜ！」

弾丸をすべて撃ちつくしたところで、ドイツ人の怒鳴り声が聴こえた。

「すぐ近くまで車で来てやがったんだ！」

闇の中で、かすかに車のエンジンを始動させる音がした。

「風が変わったせいだ」神代恒彦は硝煙のたちこめる闇の中に伏せたままＳ＆Ｗの弾倉に弾丸を装塡しはじめた。「風が変わらなきゃ、車の音が聴こえたはずだ。あのとき、風が変わらなきゃ……」

エンジン音が遠ざかっていった。

闇の中で、闇に向かってボルマンが吼えた。

「何がいったいどうなってやがるんだ！」

9

虫の唄がふたたび聴こえはじめた。

神代恒彦とハンス・ボルマンはロッジの周辺から闖入者《ちんにゅうしゃ》が姿を消したことを確認した。マッチを擦った。小さな炎が硝煙にかすむ室内を淡く照らしだした。ボルマンが立ちあがって、台所の天井にぶら下がっている電球を持ってきた。

「やつら、何人だった？」ドイツ人は居間の電球をつけ替えながら訊いた。

「おれの計算じゃあ三人だ」

「おれもそう踏んでる」

「軽機関銃がふたり、あとひとりは……」

「ライフルだった！」

室内が新たな電球で輝いた。

パレンケの死体が映しだされた。

パレンケは体を海老《えび》のように折り曲げ、遠くを見凝めるような眼差しで床の上に転がっていた。血まみれの体を引っくり返してみると、全部で七発の銃弾がパレンケを貫いていた。腹に一発、巨大な弾痕《だんこん》が開き、ソファから死体の位置まで流れているおびただしい血はそこからのものだった。あとの弾痕はすべて軽機関銃によるものだった。

「何てえこった……」ボルマンが呻いた。

「台所に懐中電灯はなかったか？」

「探してみよう」

ボルマンはまもなく二本の懐中電灯を手にして現われた。

ふたりで外に出た。

ガジュマルの茂みの中を左右に分かれて歩いた。夜は湿気を帯びはじめ、ＴＮＴ火薬の残り香が鼻腔を刺戟した。

何かが足に触れた。

「おい」神代恒彦はドイツ人に声をかけながら光を足元にあてた。

懐中電灯に照らしだされたのは男の死体だった。白いサファリ・コートがところどころ黒く焦げていた。どこにも銃創はなく、手榴弾で爆死したものだった。

「昼間、メリダ空港で見かけたやつだ」神代恒彦はその場にしゃがみこんだ。

ハンス・ボルマンが懐中電灯を死者の顔に近づけた。

垂れ下がった瞼《まぶた》とフットボールのように膨らんだ頬がライトの中に浮かびあがった。死顔には苦悶《くもん》の表情はなく、むしろ笑っているような印象さえ与えた。

「憶いだしたぜ……」ハンス・ボルマンは手榴弾の爆発によって死者の顔に付着した焦土を手で拭った。「一九七三年のサンチャゴでおれたちはこいつを見かけた……」

「チリの軍事クーデタのときか？」

ボルマンが確信ありげに頷く気配がした。神代恒彦は死者の表情にさらに眼を近づけた。

「チリ人か？」

「いや、おそらく国籍はフランスかベルギーだ。もしかしたら、アフリカの旧フランス植民地の出身かも知れねえ。こいつが流暢なフランス語でだれかと喋ってるのを聴いたことがある。それに……」

「何だ？」神代恒彦の声が嗄《かす》れた。

「こいつはアメリカにもしばらく住んでたはずだ。たぶん、アメリカの東部のどこかだ。

こいつは英語はそれほどうまくなかったが、アメリカ人と話すときはときどきアメリカ東部のスラングが自然に入り交じった……」

「名まえは知ってるか？」

「そいつはわからねえ。だが、おれがサンチャゴでこいつを見かけたときは、たいてい、ＣＩＡの関係者が一緒だった。こいつはＣＩＡに傭われてサンチャゴで何らかの工作をやってたんだと思う……」

「ＣＩＡ？　ＣＩＡの非合法員《イリーガル》か？　何で、ＣＩＡの非合法員がおれたちを狙う？」

「そんなこと、おれが知るか！」ドイツ人は手に触った雑草を力まかせに引き抜いた。

神代恒彦は黙りこんだ。

汗が背中を伝わって流れ落ちベルトのところで停まった。

北から南へ吹きぬける風がガジュマルの茂みを顫《ふる》わせた。

ハンス・ボルマンが口を開いた。

「こんなおかしなことになりやがったのも、みんなあの野鼠が金を持ち逃げしたのがはじまりだぜ。イーライ・スローヴィックに電話して早いとこ野鼠がどうなってるのかを知らなきゃならんな。もし野鼠が実際にはメリダ空港から飛びたってなく保安局が小細工して乗客名簿をでっちあげたのなら、野鼠はとっくに消されてるだろうし、そうなりゃ、いまの狙撃は保安局がパレンケごとおれたちを始末しようとしたんだと考えられる。そうでなきゃ……保安局が連中を傭ったと考えるのは無理だ……」

ふたりはロッジに戻った。

神代恒彦はロサンジェルスを呼びだした。

「何だ、まだメキシコか？　とっくに飛行機の上かと思ったぜ」イーライ・スローヴィックが電話口に出た。

「グエン・タン・ミンはどうした？」

「何だと？」

「ああ、あのヴェトナム人な、やつはロサンジェルスには来なかった……」

「ロサンジェルス空港には降りなかったと言ってるんだ……」チェコ人の呂律《ろれつ》がいつもよりとくにおかしかった。

「それぐらいの酒で」神代恒彦は怒声を発した。「酔っ払うんじゃねえ！」

「馬鹿を言うな、酔っちゃあいねえよ……」

「グエン・タン・ミンがロサンジェルスに降りなかったというのはいったいどういう意味だ？」

「メキシコ・シティのおれの知り合いに調べさせたんだ。この費用はあとでおまえに支払ってもらうがな、やつはメキシコ・シティからツーソン行きの便に乗り換えた……」

「ツーソンだと？」

「ああ、アリゾナ州のツーソンだ……」イーライは弛緩した声を洩らした。

神代恒彦は受話器を置いてボルマンを見た。

「ふざけやがって！」ドイツ人は背中の瘤を揺すって舌打ちを繰り返した。「野鼠は何しにツーソンへ飛んだんだ？」

「ツーソンからのやつの行き先はわかってる」神代恒彦はポケットから手帳を取りだした。

「グエンはツーソン経由でユマへ行く気なんだ。やつの女房の両親がユマの近くに住んでるはずだ。女房の両親もヴェトナム難民としてアメリカに来ている……」

「どのあたりだ？」

「パーカーズヴィルだ」神代恒彦は住所を確認して答えた。

「やつはそこへ身を寄せる気かな？」

「しばらくはそうだろう。おれたちが辿《たど》りつくまでは……」

「やつはおまえがその住所を控えたことを知らないのか？」

「絶対に知らないはずだ。だから、おそらくグエンの計算では、おれたちがロサンジェルスに戻って、やつの周辺を洗ってパーカーズヴィルの住所を調べあげるまでに三日、そこへ辿りつくまで一日、合計四日の余裕があると踏んでるはずだ。おそらく、まず女房の両親に大盤振舞いしてどこかへ消えようという寸法だろうぜ。だが、やつはヴェトナム難民だ。知人も多くはねえ。足どりを追うのに時間はかからない。心配しなくても一週間以内にはやつにお目にかかれる……」

「ならいいがな」

神代恒彦はボルマンの皮肉っぽい相槌《あいづち》を無視した。

「それにしても」ドイツ人の語調が変わった。「これで、あの連中を傭ったのがだれだかまるでわからなくなったというわけだぜ！」

「まあいい」神代恒彦は呟いた。「あの連中、こういうことには手慣れてるが、一流じゃあねえ！　メリダ空港でもそうだったし、今回もあれだけの至近距離で失敗したんだ。もしおれならどっちもはずさねえ……」

「そんなことじゃあねえ！」ボルマンが鋭く言い放った。「いいか、腕がどうってんじゃねえ。おれたちは見えない敵に追われはじめたんだ。正体不明の殺意に包囲されてるんだ！　反撃しようにも、だれに反撃するんだ？　敵は闇の中から物も言わずに撃ってきやがるんだぜ。いままでおれたちがやってきたことを逆にやられてるんだ。連中がやってることは、おれたちがやったことだ、プラハでもジャカルタでもアジスアベバでもサンチャゴでも……」

神代恒彦は言葉が出なかった。

「おれたちは」ドイツ人は続けた。「いつだって攻撃するばかりだった。防禦《ぼうぎょ》にまわったことがいままであるか？　ねえ！　攻撃にゃ慣れてるが防禦の経験はないんだ。そのうえ、いまのところ、連中の正体を摑む糸口さえない。なぜおれたちが狙われるのか、なぜおれたちがユカタンにいることを知ってるのか、それすらわからねえんだ……」

神代恒彦は黙って床に眼を落とした。パレンケの死体がこちらを見ていた。

「とにかく、おれたちの手にカードは一枚も残ってないんだ」ボルマンが重々しく呟いた。

「せめて、寝室の女が生きてりゃあな、パレンケがあの女に何か喋ったかも知れねえ……」

「待ちな」神代恒彦の小鼻が痙攣《けいれん》した。

「何だ？」

「女はまだ生きてるはずだ」

「何だと？」

「仮死状態だ」

ボルマンは弾かれたように寝室へ飛びこんだ。

「瞳孔反応を調べてみな」神代恒彦はドイツ人を追いかけて言った。

ボルマンはせわしなくマッチ棒を擦って女の眼に近づけた。

「どうだ？」

「確かに反応はある。しかし、これじゃあ人工呼吸をしても助からねえよ。駄目だ」

神代恒彦はベルトをはずした。

「何をする気だ？」ドイツ人が尋ねた。

「可能性は少ないが」神代恒彦はズボンを脱いだ。「ひとつだけ方法がある」

「どんな方法だ？」

「ニューヨークのヘロインの密売人から聞いた方法だ……」神代恒彦は下着をとって、下半身裸になった。

「おまえ、まさか……」

「女のネグリジェを取りな」

「そんな話は聞いたことがねえ！」

「いいから、言うとおりにしな！」神代恒彦はペニスを握りしめた。

「悪い趣味だぜ」ボルマンは女のネグリジェを引き裂き、パンティを引き下ろした。

女は全裸になった。

神代恒彦はペニスを握りしめてる手をしだいに早めた。反応しはじめた。

「枕を腰の下に敷きな」

「馬鹿げてるぜ」

「黙って枕を敷くんだ！」

ボルマンはベッドの上の白い裸体の下に枕をねじこんだ。

神代恒彦は握りしめた手に力を入れた。

ペニスは完全に怒張した。

ベッドに上り女の冷たい両股を開いた。

ペニスを挿入した。

「ご苦労なこったぜ」ドイツ人が腕組みしたまま意地の悪い好奇の眼を向けた。

「眺めてないで、口を吸え！」

「無駄だ！　もう死体と同じなんだぜ」

「いいから、口を吸うんだ！」

ボルマンは不服そうな表情をして唇を合わせた。

「両手で乳房を揉《も》みな！」

神代恒彦はそう言い棄てて、女の臀部《でんぶ》に両手をまわし腰を浮かせながら、動きはじめた。

ベッドが軋みはじめた。

眼の前に、女の乳房を揉みほぐすドイツ人の指があった。神代恒彦は反応しない肉体の上で腰を動かし続けた。

七分経った。

「駄目だ！　いくらやっても……」ボルマンが唇を離して不貞腐《ふてくさ》れた。

「続けるんだ、それとも替わるか？」

「冗談じゃねえ！　死人と姦《や》れるか！」

「じゃあ続けな！」

「こんな無駄なことをして何になる？」ドイツ人は苛立たしく吐き棄てたが、ふたたび仮死の女の口を吸い、息を吹き込みはじめた。

反応は相変わらずなかったが、神代恒彦は女の腰を抱く腕に力を入れ、営みを続けた。

息づかいがだんだん荒くなってきた。

ベッドの軋む音がしだいに速度を増した。

胸から落ちる汗が女の腹部に滴った。

射精の一歩手前だった。ボルマンが、突然、顔をあげて呟き、それからまた女の口に唇を押しあてた。

「錯覚か?」

「何だ?」神代恒彦は動きを停めた。

ボルマンは答えずに、唇からたて続けに粘着質の音をたてた。そして、ふたたび顔をあげて驚愕の声を洩らした。

「息を吹きかえしたぜ!」

10

女は蘇生したが、覚醒までまだ十数時間かかりそうだった。翌日ラレドの国境を抜けてツーソンに向かうことにして、ふたりは朝六時まで寝室の床の上で二時間交代の睡眠をとった。

神代恒彦は四時から六時まで熟睡した。

「起きな」

眼を覚ますと、ハンス・ボルマンが台所から持ちだした缶詰類を抱えて立っていた。

「こいつを食いな」ドイツ人は言った。「野良犬が迷い込む前に出かけよう」

ベッドを見ると女はまだ昏睡《こんすい》状態だった。

神代恒彦は缶詰に手をつけた。鶏の水炊きはほとんど味がなく、シチュウは脂肪が凝固して浮いていた。

「ラレドまで交代でぶっ通しで運転しても、二十時間はかかる……」

ボルマンがそう呟いたとき、女が大きな鼾《いびき》を立てはじめた。

「さっきから五分おきにこの調子だ。おまえはよく眠れたもんだぜ」

「このぶんなら、あと七、八時間はひっぱたいても眼を覚まさねえな、この女……」

「おれはステーション・ワゴンを取ってくる。女に服を着せときな」

ドイツ人はロッジを出た。

神代恒彦は女の服を探した。ベッドのそばの衣裳入れにナップ・ザックが置いてあった。ナップ・ザックには『エイプリル・ローズ』と刺繍《ししゅう》がしてあった。

中には衣類が詰め込んであった。

神代恒彦はデニムのシャツとジーンズを女に着せた。足をとり、手を動かしても鼾はやみはしなかった。

居間では死後硬直したパレンケが昨夜と同じ姿勢で天井を睨みつけていた。土色の顔面に眼を落とすと、唇から一条の黒い線が床に向かって伸びていた。蟻《あり》だった。無数の膜翅《まくし》目《もく》の小さな昆虫がエミリオ・イエペスの口腔の粘膜に群がっていた。

エンジン音がすぐ近くに聴こえた。

ボルマンが廃墟となった交易所の裏からステーション・ワゴンを取って戻ってきた。インスタント・カメラを手にしていた。

「車のトランス・ミッションがおかしい」ドイツ人は言った。「ひとつがおかしくなると、何から何までおかしくなりやがる……」

「連中にステーション・ワゴンを見つけられた気配はないか？」

「そいつはない。武器もそのままだ……」

「トランス・ミッションはどれぐらい保ちそうだ……」

「二百五十から三百キロというところだ。カムペッチュの港で修理に出さなきゃなるまい。時間を食うぜ……」

「出発する前に……」神代恒彦は足元のパレンケを指さした。「こいつを隠さなきゃなるまい、手を貸してくれ」

ふたりは死体を運んだ。

ガジュマルの茂みの中を極彩色の羽をした鳥が臆病そうに飛びかい、あわただしい鳴き声をあげた。ＴＮＴ火薬の臭いがまだかすかに残っていた。

「おれは車の様子をもう一度確かめる」ボルマンはパレンケを叢《くさむら》に隠し終えると、インスタント・カメラを手渡した。「きのうの男の顔を撮っといてくれ」

神代恒彦は昨夜の狙撃者の顔写真を撮影した。ポラロイドのインスタマティックは白いサファリ・コートの男の死相を写しだした。朝日が男の表情に強く照りつけていた。

クラクションが鳴った。

神代恒彦はロッジの寝室から昏睡を続ける女をステーション・ワゴンに運んだ。女を後部座席に横たえ、その足元にナップ・ザックを置いた。

ソクラテスが鼾をかき続ける女を当惑の眼差しで見凝めた。

「この女、ホセ・ロドリゲスが言っていたエイプリル・ローズにまちがいないかな?」ハンス・ボルマンが車を発進させた。

「女の持ってるナップ・ザックに〈エイプリル・ローズ〉という刺繍があった……」

「パレンケから何かを聞いてるといい。聞いてなきゃあ、どこかで棄てるまでだが……」

ステーション・ワゴンは一八四号線に出てまっすぐ北へ向かった。深緑の樹海が左右に拡《ひろ》がるアスファルト道路を二時間走って一八〇号線に出た。

トランス・ミッションの調子は確かに良くなかった。アクセルを踏み込むたびに低い唸り声をあげ、ステーション・ワゴンは時速六十マイルを超えることができなかった。

カムペッチュの港に出た。

街はずれの修理工場に辿りつくと、修理に七時間はかかるということだった。

「これがメキシコだぜ」ドイツ人が舌打ちして車の鍵を浅黒い肌の修理工に渡した。

ふたりはソクラテスと女をステーション・ワゴンの中に残して修理工場を出た。

小さな港町をぶらついた。

午前の太陽が午後の陽差しに変わった。

七時間が無為に流れた。

トランス・ミッションの交換が終わったのは四時過ぎだった。

「おれが運転する」神代恒彦はイグニッション・キーを差し込んだ。「女がそろそろ覚醒するころだ。うしろに乗ってくれ」

ステーション・ワゴンは一八〇号線を北上しはじめた。ヴェラクルス港まで九百キロ、国境のラレドまで二千三百キロの距離だった。

「おい」ボルマンが肩をこづいた。「妙なものがあるぜ。ソクラテスがナップ・ザックを引っ掻きまわしたらしい」

「何だ？」

「手紙だ。この女が書いたものらしい」

「読みな」

「親愛なるナンシー」ボルマンは声をあげて読みはじめた。「メリダへ来て三ヵ月になるわ。果物はおいしいし、空気も最高だわ。あなた、よくそんなボストンみたいな汚い街にへばりついていられるわね。旅に出たらどうなのよ、むかしみたいに。いろんな物が見えるし、いろんな男とめぐり逢えるわ。わたしはいまこないだも書いたとおりエミリオ・イエペスという男と暮らしている。ちょっと野暮ったいけど、野暮ったいところがメキシコ人のいいところだわ。何とも言えず生命力があるのよ。セクシーだわ。前にも話したけど。わたしはもうずっと前から白人、とくにアングロ・サクソンとはセックスしても感じない体になっている。ヨーロッパはもう駄目なのよ。ヨーロッパはもう死んでいくだけなんだわ。セクシーなものは何も残っちゃいない。その点、有色人種は野暮ったいけど魅力的よ。

わたしがいま一緒に暮らしているエミリオ・イエペスは妙な人で……」

　ここでドイツ人の声が停まった。

「どうした？」

「おれたちのことが書いてある……」

「続けて読みな！」

「表向きは新聞社の広告部員だけど、裏ではほんとうに何をやってるかわからないわ。それも相当スリリングなことよ。前の手紙で書いたとおり、アジア人ふたりと背中に瘤のあるドイツ人を使って荒っぽい仕事をやってるらしいわ。アジア人のうち、ひとりは日本人でもうひとりはヴェトナム人、両方とも銃の専門家ということよ。ドイツ人は語学の天才だと言っていた。メキシコが生き抜くためにはどうしてもやらなきゃならない仕事らしいわ。とにかく、わたしはメキシコが好き。でも七月四日までにはアメリカへ帰る。何と言っても、アメリカの独立記念日ですものね。それじゃあまた。愛を込めて。エイプリル・ローズ」

　手紙を読み終えると、ハンス・ボルマンは長い溜息を洩らした。

　神代恒彦は窓を開けて新鮮な空気を入れた。

「何てえこった……」ドイツ人が呟いた。「メキシコ人はこういう仕事の初歩の初歩さえわかっちゃいねえ。パレンケはこの女の気を引くために、てめえがどれほどの重要人物かを見せびらかすために、おれたちのことを喋ったんだ……」

「その手紙には、前にもおれたちのことを書いたと書いてあるな」

「そうなんだ。おれたちのような仕事をやってる人間なら、背中に瘤のあるドイツ人と言えばおれのことだとすぐに気づく。そのおれと組んでる日本人と言やあ、おまえしかいない。この女から手紙を受け取った人間がそういう仕事の関係者なら、おれとおまえがユカタンにいることはすぐにわかる……」

「ナンシーというのは何者だろう？　封筒に宛名はないか？」

「ない。女が眼を覚ましてから聞きだす以外にない……。とにかく、これで、少なくともおれたちがユカタンにいたことを知る人間がメキシコの保安局以外にもいる可能性が出てきた……」ドイツ人はまた嘆息した。

女が一段と大きな鼾でそれに応えた。

神代恒彦はバックミラーの中の女を眺めた。

女は金魚のように口を開いて眠っていた。窓からはいる風に金髪がそよいでいた。女の背後に続くアスファルト道路の彼方にモスグリーンのフォード・セダンが追ってくるのが見えた。

神代恒彦はスピードを緩めた。

追走車もスピードを落とした、速度をあげると、フォード・セダンもアクセルを踏みこんだ。車間距離はぴたりと同じだった。明らかに尾行されていた。

追走車はメリダ空港で狙撃されたとき見かけた車だった。

「バックミラーに蝿が停まったぜ！」

「何だ？」ボルマンが訊き返した。

「おい」神代恒彦は言った。

11

速度計は百二十マイルを超えていたが、尾行車はぴったりと食いついて離れなかった。ステーション・ワゴンの温度計の針ははねあがっていたが、追走してくるフォード・セダンは余裕がありそうだった。

「駄目だ、この調子じゃ撒けねえ！」神代恒彦が怒鳴った。「あの車、エンジンにターボ・チャージャーを取りつけてやがる！」

「どこか脇道にそれた方がいい！」ハンス・ボルマンがシートの下から取りだした二梃《ちょう》のM―16ライフルに弾丸を装塡しながら怒鳴り返した。「銃撃戦なら望むところだ‼」

前方に左折する道が見えた。

ブレーキを踏んだ。

タイヤが軋んで悲鳴をあげた。

車体が大きく揺れた。

その拍子に女が眼を覚ました。

「ここ、どこよ？」女は車内を焦点の定まらない眼で見渡した。「ねえ、何で、わたし、車に乗ってるのよ？」

「エイプリル・ローズだな？」ドイツ人が言った。

「そうよ。あんた、だれ？」

エイプリル・ローズはそう答えて、ボルマンを眺めた。まだ意識は朦朧《もうろう》としているようだったが、やがて背中の瘤に気づいて悲鳴をあげそうになった。

「そうだ……」ボルマンはM—16ライフルを弄《もてあそ》びながら頷いた。「おまえの愛《いと》しいエミリオ・イエペスから傭われた背中に瘤のあるドイツ人だ……」

「どうして、わたしはここにいるのよ？」

ボルマンは答えなかった。

「ねえ」エイプリルの声が高くなった。「どうして、わたしは車に乗ってるのよ？　エミリオは？　エミリオはどこなのよ？」

「ここにゃいない」

「どこよ？」

「死んだ。殺されたんだ」

「殺された？」女はさらに甲高い声を出した。「嘘でしょ！」

「嘘じゃねえ。仕事の途中で死んだんだ。重要な秘密を握ったままな。その情報を知らなきゃ、おれたちはイエペスから受け負った仕事ができないんだ。だから、一緒に暮らしてたおまえにこうして来てもらったというわけだ……」

「わたしは何も知らないわ」

「知らないはずはねえ」ドイツ人はエイプリルの表情を観察した。「手紙に書いてたじゃねえか、おれたちのことを。ナンシーという女に」

「手紙？」

「手紙だ」ハンス・ボルマンはナップ・ザックの中の封筒を取りだした。「おまえはこの手紙の前にも同じ人間に宛てて手紙を書いてる……」

「読んだのね！」エイプリルが神経質な声で言い放った。「酷《ひど》いじゃないの！　他人の手紙を読むなんて！　最低だわ！　盗み読みなんて人間のやることじゃない……」

「そうかね」ドイツ人はせせら笑った。「とにかく、おれたちはイエペスがおまえに何を喋ったかを聞きさえすりゃあいいんだ……」

「わたし、降りるわ」女は神代恒彦の肩に手をやった。「ねえ、停めて！」

「降ろすわけにはいかんな」神代恒彦が答えた。

「何を言ってるのよ！」エイプリルは喚いた。「停めてと言ったら、停めて！　それにどうしてこんなひどい運転をするのよ！　スピードを落として！　ねえ、停めてと言ったら、停めて！」

「うるせえ！」ボルマンが怒鳴った。「おまえもイエペスから聞いておれたちがどんな種類の人間かはうすうす感づいてるだろう！　くだらねえ囀《さえず》りはやめな！」

エイプリルは息を呑んで竦《すく》んだ。

「うしろを見な」ドイツ人は続けた。「うしろからくっついてくるフォード・セダン、あれに乗ってる連中がイエペスを殺した。おれたちも殺す気だ。つまり、お取り込み中というわけだ。だから神経質な声で騒ぎたてるんじゃあねえ……」

エイプリルはうしろを一瞥して、ようやく置かれた環境に気づいたようだった。白い頬がよけい蒼《あお》ざめてきた。

「おまえに聞きたいことは山ほどあるが」ボルマンは横眼で女を眺めた。「こういう最中だから、話はあとにする。おまえが言いたくなくても、おれたちは喋らせる方法はいくらでも知ってる……」

エイプリルは身を強ばらせて俯《うつむ》いた。デニムのシャツをそばのソクラテスが引っ張った。

「舗装が切れてる」神代恒彦はボルマンに声をかけた。

アスファルト道路が砂利道に変わっていた。ステーション・ワゴンは砂埃をあげて、砂利道に突っ込んだ。砂利の具合がじかにシートから伝わってきた。速度計の針が急速に落ちた。

バックミラーに映ったフォード・セダンは同じ車間距離で尾《つ》いてきた。

砂利道に沿ってインディオ集落が点在していた。

「エミリオはどうやって殺されたの？」

黙りこんでいたエイプリルが、意を決したように口を開いた。

「撃たれた」ドイツ人が答えた。

「拳銃で？」

「軽機関銃とライフルだ」

「どこで？」

「あのロッジだ。おまえはヘロインの射ち過ぎで眠っていた……」

「そうね、死ぬかと思ったわ」

「たいして悲しそうでもないな？　イエペスが死んだというのに」

「べつに……」女はぽつりと答えた。「そろそろ、あのメキシコ人にも飽きてきたところだったし……」

「手紙じゃあ、結構、惚れてたみたいじゃねえか？　有色人種のすばらしさを書きたてて……」

「本気でそう思ってなくても、手紙にはああいうふうに書くのよ。わたしは生まれてからずっと嘘ばかりついてきた。嘘を書くのは慣れてるわ」

「ナンシーってのはだれだ？」

「ナンシー・メリル？　ボストンに住んでるわ。むかしはわたしとよく一緒に旅をしたけど、いまは家庭の主婦に収まってる……」

「その女の亭主は何をやってる？」

「ただのセールスマンよ」

「ただのセールスマン？　まあいい。そいつがどんな男か、あとでじっくり聞かせてもらうことになる……」

「ジョージという名まえぐらいしか知らないわ。ジョージ・メリル」

「とにかく、話はあとでだ」ボルマンはそう呟いてうしろを振り返り、砂埃の彼方に続く尾行車を見ながら、神代恒彦に声をかけた。「おい、いつまで突っ走る気なんだ？」

「もう少し、連中を引きつけてからだ」

ステーション・ワゴンは時速四十マイルで走り続けた。

砂利道の砂利が消えた。

そこから先は雑草が生い茂っていた。もう何年もの間、車が通った痕跡《こんせき》すらなかった。ステーション・ワゴンはその荒廃した道に突っ込んでいった。

彼方に巨大な瓦礫《がれき》の山が浮かんだ。

荒れ放題の道はまだ続いていたが、神代恒彦はそこで急カーブを切った。停車した地点は尾行車からちょうど死角になっていた。

「ここで連中を迎え撃つ」

12

腕時計の蛍光盤は九時を指していた。

満月だった。

岩肌に浮かんだ夜露がときどき冷たく笑った。この巨大な瓦礫の山はもとはチチェン・イツァやティカル、ウスマルに匹敵する神殿であったはずだ。それが数世紀にわたるマヤ民族の苛酷な風雪に耐えかねて無残に崩壊し、かろうじてピラミッドの相貌を保っているにすぎなかった。立方体の巨大な組石はいたるところで瓦解し、月光は樹海の中にうずくまる死都の荒廃を容赦なく映しだしていた。

神代恒彦はハンス・ボルマン、エイプリル・ローズとともにこのピラミッドの頂上近くの岩陰に身を隠していた。かまえているM―16ライフルの銃身が鈍く光っていた。

「物音ひとつしねえ……」ドイツ人が呟いた。「こっちがしびれを切らすのを待ってやがる……」

「持久戦のつもりなんだ……」

「樹海の中から出てくるつもりはねえらしいぜ。やけに慎重だな……」

「前の二回の失敗がこたえてるらしい。やつらのエンジン音は砂利道の切れるところで停まった。樹海の中を歩いて近づきやがった。こっちが飛びだすのを樹海に潜んで待ってやがる……」

「お腹《なか》が空《す》いたわ」エイプリルが言った。

「でかい声を出すんじゃねえ！」ボルマンが押し殺した声で叱咤《しった》した。

神代恒彦はM―16ライフルを左右に振ってバランスを確認して岩陰にたてかけ、ベルトに挟んでいたS&Wを月明かりの中で点検した。ポケットには三発の手榴弾がはいっていた。

長い沈黙がはじまった。

岩肌に得体の知れない節足類が這《は》いまわり、風が南から北へ吹きぬけた。聴こえるのは、わずかな風音と三人のかすかな吐息だけだった。月光はますます冴《さ》えわたってきた。

三人ともしわぶきひとつたてなかった。

十時を越えた。

樹海の中では何の動きもなかった。ボルマンが岩肌を舐めて沈黙を破った。

「湿度があがった。雨になるかも知れねえ」

空を見上げると、満月の輝きに星は光を失っていたが、ただでさえかすかなその光が南の彼方にはまったくなかった。そこは黒雲で蔽われていた。

「やつら、動きそうもねえ……」ドイツ人が小声で舌打ちした。

「食糧を持ってくるんだった。どうなるにせよ、銃撃戦ですぐにかたがつくと思ってたが……」

「いつまでもここであの連中と睨《にら》めっこしてるわけにゃいかねえぜ」

「わかってる」

「ねえ、いつまでここで待つのよ?」エイプリルが不服そうな声を出した。

「見な」神代恒彦は南の空を指さして女を促した。「あの雲が月にかぶったら、ここを脱出する。風は南から北に吹いてる。このぶんじゃあと一時間というところだ。いま飛びだしたら、それこそ三人とも蜂の巣だ……」

「どうでもいいから、早くここを出たいわ」

「怖くはないのか？」

「怖いわ」

「怯《おび》えてるふうには見えんな」

「怖いけど、早く楽になりたいのよ」

「楽になりたい？」

「どうでもいいのよ、命なんか」エイプリルはそう言って、岩肌に頬ずりした。「もうずっと前から……」

夜露が女の肌を湿らせた。

「おい」ボルマンが注意を促した。「何だ、あれは？」

神代恒彦は岩陰にたてかけていたM―16ライフルを手にした。

遠くに灯りが見えた。

灯りはゆらゆらと揺れ動きながら接近してきた。松明《たいまつ》だった。灯りのまわりに人のざわめきが聴こえ、それも一緒に近づいてきた。

三人は息を殺して見守った。

月光を浴びながら、二十数名の老若男女が雑草の中を足早にこっちに向かっていた。インディオだった。男も女もマヤの民族衣裳をまとっていた。男たちの腰にぶら下がっているのは山刀《マチエテ》だった。ざわめきはだんだん大きくなり、それは爆発寸前の怒気を含んでいた。インディオたちはピラミッドのすぐ手前まで来ると足を停めた。

「あっ、あれは！」

エイプリル・ローズが声をあげた。眼下のマヤ族たちの間にふたりの白人がいたのだ。若い男女だった。男は荒縄でうしろ手に縛られていた。女の方は星条旗をデザインしたシャツを着ていた。

「声を出すんじゃねえ！」神代恒彦はエイプリルの髪を摑んで引き寄せ、右手で口を押さえた。「知ってる連中か？」

エイプリル・ローズは眼で頷いた。

「いいか、どんなことがあっても大声を出すんじゃねえ！」神代恒彦はそう命令して女を離した。「だれだ？」

「パティよ。パティ・ウエスト、隣にいるのはボブ。ボブ・リードよ、パティとわたしはマサチューセッツからヴェラクルスまで一緒に旅行していた……。そこでハーレイ・ディヴィッドソンに乗ったボブと知りあって、ふたりは意気投合して、わたしと別れた……」

エイプリルが囁くような声で説明し終えると同時に、ボルマンが振り返った。

「女の口を塞いでな！　凄いことになりそうだぜ」

神代恒彦はふたたびエイプリルの首を抱いて口を押さえた。女はそれをはねのけようと何度か体を振ったが、やがて諦めた。おとなしくなった女を岩肌に押しつけて、ピラミッドの下に視線を向けた。

マヤの若い女が猛り狂ってマヤ語で喚いていた。山刀《マチエテ》の柄《つか》に手をかけた青年がアジテーションめいた言葉を吐いた。集まった二十数名のインディオが怒声でそれに呼応した。

「何と言ってるんだ？」

「あのアメリカ人ふたりが」ドイツ人が通訳した。「あの若いマヤの女の子供をモーター・バイクではね殺したらしい。介抱もせずに逃げようとした。それでみんな怒り狂っている……」

「で、連中はどうするつもりなんだ？」

「ここで処刑するらしい。どうやら、このピラミッドは連中に《処刑のピラミッド》と呼ばれてるみたいだ……」

処刑と聞いて、エイプリル・ローズが腕の中でもがいたが、神代恒彦は力を緩《ゆる》めなかった。下から聴こえてくるマヤ語は一段と大きくなった。

「ここで処刑して、死体を大蜥蜴《おおとかげ》に食わせるそうだぜ。例の恐竜みたいな爬虫類《はちゅうるい》に」

一陣の風が吹きぬけた。

まず、ボブ・リードとエイプリルが呼んだ青年が引きずり出された。この若いアメリカ人は恐怖のために顔がひきつっていたが、まだ何が起こるかは知らないようだった。頬にくっきりとした傷跡のある屈強な体格の中年のインディオが男の背中を蹴飛ばした。リードはよろけながら、アジテーションを行なった青年の前に倒れ込んだ。

その一瞬、山刀《マチエテ》が満月に笑った。

白刃がリードの首のつけ根に振り下ろされた。鮮血とともにリードの頭蓋が雑草の中に転がった。

夜の大気が長い悲鳴に揺れた。

パティ・ウェストがその場に座りこんで、金髪を左右に振り乱しながら戦慄《せんりつ》の叫びをあげた。血の気を失った顔は空気の抜けた風船のようにくしゃくしゃになり青い月影に歪んでいた。悲鳴はやがて全身を顫わせる嗚咽に変わった。

インディオたちは黙ってそれを見ていた。

パティはその重い視線に燻《いぶ》しだされるようにその場を這いずりまわりはじめた。腰を撃たれた犬のような動きだった。脚が竦み眼が眩《くら》んでいたのだ。めくれたスカートから覗いた太股に失禁した尿が伝わって光った。

ふたりのマヤ族の男が女の両肩を摑んで、ボブ・リードの首を刎《は》ねた青年の前に引きたてた。パティは青年の脚にしがみついて必死で哀願した。青年は怒号しながら足を蹴りあげ、女を振りほどいた。女の両手が力なく大地を確かめた刹那《せつな》、ふたたび気合もろとも山刀が月光に踊った。パティの首が吹っ飛び、着ていた星条旗のシャツがおびただしい血で染まった。

神代恒彦の腕の中で、エイプリルの力が抜けていった。失神したのだ。蒼白の顔面にはもう何の表情もなかった。気絶した女を抱えた神代恒彦をボルマンが肘《ひじ》でこづいた。

「こっちへやってくる……」

　眼下のマヤのインディオたちはピラミッドの階段の方へ向かいつつあった。階段を昇りはじめるかに見えたが、そうではなかった。そこから右に迂回し、崩れ落ちた瓦礫の小山へ向かった。ふたりの女がボブ・リードとパティ・ウェストの頭髪を握って西瓜《すいか》でもぶら下げるように小走りに歩いた。胴体の方は四人の男が脚を持って引きずっていた。瓦礫の小山の向こうにはステーション・ワゴンが停めてあった。

「やつら、見つけちまうぜ」ドイツ人が喉から声を絞りだした。

「あの憤激ぶりなら、かならず燃やしちまうな、ステーション・ワゴンを」

「ラレドまで歩いていく気はねえぜ」

「連中が車を見つける前に……」神代恒彦はポケットから手榴弾を取りだした。「こいつを投げる。インディオの注意を外《そ》らしてる間におまえはステーション・ワゴンに辿りつきな」

　ボルマンが頷いて準備にとりかかった。だが、インディオたちは途中で立ち停まってざわめきはじめた。ピラミッドの上からは死角になって見えなかったが、そこに死体を棄てるらしかった。柔らかい物体が大地に投げだされる音がした。

「待ちな」神代恒彦はドイツ人を制した。

　インディオたちはざわめきながら引きあげはじめた。ボブ・リードとパティ・ウェストの切断された死体はすでになかった。

マヤのインディオは確実な足どりで樹海の中に消えていった。生暖かい風が沈鬱なピラミッドの周辺をゆっくりと吹きぬけた。

ハンス・ボルマンが空を見上げた。

「女を起こしな」

13

黒雲が月を蔽った。青白い微光が大地に吸いこまれた。漆黒の闇が重くピラミッドにのしかかってきた。

「いいか」神代恒彦はエイプリル・ローズに念を押した。「どんなことがあっても声をあげるんじゃない。黙っておれたちについてくるんだ」

女は闇の中で頷いた。

三人の吐息が動いた。まず、ハンス・ボルマンが行動を起こし、神代恒彦がM—16ライフルを手にして続いた。エイプリルは女に似合わぬ身軽さで身を竦めたまま、ついてきた。三人は暗黒の中で沈黙のピラミッドを降りていった。一歩一歩、崩れかかった石の階段を下っていった。

「伏せるんだ」

ピラミッドを降りきったところで、ボルマンの忍び声が聴こえた。背後でエイプリルが身を沈める気配がした。大地に身を伏せると、雑草が風にそよいでかすかな泣き声をあげた。闇の中には何の変化もなかった。

「どんな具合だ？」神代恒彦は前方に向かって囁いた。

「わからねえ……」ドイツ人の返事が暗闇を伝わって返ってきた。

「雲が動かないうちに……」

「わかってる……」

三人は腰を上げた。

ピラミッドに沿って歩いた。さきほどマヤ族が歩んだと同じ方向だった。足元の雑草についた夜露がズボンを濡らした。

ステーション・ワゴンまであと三十メートルの距離だった。

風が吹いた。

あたりが明るくなった。黒雲の間から満月が顔を覗かせた。

「何よ、あれは？」

エイプリルの嗄れた声が背後で聴こえた。女の呟きはすぐ夜を引き裂く金切り声に変わった。

眼の前を月光に照らされた無数の小動物が徘徊《はいかい》していた。大蜥蜴《おおとかげ》だった。背びれのねばついた光沢をきらめかせながら、ジュラ紀の姿をそのまま残す爬虫類がピラミッドの下の溝の中を這いずりまわっていた。

そこには男女の首なし死体があった。しかも、その死体は動いていた。無数の小さな恐竜たちが死肉を食み、食いちぎろうとして死者の体を動かしていた。ボブ・リードとパティ・ウェストの頭は死体の少し先にあり、それも大蜥蜴の饗宴によってころころと転がっていた。顔はもはやもとの面影を留めてはいなかった。

「黙れ！」

悲鳴をあげ続けるエイプリルに向かって神代恒彦は身を躍らせた。その一瞬だった。ほぼ同時に二発の銃声が鼓膜をつんざいた。

神代恒彦は女を力まかせに突き倒して大地に転がった。

伏せたまま、銃声の聴こえた方へM―16ライフルをかまえて次の攻撃を待った。狙撃者は樹海の中のどこかにいた。

銃を撃つわけにはいかなかった。狙撃者の正確な位置もわからずに引鉄を引けば、閃光《せんこう》で標的の場所を知らせるようなものだった。二次攻撃を待つ以外になかった。神代恒彦は息を殺して月影を吸いとる真っ黒な樹海を睨んでいた。

近くで、エイプリルが立ちあがる気配がした。

「伏せてるんだ！」

神代恒彦の命令と同時に、ふたたび轟音《ごうおん》が樹海の中で響いた。閃光は見えなかった。

「やつら、消光器《フラッシュ・ハイダー》を使ってやがる」神代恒彦は低い声でボルマンに言った。「これじゃ、いくら撃ってきても、やつらの位置は発見できねえ……」

ドイツ人は何も言わなかった。

空を見上げると、黒雲がふたたび月を蔽うのはまだかなりの時間がかかりそうだった。

「当分、このままの姿勢で持久戦だぞ」

神代恒彦がボルマンをそう促したとき、背後の樹海の彼方から人のざわめきが聴こえた。相当の人数だった。雑草をかきわけて走ってくる音がしだいに近づいてきた。

「さっきのインディオだ」神代恒彦はドイツ人に呟いた。「銃声を聴きつけたんだ」

背後のざわめきはますます近くなってきた。飛びかうマヤ語の先頭に立っているのは、ボブ・リードとパティ・ウェストの首を刎《は》ねた青年の声だった。

前方の樹海の中で何かが動いた。

茂みを顫わせながら、いずこかへ立ち去る音がした。狙撃者はいったん攻撃を中止するつもりらしかった。神代恒彦は匍匐《ほふく》して大地に伏せているボルマンに近づいた。

「おい」

声をかけたが、ドイツ人は返事をしなかった。

「おい」

もう一度呼んだが答えはなかった。神代恒彦はさらに近づいてボルマンの肩に手をかけた。

べっとりとした感触が手のひらを濡らした。ドイツ人の背中の瘤から大量の鮮血が溢《あふ》れだし、それが月光に黒ずんで見えた。

「生きてるか？」

ボルマンはようやく頷いた。

地を這いながらエイプリルが近づいてきた。

「運転できるか？」神代恒彦は女に訊いた。

エイプリルは顔の筋肉を硬直させたまま、こくりと頷いた。神代恒彦はステーション・ワゴンの鍵《キー》を投げ与えた。

「いまに車をこっちにまわす」

「駄目だ……脊髄をやられた……」ドイツ人は呻いた。

「黙ってな。医者に連れてってやる」

「知ってるくせに……」

「何が？」

「知ってるはずだ。もう……力が……力がないんだ。力が失くなってるんだ……」

「黙ってるんだ。動くんじゃねえ」

「おれにはもうどんな力も……残っていない……」

「それじゃあ、ここで死ぬか？」

「そうする以外に……」ドイツ人が喘いだ。「ないじゃないか……」

エンジンの始動音が聴こえた。

大地を踏み鳴らすインディオたちの足音はさらに近くなっていた。

エイプリルがステーション・ワゴンを神代恒彦のすぐそばに横づけた。

「じゃあ、ここで死にな」

神代恒彦がそう言って立ちあがろうとしたとき、ボルマンの弱々しい声が背中にまとわりついた。

「待ちな」

振り返ると、ドイツ人の頬に一筋の雫《しずく》が流れ、それが冷たく満月に光っていた。泣いているのだ。どんなことがあろうと涙を見せるはずのない男が泣いていた。

「何だ？」神代恒彦の喉が無性に乾いた。

「背中の瘤を……」ドイツ人は嗚咽した。「見られたくないんだ。瘤を晒したままにしたくないんだ。インディオたちの見せ物になりたくないんだ……。な、わかるだろう？」

神代恒彦は黙って頷いた。

ポケットから手榴弾を二発取りだして、ボルマンのズボンのベルトに差しこんだ。たて続けにその発火縄を引いて、ステーション・ワゴンの助手席に飛びこんだ。

「行きな！」

声と同時にマフラーが吼えた。

エイプリル・ローズは頬の肉を痙攣させながらアクセルを踏み続けた。

背後で、二発の炸裂音が重《かさ》なって聴こえた。

爆風でステーション・ワゴンが激しく揺れた。ソクラテスが怯えて後部座席を跳びまわった。

フロント・ガラスにいくつかの柔らかい塊が落ちてきた。粘着質の音をたてて付着した。そこから何条かの雫が流れ落ちはじめた。ボルマンの肉と血だった。爆発で飛び散ったドイツ人の肉体の一部だった。

エイプリルがそれに気づいて悲鳴をあげた。フロント・ガラスに付着した肉塊を拭きとろうと、慌ててワイパー・ボタンを引っぱった。

「余計な真似をするんじゃねえ！」神代恒彦は女が手にしたワイパー・ボタンを荒々しく押し戻した。

フロント・ガラスを流れるハンス・ボルマンの血は青白い月光の中で、どす黒い線を描いていた。

神代恒彦はそれをじっと眺めていた。

弐の奏　砂漠のマヌエット

1

シャワーの音が聴こえていた。

汗が緋《ひ》色の絨毯の上に滴《したた》り落ちた。冷房は効き過ぎるほど効いていたが、全身が乾いた熱で焼かれていた。体は腐れ落ちそうに疲れきっていたが、神経は炎のように昂《たか》ぶってめらめらと燃え続けた。

神代恒彦《かみしろつねひこ》は額から滲《にじ》みでる汗を拭《ぬぐ》った手で財布の中身を確認した。

現金《キャッシュ》は二百三十ドルしかなかった。

個人用小切手《パーソナル・チェック》は汗で湿っていた。

シャワーの音が停《と》まった。

「ねえ、キューバに行ったことがある?」エイプリル・ローズが浴室から出てきた。「わたしはあるわ。七年前だけど。一九七〇年だった。アメリカとの国交はないけど、メキシコ経由なら簡単に入国できた。わたしはまだ二十歳だった……」

神代恒彦とエイプリルはマヤのピラミッドから交代でステーション・ワゴンを運転して国境のラレドを抜けてここまでやってきた。国境の入国管理事務所を通過する前にすべての武器弾薬を棄て、ラレドからはリオ・グランデ河沿いに北上し、西部横断の高速道路《フリー・ウェイ》に乗っかってエルパソを越えて一気にアリゾナ州ツーソンになだれこみ、郊外のこのモーテルに宿をとった。途中、面倒なことと言えば、車の空調器《エア・コンディショナー》が故障して使えなくなったことぐらいだった。

「何で、そんな話をはじめる?」神代恒彦は財布を枕の下にしまった。

女はバス・タオルを巻いたままでベッドの端に腰を下ろした。眼は極度の疲労のために焦点が定まっていなかった。ツイン・ベッドの間隔は七十センチほどだった。

「キューバのホテルはこのモーテルの部屋によく似てたわ」

「何しにキューバに行った?」

「べつに……」女は生欠伸《なまあくび》をした。「ただ、カストロの国がどんな国か見たかっただけよ」

「ただ、キューバを見ただけか?」

「大勢の男たちと寝たわ」

「それだけか?」

「砂糖キビを刈ったわ。カリブの海を見て、砂糖キビを刈って、男たちと寝ただけよ。髭《ひげ》面《づら》で葉巻を銜《くわ》えた男たちがキューバでは大勢、拳銃をぶら下げてうろついているわ。わたしはそういう男たちを何人も相手にした。ベッドの中ではふつうの男と変わらなかったけれど……」

神代恒彦はモーテルにはいる前に買った缶詰を開けて食いはじめた。スパゲッティとウインナー・ソーセージだった。

「食うか？」

女は首を振った。

窓に据えつけられた空調器の音が変わり、さらに冷えた空気が部屋に浸《し》みわたった。それでも、裸の上半身から噴きだす汗は相変わらずだった。

「あのころは……」エイプリルは急に憶《おも》いだし笑いをした。「反戦運動が盛んだった。どこもかしこもヴェトナム反戦よ。ナンシー・メリルもしょっちゅう反戦デモにくっついて歩いていたわ。闘士というほどじゃなかったけど……」

「おまえが手紙を出した相手だな？」

女は頷《うなず》いて続けた。

「ナンシーはわたしの小さいときからの友だちだった。年齢《とし》は同じだったけど、わたしはいつもナンシーのあとをくっついてたわ。大学生になると、ナンシーは急にキューバに憧れるようになった。ナンシーの仲間もみんなキューバに憧れていた。だから、わたしもだんだんキューバに興味を示しはじめた。そして、一九七〇年の春、みんなでキューバに行くことになったのよ。わたしもナンシーに説得されてついていった。砂糖キビを刈りに行く旅行団だったわ。ちょうど、ハヴァナに黒豹党《ブラック・パンサー》の情報相エルドリッジ・クリーヴァーが亡命してたころよ……」

話を聞きながら、神代恒彦はウインナー・ソーセージをほおばった。突然、奥歯が固い粉末を嚙《か》み砕く音がした。神代恒彦は顔を顰《しか》めて顎《あご》の動きを止めた。ウインナー・ソーセージの中に砂が混じっていた。

「何てえこった!」神代恒彦はウインナー・ソーセージを缶詰の中に吐き棄てた。「何から何まで……」

「どうしたのよ?」女が尋ねた。

「何でもねえ」

「キューバでは」エイプリルが話を元に戻した。「いかにも革命家という感じの男たちがいっぱいいたわ。拳銃を持ち髭を生やして、まるでみんなチェ・ゲバラかフィデル・カストロみたいだった。わたしとキューバに行った女たちは争ってそういう男たちと寝たわ。ナンシーもそうだった。いや、ナンシーが一番、激しかった。ナンシーはわたしにこう言った。革命の血清を注入してもらう最高の方法はキューバのそういう男たちと寝ることだ、と。わたしは政治に興味はなかったけど、とにかく男たちと寝た……」

「キューバではナンシー・メリルはずっとおまえと一緒だったのか?」

「一緒だったわ。男と寝るとき以外は……」

「特別に政治的な動きをしたわけではないんだな?」

「そんなことはありえないわ」エイプリルはきっぱりと言いきった。「砂糖キビを刈って男と寝ただけよ。わたしたちは砂糖キビを刈って男と寝て、アメリカに帰った。アメリカに帰ると、わたしはあちこちに旅をするようになった。ヨーロッパにも行ったし、カナダにもヒッチハイクしたわ。キューバに行く前はそんな行動的な娘じゃなかったのに……。でも、ナンシーは違った。アメリカに帰国すると、すぐにジョージ・メリルという男を見つけて結婚したわ」

「どんな男だ？」

「よくは知らないけど、ふつうのセールスマンらしいわ。稼ぎは悪くないそうよ。ナンシーは反戦運動もキューバもすっかり忘れて、ふつうの家庭の主婦に収まった……」女に嘘《うそ》を言ってるふしはなかった。

「どこに住んでる？」

「いまはボストンよ。マサチューセッツ州ボストン……」エイプリルはそう言って忍び笑いを洩《も》らした。喉につかえた苦しそうな笑い方だった。

「何がおかしい？」

「ナンシーの興味はいまや車と家具のローンのことだけらしいわ。でも、わたしは駄目。ずっとふらふらしてる。ふらふらするのが習性になった。落ちつく先なんかもうないのよ。ふらふらしながら、これからずっと生きていくんだわ。わたしをキューバに誘ったナンシーはすっかり落ちついたというのに……」

「ナンシー・メリルの住所を教えてくれ」

「どうするつもり？」

神代恒彦は説明しなかった。

「いいわ、どうするつもりでも」女は意を決したかのごとく呟《つぶや》いた。「でも、住所は知らない。私書箱の番号だけよ。ナンシーはむかしの男が何か言ってくると困るから、私書箱をつくって、それを連絡先にしてるわ。わたしにさえ、住んでるところは教えないし電話番号も……」

「私書箱番号でいい」

エイプリルはナンシー・メリルのボストンの私書箱を教えた。

「憎んでいるのか？」神代恒彦はその番号を手帳に控えながら言った。「おまえを流浪の身に誘いこみながら、さっさと足を洗ったナンシー・メリルを？」

エイプリルは答えなかった。答えるかわりに唇を左右に歪《ゆが》めて力のない笑みを洩らした。笑い声はしだいに神経質な艶を帯びて大きくなった。

「おれは明日、昼前にここを出る」神代恒彦は話題を変えた。

女は笑いを止めた。

瞳の中に不安が横切った。

「わたしはどうすればいい？」

「好きなようにしな」

「一セントもないのよ」

「おれはここを出て、カリフォルニアとの州境のユマに向かう。そこまでなら乗せていってやってもいい」

「そこから先は……」女は自嘲《じちょう》と諦《あきら》めの入り混じった声を出した。「また、ヒッチハイクか」

神代恒彦は缶詰の缶を屑箱《くずばこ》に棄て、腕時計を見てベッドに横になった。長々と脚を伸ばしながらエイプリルに言った。

「おれは眠る。電気を消しな」

灯が消えた。

長い運転のために膝は関節がはずれてるように無力だった。そのくせ、足のつま先はときどき熱を持ってぴくぴくと痙攣《けいれん》した。蓄積しすぎた疲労のために神経はかえって冴《さ》えわたっていた。

隣のベッドでは女が数分おきに寝返りをうっていた。エイプリルは体を動かすたびに溜《ため》息《いき》をついた。

モーテルのそばの高速道路《フリー・ウエイ》を突っ走る深夜便のトラックの轟音《ごうおん》が何度も鼓膜を揺るがした。

「眠れない……」

闇の中で、女の声がした。

「眠れないわ」

エイプリルはもう一度言った。

「来な」神代恒彦は答えた。

女がベッドから立ちあがる気配が闇を伝わった。体に巻いたバス・タオルが床に落ちる音とともに神代恒彦の裸の胸に柔らかい肉が崩れ落ちてきた。汗で湿る肌と肌が吸いつきあった。首筋にエイプリル・ローズの吐息がふりかかった。

「眠れないのよ」

2

午前九時だった。

神代恒彦が女の吐息を眺めながら身仕度していると、死んだように眠っていたエイプリル・ローズが猟犬のごとくぴくりと顔をあげた。

「いま何時？」

「一時間で戻ってくる。ユマの町に発《た》つのはそれからだ」

女は何か言おうとしたが、力なく首を落とし、そのままふたたび眠りこけた。

神代恒彦はモーテルのロビーにまわってボストンへ長距離電話をかけた。相手はボストンの下街《ダウン・タウン》に事務所を置くジョー・コッポラだった。神代恒彦はこのイタリア移民の三世をイタリア名で呼んだ。

「ジョゼッペ。おれだ。忘れたとは言わさねえぜ」

コッポラはしばらく答えなかった。

神代恒彦はかまわずに続けた。

「頼みたいことがある。ナンシー・メリルという女を洗ってくれ。亭主の名前はジョージ。ジョージ・メリルだ。女の年齢は二十七、八歳というところだ。女はキューバに行ったことがある」

「住所はわかってるんだろうな？」コッポラはやっと言葉らしい言葉を吐いた。

神代恒彦はナンシー・メリルの私書箱番号を教えた。

「私書箱だけか？　電話は？」

「わからねえ」

「ちょっと待ちな」イタリア人は受話器の向こうで、だれかにジョージ・メリルもしくはナンシー・メリルの名義の電話番号を調べるように命令した。

「繁盛してるようじゃねえか。人を使いはじめたとはな」

「そんなことはない。使い走りの小僧をひとり傭《やと》っただけだ。で、この女の何を洗えと言うんだ？」

「交遊関係だ。いいか、よく聞きな。この女のところにエイプリル・ローズという女から手紙が届いたはずだ。メキシコからな。ナンシー・メリルがその手紙の内容を喋った相手をまずチェックしろ。ナンシーから直接でなくても、たとえば亭主の口を通じてその手紙の内容を知った人間が何人かいるはずだ。その中で、おれと同じ商売をやってる男がいるか、あるいはそういう人間を必要としているやつがいるかどうか、割りだすんだ。それから一枚の男の顔写真を送る。死人の顔だがな。そいつとナンシーの間に何らかの関係があるかどうか探ってくれ」

「亭主のジョージ・メリルという男は何をやってる？」

「セールスマンという以外、わかってない」

「待ちな」コッポラは通話を中断して、事務所の中で喋ったあと、ふたたび受話器に向かった。「いま小僧に調べさせたんだがな、ジョージ・メリルもしくはナンシー・メリルの名義では電話帳にも交換台にも電話番号はない」

「それがどうした？」

「どうしたってわけじゃないが……」イタリア人は口ごもった。「で、いつまでに調べりゃいいんだ？」

「一週間以内だ」

「おい、むちゃ言うなよ。いいか、私書箱番号しかわかってないんだぜ。ウォーターゲート事件以来、裏から手をまわして私書箱の名義人の住所を探るようなことはうるさくなってるんだ。私書箱の前に張りこんで尾行する以外にねえ。名義人が手紙を受け取りにこなきゃそれっきりなんだ。手掛かりもなしにこの大都会をほっつきまわれってのかい？　ボストンの人口を知らねえわけじゃないだろう……」

「笑わせるんじゃねえ。おれがジョゼッペ・コッポラの腕を知らねえとでも思ってるのか？　それとも、金の支払いを心配してるってわけか？」

「そんなんじゃねえ。それに、他の仕事も貯《た》まってるんだ」

「おい」神代恒彦は低い声を出した。

「な、何だよ？」コッポラの狼狽《ろうばい》の様子が手にとるように受話器から伝わってきた。

「おれがどれだけおまえに貸しがあるか憶いださせてやってもいいんだぜ。いまかかってる仕事は中断するぐらいの憶い出があるはずだ……」

「わかったよ、わかった」イタリア人は不貞腐《ふてくさ》れた声を出した。「やりゃあいいんだろ、やりゃあ……」

「ジョゼッペ」

「何だ？　仕事はやると言ったろう。電話の受け答え方にまで注文をつける気か？」

「そうじゃない。銃が要《い》るんだ。かたをつけなきゃならねえ男がいる。ツーソンで殺菌銃を売ってる店を知らないか？」

「密売銃か？　ツーソンで……。待ちな」コッポラは手帳をめくる音を立てた。「一軒、知ってる。そのかわり値段は安くねえぜ」

「おまえの顔は利くか？」

「おれがこれまでおれの顔の利かないような相手をあんたに紹介したことがあるか？」

コッポラの教えてくれた殺菌銃の取扱い店はツーソンの中心街にある肉屋だった。出所不明の密売銃はそこで売られていた。神代恒彦は受話器から聴こえてくる声をマッチの裏に書きとめてロビーを出た。

ステーション・ワゴンの中はうだるような暑さだった。ドアを開けた途端、熱気が全身を蔽《おお》った。昨夜から車の中に置いたままにしていたソクラテスはぐったりして声も出せない状態だった。神代恒彦は窓を開けて、空調器の故障したステーション・ワゴンを発進させた。

ツーソンの市街に近づくにつれて暑さは余計厳しくなった。大地はからからに乾き、アリゾナの砂漠から絞りだされた地熱がぶ厚い黄濁色の雲に照り返されてアスファルトの上を徘徊《はいかい》していた。製銅工場の煙突から力なく立ち昇る黒い煤煙《ばいえん》は粉末となって雨のかわりに降り注《そそ》ぎ、路傍の枯草はときおり発作的に揺らいだ。

市庁《シティ・ホール》が見えてきた。

市庁の壁には近づいてきた『独立記念日』の垂れ幕がかかり、前庭では水の出なくなった噴霧器《スプリンクラー》が乾いた音を立ててまわり続けていた。市庁の前では三台のパトカーが停まって道路を塞《ふさ》いでいた。

検問だった。

四人の警官がステーション・ワゴンを停めた。四人とも顔中汗びっしょりだった。

「運転免許証《ドライバー・ライセンス》を見せてくれ」

神代恒彦が偽造の国際免許証を見せると、一番若い警官がそれを一瞥《いちべつ》し横柄《おうへい》な口調で続けた。

「車輛登録証《レジストレーション》は？」

「ない。この車は借り物だ」

「合衆国市民か？」

「いや」

「旅券《パスポート》を見せな」

「どうした？　何があった？」神代恒彦は紺色の偽造旅券を差しだしながら訊《き》いた。

「明日の新聞を見りゃわかる。ここから先は通行禁止だ。迂回《うかい》してくれ」

「何があったんだ？　通行禁止を命ずるなら理由を説明してもいいはずだぜ」

「うるせえな」若い警官は面倒臭そうに答えた。「クレイジーな男がひとり、近くの倉庫に人質をとって銃を持ってたてこもり、わけのわからないことを喚《わめ》いてるだけだ。それに……」

「それに、何だ？」

「いいから早く行きな」

神代恒彦はステーション・ワゴンをUターンさせ、市庁の脇から迂回して中心街にはいり黒ずんだ看板の安ホテルの前に駐車した。ホテルの玄関の階段に煤《すす》けた顔の老婆がひとり腰を下ろし、その脇に車にはねられた犬の死骸がひとつ、かたづけられもせずに転がっていた。隣の薄汚れたバーからはジューク・ボックスの流行遅れのロックン・ロールが溢《あふ》れでて、痩せこけた街路樹に弱々しくまとわりついていた。

神代恒彦はホテルの脇にある郵便ポストを見つけ、パレンケのロッジで殺した身元不明の男の写真を同封したジョー・コッポラ宛の封筒を投函した。背後で、ホテルの玄関前に座っている老婆の声が聴こえた。

「ねえ、山猫の爪は要らんかね？　よく効く魔よけだよ」

続いて、バーの中から無精髭をした赤ら顔の老人がよろよろと躍りでて小銭をねだった。左手が金属製ホックのついた義手だった。

「三十年前の戦争でやられたんだ。頼むよ、二十五セントでいい……」

神代恒彦はふたりを無視して、裏通りを右に曲がった。

二区画《ブロック》さきで装甲車が並び、防弾チョッキを着けた警官たちがせわしく動きまわっているのが見えた。装甲車の陰には無数の野次馬が押しかけ、ひっきりなしに野次馬への警報と無線連絡の声が交錯していた。

神代恒彦はポケットからマッチを取りだして裏側を見た。殺菌銃の取扱い店『デニーズ・ミート』はその次の区画《ブロック》を左折したところだった。距離は百五十メートルほどあった。

装甲車のまわりの野次馬の群れを通り抜けて『デニーズ・ミート』の看板の下をくぐると、中では、頭の禿《は》げあがった男が肥満体を揺すりながら肉切り包丁を磨いていた。五十五、六歳というところだった。他にはだれもいなかった。

「デニーか？」神代恒彦はあたりを見渡しながら訊いた。

肥《ふと》った男は返事をしなかった。不機嫌な眼で神代恒彦の頭からつま先まで睨《ね》めまわしながら包丁を磨き続けた。

「デニー・マンガーノか、と訊いてるんだ」

「だとしたら、どうなんだ？」

「この店の殺菌は完全なんだってな」

肥満体はぴたりと手を休めて神代恒彦の眼を見据えた。

「ジョゼッペからの紹介だ。ジョー・コッポラだ。確認のためにボストンへ電話を入れてみてもいいぜ」

「昼間はまずい。夜にしてくれないか」

「急いでいるんだ」

マンガーノはしばらく考えこんでいたが、やがて背後にぶら下がっている仔牛の肉塊に包丁を突き刺した。そそくさと店のシャッターを下ろしながら言った。

「じゃあ、こっちの言い値で買ってもらうぜ。それでいいんだな？」

神代恒彦は二階の奥の部屋に案内された。

「何が望みだ？」デニー・マンガーノはすぐにはじめた。

「何を扱ってる？」

「拳銃はS＆W、ルガー、ワルサー、ベレッタ、ブローニング、コルトなら全口径が揃《そろ》っている。ライフルはM―16とウインチェスター、それにソ連製のAK47自動小銃もある……」

「ライフルは必要ない。S&W357マグナム。リヴォルヴァーのチーフス・スペシャルがいい。それにコルト357マグナム・パイソンも見たい」

マンガーノは巨体を緩慢《かんまん》に動かしダイヤルを隠すようにして電話をかけた。指が動くたびに、河馬《かば》のような背中の筋肉がぶよぶよと動いた。

「五分でここへやってくる。ソファに座って煙草《たばこ》でも吹かしたらどうだ？　殺菌銃の販売にコーヒー・サービスはねえんだ」

「ジョゼッペの話では、銃器はこの店に置いてあると聞いたぜ」

「最近は密告者が多いんでな。市民運動とかで、何かといやあすぐ密告だ。警察は味をしめて密告者を待ってやがる。だから、直接販売はやめた。儲《もう》けは少ないが、ブローカーだけやってる方が安全だからな」

マンガーノは肥満体を深々とソファに沈め、煙草に火をつけた。

「ところで見たかい？」

「何を？」

「ひとつ向こうの通りに警官がいっぱいいたろう？　新聞やテレビの連中も押しかけてる。ヴェトナムからの帰還兵が騒ぎを起こしているんだ。見なかったのか？」

「さっきそこを通ってきた」神代恒彦は頷きながら言った。「何が起こったんだ？」

「腕に鉤十字《ハーケン・クロイツ》の刺青《いれずみ》をしたヴェトナム帰還兵が黒人とユダヤ人の撲滅を叫んで四人の人質をとって一区画《ブロック》向こうの倉庫にたてこもっている。銃を持ってな。ジミー・カーターが納得のいく回答を寄こさなきゃ、人質を全員殺すと喚いてる……」

「ひとりでか？」

「ひとりでだ。徒党なんか組めるものか。こんなクレイジーな要求をするやつはそう何人もいない。何人もいやしないが、この種の事件はこれから何度も起こるぜ」

「やけに自信たっぷりだな」

「考えてもみな」肥満体は大きな声を出した。「ヴェトナムでの英雄はみな、帰国してからドロップアウト扱いされてるんだ。いまじゃ勲章なんか何の意味もない。それに、殺しあいの中でしか生きてる気がしなかった連中にセールスマンだのトラックの運転手だのという仕事をやれったってそうはいかない」

「体験談でも喋ってるようじゃねえか？」

「おれは朝鮮戦争だ。いまでこそ肉屋だが、落ちつくまではいろいろだったぜ。いろいろもがいたあげく、いまはこうやって牛の肉とともに殺菌銃を商ってるんだ。とにかく、ヴェトナム戦争が終わってから二年、実質的なヴェトナム撤兵からはもうそろそろ五年だ。ニクソンを始末してカーターを担《かつ》ぎあげ、これからは静かにやろう、なんてほざかれても、荒っぽくしかやっていけないやつがどうせしびれを切らす。そういうやつらはどっちみちどこかがおかしいから鉤十字だの建国精神だの古めかしいものを持ちだすが、ほんとうはそんなことはどうでもいいんだ。華々しくやるための理由が欲しいだけなんだ。しかし、こういうおかしな人間はどっちみちよってたかってぶち殺されちまうだけの話なんだが……」

マンガーノはここまで言って急に口をつぐんだ。

部屋の入り口に黒い革のトランクを持った痩せぎすの小男が現われた。浅黒い肌に大きな眼をした一見してプエルトリコ系だとわかるこの男はソファの前のテーブルにトランクを置き、無言のまま静かに開けて見せた。中にはS&Wチーフス・スペシャルとコルト・パイソンが各二梃《ちょう》はいっていた。

「こいつに話しかけても無駄だ。口がきけないんだ。訊きたいことがあったら、おれに訊きな」

マンガーノの胴間声《どうまごえ》を聞きながら、神代恒彦はまずコルト・パイソンのバランスを確かめ引鉄《ひきがね》を引いてみた。重苦しい金属音が鼓膜を顫《ふる》わせた。空の弾倉を抜いて中を点検し、もう一度バランスを確認し両手で絞りこむように銃把を握って銃口を天井に向け、右の人差し指で引鉄を引き寄せた。ふたたび無機質な響きが部屋の中の乾いた空気をかすかに揺るがせた。

神代恒彦は次にS&Wにとりかかった。撃鉄をゆっくり親指で押さえてみた。

「四梃ともすべて完全殺菌済みだ。どう使おうと銃器から糸をたぐられることはない」マンガーノの紫煙が暑苦しくテーブルの上をさまよった。

神代恒彦は両手にそれぞれS&Wを握り、下から上に振りあげてみた。

「このS&Wを両方貰《もら》おう。いくらだ？」

「ずいぶん使いなれた手つきだな。二梃買うなら両方で千ドルでいい」

神代恒彦はポケットから個人用小切手《パーソナル・チェック》を取りだして金額を書き入れようとテーブルの上にかがみこんだ。途端に、頭上でデニー・マンガーノの連続的な舌打ちが聴こえた。

上眼づかいに顔をあげると、肥満体の掌に二十二口径のベレッタが握られていた。プエルトリコ系の小男は無表情にテーブルの上の四梃の拳銃をトランクにしまいこみはじめた。

「そんなものは受け取れねえよ。個人用小切手なんかだれが信用するんだ？」マンガーノは失望に頰を膨らませた。

「ボストンに電話を入れな。ジョゼッペにおれのことを聞くんだ。不渡りを出すようなけちな真似《まね》をする男かどうか……」

「ジョゼッペ？　ジョー・コッポラだろうとだれだろうと、現金《キャッシュ》以外は受け取れないんだ。この商いの常識じゃあねえか。現金は持ってないのか？」

「二百三十ドルしかない。ロサンジェルスに着くまでの小銭だ」

「そうかい。それじゃあこの取引は最初からなかったことにしようぜ。銃が欲しけりゃ現金を持ってきな。いつでもお待ち申しあげてるぜ」

「待ちな」

「うるせえ！　まったく近頃は妙なのばかり舞いこんでくるぜ。さっきもおかしなインデイアンが宝石と銃を交換してくれと来やがった。いいか、ここは現金以外は通用しないんだ！」

マンガーノは脂肪で膨れあがった毛むくじゃらの大きな手の中にある不釣合いなほど小さな拳銃を軽く動かして、立て、と命じた。同時に遠くで銃声が聴こえた。しばらく耳を澄ましたが、銃声は一発きりだった。肥満体は首を振りながら吐き棄てた。

「向こうは決着がついたようだぜ。どうやら、警察は鉤十字《ハーケン・クロイツ》を始末したらしい。さあ、こっちもお引き取り願おうか」

3

『デニーズ・ミート』の一区画《ブロック》先では救急車が停車したままサイレンを鳴らし続けていた。そばに並んでいる装甲車はすでにエンジンを始動させていた。少し離れて駐車している二台のテレビ中継車の上では十六ミリ・カメラがまわっていた。詰めかけた群衆は相変わらず声を殺して事態を見守っていた。神代恒彦はその混雑の中を通り抜けようとしたが、肩と肩がぶつかりあって、なかなか進まなかった。

「どくんだ！　立ち停まってるんじゃない！」

整理にあたった警官の怒鳴り声が人垣をかき分けた。担架が運ばれてきた。死体が救急車の中に搬入された。

後部ハッチが力まかせに閉められたときだった。神代恒彦の前にいきなりマイクロフォンが向けられた。同時にヴィデオ・カメラが近づいてきて神代恒彦の表情をレンズの中に捉えた。そしてインタヴュアーが明瞭な東部英語で人質籠城《ろうじょう》事件の感想を求めた。

神代恒彦はそれを無視して、足早にそこを通り過ぎた。怪訝《けげん》そうな視線が背中にふりかかったが、インタヴュアーとカメラマンの関心はすぐに別の人間に向けられたようだった。

神代恒彦は次の区画《ブロック》の電話ボックスからロサンジェルスを呼びだした。呼びだし音が七回鳴ってイーライ・スローヴィックが受話器に出た。

「何だ、こんな朝っぱらから？」

「もう十時近い……」

「どこからだ？」アルコールのたっぷり残った寝ぼけ声だった。

「ツーソンだ」

「例のヴェトナム人を追ってるのか？」チェコ人はしばらく考えこんだ。「おい、ほんとうのことを言えよ。仕事をやってるんじゃねえだろうな？　おれに隠れて……」

「そうじゃねえと言ったはずだ！」神代恒彦は叱《しか》りつけるように言った。「おい、急いでるんだ。ツーソンで殺菌銃を売ってる店を知らないか？」

「どうした？　銃も持たずにアリゾナをうろついてるのか？」

「メキシコからラレドの国境を抜けるときに銃器はみんな棄てた。ツーソンに来りゃ簡単に手にはいると思ってたからな。デニー・マンガーノという密売屋をあたったが、やつは個人用小切手《パーソナル・チェック》は受け取らねえ。どうしても銃が要るんだ」

「殺菌銃じゃないとまずいのか？」

「おれが銃器携行許可証なんて洒落《しゃれ》たものを持ってないことは知ってるだろう？」

「生憎《あいにく》だな。ツーソンの近くでそういうところは知らない……」

神代恒彦は電話を切ろうとした。

「待ちな」イーライが制した。「カリム・ガデルを憶《おぼ》えているか？」

「おれたちがミュンヘンで仕事をしたときに会ったやつか？」

カリム・ガデルは神代恒彦がハンス・ボルマン、イーライとともにＣＩＡの依頼で一九七二年暮れに西ドイツで動いたときに知りあったＣＩＡ別動隊の非合法員《イリーガル》だった。スペイン領サハラの出身で外人部隊のデンマーク人とアラブ人売春婦の間にできた混血で、ふさふさした黒い髪と大きな黒い瞳が自慢の種だった。

「カリムはいまツーソンに住んでる。ホテル住まいだがな。やつに聞けばわかるかも知れん」

「やつはいま何をしてる？」

「わからねえ。おれはカリムがツーソンに住んでることしか……」

カリム・ガデルの住んでいる《ホテル・マクガイヤー》は電話ボックスから歩いて四分のところにあった。くすんだ煉瓦《れんが》造りのホテルはロビーの奥がカフェテリアになっていた。ランチ・サービスの看板のそばのエレベータで四階に上ると、突きあたりがカリム・ガデルの部屋だった。

ドアを叩《たた》いた。

「だれだ？」聞き憶えのある嗄《かす》れ声が中から聴こえた。

「おれだ」神代恒彦は名を名乗った。「憶えているか？」

「ひとりか？」

「他にゃだれもいない」

ドアの向こうで脚を引きずる音が近づいて鍵が開けられた。

神代恒彦は中から出てきた男の顔に瞠目《どうもく》した。しばらくは声も出なかった。男の手に拳銃が握られていたからではなかった。

男は確かにカリム・ガデルだった。だが、自慢の黒髪が真っ白に変色していた。艶々していた顔の皮膚には無数の皺《しわ》が刻みこまれていた。そのうえ、運動神経の塊のような肉体が足をひきずっていた。四年の歳月はガデルの印象をまったく別のものにしていた。

「変わりように驚いているのか？」ガデルは神代恒彦を招き入れてドアの鍵をかけた。

「無理もねえ。かつての二枚目がこのざまだ……」

神代恒彦はライティング・テーブルの椅子を引きだして腰をかけた。部屋の中には小さなトランクがひとつあるだけで、生活臭がまるでなかった。

「四年ぶりだな」ガデルはベッドの端に座った。「おれはもう四十二歳になる。四十二歳だぜ、四十二歳……」

だが、男の顔は六十歳にも七十歳にも見えた。生気を失った瞳でしばらく神代恒彦をまじまじと眺めたあと、ガデルは本題にはいった。

「何の用だ？」

「銃が要る。殺菌銃だ」

「デニー・マンガーノのところはあたってみたか？」

「やつは現金《キャッシュ》以外は受け取らねえ。おれは個人用小切手しか持ち合わせてない」

「おれはツーソンじゃ、やつのところしか知らねえ」ガデルはそう呟いて、手にしていたワルサーを神代恒彦に手渡した。「こいつでよけりゃ持っていきな。二十ドルでいい」

神代恒彦はワルサーPPK／Sの弾倉から弾薬を抜きとって、引鉄を引いてみた。鈍いおかしな音がした。

「十年間持ってるが、一度も使ったことはない。おれはナイフが専門だ。拳銃は脅しのために見せびらかすだけだ」

「ドライバーはあるか？」

「何でそんなことを訊く？」ガデルはトランクからドライバーを取りだした。「機械いじりでもしようってのか？」

神代恒彦は拳銃を分解した。

「何だ、この銃はおかしいとでも言うのか？」ガデルは不服そうに神代恒彦の指先を見凝《みつ》めていた。

「撃針が折れてる。何かの衝撃で折れたらしい。これじゃ撃鉄と連動しない……」

「引鉄を引いても弾丸は出ねえってことかよ？」

神代恒彦はワルサーを組立てなおした。

「使いものにならねえってのか？」

神代恒彦は頷いて拳銃を投げ返した。

「これだから機械ってのは信用ならねえ」ガデルは立ちあがって浴室からコップに水を汲《く》んできた。「ナイフに較べりゃまるで玩具《おもちゃ》だ。その玩具がどうしても要るってのか？」

「要る」

「ツーソンじゃ知らないが……」ガデルはベッドの端に座りなおしてコップに口をつけたが、すぐに飲んだ水を床に吐き棄てた。「アリゾナの水は飲めたもんじゃない、とくにツーソンの水は……」

このとき、部屋の外の廊下で轟音《ごうおん》が響きはじめた。電気掃除機の音だった。

ガデルは弾《はじ》かれたように立ちあがった。手にしていたコップが床に転がった。眼はドアの方向を睨《にら》みつけ、額は汗を噴きだした。

「どうした？」

「何でもねえ」ガデルは我に返ってベッドに腰を落とした。「何でもねえんだ。おかしな習性でな、大きな物音を聞くと危険の中身を推し計るために自然と体が反応しちまうんだ。おまえだってそうだろう？」

神代恒彦は何も言わなかった。

「わかったよ、おまえにはごまかしは利かん……」ガデルは肩を落として呟いた。「拷問だよ。拷問されたんだ。おれはおまえらとミュンヘンで別れてからもずっと西ドイツで動いていた。で、東ドイツの諜報機関の連中にとっ捕まった。秘密の地下室に連れていかれて、薬と機械で痛めつけられた。その機械ってのはちょうどさっきの電気掃除機のような音をたてた……」

「東ドイツに運ばれて拷問を受けたのか？」

「いや、西ドイツのどこかだ。やつらは西ドイツの中に拷問施設を持ってやがるんだ。見てくれ、そのとき弄《もてあそ》ばれた記念だ……」

ガデルはそう呻《うめ》いて白髪の顔の皺を手で指し示し、その手でひきずっていた右膝を力まかせに叩いた。

「それだけじゃねえ……。神経の方もすっかりいかれちまった。だから、さっきみたいなことが起こる。おれはもう非合法員《イリーガル》としては役立たずだ。見えないものにびくついて夜の夜半《よなか》にしょっちゅう飛び起きる非合法員を想像したことがあるか？」

神代恒彦は答えなかった。

ガデルも押し黙った。

だれかが廊下を駆け抜けた。声変わりしたばかりの少年の笑い声に続き、少女の嬌声《きょうせい》が聴こえた。ふたりのじゃれあう気配がドアの向こうから伝わった。

「銃が要ると言ったな……」ガデルは憶いだしたように口を開いた。「ツーソンの密売屋はデニー・マンガーノしか知らないが、ここから二百マイル先なら……」

「どこだ？」

「ユマの近くだ」白髪は自嘲の笑いを浮かべた。「おれはユマの近くに小さな牧場を買った。非合法員として使いものにならなくなった男はそこでほそぼそ暮らす以外にない。四十二歳だというのにもう余生だ……」

「ユマなら都合がいい。銃を使うのはユマの先の小さな町だ……」

「オーティス・ブラウンという男がその牧場の近くで弾薬を作っている。殺傷力を通常の倍に高めた自家製の弾薬だ。やつは銃も売る……」

「個人用小切手《パーソナル・チェック》を受け取るか？」

「おれが電話を入れときゃ大丈夫だ。それにやつは日本人にゃ縁《ゆかり》が深い。むかし、キャノン機関にいた。東京のＧＨＱの関係者の間じゃドルフィンの暗号名《コード・ネーム》で呼ばれた凄腕《すごうで》だったらしい。いまは小遣い稼ぎに銃と弾薬を扱ってるだけだが」

「住所を教えてくれ」

ガデルは地図と簡単な紹介文を紙に書いて神代恒彦に手渡したが、神代恒彦がそれをポケットにしまいこむのを見て、急に語調を変えて言った。

「車を持ってきてるのか？」

神代恒彦はステーション・ワゴンの鍵《キー》を見せた。

「便乗させてくれ」白髪は立ちあがった。「急に牧場が見たくなった。やばい橋を渡り歩いて得た唯一のささやかなものが……」

「女も一緒だが、いいか？　モーテルに残してる……」

「女？　おまえ……金で買える女を相手にしてるならいいが、特定の女をつくると非合法員は臆病風に吹かれるもとだぜ……」

「そんなんじゃねえ」

ふたりは部屋を出た。

エレベータを降りたところで、ひとりの中年女が神代恒彦に声をかけた。投宿したモーテルのフロント係だった。女は《ホテル・マクガイヤー》のカフェテリアのランチ・サービスを食った直後らしかった。もぐもぐと口を動かしながら、中年女は言った。

「ヴェトナム帰りの事件で、あんたもテレビに映っていたよ。どうしてインタヴューに答えなかったんだい？　ほら、あんた、街頭でアナウンサーから呼びとめられたとき、無愛想にそのまま行っちまったろう？　日本でもアメリカでもクレイジーなやつはいるもんだとちゃんと答えてやればよかったのに。独立記念日も近いというのに、まったくおかしなことばかり起こるよ！」

神代恒彦は女の取りとめのない話を聞き流して、ガデルとともにステーション・ワゴンに向かった。雲間から顔を出した太陽の直射日光がアスファルトの上を眩《まぶ》しく跳ね返っていた。

ステーション・ワゴンの中のソクラテスは暑さのためにますますぐったりとしていた。

神代恒彦の顔を見てもほとんど反応を示さなかった。

「ジェイコブ・レヴィンを知ってるか？」神代恒彦はエンジンを始動させながら、ガデルに声をかけた。「CIAのソクラテスを？」

「知ってる。二度ほど会ったことがある」

「うしろの猿を見な。やつに眼がそっくりだとは思わないか？」

ガデルは後部座席に振り返って、嗄《かす》れた笑い声をあげた。

「ほんとうにそっくりだ。小狡《こずる》そうなところが何とも似てるぜ」

「だから、ボルマンがこの猿にソクラテスと命名した……」

「ボルマン？」白髪は視線をソクラテスからはずした。「懐かしいな。やつはどうしてる？」

「死んだ」

ガデルはその理由を訊かなかった。

車はツーソン市街を抜けた。

神代恒彦はラジオのスイッチをひねった。定時のニュースがはじまったばかりだった。

アナウンサーの醒《さ》めた声がステーション・ワゴンの中に流れた。

「さきほど臨時ニュースでお伝えしたとおり、ユダヤ人および黒人の撲滅を叫んでツーソン市内の倉庫にたてこもった鉤十字《ハーケン・クロイツ》の刺青の男は、食糧差し入れの名目で倉庫内にはいった偽装した警官によって射殺され、人質の四人は全員無事に救出されました。その後の調べで、この男の名はウイリアム・ランドルフ、年齢は三十七歳。ツーソンの出身で、七年間ヴェトナム戦争に従軍し、一九七三年三月に故郷に帰還しましたが、最終的な階級は軍曹でした。ツーソンに帰還後は清掃会社に勤務していましたが、二年前、統合失調症の疑いで退役軍人病院に入院、その後、病院と職場を行ったり来たりする生活が続き、一週間前に消息を絶っていました。ウイリアム・ランドルフは独身で、老いた両親がツーソン郊外に住んでいます……」

アナウンサーは続いて次のニュースを読みあげた。

「このところツーソンは物騒な事件が続いておりますが、ツーソン市警の発表によりますと、ツーソン市警はFBIの依頼により全主要道路に検問を張っていましたが、さきほどこの検問を解きました。これはサウスダコタ州パインリッジで警官を殺害しFBI最重要指名手配となったインディアン、シヴィート・ベアランナーがテキサス州エルパソからツーソンに向けて逃走したという情報がはいったために検問を張っていたわけですが、ニューメキシコ州ギャロップでベアランナーらしき男を見たという新情報がはいり、ツーソン潜入の可能性はなくなったと判断したからです……」

ニュースが終わった。ラジオはカントリー&ウエスタンを流しはじめた。ガデルがぽつりと感想を洩らした。

「世界はますます荒れる。荒れさえすりゃあ、非合法員《イリーガル》の需要は減りやしねえ……」

このとき、後部座席でしぶきの散る音がして強い臭気が漂ってきた。

「臭《くせ》え……」白髪が舌打ちしながら、うしろを振り返った。「おい、猿が下痢をしやがったぜ……」

「暑さにやられたんだ……。メキシコ産のくせに……」

「臭くてたまらねえ。掃除しなきゃ……。モーテルは遠いのか？」

「すぐそばに見える」神代恒彦はスピードを落とした。

ステーション・ワゴンはモーテルの部屋の前に停まった。他の部屋のドアの前からはすべての車が姿を消し、この時間までモーテルから出発しなかったのは神代恒彦とエイプリル・ローズだけだった。

「おい、出かけるぜ！」

神代恒彦は車の中から大声で女を呼んだ。

応答はなかった。

「まだ眠ってやがるらしい」神代恒彦はガデルに言い残して、ステーション・ワゴンを降りた。

部屋の前に近づいた。

その足がぴたりと停まった。

血の臭いだった。まだ新しい血液の湿った香りが鼻腔《びこう》を濡らした。

神代恒彦は生暖かい臭気をぬって、いきなり体を半回転させて背中をモーテルの壁にもたせかけた。

「どうした？」ステーション・ワゴンからガデルが怒鳴った。

神代恒彦は答えずに瞳孔だけを左右に振って周囲を窺った。ガデル以外に人の気配はなかった。背を壁にくっつけたまま、静かにドアに近づき、小声で女の名を呼んだ。

「返事をしな！」

エイプリルから答えは返ってこなかった。

ドアのノブをゆっくりとまわした。鍵はかかっていなかった。神代恒彦は右手のスナップを効かせて、ドアを部屋の内側に押し開けた。

「だれかいるなら出てくるんだ！」

低い声で怒鳴ったが、部屋の中の反応はなかった。神代恒彦は背を壁につけたそのままの姿勢で正確に十秒ほど待ち、それから身を躍らせて中に飛びこんだ。

部屋は血の海だった。

海の中には女が浮いていた。ぐっしょりと濡れた絨毯の上にエイプリルの全裸の死体が転がっていた。

白い体は十数ヵ所の刺創《しそう》で深紅に染まっていたが、死顔に苦悶の表情はなく、女は心臓部にある最初の一突きで即死したものらしかった。

あとの刺創は明らかに戯《たわむ》れに傷つけたものだった。

乳房から脇腹にかけての創傷は十字架を描くつもりだったろうし、臍《へそ》のまわりのいくつかの傷口は太陽か向日葵《ひまわり》をデザインしたものらしかった。太股《ふともも》にべっとり擦《こす》りつけられた血痕はそのたびに刃物についた血糊《ちのり》を拭ったことを意味していた。

神代恒彦は部屋の中を見まわした。

殺害者の遺留品らしきものは何もなかった。ただ、ベッドの白いシーツに血が波状の輪を描いて拡がっており、その上に血液の雫《しずく》をたっぷり含んだ獣皮のようなものが置かれていた。それは金色の縮れ毛に蔽われた幼児の頭皮にも似ていた。

神代恒彦はもう一度、エイプリルの死体を凝視した。

下腹の恥毛の部分が大きくえぐり取られていた。ベッドのシーツの上に棄てられているのはその肉片だった。エイプリルの死体は切られ、刻まれていた。

殺害者は特殊な嗜好《しこう》の持ち主だった。

4

「スピードを出すんじゃねえ、スピードを」カリム・ガデルがラジオから流れるカントリー&ウエスタンのメロディに合わせるように喉を顫わせた。「五十五マイルだ、制限速度を超えちゃならねえ。こんなところでスピード違反で挙げられてみな、何がどうなるかは眼に見えてる……」

神代恒彦は体全体を硬直させてアクセルの上に置いた右脚がはやるのを制禦《せいぎょ》していた。

内臓は火に焼かれているようだった。

三車線に分れた高速道路《フリー・ウエイ》には先行車も後続車も見当らなかったが、ステーション・ワゴンは五十五マイルの制限速度を守ってのろのろと走った。バックミラーにはまだツーソンの製銅工場の煙突が映っていた。

「女を殺《や》ったのがだれだか見当はついてるのか？」白髪は灰皿に煙草の吸い殻を擦りつけた。

「わからねえ！」神代恒彦は吼《ほ》えた。「おれとハンス・ボルマンはメキシコで三人の男からつけ狙われはじめた。そのうちのひとりは始末したが、一九七三年にサンチャゴで見かけたという以外に記憶はない。その連中がだれで何のためにおれたちを狙うのか、皆目《かいもく》見当もつかねえが、ボルマンはそいつらに撃たれて死んだ。メキシコで拾ったあの女を殺ったのはその連中かも知れないし、それとも通りがかりのただの変質者かも知れねえ……」

「おい、スピードが出過ぎてる」

「死体には触らなかったが、おれの靴にゃ女の血が浸みこんでいる。これで、得体の知れない連中だけじゃなく、警察からも追われる破目になった……」

「死体が発見されるのは……」ガデルは不自由な右膝を手で揉《も》みはじめた。「どう楽観的に見積っても、あと三十分とかかるまい。運の悪いことにおまえが《ホテル・マクガイヤー》のカフェテリアの前で出食わしたモーテルのフロント係は好奇心の塊みたいだった。

あの中年女は浮き浮きして同宿した東洋人の人相風体を喋るぜ。ツーソン市警はすぐに緊急配備だ。幹線道路にはあっという間に非常線が張られる……」

「それだけじゃねえ」神代恒彦のハンドルを握る手から汗が滲みでた。「おれはツーソンの街頭インタヴューでヴィデオ・テープに顔を撮られてる。あのモーテルのフロント係はそのことを喋るだろう。そうしたら、ヴィデオが再生されて顔写真がツーソン市警に保管される。アリゾナ州を越えたって、ＦＢＩを通じてアメリカ全土で指名手配だ……」

「またスピードが出過ぎてるぜ」

「早いとこ高速道路《フリー・ウエイ》から降りなきゃあな」

「いいから落ちつきなって！　おれはこのあたりは詳しいんだ。あと九分で検問の張られる可能性のほとんどない田舎道に出る。それまではこの調子で走るんだ。おれだってこんなくだらないことで、老後の唯一の収入源のささやかな牧場を失いたくはないからな」

「おまえは警察と長話をすりゃそれで済む。しかし、おれは無実を証明するにはおそらく十年はかかる……」

「おれが警察と長話のできる立場か？」白髪は忌々しそうに吐き棄てた。「非合法員《イリーガル》をやった人間はみんな他人にゃ説明できねえような秘密を抱えている。叩けば体全体からひどい埃《ほこり》が出てくる。警察がその埃の臭いを嗅《か》いでみる前に、ＣＩＡが口封じに乗りだすって寸法だ……」

ガデルの言うとおりだった。

あのとき、CIAのソクラテスは言った。神代恒彦がCIAの非合法員として登録されたとき、ジェイコブ・レヴィンは念を押した。〈いいか、警察、とくにFBIに一年以上の懲役に値する事件で逮捕されたり、追われたりするようになったら、それは死を意味すると思って欲しい。国家機密のためにはやむをえんのだ。逃走中の路上で交通事故に出食わして事故死するか、拘置房の中で急性心臓麻痺《まひ》を起こして病死する破目になる……〉

そのとき、神代恒彦は黙っていた。

〈たとえばこれだ〉ソクラテスはポケットから画鋲《がびょう》のようなものを取りだした。〈これは最近、CIA医薬班が開発した消音器《サイレンサー》だ。中に巻貝の猛毒を原料とした薬品がはいっている。この消音器の針を人体に刺し込むと、三十秒で急性心臓麻痺を起こす。死因はふつうの心臓麻痺としか考えられないようになっている……〉

神代恒彦は無言のままその消音器を眺めていた。

〈だから、通常の犯罪には絶対に巻き込まれてはならない〉レヴィンは消音器《サイレンサー》をポケットにしまった。〈通常の犯罪というのはたいてい不満から生じる。そういうことのないように、CIAは非合法員にたいして高い金を支払っているんだ……〉

神代恒彦の脳裏ではソクラテスのそのときの言葉がめまぐるしく跳びはねていた。

「とにかく、おれは」白髪は繰り返した。「警察と長話することだけはおことわりだぜ」

「おまえはまだいい」神代恒彦は呻いた。「おまえの第一印象はその白い髪だ。髪さえ黒く染めりゃ、ツーソンでおれと一緒だったことを憶いだす人間はいなくなる……」

「おまえがとっ捕まりゃ話は別だ」

「そうなったとき、おれがおまえのことを喋るとでも思ってるのか？」

「拷問されりゃわからん」ガデルが間を置いて答えた。「拷問されりゃ、どんなに強靭《タフ》なやつでも、たいていのことは吐いちまう。拷問された経験のないやつだけが大きな口をたたけるんだ……」

「おまえは東ドイツの諜報機関の拷問ですべてを吐いちまったのか？」

ガデルはしばらく沈黙していたが、やがてぽつりと答えた。

「おれは吐きやしねえ……」

「なら、何でおれが吐くと思うんだ？」

白髪はまた黙りこんだ。

後部座席でソクラテスが洩らした下痢の臭いが午後の気温の上昇でさらに強くなってきた。

「ほんとうのことを言おうか」ガデルが言った。「吐いたかどうか、おれ自身も記憶がないんだ。薬を飲まされていたからな。たぶん、ふつうの非合法員なら……」

「おれが拷問にかけられておまえのことを吐いちまうのがそんなに心配なら、その前におれの口を封じたらどうなんだ？」

「殺《や》れって言うのか？」白髪は嗄《しゃが》れた声を出した。

「他に方法があるのか？」神代恒彦はガデルの横顔を一瞥した。

「脚がいかれちまう前なら、おれはおまえを殺れた。嘘じゃねえ。おまえはまだおれがナイフを使う現場を見たことはなかろう？　しかし、こうなったんじゃあな。体が言うことを利かねえよ。おい、次の出口《エグジット》だ。車を右の車線に寄せておきな」

前方に見えてきた出口から砂漠の赤土を刻む一本の線が延びていた。ステーション・ワゴンはところどころ舗装の剝《は》げた田舎道へ折れ曲がった。無人の道路は地平線の向こうまでまっすぐに続いていた。

「ここからはどれだけスピードを出してもいい……」ガデルが煙草に火をつけた。

神代恒彦は思いきりアクセルを踏みこんだ。アスファルト道路の彼方に浮かぶ逃げ水が飛ぶように前方に走りはじめた。

「臨時ニュースを申しあげます……」

ラジオのカントリー＆ウエスタンが中断されて、低い男の声が流れだした。

「ほら、おいでなすった」白髪が口笛を吹くように煙草の煙を吐きだした。

「おれにも一本くれ」

神代恒彦はガデルから煙草を受け取って一服したが、すぐにそれを揉み消した。喉が乾きすぎて煙を受けつけなかった。

ラジオの地方局のアナウンサーはゆっくりした口調で喋りはじめた。

「本日の正午前、ツーソン郊外のモーテルで宿泊していた二十六、七歳の白人女性がナイフでめった突きにされて殺されているのが発見されました。ツーソン市警はこの女性と同宿した東洋人を容疑者と見て緊急手配した模様です……」

神代恒彦はニュースを聴き終えて、ラジオを切った。

「とにかく」ガデルが呟いた。「早いとこ、州境を越えることだ。アリゾナ州警からFBIに捜査権が移るまでの七日間に今後の身の振り方を考えりゃいい……」

「この道はどこへ向かってる？」

「まっすぐ行けば、八六号線にぶつかる。そこから百七、八十マイルでユマだ。高速道路《フリー・ウェイ》を通らずにな」

「おまえはユマからすぐにカリフォルニア州へ抜けるつもりか？」

「そうするつもりだが」白髪は怪訝な表情をした。「おまえは州境を越えないのか？」

「ユマの近くで用がある……」

「どこだ？」

「パーカーズヴィルというところだ」

「何の用があるのか知らねえが、アリゾナ州に長居するのは感心しねえな。その用ってのをあとまわしにするわけにゃいかないのか？　命と引き換えにするほどの用でもあるめえ」

神代恒彦は答えずにアクセルをさらに踏みこんだ。

彼方に砂塵《さじん》が吹き荒れていた。そのせいで太陽が黄色くくすんで見えた。ときどき枯れ草が舞いあがって飛ぶように右から左へと流れた。

「おい、窓を閉めな。眼をやられる」

ガデルの嗄れ声とともに、細かな砂が何度もフロント・ガラスに吹きつけられて無機質な音をたてた。

ステーション・ワゴンは窓を閉めたまま砂塵の中を走り続けた。車の中は息が詰まるほど暑苦しかった。

「ガソリンの残り具合はどうだ？」白髪が燃料計を覗《のぞ》きこもうとした。

「あと一時間というところだ……」

「その前に八六号線との交差点《ジャンクション》に出る。そこにガソリン・スタンドが一軒ある。そこで補給すればいい……」

「砂塵の具合はその交差点までずっとこの調子か？」

「いや、あと数分で抜けられる。このあたりはいつもこんなふうに風が吹きまくってるんだ。だから、このあたりの土地代は只《ただ》みたいなもんだ……」

砂塵が消えた。

視界の右手に巨大な岩山が浮かびあがった。砂漠の中の遺跡のようにそびえていた。

「砂塵はこの岩山の前でいつも消える」ガデルは後部座席の窓を開けるためにうしろを振り返った。「おい、猿が死んでるぜ。糞《くそ》まみれになってやがる……」

バックミラーに眼をやると、ソクラテスは歯をむいたまま息絶えていた。もう死後硬直がはじまっていた。体全体に排泄物《はいせつぶつ》がこびりつき、それが乾いて白く光っていた。

神代恒彦はブレーキを踏んだ。

「何をするつもりだ？」白髪が不審の眼差しを投げかけた。「猿の葬儀でもやらかそうってのか？」

「夜を待つ。あの岩山の陰で」

砂漠の中に乗り入れると、ステーション・ワゴンは砂利と岩盤と灌木《かんぼく》の上を喘《あえ》ぎながら進みはじめた。

「それがいい」ガデルが納得した声で呟いた。

「夜の方が安全だ。慎重のうえにも慎重を期さなきゃな。非合法員《イリーガル》は追うのは得意だが追われるのは慣れてない。攻撃には強いが防禦《ぼうぎょ》はからっきしだ。おれは子供のころ、よく蠍《さそり》を殺して遊んだ。スペイン領サハラでな。非合法員というのは蠍と同じだ。蠍に殺られるのは、蠍がいることを忘れるからだ。逆に蠍を殺す気になりゃわけはない。見つけだして踏みつぶしさえすりゃいい。発見されりゃ蠍はお終《しま》いだ。だから蠍は見つからないように砂の中にうずくまっている……。非合法員は蠍の心を忘れちゃならねえ。とくに追われはじめた非合法員は……」

ステーション・ワゴンは岩山の陰にはいった。そこは直射日光を避けられたし、アスファルト道路からは死角になっていた。

「このあたりでどうだ？」神代恒彦はエンジンを切った。「夜が来るまでおれは一眠りする」

「その前に、猿の死骸を棄てなきゃな。臭くてたまらねえ!」ガデルはソクラテスの脚を持って車を降りた。

死体をぶら下げて十歩ほど歩いた。

その後ろ姿を見ていた神代恒彦の鼓膜にかすかな響きが伝わってきた。嗄れた小さな音だった。

声をあげようとした瞬間、一メートルほどの細長い物体がガデルの首筋めがけて飛んだ。絶叫とともにソクラテスの死骸が投げだされた。

ガラガラ蛇だった。

ガデルは大声で喚きながら首筋を手で押さえて走りはじめた。方向感覚を完全に消失していた。白髪は岩につまずいて、その場に転がった。

神代恒彦はエンジンを始動させた。

ソクラテスの死骸のそばに、背中に暗褐色の菱形の斑紋のある細長い爬虫類《はちゆうるい》が地表を這《は》っていた。鰓《えら》の張ったその頭をステーション・ワゴンの車輪がひきつぶした。

ガデルは岩陰に転がったまま、吼えまくっていた。言葉にならない苦痛の呻きが白い泡と一緒に喉から絞りだされていた。

神代恒彦は車から飛び降りてガデルに駆け寄った。

ガデルの顔は血の気《けう》が失せ、紫に変色しつつあった。死は確実に三十分後に迫っていた。

吼え声だけが巨大な岩山の間を山彦となって抜けていった。

5

夜の八時をまわっていた。

神代恒彦はカリム・ガデルとソクラテスの死体を砂漠に残したまま、交差点《ジャンクション》のガソリン・スタンドにステーション・ワゴンを停めた。崩れかかった老朽オフィスのガラス越しに赤毛の男が机にうつぶせになっているのが見えた。神代恒彦はクラクションを鳴らして車から降りた。

ガソリン・スタンドからは交差点の規模が一望できた。七軒の人家の灯《あか》りが八六号線の州道沿いに遠慮がちにまたたいていた。

「レギュラー、満タンだ」

オフィスのドアを軋《きし》ませながら出てきた男に神代恒彦はステーション・ワゴンの鍵《キー》を投げ与えた。男はまだ十七、八歳の背だけがひょろひょろと伸びた面皰《にきび》面の少年だった。

「満タンだね？」少年は瞼《まぶた》を擦りながら無愛想に念を押したが、神代恒彦の顔を見ると、途端に頬をひきつらせて狼狽しながらもう一度同じ台詞《せりふ》を繰り返した。「満タンですね？」

「電話を借りたい……」神代恒彦は少年の眼を覗きこんだ。

視線が合うと、少年は怯《おび》えたように慌てて瞼を閉じた。

「電話はないのか？」

スに電話をかけた。

「な、中にあります」少年は吃《ども》りながら答えた。

神代恒彦はオフィスにはいり、少年がガソリンを注入するのを見ながら、ロサンジェルスに電話をかけた。

「何だって、そんなにせかせかと落ちつかねんだ？」イーライ・スローヴィックの声とともにウイスキーがグラスに注がれる音がした。「落ちついて酒も飲めねえ……」

「ロサンジェルスに帰ってから礼はする」

「いいだろう、たっぷりいただくぜ。で、何だ？」

「おまえの非合法員《イリーガル》としての豊富な経験を訊きたい」

「何だい？」チェコ人は弾むような声を出した。「そいつはいったい？」

「おれたちと同業者で変質者を知らないか？」

「変質者？」

「そうだ、女をナイフで突き刺して死体を弄ぶような男だ」

「女の死体を弄ぶ？」受話器の向こうでイーライがくっくっと含み笑いをする声が聴こえた。「それなら、アンディだろうぜ。やつは本物のクレイジーだ。金のためじゃなく、楽しみのために殺しをやる男だ。想像がつくだろう？　荒っぽい仕事の使いばしりには便利だが、とにかく不必要な殺しをやるタイプだ。おれの知りあいが一度、やつと組んだことがある。アイルランドでな。そいつの話じゃ、やつはめざす標的《ターゲット》の妹を殺して、その肉を切り刻んで食っちまった……」

「アンディ・何と言うんだ？　姓《セカンド・ネーム》は？」

「アンディ・ショウ。テキサスの出身だ。サン・アントニオのスラム街で育ったらしい。メキシコ人と一緒にな。年齢は二十七、八歳というところだ。燃えるような金髪《ブロンド》で、眉間《みけん》に竪皺《たてじわ》が二本くっきりとはいっている。それから、若いくせに心臓が悪い。ときどき心臓の発作を起こすらしい……」

「アンディ・ショウとアイルランドで組んだというおまえの知りあいはどうしてる？」

「去年、レバノンで死んだ」

「ショウの友人は他には？」

「おい、耄碌《もうろく》したのか？」イーライは嘲《あざ》けるように言った。「この商売に友人はいない……ただパートナーがいるだけだ、と言ったのはおまえじゃないか？」

「パートナーはだれだ？」

「おれの知る範囲じゃ、アンリ・ピネエというフランス人だけだ……」

「アンリ・ピネエ？　どんな男だ？」

「アルジェリアのOASにいた。年齢は五十二、三歳かな。射撃の腕はたいしたことはないが、猟犬みたいに鼻が利く。やつに追われて逃げ切れる男はなかなかお目にかかれねえ……」

「どんな面《つら》つきをしてる？」

「実際の年齢より老けて見える。頭は禿げあがり、度の強い眼鏡をかけて、やけに窪《くぼ》んだ眼をしてやがる。一見、銀行のうだつのあがらねえ出納係《すいとう》のような印象を与える男だ。この男がアンディ・ショウをおだてあげて、てめえは手を汚さずに分け前を取るってケースが多い……」

「アンリ・ピネエがアンディ・ショウの他によく組む相手はだれだ？」

「いろいろいる……。トビー・キャレラ、スティーブ・ジョーダン、T・T・ギゾー、パトリック・チン……」

「その中に、垂れ下がった瞼とフットボールのように膨らんだ頬をした男はいないか？」

神代恒彦はパレンケのロッジで爆死させた男の人相を喋った。「おれとおまえとハンス・ボルマンで一九七三年のチリ・クーデタのときサンチャゴで仕事をしたろう、あのとき、そいつもCIAと関係を持ってたはずだ……」

「知らんな」チェコ人は無造作に答えた。「憶いだすかも知れんが……もう少しアルコールを入れて脳の働きを冴えさせなきゃ駄目だ。急いでいるのか？　急いで、その男がだれだか突きとめなきゃならんのか？」

「急いでる」

「憶いだしたとき、どうすりゃいい？」

「おれはこれからユマの近くに行く。その近くにオーティス・ブラウンという男が住んでる。銃と弾薬を扱ってる男だ。憶いだしたらそこへ電話を入れといてくれ」

このとき、給油を終えて少年がオフィスの中にはいってきた。神代恒彦は受話器を置いて、二十ドル紙幣を少年に手渡した。少年はレジスターから釣銭を出そうとした。

「釣りはいらねえ！」

神代恒彦はそう言い棄てて、電話のコードをコンセントから力まかせに引き抜いた。

「な、何するんだ？」

少年が叫ぶのと、神代恒彦が身を躍らせて飛びかかるのが同時だった。胸ぐらを摑《つか》んで藁《わら》人形でも扱うようにオフィスの壁に押しつけた。背は高かったが、体は軽かった。

「何をするんです？」少年の顔が蒼白《そうはく》になった。

神代恒彦は少年の頰に平手打ちを食わせた。乾いた音が三発、小さなオフィスに響いた。

少年は顔をそむけたまま顫えていた。

「おまえ、おれを知ってるな？」神代恒彦は低い声で言った。

少年は怯えて口もきけない状態だった。

「おれを知ってるか、と訊いてるんだ」神代恒彦は黙っている少年にもう一発、平手打ちを食わせた。「答えるんだ！　おれを知ってるな？」

「知らないよ」少年の唇からようやくか細い声が洩れた。「知らないよ、あんたなんか……」

「嘘をつけ！」神代恒彦はさらに二発、少年を殴った。「正直に言え！　どこでおれを見た？　テレビでか？」

「そうだよ」少年は観念して弱々しく頷いた。

「ツーソンのモーテル殺人事件の容疑者としてテレビにおれが映っていたんだな？」

「そうです……」

「で、おまえはおれが出ていったあと、警察に通報するつもりだった……」

「し、しないよ、そんなこと……」

「するのがあたりまえじゃないか」神代恒彦は少年の胸ぐらから手を離した。「学校でそう習ったはずだぜ」

少年は俯《うつむ》いたままだった。

「ここに銃器はあるか？」

「ありません」

「ほんとうだな？」

「ほんとうです」

神代恒彦はレジスターのところへ歩みより、レジスターの下の机の引きだしを開けた。

「金はさっき父が持っていったばかりで、レジスターには小銭しかはいってないんだ」少年の怯えた声が背後で響いた。

「心配するな、金を盗むつもりはない」神代恒彦は引きだしの中にあった折りたたみ式の小型ナイフの刃を引きだした。「一緒に来るんだ」

「どこに行くんです？」

「ついてくりゃわかる……」

　少年は竦《すく》みきっていた。蒼《あお》ざめた顔で物も言えず神代恒彦と連れだってオフィスを出た。ステーション・ワゴンの運転席に乗りこむように手で指示すると、少年は細長い体を折り曲げてぎごちない手つきでドアを開けた。

「どうするんです？」

「運転するんだ」神代恒彦は助手席に乗りこみながら命令した。「八六号線を西へ向かえ。時速九十マイルで飛ばすんだ。この時間ならパトロールがうろついてることもあるまい」

「どこまで？」

「そいつはあとで知らせる」神代恒彦はステーション・ワゴンの距離計をゼロに合わせ、小型ナイフを少年の脇腹につきつけた。「さあ、車を出しな」

　ステーション・ワゴンは夜の州道八六号線を疾風のように走った。フロント・ガラスに無数の小さな昆虫が雨のように吹きつけられた。見えるのはヘッドライトに浮かぶアスファルトの地肌と星屑《ほしくず》だけだった。対向車には一度も出逢わず、ふたりは押し黙ったまま砂漠の中を突っ走った。

　三十マイルほど走ったところで、右前方に崩れかかった丸太造りのゲートが見えてきた。ゲートは長い風雪に晒《さら》された墓標のように、いまにも倒れ落ちそうだった。

「停めな」神代恒彦は少年の脇腹を突っついた。「そのゲートの前で停めるんだ」

　ステーション・ワゴンは急ブレーキに悲鳴をあげた。少年はわずかに通り過ぎたゲートまで車をバックさせた。州道沿いのゲートは錆《さび》ついた有刺鉄線で蔽《おお》いがしてあり、朽《く》ちきった看板に『廃道《アバンダン》』と書かれているのがかろうじて読めた。

「降りな。降りてゲートを開けるんだ」

「ここで殺すつもりじゃ……？」少年は上ずった声で訊いた。

「おまえの態度しだいだ」

少年は有刺鉄線をはずしてゲートを開けた。ゲートの向こうに舗装されていない砂漠の道が続いていた。神代恒彦は手招きして少年を車に戻らせた。

「ゲートの向こうに車を乗り入れて、まっすぐ走るんだ」

「この向こうには何もありませんよ」

「いいから行きな」神代恒彦は距離計をふたたびゼロに合わせた。

ステーション・ワゴンは砂と雑草の廃道にはいった途端、スリップをはじめたが、少年は何度もアクセルを踏み替えて、そのまま無人の荒野に向けて走りだした。

「ここでいい」神代恒彦は距離計が二十マイルを指したのを見計らって言った。「ここで停めるんだ」

少年はステーション・ワゴンを停車させた。

「降りな？」

「降りろって？」

「おまえはもう用済みだ。降りて家に帰るんだ。家に帰って警察に通報するなり、母親に泣きつくなり、好きなようにしな」

「冗談じゃない。ここから家まで五十マイルはあるんですよ。歩いたら、たっぷり二日はかかる……」

「州道に出りゃヒッチハイクできる」

「待ってください」少年はハンドルを握りしめて泣き声をあげた。「州道までだって二十マイルはある。それに、このへんは山犬《コヨーテ》が多い……」

6

オーティス・ブラウンは、コロラド河沿いの州境の町ユマから国道九五号線を二十マイル北上し、そこからブルドーザーで雑草を削りとった道を三マイルほど行ったところに住んでいた。アリゾナの砂漠を吹きぬける風の中に重苦しい沈黙を続けるバラック造りの一軒家が銃器と弾薬の密売所だった。中にはいると居間には自動車から取りはずした黒いビニール張りのシートがふたつ、向きあって置かれていた。オーティス・ブラウンはそこで安いバーボン・ウイスキーを舐《な》めていた。左の掌の中には空薬莢《からやっきょう》がふたつ、擦《こす》れあう音をたてていた。

「生憎《あいにく》だが、そのイーライ・スローヴィックという男からおまえ宛の伝言はないよ」

ブラウンはカリム・ガデルの紹介状を読み、チェコ人から連絡ははいってないかという神代恒彦の質問を受けたあと、どこを見ているか見当もつかない眼差しでそう言った。酔いのせいではなかった。長年、諜報活動に携ってきた男の独得の眼だった。ぶよぶよに太った体と垂れ下がった瞼のこの七十歳前の老人は、焦点は定まっていないが確信に満ちた眼で神代恒彦を眺めた。

「昼間、おまえの顔をテレビで拝ましてもらったよ。モーテルでの痴情殺人……そんなけちなことをやる男には見えんがな」

「おれがやったんじゃない」

「そうだろうな。ま、わしにはどっちでもいいことだが」ブラウンはそう言って神代恒彦にウイスキーを勧めた。

「いまは飲まない」

「心配するな」老人は生煮《なまに》えの低い声で笑い、強引にグラスを神代恒彦の前に置いてバーボンを注ぎこんだ。「おまえを警察に突きだそうなんて料簡《りようけん》は持っちゃいない」

「テレビは」神代恒彦はグラスに口をつけた。「おれの顔写真つきで指名手配したというわけだな？」

「顔写真なんてもんじゃない。もしよかったら、そのときのニュースを見せてやってもいい。ヴィデオに撮ってあるんだ……」

ブラウンは立ちあがって、寝室に案内した。窓際に軍隊用のベッドが据えつけられ、そのそばに新しいテレビとヴィデオ・デッキが置かれていた。

「テレビもヴィデオ・デッキも日本製だよ。アメリカ製よりもはるかに性能がいい」老人はヴィデオ・カセットを装着しはじめた。「こんな汚いところに住んでいて、よくもこんなものを持っていると不思議に思うだろう？　わしの趣味なんだ。情報機器をいじくりまわすのが好きなんだ。他にもいろいろ持っている。盗聴器やら、火薬探知器やらな。はいってきた金はみんな酒とそういうものに化ける……」

ブラウン管にニュース番組が映りはじめた。経済ニュースに続き、ツーソンのヴェトナム帰還兵の騒ぎが報じられたあと、真面目くさった顔つきの若いアナウンサーがブラウン管の中で喚きはじめた。

「それでは、きょう正午前、ツーソン郊外のモーテルで起きた凶悪事件についてお送りいたしましょう……」

事件の概要が説明されるとすぐに、ツーソン市街でインタヴュアーを振り払う神代恒彦の姿が映しだされた。

「この東洋人が被害者と同宿した容疑者です。画面でおわかりのとおり、この男の身長体重は五フィート六インチ、百五十五ポンド程度と推定されます。容疑者はモーテルのフロントの宿帳に住所氏名と旅券番号を書き残してますが、さきほどの日本外務省からの返電では当該旅券番号に当該人物は存在せず、旅券そのものが偽造された疑いが濃くなってきています。いずれにせよ、この人物を見かけたらとにかく近くの警察にご一報ください……」

ブラウン管の中の神代恒彦はインタヴュアーを振り切ってツーソン市街へ消えていこう

とした。その一瞬がストップ・モーションになった。後ろ姿がグエン・タン・ミンに驚くほど似ていた。

「どうして、こんなものをヴィデオに撮っておくんだ?」ニュースが終わって神代恒彦はブラウンに訊いた。

「わしは毎日、ニュースをヴィデオに撮り、眠る前にもう一度それを見る」老人は生真面目な表情で答えた。「もう老い先が長くないんで、世界で何が起こるかを確かめておきたいんだ。さあ、居間に戻ろう。日本人はほんとうに久し振りだ。懐古談でもしたい……」

ブラウンは居間のシートに座りなおすと、ウイスキーを舐めながら、ふたたび左の掌の中で真鍮《しんちゆう》の空薬莢をせわしなく揉みはじめた。ふたつの物体は擦れあって耳ざわりな音をたてた。

「気になるかね、この音が?」老人は笑いながら言った。「これはある日本人が教えてくれたんだよ。その日本人の名はもう忘れたがね、こうやってると脳溢血《のういつけつ》にならないそうだ。ふつうは胡桃《くるみ》でやるらしいが、わしは最初に人を殺した二発の弾丸の空薬莢をこうして使ってる。記念の意味もあるんだよ。おまえもカリム・ガデルからの紹介だから、少しはわしの話は知ってるだろう? わしはむかしキャノン機関にいた。だから、日本語もかなり話せたんだよ。いまはもうすっかり錆ついちまったがね」

神代恒彦はグラスのウイスキーを飲みほしながら老人を観察した。

ブラウンは夢みるような眼差しでいったん天井を見上げたが、やがて眼をつぶって嬉しそうに頬をほころばせた。掌の中の真鍮の空薬莢は相変わらずの金属音を響かせていた。

「あのころ、わしはいまのおまえよりも、もうちょっと年齢《とし》を食っていたかな。しかし、まだ四十歳には間があった。若くて、強くて……それだけだった。若さと強さ、それ以外には何もなかった。将来のことも考えなければ、人生の欲望もなかった。猟犬としてはそれが最高なんだ」

「ドルフィンという暗号名《コード・ネーム》を持っていたそうだな？」

「ああ、日本語で何と言ったかな、そうだ、イ、ル、カ」老人は一音一音区切って発音した。「日本人の関係者はわしのことをイルカと呼んでいたよ。イルカ……いい響きだ」

「どんな事件を扱った？」

「対中共謀略、神祐丸事件、衣笠丸事件、松川事件、下山事件……いろいろだよ。キャノンが計画を立て、荒っぽいことはわしが受け持った。ジャック・Y・キャノン少佐……いまはテキサスのどこかに住んでると聞いたことがあるが、もう何十年も会ってない。夜も寝ないで、本郷ハウスで破壊工作のために戦術を練ったことを憶いだすな。何と言ったかな、あの家から見える大きな池は？」

「不忍池《しのばずのいけ》か？」

「そう、不忍池だ！」老人は満足げに膝を叩いた。「ロマンチックな名の池だった。名まえだけじゃない。六月になると池いっぱいに睡蓮《すいれん》が拡がって幻想的だった。あの池を眺めながら、わしらは極東での破壊工作の方法を語りあったもんだよ。まさにあれは芸術活動だったな。おまえはキャノン機関といってもそのころまだ乳飲み児だったろうから、どんなものか知るまい。知ってるとしても記録の上でだけだろう？　記録といっても、わしらが本郷ハウスを引きあげるとき、重要なものはほとんど焼いちまったから、現在知られてるキャノン機関についての情報はほんの一部でしかない……」

神代恒彦は空になったグラスと老人の顔を交互に見凝《みつ》めながら話を聞いていた。

「見せてやるよ」ブラウンは立ちあがって、部屋の隅の書類入れから焦茶色に変色した写真を取りだした。

写真には十三人の一癖ありそうな表情の白人たちが勢揃いして写っていた。背景は前に別の写真で観たことのある本郷ハウスの玄関だった。十三人のうちの真ん中近くに若き日のブラウンらしき人物が写っていた。

「この写真はキャノン機関解散の日に撮ったものだ」老人は写真を指さしながら説明しはじめた。「これがわしだ。この男がキャノン。それから、こいつがブルータスという暗号名《コード・ネーム》で呼ばれていたレイモンド・ロビンス。あとは雑魚《ざこ》だよ。重要な仕事はすべてわしら三人でやった。あとはただの使い走りだった。なぜだか、わかるか？」

神代恒彦はブラウンの質問を黙って聞き流した。老人のぶよぶよした頰に赤味がさし、キャノン機関の元・諜報部員の話は熱を帯びはじめた。

「いいかい、こういう仕事にキリスト教徒は向いてないんだよ。キリスト教徒はいざというときには、絶対、信用してはいけない！　わしもキャノンもロビンスもキリスト教徒ではなかった。神なんか信じたことは一度もない！　いや、神を信じることは子供のころにやめた。この種の仕事は同志的な信頼がなければやれるもんじゃない。キリスト教徒はいつだって個人主義者だから全体のことは本気で考えないんだ。重要なことは委《まか》せられるはずがないだろう？　その点、東洋人やアラブ人はいったん同志になると、とことん信用できたもんだよ……。おまえ、まさかキリスト教徒じゃないだろうな？」

「いや」神代恒彦は首を振って腕時計に眼をやった。

「急ぐこともなかろう、わしがキリスト教徒を信頼できない理由を聞かせてやる」老人はグラスの中のウイスキーを一気にあおった。「十二歳のときだった。フェニックスで雑貨店を経営した父親が慈善《チャリティ》バザーに出かけた隙に母親が牧師と密通したのをわしは見た。密通が父親にばれると家庭の中はめちゃくちゃになった。父親と母親は毎日、大声をあげていがみあった。それがもとで父親は店の経営に失敗した。すると、街中の連中が破産したわが家を軽蔑《けいべつ》し、笑いものにしはじめた。父親は生活を立てなおすために、近くの酒屋の店番になった。母親は相変らず牧師といちゃついていた。そして、ある日、父親は酒屋の商品を横流ししようとして暴露《ばく》れ、私刑《リンチ》にあって縛り首になった。母親と牧師は冷ややかな眼でその縛り首の光景を眺めていた。そのときから、わしは人間の本性は悪だと信ずるようになった、悪だと……。違うかね？」

　神代恒彦は答えなかった。

「それから、わしはニーチェを読みあさり、マルクスやエンゲルスも読んだ。十六歳でたいていの哲学書は読了した。その結果、キリスト教を基盤とする民主主義《デモクラシー》は愚か者への道だと信ずるようになった。そして、それにたいする共産主義は奴隷への道だと確信するようになった……」オーティス・ブラウンの掌の中で真鍮の空薬莢の擦れあう速度がしだいに早くなってきた。

神代恒彦は老人の肩越しに書類棚にたてかけられている本を眺めた。『わが闘争《マイン・カンプ》』、『ファシズムの理論』、『国家論序説』といった本がそこに並べられていた。

ブラウンは空になったグラスに乱暴にウイスキーを注ぎこみ、せかせかと喉に流しこんだ。

「わしは信念を持った。その信念のためにわしは人生を捧げることにした。猟犬の役を喜んで引き受けることにした。……しかし、しかしだ！　わしとわしの同志がやったことはすべて無駄だった。すべてがな！　あの時代と現在の世界情勢を較《くら》べてみるがいい、一目瞭然じゃないか！　わしらは無駄のために命を懸けてきたんだ！　なぜそうなったか、わかるか？　えっ？」

神代恒彦の顔に老人の唾《つばき》がふりかかった。

「組織だ、組織がわしらを裏切るからだ！」ブラウンは吼え続けた。「いいか、組織なんかを絶対に信用するんじゃない！　わしはおまえの臭《にお》いを嗅げばどんな仕事をやってるか、すぐにわかる。いいか、どんなことがあっても国家や組織なんかを信用しちゃあならん！これほど簡単に人間を裏切るものは他にないんだからな！　おまえはどこに傭《やと》われてる？

ＣＩＡか、それとも……」

神代恒彦は黙ったまま、老人の表情を見凝めていた。歪んだぶよぶよの顔に一定の間隔をおいて痙攣が走っていた。

「まあいい、おまえの立場じゃ喋るわけにはいかんだろう……」

ブラウンの興奮はいったん収まったかに見えた。だが、ウイスキーを飲みほすと、また熱情が押し寄せてきた。

「しかしな、組織の中でも、とくに情報機関はとことん疑ってかかる必要がある！　たいそうな目的を掲げてるくせに、やることとなすことと言ったら組織の維持だけだ。組織の維持しか結局は念頭にないんだ！　だから、同じ国の情報機関が同じ目的のために動いても、協力することなんて滅多にない。たがいに足の引っぱりあいばかりだ。いまだってそうじゃないか！　ＣＩＡと国防総省《ペンタゴン》、それにＦＢＩの関係を見てみろ！　いつもじぶんの組織の利益ばかり考えて反目しあってる！」

オーティス・ブラウンは喋るたびに興奮の度合を強めた。手にとっていたウイスキーのグラスを取り落とし、憑《つ》かれたような口調になってきた。

「国家はもっと性質《たち》が悪い！　見ろ！　この小汚い家を！　わしはキャノン機関解散後、朝鮮半島で金日成《キムイルソン》にたいする工作を開始し、その次はエジプトへ渡った。その間に、女房からは離婚されるし、子供の顔は二度見たきりだ。わしは個人の生活をすべて犠牲にしてきた！　それもこれも、このアメリカ合衆国のためだったんだ。祖国を最も美しく、最も強大にするためだった！　世界史上、類例のない大帝国を創りあげるためだった！」

老人の興奮は極《きわ》みに達した。ブラウンは立ちあがって胸を叩きながら怒号しはじめた。

「それなのに、祖国は、国家はこのわしに何をしてくれた？——えっ！　月々、わずかな年金を支給するだけだ！　見てくれ、この無惨な生活ぶりを！　これが人間の生活か？　これが国家のために何度も命を捧げようとした男にたいする態度か？　わしが犯罪者にたいして銃や弾薬を密売してやるのは、国家のそういう仕打ちにたいするささやかな返礼なんだ！」

激昂《げきこう》した老人の体が半回転した。

「どうせこのままだれにも看取られることもなく砂漠の中に朽ち果てる男のせめてもの慰みはそれしかない！」

ブラウンは手にしていた真鍮の空薬莢を力まかせに窓に投げつけた。

窓ガラスが割れた。

短く鋭いその音が老人を興奮から引き戻した。ブラウンは無言のまま体を硬直させてしばらく立ちつくしていたが、やがてぎごちなくシートの上に座りなおした。そして唇から、夢から醒めたような小さな呟きが洩れた。

「老いたな……」

神代恒彦はシートの上で身を縮めて俯《うつむ》いてる老人を見下ろした。老人の肉づきのいい背中が大きく波打っていた。

「わしも老いたよ」ブラウンは床に転がっているウイスキー・グラスを拾って繰り返した。「こんな生の感情を人前でぶっつけるなんて。元・諜報部員が聞いてあきれる……」

神代恒彦は腕時計に眼をやった。午前零時を七分過ぎていた。

老人が顔をあげた。

「どうした？　なぜ黙っている？　わしを軽蔑したか？　国家が報いてくれないと言って腹を立てているくたばり損《ぞこ》ないは醜いか？　醜いだろうな。確かに醜い！　恥ずかしいよ。キャノンがいまの有様を見ていたら、心底、軽蔑するだろう……」

「酒のせいだ」神代恒彦は答えた。

「慰めは言わんでいい！」ブラウンは鋭く言い放ったが興奮の残り香《が》はもうどこにもなかった。「たいして酔っちゃあおらん。ただ、老いたんだ。耄碌したんだ。老人性退行がはじまったんだ……」

どこか遠くで山犬《コヨーテ》が長く尾をひくように哭《な》き続けた。

老人の長い沈黙がはじまった。

7

「銃が欲しいんだったな？」オーティス・ブラウンはようやく口を開いた。「何がいい？」

「S&Wチーフス・スペシャルか、コルト・パイソン。持ってるか？」

「ある」

「支払いは個人用小切手《パーソナル・チェック》でいいか？　現金《キャッシュ》の持ち合わせがない」

「それで結構だ。銃は裏の納屋に保管してある。そのそばで試射できるようにしてある。弾丸はわしの技術で殺傷力を増大するように改造してある。必要なら手榴弾《しゅりゅうだん》もある。ついてきてくれ」

　神代恒彦は老人に続いて納屋に向かった。

「銃はすぐに使うのかね？」歩きながら、ブラウンが言った。

「かたをつけなきゃならん男がいる。すぐ近くのパーカーズヴィルでうろついてるはずだ。それに……」

「何だ！」

「得体の知れない連中に追われている……」

「気をつけるんだな。わしも追うのは得意だったが、追われるのは苦手だった……」

　バラック造りのブラウンの家の裏手に納屋があった。納屋のそばに柵《さく》が造ってあり、星明かりで二十メートルほど向こうにふたつの丸い標的が置いてあるのが見えた。そこが試射場だった。

「ここで待っててくれ」

　老人はそう言って柵のそばの電源スイッチを入れた。

　試射場はふたつの裸電球によって映《は》えわたった。標的のひとつは新しく、もうひとつは数発の弾痕がつけられていたが、どれも中心の黒点をはずしていた。試射した男の腕はたいしたことはなかった。

「年齢のせいでな、このごろだいぶ腕が落ちこんできた……」二梃の拳銃と弾薬ケースを持って納屋から出てきたブラウンが、柵にもたれかかっている神代恒彦に嗄《しわが》れ声で笑いかけた。

「眼鏡をかけた方がいい」

「老眼鏡をか？」老人はひとまずコルト・パイソンだけを神代恒彦に手渡し、じぶんで三発の弾丸をS＆Wに装填《そうてん》した。「標的のど真ん中を射ち抜けないのは銃が悪いせいではない。わしの腕が落ちたせいだ……」

このとき、納屋の中で何かが動く気配がした。

神代恒彦の体が反射的に納屋に向いた。

「鼠《ねずみ》だ。納屋に小麦粉を入れてるんで鼠がはびこってしようがない……」

ブラウンはそう言って、続けざまに標的めがけてぶっ放した。中心点からはほど遠かった。老人は舌打ちしながら硝煙の残り香に包まれたS＆Wを神代恒彦に渡して吐き棄てた。

「ひどいもんだ。われながら呆《あき》れはてる。ちょっとそっちのを貸してくれ」

神代恒彦がコルト拳銃を手渡すと、ブラウンはそれにも三発の弾丸をこめはじめた。

「おれも試射してみたい」神代恒彦はS＆Wの弾倉を回転させた。「弾薬ケースを貸してくれ」

老人は返事をしなかった。

「おい、弾薬ケースを貸してくれ」

ブラウンはなおも無言だった。

神代恒彦はさらに同じ言葉を吐こうとして眼をS＆Wから老人に移した。

銃口が神代恒彦を狙っていた。

ブラウンは拳銃を神代恒彦の心臓部に向けていた。コルト・パイソンが試射場の照明に鈍い光を発していた。

「おまえに弾薬は要らない。さあ、両手をあげるんだ！」老人は焦点の定まらない眼で命令した。

「何の真似だ？」

「何の真似？　家の中を見たろう？　ひどい有様だ。人間の住むところじゃない！　いや、住むところなんてどうでもいいんだ。気力さえ確かならな。しかし、わしはさっきおまえにぶざまな泣き言を聞かせた。わしはもう駄目なんだ。すっかり老いぼれてしまった。最後の気力が消えた証拠だよ。気力が消えたら、もう金なしじゃ駄目なんだ。心も駄目、生活も駄目じゃやっていけない。わからないか、わしはもう金が要るんだ」

「おれのポケットにはいってる現金《キャッシュ》は、二百ドルぽっちだ。そんな端金《はしたがね》でこういう真似は割に合うまい……」

「わしはもっと別のことを考えてる。しばらくすれば、おまえにはＦＢＩからの懸賞金がかかる。例のモーテルの女殺しの件でな。そのときまでおまえをここで生かしておいて、賞金額があがったところでおまえに地獄に行ってもらうという寸法だ……」

「懸賞金がかかるまでおれをここで生かしておくだと？」神代恒彦の頰にせせら笑いが浮かんだ。「どうやって？」

「余計なことを訊く必要はない。方法はいくらでもあるんだ。ただし、おとなしくしてりゃの話だ。妙な気を起こすといますぐ一発であの世行きだ。わしは試射用の標的ははずすが人間ははずさない」

「どうせ殺されるなら」神代恒彦は挑発的な口調で言った。「いまだろうが、懸賞金がかかったあとだろうが、同じことだ」

「いくらわしが老いぼれたからって……」ブラウンは首を振って笑った。「元・キャノン機関を舐《な》めちゃいかん。おまえのような男は生き延びられるチャンスはあくまで生き延びて逆転のチャンスを窺う。このわしにこけ威《おど》しは通じん……」

「モーテルの女殺しの真犯人が挙がったらどうする？　おれはあの女をやっちゃあいない。そうなりゃ懸賞金もふいだぜ」

「わかってる。おまえがああいうことをやるようなちゃちな変質者でないことは本能でわかる。おまえが政治的な大きな仕事を扱ってることもな。だが、あの事件の真犯人はまず挙がらない……」

「どういう意味だ？」

「わかってないようだな。アメリカ合衆国では通りがかりの犯罪の検挙率は二十パーセント以下だ。とくに性犯罪や淫楽《いんらく》殺人はな。よっぽどの馬鹿でツーソンの近くであの種の殺人を二度も三度も起こす男でなきゃ、まず事件は永久に迷宮入りだ。それだけに手掛かりを残した容疑者、つまりおまえの首に懸賞がかかるのは時間の問題というわけだよ。おまえに懸賞金がかかったところで、わしは物言わぬ死体となったおまえを警察に差しだす。強盗にはいられてやむなく撃ち殺したとか何とか言ってな……」

「それが老いぼれの考えたみみっちい計算か？」神代恒彦は老人のぶよぶよした顔を睨みつけた。「国家を信用するなと説教しやがったくせに、国家におれを売って涙金を頂戴《ちようだい》しようというわけか？」

「それだけじゃない」ブラウンは答えた。「おまえの銀行口座にはかなりの金がうなってるはずだ。そいつを頂く。おまえに個人用小切手《パーソナル・チェック》にサインさせてな」

「おれがサインすると思うのか？」

「わしがキャノン機関の諜報員だったことを忘れるんじゃない。さんざん日本人をいたぶってきたんだ。どこを押さえりゃ日本人は音をあげるかはよく知ってる……」老人はコルト拳銃をかまえたままわずかに近づいた。

遠くで山犬《コヨーテ》がまた哭《な》いた。

「さっき喋ったことは嘘じゃない」ブラウンが声を落として呟いた。「わしは五十歳まではアメリカ合衆国を巨大にするために……つまり国家への忠誠心で気力が横溢《おういつ》していた。

そして、それからたったさっきまでは、そういうわしにたいして何の報いもしなかった国家への叛逆心で性根が据《す》わっていた……。しかし、それもさっきあの泣き言で終わりになった。どんな精神もわしから離れていった。精神がわしから消えたんだ。わかるだろう？もう金しかない。金しか意味がなくなったんだ。どういう種類の金であろうと……」

「おまえにゃ……」神代恒彦は老人との距離を目算しながら言った。「最初から精神なんかありゃしねえ！」

「挑発したって無駄だ」ブラウンは近づいていた足をぴたりと停めた。「おまえの狙いはわかってる……」

ふたりの距離は三メートルあった。老人はもうその位置を狭《せば》めようとはしなかった。

「おまえもいままでいろんな仕事をしてきたんだろうが」ブラウンの語調が変わった。

「おまえが命を張ってそういう仕事をする目的は何だ？」

神代恒彦は答えなかった。

「金か？」老人の眼が小狡《こずる》そうに光った。

神代恒彦は黙っていた。

「金なんだな……」ブラウンはひとりで相槌《あいづち》を打った。

試射場の裸電球のまわりを一匹の大きな蛾《が》が舞いはじめた。

「時代が変わったんだな」老人は溜息をついた。「わしらのころは忠誠心か叛逆心かのどっちかだった。しかし、時代が変わったせいで、いまわしがこうやっていることも免罪されるというわけだ。金のためにおまえを売っても、おまえは怨《うら》みには思うまい。おまえがしてることと同じことをするんだからな」

「ひとつだけ訊きたい」

「何だ？」

「おまえがこんな真似をしようと決めたのはいつだ？　おれに泣き言を吐いた直後からこいつを仕組んだのか？」

「いや、この試射場でコルト・パイソンに弾丸を装塡してる最中だ」ブラウンは答えた。

「ここで三発射ってどれも大きくはずしただろう？　無性にわしは淋《さび》しくなった。もうどんなにあがいても頑張れないことがわかった。そしたら頭の中で妙な声が聴こえてきた。眼の前にいる日本人を売って余生を安楽に暮らすんだ、とな。それで、おまえを売ることに決めた……」

　神代恒彦は顔を歪めて薄笑いを浮かべた。

「何がおかしい？」老人の瞼の垂れ下がった眼が光った。

　神代恒彦の唇から唾が吹き矢のように飛んだ。粘液が老人のぶよぶよの頰を濡らした。

「年齢をとると気が短くなることをおまえは忘れたらしい……」ブラウンは唾《つばき》を拭いながら、銃口を神代恒彦の心臓部から脳天へゆっくりと向けた。

　轟音が鳴り響いた。

　神代恒彦の網膜にブラウンの体がきりもみするように一回転するのが映った。老人は大地に叩きつけられ、そのまま動かなくなった。鮮血は右の胸から迸りでていた。急所をはずれているのに即死したのは、明らかに口径の大きな銃弾による衝撃《ショック》のせいだった。

　神代恒彦は銃声の聴こえた方へ視線を移した。

　黒ずんだ納屋のそばに巨大な男が立っていた。背が高く肩幅の広いシルエットが身動きもせずに浮かんでいた。その向こうに見えるのは、漆黒の大地と星屑の夜を分かつ地平線だけだった。

「だれだ？」

　神代恒彦は乾いた声で叫んだが、男は右手に拳銃をかざした不動の姿勢で突っ立ったままだった。

「だれだ？」もう一度叫んだ。

「ナヴァホか、プエブロか？」ようやく男が口を開いた。

「何だと？」神代恒彦は訊き返した。

　男は近づいてきた、大きな歩みだった。試射場の照明の下で、神代恒彦の顔をじっと見下ろし、やがて失望の呟きを洩らした。

「何だ、東洋人か……」

　男はインディアンだった。頑丈な骨格・発達した顎と顴骨《けんこつ》、がっしりとした鼻、赤銅色《しやくどう》の肌、男はアメリカ大陸先住の民の特徴をすべて備えていた。年齢は三十五、六歳というところだった。手にしていた拳銃はS＆Wだった。

「何のつもりだ?」神代恒彦は男を見返した。

「何のつもりだと?」インディアンは抑揚のない太い声で言った。「命を助けられて、そんな台詞はあるまい。もっとも、おれがおまえをインディアンと誤認しなきゃ、助けたかどうかはわからん」

「その体つきはスー族か?」

男は頷いて、試射場の標的めがけてS&Wをぶっ放しはじめた。弾丸は標的の中心点からはずれて外円を撃ち抜き続けた。

「銃が欲しいなら……」インディアンはS&Wに弾薬を装填しながら無愛想に言った。

「納屋にいっぱいある。ただし、一梃だけだ。あとはこっちが必要だ!」

8

忍びよる砂漠の寒気にひっそりと寄りそっている小さな旅籠《はたご》町の街灯は川面から浮きあがる水蒸気に弱々しく滲み、仄白《ほのじろ》い光を東から吹く風に顫わせていた。深夜の二時過ぎだった。グエン・タン・ミンの妻の家族の住むパーカーズヴィルはコロラド河の谷間《たにあい》に眠っていた。

神代恒彦は川っ縁《ぷち》にコロラド河の流れを見下ろすように建てられている瀟洒《しょうしゃ》なホテル《パーカーズ・イン》の脇にステーション・ワゴンを停めた。観光シーズンからはずれているため、ホテルの駐車場には一台の車も見当らず、宿泊客がこの地を訪れている気配はなかった。

車を降りてホテルの脇の砂利道を歩きはじめ、パーカーズヴィル一八二と書かれた物置きを改造しただけの小さな家の前で神代恒彦は足を停めた。河のせせらぎがあたりの静寂を際立たせていた。

干しっ放しになった洗濯物をくぐり抜けて裏手にまわると白い木綿のカーテンを張った窓がふたつあった。神代恒彦は胸のホルスターからS＆Wを抜いてベルトに差しこみ、窓枠に触れてみた。

鍵はかかっていなかった。

どこかで犬が吠えるのが聴こえたが、すぐにコロラド河の水音に溶けて消えた。

神代恒彦は軋みを殺しながら窓を開け、静かに部屋の中に侵入した。米軍払い下げのベッドに眠っている十五、六歳のヴェトナム人少女の姿が窓から洩れてくる街灯のかすかな明かりに照らされた。

部屋のドアを開けると食堂だった。

マッチを擦《す》ると、テーブルの上に無造作に置かれたままの食べ残しの食品類が浮かんだ。ベニア板の壁には封筒入れがとりつけられ、そのそばに三枚の写真が画鋲でとめてあった。

写真のそばにもうひとつのドアがあり、そこは夫婦の寝室だった。ベッドの上に五十五、六歳の痩せこけた男が眠りこけ、ベッドから少し離れた床に敷かれたマットレスでは同年齢の太った女が鼾をかいていた。

物置きを改造した小さな家の住人はこの三人のヴェトナム人だけだった。グエンはここにはいなかった。

神代恒彦はもう一度、食堂に戻り、ふたたびマッチを擦って封筒入れのそばの三枚の写真に近づいてみた。黄色い光の中にヴェトナム人たちの顔が浮かんだ。

三枚ともかなり古い写真で、そのうちの一枚はすでに変色した若いヴェトナム人男女のポートレートだった。これはヴェトナムの写真館で撮られたものらしく時代がかった修整が施されていたが、ふたりはまちがいなくさきほどの寝室の夫婦の若いころのものだった。

その隣に貼《は》られている写真は、このカップルの十五、六年後らしく、三人の娘とふたりの息子に囲まれて撮られた記念写真だった。三人の女の子のうち、末の娘はここで眠っている少女の幼年時代の姿だった。

最後の一枚には、成長した長女とグエンが並んで写っていた。

神代恒彦はもう一本、マッチを擦って封筒入れから数葉の封書と葉書きを取りだした。宛名はいずれもボー・ドク・トと書かれていた。中身はヴェトナム語で書かれているため理解できなかった。神代恒彦は手紙類と封筒類を封筒入れに戻して、マッチをテーブルの右手にかざした。

ベニア板の壁の中に古い板切れを組み合わせて造った扉があった。そこが玄関だった。神代恒彦は玄関のドアを押して表に出た。錆つきかかった蝶番《ちょうつがい》が重く軋んだが、眠っている三人が気づいた様子はなかった。

神代恒彦はS&Wをホルスターに戻して上着《ジャケット》で隠し、それから玄関のドアを激しく叩いた。

「ボー・ドク・ト！　ボー・ドク・ト！　開けてくれ、急用だ！」

一分近くドアを叩き続けて、やっと部屋の中に灯りがついた。

「だれ？」顔を出したのは、マットレスに寝ていた太った女だった。

「グエン・タン・ミンの仕事仲間だ。急用でグエンを捜している。どこにいるのか知ってるなら教えて欲しい。グエンから最近、連絡があったはずだ」

女はヴェトナム語で答えた。怒っているような素ぶりだった。早口のヴェトナム語が女の唇から波をうって吐きだされた。

「ヴェトナム語はわからない」神代恒彦は首を振った。「英語で話してくれないか」

女はそれでもヴェトナム語を喋り続けた。女の喋る英語は最初の「だれ」という単語だけらしかった。

「ヴェトナム語はわからないんだ」

神代恒彦はそう言いながら、手真似で、亭主を呼んでくれ、と頼んだが、女は相変わらずヴェトナム語で喚き続け、家の中に入れようとはしなかった。

「だれ？」

奥のドアが開く音がして、娘が戸口に出てきた。ヴェトナム人少女の黒く大きな瞳は好奇に満ちて神代恒彦を観察しはじめた。

「グエン・タン・ミンを仕事で捜している。父親にそう伝えてくれ」

「何？」少女の眼がさらに大きくなった。

「ボー・ドク・トに会ってグエンのことを聞きたいんだ……」

通じはしなかった。娘が吐いた言葉は「だれ」と「何」と「はい」の三つだけだった。どれだけゆっくり喋っても、少女は「何？」を繰り返すか、「はい」と意味のない返事をしてけたたましい笑い声をあげるか、どっちかだった。

神代恒彦は娘に夫婦の寝室を指さしネクタイを結ぶ格好をして見せた。

少女はやっと気づいたように大きな相槌を打って父親を呼びに行った。横から、母親がヴェトナム語で喚きたてたが、娘は父親を連れて現われた。ボー・ドク・トは立ってるのがやっとのようで、少女に腕を支えられていた。

「夜分、悪いが、グエン・タン・ミンを急用で捜している」

「英語はできない。フランス語なら少し」ボーはたどたどしい英語でそう言って、青ざめた顔を歪めながら咳込んだ。

神代恒彦はフランス語に切り替えた。

「グエン・タン・ミンの仕事仲間だ。急用でグエンを捜している。最近、連絡があったはずだが」

「とにかく中にはいりなさい」

ボーはヴェトナム語で妻に何事か命令して、神代恒彦を食堂に迎え入れた。テーブルに向きあって座ると、娘が散らかっている食品類をかたづけはじめた。

「妻も娘もわたしも英語がまだ話せないんだ。わたしはサイゴンで若いころフランスの軍人相手のバーに勤めたことがあるから、フランス語なら少しは喋れるが、妻と娘はヴェトナム語しか喋れない。ところで、コーヒーでも差しあげたいが、生憎……」

「いや、すぐに引きあげる……」

「そうかね、見てのとおりの生活だ、客をもてなすこともできない……」ボーは体を揺って咳込みはじめた。「病気でなかったら、いつでもかまわないんだが……結核らしいんだ。だから妻が来客を嫌う……」

「グエンがどこにいるかわかれば、すぐに引きあげる。最近、連絡があったはずだが」

「ないね」

「ない？」神代恒彦の喉が乾きはじめた。

「グエンがどこにいるかは、わたしも知りたいんだよ。どこにいるのやら……あの男はわたしに手紙もくれない」

「どこへ行けば、グエンの動きは掴める？　あんたの娘とグエン・タン・ミンは結婚していたと聞いてるが」

「そうだ、グエンはわたしの娘婿だ。わたしはあの男が嫌いだが……」ボーはひとまずそう答えて、そばにいる少女にヴェトナム語で喋りながら壁の写真を指さした。

少女は画鋲をはずして家族の記念写真を父親に手渡した。

「写真を見てくれ。わたしには三人の娘とふたりの息子がいた。一番上の娘はグエンと結婚して、ふたりの子供をもうけた。わたしには孫だ。ヴェトナム戦争でグエンはほとんど戦場にいたから、わたしは妻と娘三人、息子ふたり、孫ふたり、つまり九人家族で暮らしていたんだよ。わたしは戦争で死んだアメリカ兵の棺桶《かんおけ》を作るのが商売だった……」ボーはここまで喋ってまた咳込みはじめた。

少女はコップに水を汲《く》んでテーブルの上に置いた。父親はそれを一飲みして続けた。

「サイゴンが陥《お》ちたとき、わたしは家族を連れて港に向かった。米軍の撤兵船に乗るためだよ。サイゴンの街はもう大混乱だった。米軍や南ヴェトナム政府軍に協力した人間は共産主義者たちから皆殺しにされるというんで、だれもかれもヴェトナムから逃げだそうとしたんだ。そのとき、わたしの息子ふたりと長女と孫ふたりとはぐれてしまった。あの大混乱の中では捜そうたって捜しようがないんだよ。結局、わたしは真ん中の娘と末のこの娘と妻だけを連れて撤兵船に乗りアメリカへやってきた……」

食堂の隅に立っていた女がヴェトナム語で何か言った。ボーはそれを無視して、神代恒彦に向かって弱々しく首を振って言った。

「ヴェトナムに残った息子ふたり、娘と孫ふたり……いま、どうしているのか……生きてるのか死んでるのかさえわからない……わたしも妻もそのことで何度泣いたか数えきれない……」

「グエンとは」神代恒彦は話を先に進めた。「どうやって落ち合った？」

「グエンはサイゴン陥落の日に戦闘機でフィリピンのマニラへ脱出した。お偉い軍人だったんだ、あの男は。空軍少佐だったから、他の連中みたいに苦労せずにヴェトナムを逃げだしたんだ。そこからグアム島に行き、それからカリフォルニアのキャンプ・ペンデルトンに収容されたんだ。そこで偶然、わたしたちと出逢ったんだ、キャンプ村の中で。それまで、わたしはあの男が難民としてアメリカにやってきたことさえ知らなかった……」

「まったくの偶然だったのか？」

「そう、まったく偶然だった、まったくの……」ボーは頷いて、それから溜息を洩らした。

「わたしはあの男に娘と孫の話を聞かせた。グエンは驚きもせず涙も見せなかった。軍人がだらしなかったから戦争に負け、家族がばらばらになったというのに、あの男は平然としてやがった……」

「キャンプ・ペンデルトンからグエンとは行動をともにしなかったのか？」

「だれがあんな男と！」ボーは興奮して叫んだ。

少女がもう一杯、コップに水を汲んだ。

「キャンプ・ペンデルトンに収容された難民はみな心細い思いをしていたが、わたしはグエンと一緒にいたくはなかった。サイゴンにいたときもあの男を好きじゃなかったが、カリフォルニアではますます嫌いになった。こっちが何を話しかけても、あの男はむっつり黙りこくっていた。何を考えているのかさっぱりわからず、どんどん薄気味悪くなっていったよ、あの男は」

「グエンはキャンプ・ペンデルトンではだれとも口をきかなかったのか？」

「いや、空軍少佐だったときのふたりの部下とサイゴン陸軍病院の医師だった男といつも何やらひそひそ話していた。三人とも、グエンに似て気持ちの悪い男たちだった……」

「その三人の名前を教えて欲しい」

「ロ・バン・フーにレ・チェン・チン。確かロサンジェルスのメープル通《ストリート》りに住んでるはずだ。それに、医師の方は……名まえを忘れた……」ここまで言って、ボーの痩せこけた頬に疑惑の色が浮かんだ。「なぜそんなことを訊くのかね？　あんたはグエンとどういう関係なんだ？」

「仕事の仲間だ。ぜひとも知らせなきゃならないことがある。何とか早く居所をつきとめるためにも、グエンと親しい人間を探さなきゃならない」

「ほんとかね？」ボーは納得したふうはなかったが、急に耳をぴくりと動かして神代恒彦に訊いた。「何だろう？　いまごろ、あの音は？」

　表で数台の車がたて続けに通過する音が聴こえ、それが近くで次々に停まった。それから車のドアが開閉する音が続き、ざわめきが起こって、やがてそれが拡散した。神代恒彦を追ってきたのなら、こんな開けっぴろげな方法を採るはずはなかった。

「何だろう、いったい？」ヴェトナム人はもう一度、不安そうに言った。

「知らない」

「とにかく、あの男とはキャンプ・ペンデルトンで別れたきりだ……」ボーは話を元に戻した。「わたしたちはキャンプ・ペンデルトンからこのパーカーズヴィルのホテルの経営者に引きとられて、ホテルの雑用をやりながら暮らしている。英語がまるでできないわたしたち、いや、真ん中の娘はサイゴンの米軍病院に勤めていたから英語を喋れたんだが、ここを出ていった。だから、残されたわたしたちはまるで英語を喋れないんだが、それでも何とか生きてる。グエンの世話にならなくても」

「真ん中の娘がここを出ていったのは何か理由があるのか？」

神代恒彦の質問にボーの顔が苦しそうに歪んだ。

「知るもんか！　あんな親不孝娘！」

「親不孝娘？」

「そうだ、ひどい親不孝娘だ！」ボーは苦しそうに吐き棄てた。

神代恒彦は黙ってこのヴェトナム人を観察しはじめた。すると、ボーはたまりかねて前言を訂正しだした。

「いや、親不孝じゃない！　親不孝なもんか！　ト・ファは優しい娘だった。ト・ファというんだ。ボー・ト・ファア。ト・ファは三人の娘たちの中で一番優しい娘だった。気性は烈《はげ》しかったが、思いやりが深くて涙もろい、ほんとうにいい娘だった……」

「それがどうしてここを出た？」

「パーカーが、ホテルの経営者のパーカーがあの娘に手をつけようとしたんだ。だから、あの娘はここを飛びだした。パーカーはわたしたちも追いだしたいんだろうが、ト・ファの話では、選挙に出るので福祉家のふりをしてなくちゃならず、わたしたちを追いだすわけにはいかないらしい」

「ト・ファはここを出てどこへ行った？」

「ロサンジェルス」ボーはそう答えて、そばの少女に向かってヴェトナム語で指示した。

少女は封筒入れから一通の手紙を取りだして父親に手渡した。

「ロサンジェルスの……ハリウッド、サンセット通りの《青猫《ペール・キャット》》という店で働いている。テレサという名まえを使ってるらしい。月の終わりにはいつも金を送ってくる。ほんとうに優しい娘なんだ……」ヴェトナム人はまた咳込みはじめた。

少女が父親の背中を摩《さす》りはじめた。

「最後にひとつだけ聞く」神代恒彦はグエンがメリダのホテルに残した紙切れをポケットから取りだした。「けしの花が風に散った。花びらはメコン河を流れていった。……この言葉に何か思いあたるふしは？」

「けしの花が風に散った。花びらはメコン河を流れていった？」ボーは不思議そうな顔をした。「そいつはグエン・バン・ナクが弟に宛てた暗号じゃないか。ヴェトナムでは有名な話だ……」

「グエン・バン・ナク？　だれだ、その男は？」

「いまから二百年前にヴェトナムでタイソンの乱という有名な叛乱《はんらん》を起こした男だ。グエン・バン・ナクはふたりの弟とともに、流れ者や犯罪人、馬盗人などを集めて大叛乱を起こした。《けしの花が風に散った。花びらはメコン河を流れていった》という詩は地方に散ったふたりの弟にたいして叛乱の日を教える暗号だった……」

神代恒彦はそこまで聞いて立ちあがった。

「世話をかけた……」

ボーは黙って頷いた。

そばの少女の黒い瞳が煌《きらめ》いた。小さな唇から気ぜわしいヴェトナム語が吐きだされた。父親の顔色が変わった。艶のない頬に屈辱の翳《かげ》りが差した。

「何と言ってる？」

「ここから百五十マイル先にキングマンという小さな町がある。そこの木工所でゴ・チャン・ナムというやはりヴェトナム難民が働いているんだが、その中にこの娘と同い年齢の娘がいる。それが三日前にここに立ち寄って、この娘にグエンのことを話したそうだ」

「何と言って？」

「三日後にそこを訪ねるとグエンから電話があったそうだ」

「三日後？　つまりきょうということだな？」

「そういうことになるな。あの男はわたしのところには連絡もしないで、何だってゴ・チャン・ナムのところへ電話なんかするんだ！　わたしは義理の父親だというのに！」

「グエンは何しにそこへ行くか言ってなかったか？」

ボーは神代恒彦の質問をそのまま娘に通訳したようだった。少女は自信のなさそうな声で答えた。父親は不機嫌な顔をして吐き棄てた。

「なんでも、二十歳になるそこの長男に折入って話があるそうだ」

「長男の名まえは？」

「ゴ・チャン・ホイといってな、素直ないい青年なんだ。将来はこの娘を嫁がせたいと思ってる。その若者にグエンが何の話があるというのだ？　どうせろくなことじゃあるまい！」

ボーがそう言い棄てて、コップの中の残りの水を飲み干そうとしたときだった。外で、たて続けに四発の手榴弾の炸裂音がした。続いて、ライフルが乱射される音が聴こえた。

それがヴェトナム人たちを刺戟《しげき》した。

少女が両耳を押さえてのけぞりながら金切り声をあげた。太った女がしゃがみこんで発作でも起こしたように喚きはじめた。

「何だ？」立ちあがったボーの顔の筋肉が痙攣しはじめた。「いったい、何が起こったんだ、何が？」

「わからねえ」

「教えてくれ、外でいったい何が起こってるんだ？」ヴェトナム人は必死の形相で神代恒彦の胸ぐらを摑んだ。

「落ちつきな」神代恒彦はその肉のついてない手を引き離した。

ボーの顫えがようやく収まった。ヴェトナム人は恥入るように座りなおし、まだ叫び続けている娘と妻に向かってヴェトナム語で叱りつけた。ふたりが静かになったところで、ボーはコップを握りしめて神代恒彦に呟いた。

「こんなこと、ヴェトナムじゃしょっちゅうだったのに、アメリカで同じことが起こると、だれもがど肝《ぎも》を抜かれるんだ……」

テーブルの上に置かれたコップの中の水がまだ揺れていた。

神代恒彦はヴェトナム難民の家を出た。

街灯の光から身を守りながら《パーカーズ・イン》の駐車場に近づいていくと、州道の向こうで煙がたちこめているのが見えた。四台のパトカーのエンジン部から黒い煙が噴きあげていた。四台とも手榴弾を投げつけられたらしくボンネットが大破していた。黒い噴煙の中を赤いシグナルがめまぐるしくまわっていた。

パトカーのまわりには、四人の制服警官が煙の中を見え隠れしながら蠢《うごめ》いていた。それをさらに遠まきになった住民たちが無言で眺めていた。

「消火器はないか？」警官のうちのひとりが叫んだ。「だれか消火器を持ってないか？だれか家に消火器を置いてる者はいないか？」

住民のひとりが手をあげて走りだした。

このときコロラド河の河原の方で、ふたたびライフルが乱射される音が聴こえてきた。

神代恒彦は《パーカーズ・イン》の壁に体を擦りよせながら進み、駐車場に足を踏み入れた。ステーション・ワゴンに辿《たど》りついて、運転席のドアに手をかけた。

その一瞬だった。

いきなり眼が眩《くら》んだ。神代恒彦の全身にサーチライトが激しく浴びせられた。

「動くんじゃない！」

数メートル先から鼻にかかったアリゾナ訛《なま》りの声が聴こえた。

「両手を上にあげな！」

手を頭上にかざした。

「ゆっくり振り向くんだ、ゆっくりとな……」

神代恒彦は言われるとおりに振り返った。別の方角から当てられてるサーチライトが眼を強く突き刺した。

「いいか、そのままにしてろ！　動くとおだぶつだぞ、動くとな……」鼻にかかった声はそう命令したあと、近くにいる者を促すような口調になった。「おい、サーチライトを弱めてやれ」

光が弱まった。

「おい、そっちの光は消していい！」鼻声は神代恒彦の背後に向かって叫んだ。「ご苦労だった、ディヴ。明日は早いんだろう？　もう帰って寝てくれ！」

背後のサーチライトが消えた。

視力を回復すると、サーチライトのそばに拳銃を持ったふたりの男が浮かびあがった。そのはるか後方には十数人の人間が控えていた。ナイトガウン姿の住民たちだった。息を殺してじっとこっちを見守っていた。

ふたつの影が近づいた。

ひとりは赤ら顔の太鼓腹の男で、胸には保安官のバッジをつけていた。もうひとりは鼻のつぶれた若い男で、右手にコルト四十五口径、左手にサーチライト、胸に保安官補のバッジをつけていた。

「おい、体を調べてみろ」赤ら顔が保安官補に命令した。

鼻のつぶれた若い男は山猫のような顔を近づけてきた。すばやく神代恒彦の腰から胸に手を伸ばし、ホルスターの中のS＆Wを発見して保安官に見せた。

「洒落《しやれ》たものを持ってるじゃないか。おい、そいつの面にライトを近づけてみろ」

保安官の命令に保安官補は光を神代恒彦の顔に近づけた。

赤ら顔の唇から長い口笛が洩れた。口笛を吹き終わったあと、保安官は鼻にかかった声をさらに鼻にかけてねちっこい叫びをあげた。

「凄いな！　鮫《さめ》を捕まえようとかけた網に海蛇がひっかかったぜ。こいつはツーソンの金髪《ブロンド》殺しじゃないか！」

9

手首に手錠が食いこんでいた。

保安官事務所には古びた机がひとつ置かれ、その背後に書類棚と武器庫が備えつけられていた。机の向かいが拘置房だった。二階建ての木造建築の一階だけを占めている田舎町の保安官事務所はいかにも狭くるしかった。

「どうだい、白人女の肉を楽しんだあげく、死体を切り刻んだ気持ちは？」

赤ら顔は神代恒彦をスチールの椅子に座らせて舌舐めずりしながら獲物の反応を待った。五十歳を超えたばかりのこの太鼓腹の保安官はコルト四十五口径の銃口を神代恒彦に向けたまま、年代物の机の上にウエスタン・ブーツの両脚をわざと乱暴に乗っけてチュウインガムを噛《か》んでいた。

保安官事務所の入り口にはナイトガウン姿の住民たちが押しかけていた。十数人の男女は腕組みをして神代恒彦の表情を見守っていた。だれもが期待に溢れる眼差しをしていた。

住民のひとりがたまりかねたように叫んだ。

「市警に渡すことはない！　この場で吊《つる》しちまえ！」

この言葉に他の住民たちが嬉々としてざわめいた。口々に喚く男女の熱っぽい動きで、古い木造の保安官事務所の柱が軋んだ。

「見ろよ、みんなおまえの血を見たがってる。当然だろう、おまえは白人の女を殺したんだからな！　それもただのやり方じゃない。肉を切り刻んで楽しんだんだ……」保安官は頬のぶ厚い脂肪を歪めて笑った。

神代恒彦は保安官を黙って見返した。視線が合った。赤ら顔は急に顔を強ばらせて叫んだ。

「おまえをこの場で殺したいのはやまやまだがそうはいかない！　法律ってものがあるんだ、法律ってものが！」

戸口の住民たちは赤ら顔の剣幕に一瞬、静かになったが、すぐにまたざわめきはじめた。

保安官は鼻のつぶれた二十六、七歳の保安官補に向かって首を振りながら鼻にかかった声で命令した。

「おい、キキ。みんなを家に帰せ！」

保安官補は無言のまま入り口に歩いて、ナイトガウンの群れを外に押し出そうとした。住民たちはもぞもぞと不満を述べはじめ、そのうちのひとりが言った。

「おい、キキ。あの男は白人の女を殺したんだぜ。吊しちまったって、みんなが黙ってりゃわからないじゃないか！」

その言葉に保安官補は声を顫わせながら神経質に喚きたてた。

「おまえにキキと呼ばれる筋合いはない！　カークというちゃんとした名まえがあるんだ。カークと呼んだらどうなんだ？」

住民たちはつぶれた鼻の下の唇から洩れた迫力に気圧《けお》されて黙りこんだ。

「保安官があぁ言ってるんだ、帰ってくれ」保安官補は外を指さした。

ナイトガウンの群れは小さな不満を口にしながら引きあげていった。保安官補はそれを眼で追ったあと、荒々しく入り口のドアを閉めた。衝撃で保安官事務所がかすかに揺れた。

赤ら顔はドアの閉まる音を背中で聴いて嬉しそうに呟いた。

「さあ、これからが楽しみだ。ユマ市警に報告する前に、一応、尋問しなきゃあな」

保安官は立ちあがって神代恒彦のそばに来た。腰をかがめて、神代恒彦の眼を覗きこんだ。

「おい、どうやってあの白人女をモーテルに誘いこんだ？　近頃は白人以外の男とも寝たがる女が多いそうだが」

神代恒彦は無視した。

「おい、何様だと思ってやがるんだ？　このおれが訊いてるんだぞ、保安官が」赤ら顔は指先を丸めて神代恒彦の鼻をはじいた。「おまえ、姦ったあと女の肉を切り刻むのが趣味なんだろう？　そういうおかしなのがいるってことは聞いてる。そうやると興奮するのか？　興奮して気持ちよくなるのか？　えっ？」

神代恒彦は保安官の勝ち誇った眼を見凝めながら言った。

「さっきの手榴弾とライフルの音は何だ？　何があったんだ？」

「何があった、だと？」赤ら顔は頬を顫わせてさらに真っ赤になった。「おれが訊いているのに、何があった、だと？　おまえの知ったことか！」

神代恒彦の顔面に保安官の左右の拳《こぶし》が交互に飛んだ。

口の中で塩辛い味がした。

唇から血が滴り落ちた。

赤ら顔は殴り疲れて、ぜいぜいと荒い呼吸を見せたあと、神代恒彦の腹をウエスタン・ブーツで思いきり蹴りあげた。神代恒彦はスチールの椅子とともに床の上に転がった。

保安官補が野鳥のような笑い声をあげた。つぶれた鼻の声は喋るときは低いのに、笑うときはけたたましく甲高かった。保安官補は神代恒彦の胸ぐらを掴んで起《た》たせ、ふたたび椅子に座らせた。

保安官は太鼓腹を膨らませたりへこませたりしながら吐き棄てた。

「変態のくせに何てえ態度だ！」

「まったく！」保安官補が呼応した。

「この場でぶち殺してもいいんだが、生きたまま市警に渡すのと死体を渡すんじゃ功労金が違うからな」赤ら顔は机に戻ると、神代恒彦から取りあげたS＆Wを弄び、銃口を向けたまま両脚を机の上に投げだした。

「どれぐらい出るんです？」保安官補が言った。

「何が？」

「功労金でさ」

「そんなもの、おまえ……」保安官は拳銃を机の上に置き、引きだしを開けて新しいチューインガムを取りだした。「貰ってみなくちゃわからんよ。金のために仕事をするなんてそんなけちな料簡を出したことはない……」

「だけど多いに越したことはないでしょう?」

赤ら顔は咳払いをしてガムを勧めた。

「おまえもどうだ?」

「いや、いいよ」保安官補の顔に人を小馬鹿にしたような表情が浮かんだ。

「おれはな、キキ」保安官はガムをくちゃくちゃと嚙みながらはじめた。「日本人がどんな人間かよく知ってる。だから、日本人をどう扱えばいいかもよく知ってる。よう―く、だ! おれは十七、八歳のころ、ポストンというところにいた」

「ポストン?」保安官補がつぶれた鼻で鸚鵡《おうむ》返しに訊いた。

「そうだ、ポストンだ」赤ら顔は得意そうな口調で続けた。「ボストンじゃない、アリゾナ州にあるポストンだ。第二次大戦のときにそこに日本人の強制収容所ができた。カリフォルニア州のマンザナーやツールレイクと同じように、ポストンにも収容所をつくってアメリカにいる日本人をぜんぶ押し込めたんだ。おれのおやじはその強制収容所の役人だった……」

「どうして日本人を強制収容所に入れたんですかね?」

「キキ。だから、おまえは他人からキキと呼ばれるんだ。どうしてそんなことがわからないんだ？」

保安官補はむっとした表情を見せたが、何も言わなかった。

赤ら顔はその反応を無視して喋り続けた。

「その当時はアメリカと日本は戦争をしていたんだぞ。アメリカにいる日本人がスパイ活動や暴動を起こしたらどうするんだ？　敵国人を収容所の中にぶち込むのはあたりまえじゃないか。みな殺しにしてもよかったんだ。しかし、法律ってものがあってそうはいかなかった。だから、日本人を一ヵ所に集め、住むところと飯をくれてやって監視したんだ。おやじはそこの役人だったわけだ。おれはおやじと一緒によくポストンの収容所の中を見回って歩いた。そのとき、おれはよくわかったんだ。よう一く、な。日本人は甘やかせればすぐつけあがる。痛めつけておとなしくさせるのが一番だとな！　痛めつけさえすれば日本人は柔順なんだ……」

「黒人やメキシコ人と同じだ」

「そうよ、黒人やメキシコ人と同じだ！　有色人種《メスキン》はみんな同じなんだ！　痛めつけておとなしくさせるのが一番なんだ。それを上院や下院の議員どもが次々と馬鹿な法律をつくるから、やつらはつけあがりやがるんだ。最近じゃインディアンまでがごたごたとくだらないことを言いやがる。インディアンまでが、だ！」

「何だって、政治家はそういうくだらない法律をつくるんですかね？」

「それは……」保安官は答えに窮して立ちあがった。「そんなことより尋問を続けなきゃならん……」

神代恒彦のそばにふたたび赤ら顔が近づいてきた。

「おい」保安官はガムを嚙みながら鼻声で囁いた。「女の体を切り刻むのはほんとうに快感があるのか？」

神代恒彦は無視した。

「ほう？　あくまでもそういう気かい？」赤ら顔は口の中からガムを取りだし神代恒彦の左の瞼になすりつけて怒鳴った。「答えろ！　訊いてるんだぞ！　保安官のこのおれが！」

神代恒彦は低い声で反応した。

「さっきの銃撃戦は何だったんだ？」

赤ら顔が逆上した。

「おい、キキ！　焼きを入れてやれ！　ボクサーだったおまえの腕を見せてやれ！」

つぶれた鼻が嬉しそうに微笑《ほほえ》んだ。

保安官補は神代恒彦の正面に立ち、ゆっくりと腰を入れた。

まず、左のボディが腹の中に食いこんだ。前のめりになったところを右ストレートがまっすぐ伸びてきた。顔面にすさまじい衝撃があった。体のバランスが崩れかかると同時に、ふたたびボディを打ちこまれた。口腔《こうこう》の中の血の臭いを嗅ぎながら、保安官補の拳が左、右、左、右と食いこんできた。とどめはやはり右のストレートだった。衝撃が顎《あご》に炸裂した。

床に転がりながら意識が薄れていった。

朦朧とした脳裏に保安官補の声が響いた。それははるか遠くで喋ってるように聴こえた。

「この変態の睾丸《こうがん》を引き抜いてやろうか」

続いて、保安官の制止の声がかすかに鼓膜を顫わせた。

「よせよせ。どれほど痛めつけてもいいが、睾丸を引き抜いたとなりゃあ、どうやって報告書で説明するんだ？　逮捕のとき暴れたからって理由じゃ説明しきれない」

「じゃあ、もう少しぶん殴って……」

「もういい。見ろ、胃からごぼごぼ血を噴きだしてる。手錠をはずして、檻《おり》の中にぶち込んでおけ」

拘置房の鉄錠を開ける低い音がした。

「こっちの房でいいですかね？」

「ああ、そっちでいい」

襟首を摑まれて床を引きずられた。

手錠がはずされた。

鉄錠をかける音がした。

「さあて、市警に報告を入れとくか」

保安官の声に続き、電話のダイヤルをまわす音がした。

「ユマ市警か？　署長に繫いでくれ。こちらはパーカーズヴィルの保安官フランク・ジョーダンだ……」

　通話先が出てくるまで少し時間があった。

　重い音がふたつ、間をおいて響いた。保安官が机の上にウエスタン・ブーツの両脚を投げだした音だった。続いて咳払いが聴こえた。鼻にかかった声が緊張に上ずりながら報告を開始した。

「連絡を受けた例のインディアン、シヴィート・ベアランナーなんですがね、いま市警の連中が河原に追いつめてます。ええ、コロラド河の河原でさ。ぶち殺すか、逮捕するかは時間の問題でしょう。あのインディアンはクレイジーですぜ。州道を封鎖して、やつの車を停めようとしたら、いきなり手榴弾《パイナップル》を投げつけてきやがった。いや、こっちの車は大丈夫だったけど、ユマ市警のパトカーが四台とも使いものにならなくなっちまいましたよ。えっ？　ええ……やつが運ぼうとしてた銃器類と手榴弾は市警の連中がすでに押収しましたよ。やつが乗ってた車もね。やつは負傷しながら、河原に逃げ、岩陰で応戦してますが、弾丸を撃ちつくすのは時間の問題ですよ」

　保安官はここまで報告して一息入れた。そして語調を変えてふたたび喋りだした。

「ところで、シヴィート・ベアランナーというのは何者なんです？　警官殺し？　それに、えっ、ＦＢＩの最重要指名手配犯？　何をやったんです？　えっ？　ＡＩＭの活動家？　何です、そりゃあ？　全米先住民族運動？　そいつは赤ですかい？　えっ？　そいつは赤ですか？　赤よりもっと危険？　わかんねえな」

電話の向こうが何か喋りはじめたらしく保安官はしばらく沈黙を続けた。回転椅子が軋む音が聴こえ、ウエスタン・ブーツが机から床に下ろされた。やがて鼻声の不機嫌な説明がはじまった。

「いや、おれだって市警の連中と一緒にやつを追いつめたかった。ほんとうですぜ。しかし、ニューマン警部補が、あんたはパーカーズヴィルの警備《パトロール》にあたれ、と言うから……」ここで保安官の語勢が急に強くなった。「だけどそのおかげで意外な魚を釣りあげましたぜ。ほら、ツーソンのモーテルで女を殺して死体を切り刻んだ日本人でさ。テレビで指名手配したあの変態の人殺しは逮捕しましたよ！　いま檻の中にぶちこんでありますがね。インディアンをとっ捕まえたら一緒に護送しますよ」

また少し間があった。

「嘘じゃありませんよ。おれが捕まえたんでさ。じゃあまたニューマン警部補が帰ってきたら電話を入れますよ」

憮然《ぶぜん》とした声の直後に荒々しく受話器が置かれた。

神代恒彦の意識がはっきりしてきた。

眼を開けると拘置房の天井の染《し》みが鮮明に網膜に映った。体を起こして首を左右に振ってみた。唇が針で刺されてるように痛んだ。唾を呑みこんで鼓膜を調整すると、遠くでライフルが乱射される音が聴こえた。銃撃の響きはしばらく続いて止んだ。

「気がついたようですぜ。もう少しサーヴィスしてやりましょうか？」

保安官補の声に、赤ら顔が怒鳴った。

「もういい！　ほっとけ！」

拘置房の中を見渡すと、薄汚れた漆喰《しっくい》がところどころ剝《は》げ落ち、赤い煉瓦《れんが》の地肌が汗をかいていた。窓はなく、房の隅には木製のベッドが置かれ、そのそばに糞尿《ふんにょう》用のバケツがあった。鉄格子の間隔は十五センチほどで、床と天井との接点が鉄板で補強してあった。

神代恒彦は鉄格子に摑まりながら立ちあがった。

「どうだい、居心地は？」保安官補が近づいてきた。

「水をくれ」

「水をくれ、だとよ！」つぶれた鼻が笑って赤ら顔に振り返った。「保安官、水をくれだとさ。どうしやしょう？」

「水をくれか……」赤ら顔のぶ厚い頰に微笑が浮かんだ。「いいだろう、気前よくくれてやれ。気前よくだぞ！」

保安官補はコップに水を汲み、拘置房の鉄格子の前に立った。

「水が欲しいのか、ほらよ！」

コップの水がいきなり神代恒彦の顔面に浴びせられた。

つぶれた鼻は野鳥のようなけたたましい笑い声をあげた。

「おい、キキ！」保安官が保安官補の笑いを制して外を指さした。「静かにしな！」

保安官事務所に自動車の音が近づいてきた。

「終わったんですかね？」つぶれた鼻が急に緊張した顔つきになった。

「らしいな」赤ら顔も唇を引き締めた。

ドアが激しく押し開けられた。

制服警官がふたり、両手で十数梃の銃器類を抱えてはいってきた。保安官と保安官補に会釈もせずに武器庫に近づいた。

「かたがついたのかい？」赤ら顔が訊いた。

ふたりは質問を無視した。

保安官は机の引きだしからガムを取りだし、それを不機嫌そうに嚙みながら制服警官の挙動を眺めて洩らした。

「まったく、どういうつもりだい……」

制服警官の視線が保安官に向けられると同時に、もう一台の車の停止音が聴こえた。白い半袖シャツに濃紺のネクタイを結んだ腺病質《せんびようしつ》な眼鏡の男が入ってきた。こぢんまりとまとまった目鼻だちのこの男は無言のまま保安官の机の端に腰をのっけた。

「どうでした？　ニューマン警部補」赤ら顔が上ずった声で訊いた。

男はふちなしの眼鏡に手をやって答えた。

「よかったよ、生きたまま逮捕できた」

「そうですかい、こっちの収穫も見てもらいてえな。ほら、あそこにいる日本人」保安官は神代恒彦を指さした。「ツーソンの金髪《ブロンド》殺しですよ」

警部補が拘置房を覗きこもうとしたとき、数人の乱暴な靴音がドアを開いた。

血だらけの巨漢が保安官事務所に姿を現わした。

ふたりの制服警官が巨漢の手錠のかかった腕をしっかりと抱えていた。背後にいる警官は拳銃で巨漢の背中を小突いていた。

赤ら顔の舐めきった鼻声が事務所の中に響いた。

「こいつか、シヴィート・ベアランナーという男は。近くで見ると、ずいぶんでかいじゃないか」

男はオーティス・ブラウンの試射場で出逢ったインディアンだった。

10

赤ら顔は浮き浮きしていた。

シヴィート・ベアランナーを神代恒彦の隣の房に入れユマ市警への報告をすました眼鏡の男に、保安官は興奮を隠しきれない様子で息をはずませながら尋ねた。

「何者なんです、保安官、あのインディアンは？　ニューマン警部補、何だって、警官殺しなんかやらかしたんですかい？」

三十代半ばの警部補の細い顔面に面倒臭そうな色が滲みでた。

「あの男は車で武器を運ぶ途中に、州道をパトロール中の警官に職務尋問を受け、ＦＢＩ

の最重要指名手配犯であることがわかりそうになったんで、いきなり発砲して警官を殺して逃げたんだ。手強い男だった。二発ほど体の中に弾丸をぶち込んであるが、あいつなら死にやしない」

「武器を運ぶ途中にねえ……」保安官は大袈裟《おおげさ》に肩を竦めた。「どうしてまた、あの男はFBIの最重要指名手配になってるんで？」

「警官殺しは今度がはじめてじゃない。あいつはAIMの活動家なんだ。それもごりごりの武装蜂起主義者だよ。聞いたことはないか？　二年前にサウスダコタ州のパインリッジ居留区《リザベーション》でFBIを相手に銃撃戦をやらかし、ふたりを殺して逃走中のシヴィート・ベアランナーの名を？」

「さっきユマ市警の署長にも訊いたんだがね、何ですかい？　そのAIM、全米先住民族運動ってのは、いったい？」

警部補は保安官の質問を無視してふちなし眼鏡をはずした。レンズをネクタイの裾で磨きながら、そばにいた制服警官に声をかけた。

「どうだ？　パトカーは使いものにはならんか？」

「駄目です。四台ともエンジンをやられましたからね」警官が答えた。

「じゃあ、これから護送するのは無理だな」

「明朝にでも引き取りにくる以外にありませんね」

「じゃあ、このふたりはここの拘置房にぶち込んでおくか……」

赤ら顔は不満そうな眼つきでふたりのやりとりを見守っていた。その太鼓腹を警部補が軽く叩いた。

「な、何です？」保安官が怯えと憤りの入り混じった声をあげた。

「わたしたちはとりあえずユマに戻る。それから護送車をこっちにまわす。八人だからユマに帰るには車が二台要る。あんたと保安官補の車を貸してくれ」

「しかし」赤ら顔の押し曲がった唇から不貞腐れた言葉が洩れた。「こっちも車がないと、何か起こったとき動きようがないんだがね」

警部補は眼鏡のレンズに息を吹きかけて薄笑いを浮かべた。

「このあたりは車がないと……」保安官は慌てて言葉を継ぎ足そうとした。

「もう何にも起こりゃしないよ。いつもは野良犬だって迷いこまないところじゃないか」

「し、しかし……」

「きょうは一晩に二匹も大物を捕まえたんだぜ。これであんたは次の保安官選挙の心配は何もなくなったというわけだ。ＦＢＩ最重要指名手配犯をユマ市警と協力して逮捕しただけじゃなく、ツーソン市警さえ捕り逃した兇悪な変質者を逮捕した現職保安官の対立候補になろうという愚かな者がいるはずがないからな」

赤ら顔の眼が活《い》き活きしてきた。

「明日になりゃ」警部補は続けた。「ユマから新聞記者がすっ飛んできて、あんたの写真を撮るぜ。テレビもインタヴューを申し込むかも知れん」

「テレビ？　いや、そんなことは……」保安官は高い鼻声で否定したが、喜びは抑えきれない様子だった。

「車は一台だけ借りて、あとの警官は拘置房の監視に残しておこうか？」

「そんなことは必要ありませんや！」

「だろうな。あんたがひとりいりゃあ……」

赤ら顔は脂肪で膨れあがった頬を緩ませたが、瞼を閉じて嬉しさを噛み殺した。そして事務所の中を行ったりきたりしたあげく、照れ隠しに保安官補を怒鳴りつけた。

「おい、キキ！　何してるんだ！　何か起こったら、この変態が乗ってたステーション・ワゴンを使う！　車を事務所の前にまわしておけ！」

つぶれた鼻は黙って出ていった。

赤ら顔は警部補の顔をちらちらと盗み見ながら、わざと聴こえるように呟いた。

「しかし、ニューマン警部補もたいしたもんだよな。ＦＢＩ最重要指名手配犯をわずか八人で逮捕しちまうんだから……」

警部補の頬にあからさまな軽蔑の笑みが滲みでたが、保安官はそれに気づかず同じ調子で続けた。

「ふつうなら、ユマ市警からの応援を待って犯人を包囲して持久戦にもちこむのに、わずか八人であっというまにかたをつけちまうんだから……」

「車の鍵《キー》を貸してくれ」警部補は耐えかねて赤ら顔の話の腰を折った。

保安官はポケットからキー・ホルダーを取りだし、机の引きだしから保安官補の車の合い鍵を出した。

警部補は鍵を受け取って保安官に武器庫を指さした。

「あそこにはいってるベアランナーが運ぼうとしてた銃器類と手榴弾、あれには絶対に手を触れないでくれ。重要な証拠物件だから。あとで護送車で一緒に運ぶ」

「わかってまさ。だれが来たって指一本、触らしゃしない。命に換えたって……」

警部補の冷えた眼がゆっくりとドアの方へ移動した。

保安官補が戻ってきた。

警部補とユマ市警から来た警官たちは無言のまま全員引きあげていった。

「どうだ?」赤ら顔は警官たちの後ろ姿を見送ったあと、保安官補に言った。「兇悪犯を挙げるってのは気分のいいもんだろう?」

「悪いはずがないでしょう?　おれが保安官補になってからはじめてだ」

「そうだったな、キキ。おまえにはこういう経験ははじめてだった」

「仕事と言やあ、酔っ払いと夫婦喧《げん》嘩《か》の面倒を見ることだけだった。保安官はいままでこういうのを挙げたことは何回ぐらい?」

赤ら顔はそれには答えず、回転椅子に深々と腰を下ろし、机の上に両脚を投げだして腕組みした。しばらくウエスタン・ブーツの踵《かかと》でリズムをとって机を叩いたあと、拘置房に向かって大声をあげた。

「おい、おまえら！」

　神代恒彦もシヴィート・ベアランナーも一言も口をきかなかった。保安官はかまわずに鼻声でまくしたてはじめた。

「おい、おまえら！　アリゾナ州の死刑のやり方は知ってるか？　ガスだ！　ガス室だ！　手錠をかけられたまま、おまえらはガス部屋に送られる。そしたら、部屋の中に毒ガスが溢れはじめるんだ。苦しいぞ。だんだん息が詰まってくる。あがいたって無駄だ。手錠がかかってるんだからな！　地獄だよ。地獄の中でさんざん苦しんだあげく、害虫みたいに死んでいくんだ。当然だよな！　おまえらは罪もない女と警官を殺したんだからな！」

「ガス室だとよ！」つぶれた鼻が喉を鳴らして嬉しそうに床にしゃがみこんだ。

「そうだ、ガス室だ！」赤ら顔は調子に乗って何度も同じ台詞を繰り返した。

「何分かかるんですかねえ？」保安官補が言った。

「何分って、死ぬまでの時間か？　そりゃ、おまえ……」保安官はここまで言って黙りこんだ。

「何分で死ぬんですかねえ？」つぶれた鼻がまた訊いた。

　赤ら顔は不機嫌な咳払いをひとつして立ちあがった。拘置房に近づき、勿体《もったい》をつけて神代恒彦とベアランナーを交互に見較べたあと、やおら保安官補に向かって声をかけた。

「おい、キキ、おれは二階で髭を剃ってくる。こいつらをちゃんと見張っておくんだぞ」

「明日のテレビのインタヴューのためのおめかしですかい？」つぶれた鼻はそう言って野

鳥のような笑い声をあげた。

赤ら顔は憤然として保安官補を睨みつけたが、そのままドアを開けて出ていった。

階段をあがっていく靴音を耳にしながら、保安官補はコルト四十五口径を弄びはじめた。人差し指を軸にして数回拳銃を回転させたあと胸のホルスターにしまいこんで、保安官の机に向かった。赤ら顔そっくりのスタイルで回転椅子に腰かけると、両脚を机の上に投げだして煙草を喫《す》いはじめた。

神代恒彦はその横顔を見ながら低い声を発した。

「おい、キキ！」

保安官補の肩が雷に撃たれたようにぴくりと痙攣した。

「おい、キキ！　聴こえないのか、キキ！」

「うるせえ」つぶれた鼻が振り向いた。

「キキ。おまえがどうしてキキと呼ばれるか知ってるぜ。どうしてカークという本名をだれも呼ばないかは赤ン坊だって知ってるぜ」

「黙れ、と言ってるんだ、変態！」

神代恒彦は保安官補の興奮が急速に昂《たか》まっていくのを見据えて続けた。

「キキ！　キキというのは知恵遅れの猫という意味だぜ！　いつまでたっても成長しないどうしようもない馬鹿だ。キキ！　キキ！　保安官は低能だが、おまえは馬鹿だ！　いつかその椅子に座りたいだろうが、おまえにゃ無理だ！　おまえは一生、他人の走りづかいで終わるんだ！　理由は簡単だぜ、おまえはキキなんだからな！」

　保安官補は全身を顫《ふる》わせて猛々《たけだけ》しく立ちあがった。その拍子に回転椅子がひっくり返った。

「黙らねえか！」つぶれた鼻は血相を変えて拘置房の前に歩みより、鉄格子をはさんで神代恒彦と睨みあった。

「おい、キキ！　醜い面をしてやがるな。鼻がねえじゃないか！　ブルドッグだってもっとましな顔をしてるぜ。女にもてたことはあるまい。反吐《へど》が出るほど醜い面だものな。おまえと寝ようって女はこの世じゃひとりもいないだろう？　仕方がないから女を金で買おうたって、保安官補の安月給じゃ干上がった婆アだって買えない……」

「黙らねえと……」保安官補の蒼白の形相《ぎようそう》が歪んだまま硬直した。

「おまえの鼻がつぶれたのはボクシングのせいだな。その体ならミドル級か？　何で鼻がつぶれたか、おまえはじぶんでよく知ってるはずだ、キキ。リングの上でもおまえは馬鹿だったからだよ。頭のいいボクサーの顔はきれいなもんだぜ。相手のパンチをかわす方法を知ってるからな。おまえのような鶏の脳味噌《のうみそ》しかない馬鹿はただ殴られっ放しだ……」

　保安官補の眼がぎらつきはじめた。

　神代恒彦はかまわず続けた。

「殴られても相手を仕留《しと》めるだけのパンチがありゃいい。しかし、おまえにゃそのパンチもない。さっきのあのパンチは何だ？　素人のおれだってあんなパンチはちっとも応えなかったぜ、キキ。パンチのないおまえはただ殴られるためにリングにあがったんだ。ただ、殴られるためにな！　ちょうど、おまえの人生が他人から馬鹿にされるためにあるようにな！」

保安官補の体が揺れはじめた。握りしめた拳が小刻みに顫えていた。腰につけた鍵束が乾いた音をたてた。

「知能は最低、女にゃもてない。腕っぷしも駄目、おまえは何のために生きてるんだ、キキ。この世で生きていく資格なんか何もないじゃないか！」

この瞬間だった。

鉄格子の合い間から、保安官補の右ストレートが唸《うな》りを生じて伸びてきた。

神代恒彦は身をよじって避《よ》けた。

避けながら保安官補の右腕を真横に押した。

鉄格子の間で骨が折れる音がした。

つぶれた鼻の絶叫が拘置房の壁に谺《こだま》した。

神代恒彦は保安官補の右腕を引きつけ、鉄格子の間から胸のホルスターの拳銃を抜きとった。引きつけていた右腕を離すと、保安官補の体は床に崩れ落ちた。

「鍵を開けな！　頭蓋をぶち抜くぜ！」

つぶれた鼻は盛りのついた猫のように泣きながら立ちあがった。

二階から保安官が駆け降りてくる足音が荒々しく響いた。

神代恒彦は保安官補の眼と眼の間に銃口をつきつけて怒鳴った。

「急げ！」

保安官補は腰から鍵束を取りだした。

拘置房の鉄格子が開けられた。

神代恒彦は拳銃の銃把で力まかせに保安官補のつぶれた鼻の上を殴りつけた。保安官補は声もたてずにその場にぶっ倒れた。

「どうしたんだ、キキ？」二階から降りてきた足音がドアを押し開けた。

赤ら顔が拳銃をかまえたまま飛びこんできた。

神代恒彦は引鉄を引いた。

銃声と硝煙の中で、鮮血が花火のように散って保安官の体が戸口にあおむけに飛んでいくのが見えた。赤ら顔の太鼓腹がアスファルト道路の上に叩きつけられた。

神代恒彦は足元に倒れている保安官補の手から鍵束をとった。隣の房を開けながら、ベアランナーに言った。

「借りを返す」

「おまえだったのか」インディアンは血しぶきのこびりついた顔の中から抑揚のない声を洩らした。

「傷はどうだ？　歩けるか？」

「これくらいの傷、たいしたことはない」ベアランナーは鉄格子を握りしめた。

神代恒彦は鍵を開けると、武器庫にすっ飛んでいった。手榴弾を二発、ポケットにねじこみ、S&Wをホルスターごとわし摑みにして保安官の机に向かった。引きだしの中にチユウインガムの山に埋もれてステーション・ワゴンの鍵《キー》がはいっていた。

「武器はどこだ？」インディアンが拘置房から片足をひきずりながら飛びだしてきた。

「そっちだ！」神代恒彦は武器庫を指さした。

ベアランナーはよろけながら手榴弾三発とS&Wを摑んだ。ライフルにも眼をやったが、それを持ちだすのは諦めたようだった。

ふたりは保安官事務所を飛びだした。

ステーション・ワゴンはエンジンをフル回転させて北へ向かった。

「どこをやられてるんだ？」神代恒彦はハンドルを握りしめて怒鳴った。

「右肩と左股だ。弾丸がまだはいってる。貫通してくれりゃよかったんだが」

「どうするつもりだ？」

「医者に行くわけにもいくまい」

「おれは百五十マイル先のキングマンという小さな町に用がある。そこにどうしても話をつけなきゃならねえ男が来ているはずなんでな」

「付き合う以外になさそうだな……」インディアンはそう言って右肩を押さえ苦痛の呻きを洩らした。

「痛むか？」

「そんなことより……」ベアランナーは苦痛を怒声でまぎらわせた。「銃の腕はどうなんだ？」

「なぜそんなことを訊く？」

「手榴弾は持ってきたか？」

「二発」神代恒彦はインディアンの横顔を一瞥した。「どうしてそんなことを訊く？」

「おれは三発持っている。それだけありゃ充分だ」

「何が？」

「少しスピードを落としな」ベアランナーは肩を押さえていた手を離した。「いいか、すぐこの先に谷の迫った急カーブがある。左側はコロラド河の断崖だ。その岩場に手榴弾を仕掛けよう。道路をぶち壊しておけば南からの車での追跡はそれで防げる。それから、そこで道路沿いの電話線を撃ち落とすんだ。このあたりじゃ、復旧に丸一日はかかるはずだ……」

11

東の空が白んできた。

キングマンの町並みは十数軒の人家が黒い影を落としたまま息を殺していた。右の前足を切断された雑種犬が沈黙のアスファルト道路を物憂く横切った。

神代恒彦はステーション・ワゴンをゴ・チャン・ナムの家の裏手につけた。ボー・ドク・トと同じくこのヴェトナム難民もまた物置きを改造した家に住んでいた。

「ここで待っててくれ」

神代恒彦はシヴィート・ベアランナーにそう言い残して、窓から侵入した。

グエン・タン・ミンはここにもいなかった。中年のヴェトナム人夫婦とふたりの子供が眠っているだけだった。

神代恒彦は表に出て、入口のドアを激しく叩いた。

「なんだね、いまごろ？」

眼を擦りながら出てきた中年の男は不機嫌な声を出したが、それは英語だった。

「ゴ・チャン・ナムか？」

「そうだが」

「グエン・タン・ミンを捜している。ここに来てると、ボー・ドク・トから聞いたが」

「四時間前に出ていったよ、チャン・ホイを連れて」ゴ・チャン・ナムは腹立たしそうに吐き棄てた。「チャン・ホイというのは息子だよ。わたしの息子だ。明け方にはいったん帰ってくるそうだが」

「ここへか？」

「ここじゃない。二マイル先の木工所の倉庫だ。わたしはそこで働いているんだが、グエンに頼まれてそこに荷物を置かせてやったんだ。それを取りに戻ってくる」

「何の荷物だ？」

「知るもんか！　あの男は何を考えてるのか、さっぱりわからん。どういうわけでヴェトナム難民を集めているのか……」

「ヴェトナム難民を集めてる？」

「それも若い男をな。わたしはあの男は大嫌いだが、若い連中は妙にグエンに心服している……。メープル通り《ストリート》……ロサンジェルスのメープル通りに若いヴェトナム難民が集まってるんだが、その連中には結構人気があるらしい」

「あんたの息子もグエンに心服してるのか？」

「そうらしい。あの男についていったんだから……」ゴは忌々しそうに呟いた。

家の奥で、古い柱時計が四時を打つ音がした。それを合図のように右の前足を切断された犬が戸口に飄然《ひょうぜん》と姿を現わした。

「どうしたんだ？　どこをほっつき歩いてたんだ？」

ゴは情愛のこもった声で犬の頭を軽く叩いた。雑種犬は頭を低く落として、足をひきずりつつ家の中へ消えた。ヴェトナム難民はそれを見送りながら神代恒彦に言った。

「車にはねられたんだ。避けきれずに前足をやられた。この町は家具製造会社があるだけだから、ふつうの人間はみんなものすごい勢いで車をぶっ飛ばして通過するだけなんだ。だれも住民のことなんか考えやしない。ましてや、飼い犬のことなんか……」

「グエンは荷物を置いた木工所の倉庫にかならず戻ってくるんだな？」神代恒彦は念を押

した。

「かならずというわけではない」ゴは当惑の色を浮かべた。「何しろ、あの男はやけに忙しそうだったからな。もしかしたら、チャン・ホイだけが荷物を取りにくるのかもしれない。倉庫の中には電話があるから、いずれにせよ、戻ってきたら、もう一度わたしのところへ連絡してくるだろう……」

「その倉庫はどこにある？」

「ここから二マイル先の道路沿いだよ。そこには四つほど木工所の大きな倉庫があるが、荷物を置いた倉庫はB―1という倉庫だ」

「目印はあるか？」

「B―1という大きなサインが壁に書かれてるからすぐにわかる」ヴェトナム難民はここまで言って胡散《うさん》臭い眼で神代恒彦の表情を窺いはじめた。「何でこんなことを訊くのかね？あんた、グエンの友だちかね？」

神代恒彦はそれに答えずステーション・ワゴンに戻った。

「話は終わったのか？」ベアランナーが傷口を押さえたまま尋ねた。

「いや、相手の男はここにはいない」神代恒彦はアクセルを踏みこんだ。「二マイル先で待ち受けなきゃならねえ」

「夜が明けてきたな」インディアンはダッシュボードにしまいこんでいたS＆Wを取りだして銃身に頬ずりした。

二分も経《た》たないうちにゴの説明した倉庫群が見えてきた。

手前に、木工所らしいモルタル造りの建物があり、その向こうにトタン壁の四つの倉庫が東からの微風に間の抜けた姿態を晒していた。あとは見渡すかぎりの砂漠だった。ステーション・ワゴンのスピードを緩めると、州道を挟んで左手のふたつの倉庫にはA—1、A—2、右手の倉庫にはB—1、B—2と赤いペンキのスプレーで書きなぐられているのが見えた。

「ここで待ってな」神代恒彦はA—1倉庫の裏手に車を停めて、B—1倉庫に近づいた。

倉庫の入り口のシャッターには鍵はかかっていなかった。中には材木や合板の原材料とつくりかけの家具類が雑然と並べられており、奥の埃をかぶったスチール製の机の上に電話が置いてあった。

神代恒彦はダイヤルをまわしてロサンジェルスを呼びだした。

「おい、いい加減にしな！」イーライ・スローヴィックが受話器の向こうで怒鳴りつけた。

「眠りについたばかりなんだぜ！」

「あとで礼はたっぷりすると言ってるじゃねえか」

「また例のヴェトナム人のことか？　なら、少しはわけを聞かなきゃあな！」

「個人的な用で追ってるんだ。どうしてもかたをつけなきゃならねえ」

「どんな用だ？」

「個人的な用だ！」神代恒彦は叱りつけるように言い棄てた。

チェコ人は気圧されて黙りこんだ。

「いいか、おれはいまあるところでそのヴェトナム人、グエン・タン・ミンを待っている……」神代恒彦は用件にはいった。「やつは来るかも知れないし、来ないかも知れない
……」

「で、何なんだ?」

「どうもそのヴェトナム人の動きがおかしい。何か企んでやがるんだ……」

「だから、どうしろと言うんだ?」

「やつはロサンジェルスのメープル通り《ストリート》八四二番地に住んでいた。そこはヴェトナム人のスラムだ。ヴェトナム難民が大勢、集まっている。そこへ行って、グエンにまつわる話を拾っておいてくれ。やつがスラムの連中に何を喋り、何を考えているのかをな」

「面倒な話だな」チェコ人は不服そうに言った。「おれはそういうことが苦手だってことは知ってるだろう?」

「おい」神代恒彦は受話器を指で叩いた。

「何だ?」

「この個人的な用が済んだら、新しい仕事の話が来るかも知れねえ……」

「わかったよ、メープル通り《ストリート》に行くよ。それから、例の垂れ下がった瞼とフットボールのように膨らんだ頬をしているという男、一九七三年のサンチャゴで見かけたという男なんだが……」

「何か憶いだしたか？」

「いや、どうしても憶いだせねえ……」イーライは情けなさそうな声を出して電話を切った。

神代恒彦は倉庫の中を点検しはじめた。

造りかけの飾り棚の中にゴルフ・バッグがひとつ隠されていた。開けてみると、ゴルフ・クラブのかわりにM―16ライフルが三梃、収められていた。

神代恒彦はゴルフ・バッグを担いで、B―1倉庫のシャッターを元どおりに下ろし、向かいのA―1倉庫に足を運んだ。A―1の中は原材料も造りかけの家具もなく、完全に空っぽだった。この倉庫は長いこと使われた形跡がなかった。

神代恒彦はステーション・ワゴンに戻り、ベアランナーにゴルフ・バッグを差しだした。

「おまえにやる」

「ふざけるな」インディアンは憮然として吐き棄てた。「何でおれがゴルフなんかやるんだ？」

「銃だ。M―16がはいってる」

「銃だと？」

「さっき保安官事務所から持ちだせなかったろう、うしろのハッチに入れておくぜ」神代恒彦はゴルフ・バッグを車にしまいこみ、運転席に身をすべりこませた。「おれの待っている男はB―1倉庫にやってくる。それまでA―1倉庫で待つ」

「何者なんだ、そいつは？」

「おまえの知ったことじゃあるまい」神代恒彦はステーション・ワゴンをA—1倉庫に乗り入れた。

シャッターを開けたままにしておくと、B—1倉庫が一眼で見渡せた。倉庫のトタン壁と天井の隙間からはいってくる風がかすかにすすり泣いていた。

神代恒彦はS&Wの弾倉の弾薬を詰め換えはじめた。一発、一発、汗で滲んだ弾丸を黒い穴の中に押し入れていくと、重い瞼がしょぼついた。

「おまえ、眠ってないな？」装塡し終わるのを見計らってシヴィート・ベアランナーが言った。

「それがどうした？」

「そういう言い方はするな。いつまで待つ気だ？」

「五分、十五分、三十分、もしかしたら一時間。待ってる男が来るまで待ちたいが、そうもいくまい。一時間経ってもこなければ引きあげる……」

「その男を殺す気か？」

神代恒彦は答えなかった。

「どうしようとおれの知ったことじゃないが」インディアンは抑揚のない声で続けた。

「そいつが現われるまで、おまえは緊張しっ放しというわけだ」

「だからどうなんだ？」

「いいか、この傷じゃどうせおれは眠れない。それにおれは耳がいい。半マイル先で車の音がしたら起こしてやる。一眠りしたらどうなんだ？」

神代恒彦はベアランナーを見凝めた。

インディアンの右肩から血が流れだしていた。パーカーズヴィルからキングマンまでのドライブの間に車の震動で傷口が開いたのだ。弾痕の開いた衣服が新たな血液で濡れていた。

「世話になるか……」神代恒彦は腕組みをしたまま運転席に全重量をもたせかけて眼をつぶった。

生煮えの神経がぶすぶすとうだりはじめた。天井から聴こえてくるかすかな風音が耳朶《じだ》にこびりついて離れなかった。しかし、それでも睡魔は急速に忍び寄ってきた。

体全体が落下していった。

力が脱けきった。

12

肩が揺さぶられた。

耳元でシヴィート・ベアランナーの低い囁きが響いた。

「来たぜ」

車のブレーキを踏む音が遠くで聴こえた。木工所のあたりだった。眼を開けると、すでに陽が昇っていて、A―1倉庫から見えるアスファルト道路の地肌とB―1倉庫のトタンの壁が黄金色に輝いていた。

車のドアを開ける音がした。

神代恒彦はホルスターからS&Wを抜き、静かに撃鉄を起こした。乾きはじめた朝の大気の中で、ゆっくりと歩いてくる靴音が頼りなく響き、そのそばを伴走する車の低速音が鼓膜を顫わせた。

「おまえの待ってる男は心臓が悪いのか？」インディアンが神代恒彦の眼を覗きこんだ。

「心臓が悪い？」

「よく聴いてみろ、左足を引きずってる。心臓が悪い証拠だ」

「心臓が悪い……」神代恒彦の血の気が引き、イーライ・スローヴィックが電話で喋った情報が荒々しく脳裏を駆け抜けた。「やつだ、アンディ・ショウだ……」

ベアランナーが何か言いかけるのを制して、神代恒彦はステーション・ワゴンを降りた。S&Wをかざしたまま、シャッターのそばに立って州道を窺った。

右手に拳銃をかまえた青年が左足をわずかに引きずりながら三十メートル先を歩いていた。金髪が朝日に照らされて燃えるような光を放っていた。そのそばをモスグリーンのフォード・セダンが伴走していた。近づいてくるに従って、運転している男の顔がはっきりしてきた。頭の禿げた眼鏡の男だった。

青年とフォード・セダンはB―1倉庫の前で停まった。

神代恒彦の肉が躍った。A―1倉庫から体が弾け出た。喉の奥から怒声が跳びはねた。

「アンディ！　アンディ・ショウ！」

青年が振り返った。右手の黒いブローニング自動拳銃《オートマチック》も同時に振り返った。

二発の銃声がいっぺんに鳴り響いた。

左腕に痛覚が走った。

金髪の青年の体がフォード・セダンに叩きつけられ、その反動で前のめりになってアスファルトに転がった。同時に猛烈な排気音をたてて硝煙の中をモスグリーンが動いた。

神代恒彦は続けざまにS&Wの引鉄を引いた。フォード・セダンのリア・ウィンドウのガラスが粉々になった。

隣で銃声が続いた。ベアランナーだった。インディアンは顔の筋肉をひきつらせて逃走するフォード・セダンめがけてS&Wを乱射していた。しかし、車はあっという間に小さくなっていった。

神代恒彦は撃つのをやめて弾丸の掠《かす》った左腕を押さえながらB―1倉庫の前で俯せに倒れている男に近づいた。多量の出血がアスファルトの上に流れだし、陽光がそれに反射して煌いた。

神代恒彦の左腕から血が滴って金髪のうなじに零れ落ちたが、男は動かなかった。靴の先を脇の下にねじこんで死体をひっくり返すと、心臓からはまだ気泡とともに血が噴きだしていた。

金髪の死者は眼と口を大きく開けていた。眉間にはいったふたつの竪皺がわずかに死ぬ瞬間の記憶を留めていた。

「腕はどうだ?」ベアランナーが近づいてきて、神代恒彦の左腕から流れている血に眼をやった。

「どうってことはない」神代恒彦は金髪の死者を見下ろしながら、その顔に銃口を向けた。二発の炸裂音に頭蓋が弾け、アスファルトに脳髄が飛び散った。死者の顔がざくろのようになった。

「おまえが待っていたのはこいつか?」インディアンがS&Wに弾丸を装塡しはじめた。

「こいつじゃねえ……」神代恒彦の喉が顫えた。

「この男は?」

「こいつのためにおれはアリゾナ州で指名手配になった。こいつがおれと一緒にモーテルに泊まった女を殺したんだ。女を殺して死体を切り刻みやがった。こいつはおれを殺しにきて、かわりに女を殺ったんだ!」

「何でこいつはおまえを狙う?」

「そいつはおれが知りたい!」神代恒彦はそう吐き棄ててステーション・ワゴンに向かった。

A—1倉庫の向こうに続いている砂漠の彼方で一条の長い線が伸びていた。竜巻だった。

「おまえはどうしておれに手を貸した？」神代恒彦はアクセルを踏みこんだ。「何であの車を撃ちはじめたんだ？」

「おまえに手を貸したわけじゃない」インディアンは不機嫌な声で答えた。「あの車を運転していた男がだれだかわかったからだ」

「だれだ？」神代恒彦は興奮を抑えきれずに上ずった声で尋ねた。

「アンリ・ピネエ。前からおれはあの男に逢えばかならず殺すと決めていた」

「恨みでもあるのか？」

「恨みなんて生やさしいもんじゃない！」ベアランナーの声が怒気を帯びはじめた。「四年前、おれたちスー族がサウスダコタ州のパインリッジ居留区《リザベーション》のウーンデッドニーにたてこもり、インディアン国家の独立宣言をしたことは知ってるだろう？　もちろん、アメリカ合衆国は州警察やＦＢＩ、ＣＩＡ、それに軍隊まで総動員しておれたちをかたづけようとした。おれたちは仲間を三人殺され、いったんウーンデッドニーの占拠を解いた……」

「新聞で読んだことがある……」神代恒彦はステーション・ワゴンのスピードをあげた。

「新聞なんか、何もほんとうのことを書いちゃいない！」インディアンはふたつの拳を握りしめた。「パインリッジ居留区でＦＢＩやＣＩＡによって手あたりしだいの殺しがはじまったのはそれからだ。スー族のインディアンの百名近くがぶっ殺された。全員がＡＩＭのメンバーかシンパだった。ＡＩＭというのを聞いたことはないか？　アメリカ大陸をインディアンの手に取り戻そうとする運動体だ……」

「そのAIMのメンバー殺しをCIAから引き受けたのがピネエというわけか？」

「ピネエはアルジェリアのOASにいたフランス人だが、CIAに傭われてパインリッジ居留区へやってきた。やつは直接インディアン殺しをやっただけじゃなく、CIAの金をばらまいてインディアンにインディアンを殺させる汚い工作も引き受けていた。やつが直接手を下して殺したインディアンの数は七人だけだが、やつの工作によって金に眼の眩んだインディアンが仲間を殺した数は三十を超える。AIMの連中はみな、ピネエを見つけしだい殺すと誓った。とにかく金のために殺しを商売にするような人間はこの世に生かしちゃおけない！」

神代恒彦は黙りこくった。

「しかし、何だってあのピネエがおまえを殺そうとしたんだ？」ベアランナーは運転している神代恒彦の腕を荒々しく摑んだ。

「知るもんか！　その手を離せよ、痛《いて》えぜ」

ベアランナーはその言葉に興奮から冷めて話題を変えた。

「おまえは日本人か？」

「国籍の上ではな」

「檜垣真人《ひがきまさと》という男を知ってはいまいな？」

「檜垣真人？　何者だ？」

「知らなきゃ知らないでいい……」インディアンはそう言い棄て、血の流れだしている肩口に手をやって呻いた。

「痛むのか？」

「弾丸が神経に触っただけだ」ベアランナーはもう一度呻いて、新たな質問を発した。

「ところで、どこへ行く？」

「ロサンジェルス。とりあえず人混みの中にまぎれこむのが一番いい。おまえも体の中の弾丸を抜かなきゃなるまい。おれは闇医者を知ってる。もちろん無免許だが」

「フェニックスの方が近くないか？　おれはあそこならナヴァホ族の闇医者を知ってるし、おまえもさっき待っていた男とかたをつけるのに便利じゃないか？」

「もう無理だ」神代恒彦は首を振った。「おれはもうモーテルで女を切り刻んだ変質者にまちがえられて追われてるだけじゃなく保安官を殺してる。おまえだってパトロール警官を殺ったんだろう？　一刻も早く州境を越えなきゃならねえ。カリフォルニア州へ逃げこめば捜査権がＦＢＩに移るまで時間が稼げる。おまえも合衆国市民ならそれくらい……」

　喋り終わる前に、インディアンが神経質な吼え声をあげた。

「合衆国市民だと？　おまえ、アメリカ大陸の歴史を読んだことはないのか！」

「怒鳴るな！　アメリカ大陸の歴史が何だってんだ？」

「いいか」ベアランナーは声を落とした。「おれたちインディアンは合衆国市民じゃない。むかしもいまもだ。法律に何と書かれようとな。おれがオーティス・ブラウンのところから銃器を盗みだしたのも、そいつをわからせてやるための用意のひとつだった。おれはな、ある高地で徹底した武闘訓練を受けた。場所を喋るわけにはいかないが……」

「それにしちゃ……」神代恒彦は鼻先で笑った。「銃の腕はたいしたことねえな」

「どういう意味だ？」ベアランナーはむっとした調子で言った。

「オーティス・ブラウンの試射場で標的のど真ん中をはずしたろう？　あの距離であれじゃあ情けない。何なら、おれが銃の撃ち方を教えてやってもいいぜ」

「おまえは……」インディアンは神代恒彦の横顔をまじまじと見据えた。「おまえはいったい何者だ？　保安官補への挑発の仕方といい、銃の腕といい、道路を封鎖した手榴弾の使い方といい……おまえはいったい何なんだ？」

　神代恒彦は答えなかった。

　ベアランナーは舌打ちして呟いた。

「おれはおれのことをあらまし喋った。しかし、おまえはおまえのことは何も話さない。まったく割の合わない話だ！」

　神代恒彦はそれでも黙っていた。

「まあいい」インディアンは抑揚のない声で続けた。「喋りたくなきゃ喋らなくてもいい。それに、おれの銃の腕がそれほどじゃないことも確かだ。だが、人は殺せるぜ」

「だれを殺すつもりだ？」

「ぜひともこの手で始末しておきたい男が何人かいる。さっきのピネエと何人かのＣＩＡとＦＢＩの関係者。それに三日前にはいった情報だが、ユカタンの樹海の中で四人のインディアンが殺された。内部抗争の末に撃ちあって死んだように見せかけてはあったが、殺しのプロのしわざであることはまちがいない。その四人は中南米先住民族運動のメンバーでおれの同志であり親友だった……」

冷えきった汗が一雫《しずく》、神代恒彦の背筋を伝わってゆっくりと流れ落ちた。ハンドルを握る手に無理な力が加わった。

「その四人を殺した男も」ベアランナーは一息入れて断言した。「かならずこの手で殺す……」

「殺したのがだれだかわかっているのか？」

「まだわかってはいない。エルパソにあるＡＩＭの支部にはいった情報は、ユカタン半島の禁猟区と呼ばれている地域で指導的な立場にあったフリオ・コステロ、ミゲル・オルチス、パブロ・ハラミージョ、アルベルト・アヤラの四人が職業的殺人者の手にかかって殺害されたということだけだ。おれはこの四人の招待で、ブラウンのところから武器を仲間のところに運んだら、ユカタンへ行くことになっていた。予定が狂っちまったが、いずれメキシコに行く。おれはＦＢＩ最重要指名手配犯だが、地下ルートがあるんでな」

「メキシコへ行ったとしても、どうやってその四人を殺した男を見つけだすんだ？」神代恒彦はそう言いながら、ちらりとインディアンの横顔を盗み見た。

ベアランナーは腕を組んで瞑想《めいそう》していた。そして、小さなしわぶきをひとつして低い声で宣言した。

「おれたちインディアンはな、鳥にでも風にでもなれるんだ、やろうと思えば何でもできる。草の根を分けても、四人を殺した男を見つけだして、おれがこの手で殺す！」

参の奏　都市のセレナーデ

1

イルミネーションがハリウッドの夜を焦がしていた。一週間後に控えた独立記念日を祝う無数の垂れ幕がのろのろと走る自動車のヘッドライトに媚《こび》を競いあうように浮かんでは消えていった。ナイトクラブ《青猫《ペール・キャット》》はサンセット大通り《ブールバード》の坂を下りきって左に曲がったところで思わせぶりな光を放っていた。店の中はタンゴのリズムで紫煙が揺れていた。

「ジョゼッペ、おれだ。何かわかったか？」

ロココ調の装飾を施した電話ボックスから店の中をたむろする厚化粧の女たちをガラス越しに眺めながら、神代恒彦《かみしろつねひこ》はボストンのジョー・コッポラに長距離をかけた。

「あんたか……」受話器の向こうで苛立《いらだ》たしそうな反応があり、ジョー・コッポラは手短かに用件を済まそうとした。「ナンシー・メリルという女には直接、会った。確かにあんたの言うとおり、エイプリル・ローズという女から手紙を受け取っている。メキシコからな。住所は書いてないが、消印はユカタン州メリダだ……」

「それで？」

「ナンシー・メリルが手紙の内容を喋った相手は亭主を含めて七人だ。その中にあんたと同じ商売をしている男がひとりいた」

「だれだ、そいつは？」

「あんたが送ってくれた写真の男だよ。フェリペ・ギョーム。ナンシー・メリルの向かいに住んでいる。元・ベルギー領コンゴ出身のベルギー人だ。コンゴ動乱のあとしばらくアフリカの外人部隊を転々としたが、一九六七年にアメリカへやってきて、ＣＩＡの非合法員《イリーガル》として働くようになった……」

「フェリペ・ギョーム。聞いたことのない名だ……。そいつは一九七三年にチリのサンチヤゴで仕事をしてるか？」

「そこまではな」イタリア人はそう答えて電話を切ろうとした。「とにかくこれで依頼された件はもう打ち切りだ……」

「待ちな」

「何だ？　まだあるのか？」コッポラの不満が受話器から噴きこぼれそうになった。

「これが最後だ。もう電話もかけないし、おまえの前に現われることもしない。いままでの貸しも帳消しにしてやる」

「ほんとうだな」イタリア人の声が急に陽気になった。「用件は何だ？」

「ロサンジェルスで信頼の置ける私立探偵を紹介してくれ。法律だの正義だのと世迷い言を言わないやつだ。おまえのようなタイプがいい」

「どういう意味だ？」苦笑とも憤怒《ふんぬ》ともつかぬ響きが聴こえた。

「とにかく金に糸目はつけない。腕がよくて物わかりのいい探偵が必要なんだ。なるべくアングロ・サクソン系じゃない方がいい」

「それなら姚九竜《ヤオ・クールン》がいい。中国人だ。ロサンジェルスの中華街《チャイナ・タウン》に経営相談の看板をあげているが、やってることは裏街道が専門だ。やつは私立探偵の許可証はおろか市民権も永住権も持ってない完全なもぐりだが、腕がいいんで稼ぎまくっている……」

　神代恒彦はそれだけ聞くと受話器を置いた。電話ボックスのそばに酔った男が近づいてきて、早くかわれと手真似《てまね》で合図したが、ふたたびダイヤルをまわしてイーライ・スローヴィックを呼びだした。

「メープル通りに行ってみたか？」

「ああ、おまえの言うとおりにな」チェコ人は飲みはじめたばかりのようだった。「反吐《へど》の出そうな食い物の臭《にお》いがぷんぷんとするヴェトナム難民のスラムにな」

「何かわかったか？」

「グエン・タン・ミンのことは何もわからねえ。ただ、三日前にふたりの男が消えている。両方ともグエンの元・部下だ。名まえはロ・バン・フーにレ・チェン・チン。ふたりはスラムから消える前にボー・ト・ファというヴェトナム女と頻繁に会っていたという話だ

「……」

「ふたりは消える前にスラムの連中には何か喋ってないか？」

「何を？」

「そいつをおれが訊《き》いてるんだ！」

「何てえ声を出すんだ！　とにかくおれが摑《つか》んだのはふたりのヴェトナム人がスラムから消えたということだけだ。おい、いい音楽が聴こえるな、いまどこにいるんだ？」

「ロサンジェルス」

「戻ってきたのか、なら、なんでじぶんでメープル通りを覗《のぞ》いてみない？」

神代恒彦は言葉に詰まった。

「まさか、おまえ……」イーライがグラスにウイスキーを注《そそ》ぐ音が受話器に伝わった。

「くだらねえ殺人事件にでも巻き込まれて警察にでも追われてるんじゃないだろうな？　非合法員《イリーガル》がそんなことをしたらお終《しま》いだぜ。まあ、おまえのことだからそんなことをして大っぴらに表を歩けなくなるような真似は絶対にすまいが」

「腕に傷を創ってそれが化膿《かのう》した。おかげで一週間寝こんでいた……」

「もういいのか？」チェコ人はそう尋ねて、話題を変えた。「ＣＩＡのソクラテスがおまえを捜していた。ぜひとも連絡するようにと言ってたぜ」

「連絡先は例のところか？」

「ああ、ウィルシャー街の特許事務所だ。いいか、もし仕事の話なら、おれと組むんだぜ、わかってるだろうな」

「わかってる」

「おれのところにも話がくるかも知れねえ。おまえの連絡先は……」

「サンファン通りのバー《白蟻《ホワイト・アント》》だ」神代恒彦は電話を切った。

電話ボックスのそばに突っ立ってたさっきの酔客はもういなかった。

神代恒彦はＣＩＡのソクラテス、ジェイコブ・レヴィンの番号をまわした。

「こちら、カリフォルニア南部地区特許事務所……」レヴィンの乾いた声が受話器を伝わって神代恒彦の鼓膜を顫《ふる》わせた。

神代恒彦はしばらく間をおいて呟《つぶや》いた。

「おれだ……」

「電話を待っていた」ソクラテスの声色が変わった。

「捜してるそうだな」

「いいか、心配しなくてもいいんだ。きみがツーソンで女を殺し、パーカーズヴィルで保安官を殺したことも知っている。だが、心配しなくてもいい。きみのいままでのＣＩＡへの功績を考えれば……」

「どうしろと言うんだ？」

「ただ、アメリカからは消えてもらわなきゃならない。今夜午前二時にアラメダ通りのレストラン《情熱の花《ラ・パッツショネーリア》》で待っている」

神代恒彦は電話ボックスを出て、カウンターに向かい、飲みかけのビールを干して新しいのをバーテンに注文した。カウンターの向こうの壁に張られた鏡を見ると、サングラスと十日も剃《そ》らなかった髭《ひげ》のせいで、しけきった東洋人が映っていた。

バーテンがビールを持ってきた。

「テレサというヴェトナム女を捜してる。ここで働いてると聞いたが」神代恒彦はビールに口をつけながら訊いた。

「ここで働いているわけじゃない」バーテンは値踏みするような眼つきで眺めた。「テレサはここでは、一応、客だよ。客だが、テレサはテレサ自身でここで商売してる……」

「まわりくどい言い方はやめな」

バーテンは狡猾《こうかつ》そうな笑みを浮かべ、顎《あご》をしゃくって店の中にたむろしてる厚化粧の女たちを示唆した。

「あの連中もうちの客だよ。ここでカクテルを一杯飲んで、連中の客を拾ってホテルへしけこむ。テレサも連中の仲間だよ。きょうはまだ顔を見せちゃいないが」

「現われたら、おれに教えてくれ」神代恒彦はそう言って小脇に抱えていたぶ厚い新聞をカウンターの上に拡《ひろ》げた。

煙草《たばこ》に火をつけながら紙面に眼を落とすと、一面トップの大きな活字が飛びこんできた。

『S・ヒースロー空軍少将、暗殺さる！　路上で狙撃、犯人および動機は不明』

見だしに続いて《ロサンジェルス・タイムズ》の記事はこう書きたてていた。

『──本日午前十一時四十分、S・ヒースロー空軍少将はサンディエゴに向かうためサンタアナ基地を出て高速道路《フリー・ウエイ》に乗る直前、何者かにライフルで狙撃され即死した。同乗していたM・ホースキン少尉も三発の銃弾を受け重傷。州警および軍警察はただちに捜査を開始したが、いまのところ、犯人および犯行動機はいっさい不明である。S・ヒースロー空軍少将は、ヴェトナムの野戦で数々の武勲をあげ（当時、大佐）、局地戦の天才と謳《うた》われていた……』

神代恒彦はビールをもう一杯、注文した。

《青猫《ペール・キャット》》のバーテンは新聞に眼をやると、タンゴのリズムをぬって同意を求めるように呟いた。

「まったく、せっかく世の中がおさまってきたというのに、馬鹿なことをするやつがいるもんだ。失業やインフレが続くったって、殺しあいよりいい！　兵隊でヴェトナムに行ったが、もうこりごりだ、あんなことは」

神代恒彦はバーテンを無視して《ロサンジェルス・タイムズ》をめくり続けた。ヒースロー暗殺以外にたいしたニュースはなく、独立記念日に便乗する商品広告が眼についた程度だった。バーテンは鼻を鳴らして神代恒彦の前から去っていった。

タンゴのリズムが中断した。レコードをかけ換えるための束《つか》の間の空白を女の声が破った。アジア人の英語だった。

「わたしを呼んでるんだって？」

女はどぎつい厚化粧をしていたが、崩れた印象を与えはしなかった。年齢《とし》は二十二、三歳というところだった。

「テレサだな？」

「そうよ。どうしてわたしを知ってるのよ？」テレサはアイシャドウの下の兎《うさぎ》のような眸《まなこ》をせわしなく動かした。

「いくらだ？」

「ホテル代そっちもちで五十ドル」女は事務的な口調で答えた。

ふたりは《青猫》を出て裏通りのホテルに向かった。

老朽化したホテルの階段は足を運ぶたびに白い埃《ほこり》を立てたが、敷かれている絨毯は純毛製だった。部屋の中はキングサイズのダブルベッドが置かれ、この種のホテルには珍しく枕元に電話が置いてあった。

「先に払ってもらうわよ」

部屋の中にはいると、テレサはすぐに手を差しだした。神代恒彦は五十ドル紙幣を握らせた。女はそれをハンドバッグにしまいこんで服を脱ぎはじめた。神代恒彦は下着姿になったテレサを眺めて言った。

「ボー・ト・ファだな」

ブラジャーを脱ぎ棄てようとした女の手が停《と》まった。

「ボー・ドク・トの娘、ト・ファだな」

テレサの顔が硬直した。

「おまえに聞きたいことがある」

「何よ？」女はようやく口を開いた。

「グエン・タン・ミンという男を捜している。おまえの義理の兄だ。グエンは一週間前、アリゾナ州キングマンのゴ・チャン・ナムのところへ立ち寄った。それからロサンジェルスに舞い戻ったかどうかを知りたい……」

「知らないよ、そんなこと！」ト・ファは吼《ほ》えるように吐き棄てた。「知らないよ！　たとえ知っててもだれが教えるもんか！」

神代恒彦はポケットからもう一枚の五十ドル紙幣を取りだして女にかざした。

ト・ファの眼にはっきりとした軽蔑《けいべつ》の色が浮かんだ。

「舐《な》めるんじゃないよ！　わたしは肉体は売っても、そんなことで金を受け取るような下《げ》卑《び》た真似はしないいんだからね。さあ、姦《や》るのかい、姦らないのかい？　姦らないいんなら金は返すよ！」

神代恒彦は黙って女の次の反応を待った。

ト・ファは続けた。

「姦るんだろ？　さあ、早く脱ぎなよ！　五十ドル分、たっぷり満足させてやればいいんだろう？」

女はブラジャーとパンティを脱ぎ棄てて素っ裸になった。弾力的な乳房とひきしまった胴まわりを誇示しながら神代恒彦に近づいてきた。

「悪くない体だろ？　このへんじゃ、結構、売れてる商品なんだ。味の方はもっと自信があるわ。抱いてみりゃすぐにわかるよ」

「もう一度訊く。グエンはどこにいる？」

「知らないものは知らないってば！」ト・ファは荒々しく神代恒彦の衣服に手をかけた。

「そんなことより早く脱ぎなよ。わたしの体を見て興味がなくなったってんじゃないだろうね。恥をかかすんじゃないよ！」

神代恒彦は上着のボタンをはずしにかかった女を見下ろした。ト・ファの表情には狼狽《ろうばい》と虚勢の色が滲《にじ》みでていた。

「何を焦《あせ》ってるんだ？」

「焦ってなんかいないよ」答えた女の眼が神代恒彦の脇の下に釘づけになった。

そこにはホルスターにはいったS&Wがあった。

「おれが何者か訊かないのか？　おまえの義兄を捜している男は銃を持ってるんだぜ」

「あんたが何者だろうと……」ト・ファはアイシャドウの瞼《まぶた》を落ちつかなく閉じたり開いたりした。「わたしの知ったことじゃない。あんた、吸って欲しい？」

「おまえはグエンがどこにいるか知っているはずだ！」

「しつこいわね！　知らないと言ったら知らないのよ！」

神代恒彦は全裸にされた。

「吸って欲しいんだろ？　さあ、こっちに来なよ」ト・ファは神代恒彦をベッドに誘導した。

身を横たえると、女はしばらくペニスをまさぐったあと、口に含んだ。女の乳房が両脚に触った。女の唇の圧力がしだいに強まってきた。

左腕がかすかに痛んだ。キングマンで受けた腕のかすり傷は化膿して熱と膿《うみ》を残していた。

神代恒彦は半身を起こして指と口を動かしている女の表情を眺めた。

ト・ファはできるだけ早くビジネスを済ませようと懸命になっていた。長い黒髪がせわしなく波うっていた。

「おまえ」神代恒彦は女の髪に触れた。「グエンに惚《ほ》れてるな。顔に書いてあるぜ」

ト・ファはぴたりと動きを停めた。口に銜《くわ》えていたペニスを吐きだして吼えた。

「冗談じゃない！　何を言うんだい！　あの人はわたしの姉の夫なんだよ！」

「だったら、どうだってんだ？」神代恒彦は怒鳴ると同時に女の腕をとって引き寄せた。

ペニスがいきりたっていた。

無理やりに女をひっくり返した。

「やめて！」女の頬が恐怖に強《こわ》ばった。

「やめてだと？」神代恒彦は腕ずくで両股《もも》を開かせた。「おまえは娼婦じゃないか！」

ト・ファは厚化粧の顔をくしゃくしゃにして抵抗した。マニキュアの指が神代恒彦の左腕の傷をひっ掻《か》いた。

神代恒彦は平手打ちを食わせた。

女は抵抗をやめた。

ペニスを挿入すると、ト・ファの小さな呻《うめ》きが天井に弾《は》ね返った。神代恒彦はいたぶるように腰を動かしはじめた。

女はなすがままにさせていた。

神代恒彦は射精を終えた。

ト・ファは無言で服を着て、無言で部屋から消えていった。

神代恒彦は左腕をさすって枕元の電話をとり、ホテルのフロントにサンファン通りのバー《白蟻《ホワイト・アント》》を呼ばせた。バーテンのコーキー・クラインが通話口に出た。

「あんたに連絡がはいってるぜ。セルマという女からだ。人形の修理は終わったから取りにこい、との伝言だ」

2

二番街とサンピドロ通りの交差点にある自動車修理屋から買った一九七四年型のポンティアックは、くたびれきった平屋造りの一軒屋がのっぺりと並ぶワッツの黒人スラム地区にはいった。道路沿いに雑草が生い茂り、七、八歳の子供たちが数人、喚声《かんせい》をあげながらそれをひきちぎって遊んでいるだけで、他に人影はなかった。神代恒彦は廃液と汚物の臭いが入り混じった用水路沿いに車を進め、壁の崩れ落ちた一軒の人家の前で停めた。そこがセルマ・シュバリエの自宅兼医務室だった。神代恒彦はクラクションを三度、鳴らした。

　戸口のそばの鶏小屋で数羽の鶏が神経質な羽音をたてて騒いだ。

　ペンキの剝《は》げ落ちた古木戸が開いて、光とレゲエのリズムがまず飛びだし、続いて巨大な黒人の中年女が顔をだした。盛りあがった漆黒の頰を膨らませ、大きな眼を見開いて、セルマは無愛想に神代恒彦を招き入れた。

「あんた、女と交わったばかりだね。臭いがするよ」

「息子は相変わらず家には寄りつかないようだな？」

「知るもんか、あんな息子は息子なんて思っちゃいないよ。どこをほっつき歩いてるか知らないけど、どうせろくな死に方をしやあしないよ。そう言えば、あんたと同じ年齢だった……」黒人女はめくれた唇をせわしなく動かした。

「やつはどうしてる？」

「奥の部屋にいるよ。すっかり元気になった……」

　神代恒彦は奥の部屋を覗いた。シヴィート・ベアランナーが肩と脚に黄ばんだ包帯を巻いたままソファに横たわっていた。

「どうだ、具合は？」

「もうすっかりいい」インディアンは身を起こした。「きのうで痛みもほとんどなくなった……」

「ヴォドウ教の呪術医《じゅじゅつい》も捨てたもんじゃあるまい？」

「弾丸を抜く前に……」ベアランナーは苦笑いした。「鶏の首を切ってその血で清められたときには、正直な話、どうなるかと思ったがな」

そばからセルマが口を出した。

「何を言うんだね。だからこそ施術がうまくいったんじゃないか。ハイティから曽祖父が持ってきたヴォドウの儀式にまちがいがあるはずがないよ！」

「ヴォドウにまちがいがないなら……」神代恒彦は意地の悪い笑みを浮かべた。「おまえの息子はなぜ家に寄りつかない？　確か、長男の名はロアと言ったな。ロア・シュバリエ。ロアというのはヴォドウの神を意味すると教えてくれたのはおまえだぜ」

「ふざけるんじゃないよ」黒人女は不快そうに舌打ちした。「何だってそんなことを持ちだすんだい、いまさら……」

神代恒彦はポケットから百ドル紙幣を出して憮然《ぶぜん》としているセルマに手渡し、ベアランナーに眼で合図した。インディアンは立ちあがって服を着た。

「行くのかい？」黒人女が太い声で訊いた。

「世話になった」ベアランナーはセルマの肉の盛りあがった黒い腕をとって引き寄せ、頬ずりしながら別れを告げた。

「ぼうや《サニー》」黒人女は低い声で囁《ささや》いた。「また来なよ、と言いたいけど、もうやばい橋は渡らない方がいいよ」

「いや、また弾丸を抜いてもらいにくる。居心地は悪くなかった……」

「何をやらかそうってのか知らないけど」セルマはここまで言ってインディアンを押し戻し、神代恒彦を指さした。「妙なことを考えると、この日本人のようになっちまうよ」

「この男のようになる？」ベアランナーが抑揚のない声で訊いた。「この男のようになるってのは、どうなることを言うんだ？　この男は何をしている？」

「何をしているか知らないけど、この日本人が悪霊にとり憑《つ》かれていることは確かだよ。わたしは悪霊にとり憑かれて惨めな死に方をした人間を何人も知っている。ヴェヴェもそうだった。ヴェヴェというのはわたしの次男だよ。ロアの弟さ。ヴェヴェ・シュバリエ、いい名まえだろう？　ヴェヴェというのはヴォドウの十字架のことだよ。ヴェヴェも悪霊にとり憑かれて、十九歳のとき警官に撃たれて死んじまった。ぼうや、妙なことを考えると、ほんとうに悪霊にとり憑かれちまうんだからね！」

「悪霊にとり憑かれる？」インディアンはそう呟いて大声で笑い、ふたたび黒人女の太腕を摑んで巨体を揺すりながら叫んだ。「悪霊にとり憑かれる？　そいつは逆だぜ。このおれが悪霊にとり憑いてやるんだ！」

「何てことを言うんだい、ぼうや。わたしはおまえみたいな息子がいたらいいと思っているのに……」セルマの大きな瞳が哀しく翳《かげ》った。

神代恒彦とベアランナーは黙ってセルマの家を出た。スモッグで空には星も月も見えなかった。異臭を放つ用水路の流れが裸電球の街灯に黒く輝き、そこから湧きあがる蚊《か》の群れが白く光っていた。背後の鶏小屋でまた鶏が騒いだ。

「悪くない車だな」インディアンがポンティアックのボンネットに触って言った。

「エンジンにターボ・チャージャーを取りつけてある」

「ステーション・ワゴンはどうした？」

「おまえをここに運んだあと棄てた。さあ早く乗んな」

一九七四年型のポンティアックはワッツの黒人スラム街をゆっくりと走りはじめた。

「おまえの方は……」ベアランナーが助手席でダッシュ・ボードを小刻みに叩《たた》きながら言った。「相変わらず例の男を追い続けてるのか？　それとももうかたをつけちまったのか？」

「いや、キングマンで受けたかすり傷が化膿して熱を持った。一週間ほどホテルで何もせずに寝ていた……」

インディアンのダッシュ・ボードを叩く手がしだいに速くなった。

「どうした？　何でそんなに落ちつかねんだ？」

「おい……」ベアランナーは喋るのを躊躇《ちゆうちよ》しながら口を開いた。「知っているか？」

「何を？」

「アンリ・ピネエがロサンジェルスに現われた……」

「どうしてわかった？」神代恒彦の声がかすかに嗄《かす》れた。

「電話を借りてロサンジェルスのＡＩＭの仲間と話したんだ。で、四日前にピネエをウィルシャー街で見かけたと言うんだ。おれの仲間はやつを殺そうとつけまわったが、撒《ま》かれちまったらしい。おまえがロサンジェルスに来たことを知ってるんだな。どこまでも追ってきておまえを殺す気だぜ」

「らしいな」

「おまえにゃ悪いが」インディアンの抑揚のない声が急に大きくなった。「おれには好都合だ！　おまえの近くにいれば、いずれピネエが現われる。そのときやつを……」

「ぶち殺す、か？」

「そのとおりだ！」ベアランナーは大きな拳《こぶし》を力まかせにダッシュ・ボードに叩きつけた。

「よしな、壊れちまうじゃねえか」

神代恒彦の言葉にインディアンは一瞬、われに還《かえ》ったように溜息《ためいき》をついて、握りしめていた拳を開いてその大きな手をしみじみと眺めた。

「むかしはこんなじゃなかった。ＦＢＩやＣＩＡに追われているうちに、おれもだんだん気が短くなった……」

車はワッツを抜けてセントラル街にはいった。

「むかしはこんなじゃなかった……」ベアランナーはもう一度呟いて、移り過ぎる夜景に眼を転じて黙りこんだ。

「どうしたってんだ？」

「こんなところには住みたくない……」

「一番安全だ。追われてる人間が都市に逃げ込まなきゃどこへ逃げるんだ？」

インディアンは答えなかった。

神代恒彦は話題を変えた。

「とりあえず、どうするつもりだ？」

「フロレンス街のＡＩＭの仲間の家に身を寄せる。やらなきゃならんことは山ほどあるが、とりあえずロサンジェルスにいて、ピネエの始末をつけ、それから銃器の算段とメキシコへ行くための金をつくる」

「どれほど要るんだ？」

「ＡＩＭの仲間三十人ほどのメキシコでの活動費だからな。相当額の金が必要だ」

「どうやって金をつくる？　めどはついてるのか？」

「めどなんかあるもんか！　これから考えるんだ」

「銀行でも襲おうってのか？」

ベアランナーは神代恒彦を無視して外の景色に見入りはじめた。車はセントラル街を五十五マイルの制限速度で走り続けた。対向車のヘッドライトがスモッグに淡く滲んでいた。

「やけに沈みこんだじゃねえか」神代恒彦はベアランナーを小突いた。

「例のＭ—16ライフル……」インディアンはようやく口を開いた。「キングマンの木工所の倉庫から盗みだした銃はどこにある？」

「おれの部屋だ」

「いまどこに泊まっている？」

「サンピドロ通りと一番街の交差するあたりだ」

「日本人街か？」

「通称、小東京《リトル・トウキョウ》のど真ん中の安ホテルだ。黄色い顔ばかりだから、ＦＢＩもおれを見つけだすのは容易じゃない」

「いまからその銃器類を受け取れるか？」

神代恒彦は頷《うなず》いた。

車は三番街を越えて小東京にはいった。

深夜の小東京にはほとんど人通りがなく、《独立記念日《インデペンデンス・デイ》》と《二世週間《ニセイ・ウィーク》》の垂れ幕が並行して水銀灯に浮かんでいた。それに対抗するように、『老朽ビル取壊し反対、強制立ち退き反対──小東京《リトル・トウキョウ》コミュニティ委員会』という貼り紙が道路沿いの建物の壁にぺたぺたと貼られていた。終夜営業を続ける鮨屋《すしや》の店先からは流行中の艶歌と酔客の喧噪《けんそう》が頼りなく流れでて、サンピドロ通りをときおり疾駆する自動車の排気音に中断されていた。

神代恒彦は《浮島ホテル》と日本語で書かれた黒ずんだ煉瓦《れんが》造りのビルの前に車を停めた。

受付の老人は洟水《はなみず》を垂らしながら眠っていた。

シヴィート・ベアランナーはロビーの壁に貼られた色褪《あ》せて久しい富士山と芸者のポス

ターや塗装の剝げた電話ボックスのそばに置かれた日本語新聞《羅府新報《らふしんぽ》》などをもの珍しそうに眺めたあと、古ぼけた飾り台の上に置かれているミニチュア模型に眼を停めた。それは《アメリカ合衆国》と書かれた台座にふたつの星条旗が旗棹《はたざお》を交差させて備えつけられた置き物だった。

「おかしなものがあるぜ」インディアンは眠っている受付の老人を盗み見ながら、その装飾品に近づいた。

「何をする気だ?」

「こいつはこうするんだ」ベアランナーはふたつの星条旗の旗棹を引きぬき星条旗を逆さにはめこんで台座に戻した。「逆さの星条旗が何を意味するか知ってるか?」

神代恒彦はかぶりを振った。

「アメリカ合衆国への宣戦布告だ。ちょっと気骨のあるインディアンの家に行けば、かならず家の中に逆さの星条旗が飾ってあるのにお目にかかれるぜ」

「そうかい」神代恒彦は興味のない声を出して受付のカウンターを指で叩いた。

老人が慌てて眼を開け、洟水を袖で拭った。

「六〇三号室だ」

「すまんが……」老人はキー・ボックスから鍵を取りだし、神代恒彦に手渡しながら、広島弁で哀願するように言った。「これに署名をしてくれんかの?」

「署名?」

老人は一枚の紙切れを差しだした。それはＣＲＡ（都市再開発局）の立ち退き命令に反対する日英両文の抗議声明つきの嘆願書だった。

神代恒彦が嘆願書を手にすると、ベアランナーが肩越しに覗きこんだ。

「わし。難しいことはようわからんけど」老人は洟を啜《すす》った。「古いビルをみんな壊されてしもうたら働けんようになる。この古いビルのかわりに新しい大きなビルができても、わしみたいな老いぼれは傭《やと》うちゃくれん。若い人たちが署名を集めて政府に都市開発反対の運動をしてくれちょる。頼むけえ、署名してくれんかいのう？」

神代恒彦は首を振って嘆願書を返しエレベータに向かった。

「なぜ、署名してやらない？」インディアンがエレベータの中で言った。

「馬鹿を言うんじゃねえ」

「偽名を使えばいいじゃないか。どうせ、宿帳には偽名を使ってるはずだ。運動のよしあしなんか問題じゃない。あの老人はもう棺桶《かんおけ》に片足つっこんでる。署名の量が多けりゃ、ちったあ若い連中の前で格好がつく」

手動式のエレベータは錆《さび》ついた音を軋《きし》ませながら、のろのろと昇っていった。インディアンはなおも続けた。

「おれはな、アメリカの日本人の歴史を本で読んだことがある。この日本人街に吹きだまっている老人連中はみな六、七十年前に日本を食いつめて流れついた。日本政府は最初から余った人口を海の彼方に棄てる政策だった。アメリカ政府はそうやって流れてきた日本人を農場や鉱山で奴隷同然にこき使った……」

「それがどうした？」

「連中は水を啜りながら牛馬みたいに働いてやっとわずかな金を貯《た》めたと思ったら、第二次大戦だ。大統領命令であっという間に強制収容所だ。財産をすべて没収されてな。戦後はまた一からやりなおしだ。中にはビジネスを起こし成功して金持ちになったのもいるが、そんなのはごくわずかだ。あとはみんなひいひい言いながら暮らしている。そういう中でも日本人街にへばりついてる年寄りは虫みたいにくたばるのを待ってるだけだ。アメリカ政府にも日本政府にも文句ひとつ言わずにな」

「だから、どうだってんだ？」

「そういう連中が孫みたいな若い日本人の抗議運動に協力しようってんだ。そんな抗議なんてまるで意味がないが、それでもただ黙って死ぬよりいい。あの年寄り連中はくたばる前にはじめてアメリカ政府に文句をつけてるんだ……」

「アメリカ政府に抗議して何になる？　抗議だと？　笑わせるんじゃねえ。おまえらＡＩＭもアメリカ政府に抗議してるのか？」

「違う！　おれたちは抗議なんかしない。戦争をしてるんだ！」ベアランナーはそう怒鳴ったあと、説得口調になった。「いいか、おれが言ってるのはそういう政治の話じゃない。年寄り連中の人生のことを言ってるんだ。考えてもみろ、日本から棄てられ、アメリカから足蹴にされてきたひとりの老人の生涯を」

「うるせえな！　おれに説教してるつもりか。血迷うんじゃねえ。おまえらはただ銃をぶっ放してりゃいいんだ！」

神代恒彦の押し殺した声とともにエレベータのドアが開いた。

「おまえっていうやつは……少しは檜垣真人の……」

「檜垣真人？　キングマンでもおまえはその男の名を口にしたな。何者だ、そいつは？」

「いや、いい……」

「思わせぶりな言い方はやめな！」神代恒彦は毒づきながら、六〇三号室のドアを開けた。灯《あか》りをつけた。

その一瞬、胸の中に冷えた風が吹き抜けた。

全身がそのまま強ばっていった。

蛍光灯の下に四人のヴェトナム人が拳銃をかまえて待っていた。中のひとりはグエン・タン・ミンだった。残りの三人のうち、ひとりはまだ少年の面影をたっぷり残している小柄な若者、ひとりは眼の鋭い痩身の男、ひとりは右の頬にケロイド状の傷跡のある巨漢だった。三人は二十二口径のコルト自動《オートマチック》拳銃をかまえて立っていたが、野鼠だけは三十八口径のS＆Wスナッブ・ノーズを手にしてベッドに腰かけ、小さな眼で神代恒彦を見据えていた。

一分間近く、だれも息ひとつしなかった。

古ぼけた空調器《エア・コンディショナー》の音だけが耳朶《じだ》にまとわりついた。やがて、グエンが嗄《しわが》れた声でぽつりと言った。

「テレサを抱いたんだってな。ボー・ト・ファを。まるで強姦《ごうかん》でもするように。娼婦はやさしく抱いてやるもんだぜ」

3

グエン・タン・ミンはヴェトナム語でかたわらのふたりに何ごとか命じた。痩身の男とケロイドの巨漢がきびきびとした軍人のような動きで銃をつきつけたままシヴィート・ベアランナーを部屋の外に連れだした。

「やつをどうするつもりだ？」神代恒彦はグエンを睨《にら》みつけた。

「どうもしやしない」野鼠は静かに首を横に振った。「あの男がおとなしくしてさえいりゃあ。ただ、隣の空き部屋でおれたちの話が終わるのを待っててもらうだけだ」

またしばらく沈黙が続いた。

二番街の教会の鐘が十二時を打つのが遠くに聴こえた。

「妙なところを嗅《か》ぎまわるもんだ」グエンの眼は神代恒彦を見据えたまま動かなかった。

「パーカーズヴィル、キングマン、それにサンセット大通り……どうやっておれの親類や知人のいるところを突きとめたんだ？」

神代恒彦は答えずに、ゆっくりと胸のポケットに手を入れようとした。

「馬鹿な真似をするんじゃねえ！」野鼠が銃口を押しだすようにして怒鳴った。

「煙草だ」神代恒彦は手の動きを停めた。

グエンは隣の若いヴェトナム人に命じて神代恒彦の身体を検査させた。

若者は神代恒彦の胸のホルスターからＳ＆Ｗを見つけだすと、何ごとか野鼠にヴェトナム語で尋ねた。グエンが答えると、若者はすべての弾丸を抜きだして拳銃をホルスターに戻した。

「煙草を喫《す》ってもいい」グエンが低い声で命じた。

神代恒彦は煙草を銜《くわ》えマッチを擦《す》ったが、火はなかなかつかなかった。

「顫えてるぜ、手が」野鼠が冷やかな声を出した。「興奮してるのか、おれが憎くて？」

「憎くないはずがなかろう」神代恒彦は銜《くわ》え煙草のまま声を落とした。「おれたちを裏切り金を盗んで逃げたおまえと笑顔で話をしろと言うのか！」

「そいつを忘れてもらうために来たんだ」

「ふざけるんじゃねえ！」

「怒鳴りあいをしに来たんじゃない。落ちついたらどうだ？　肚《はら》を割って話そうぜ」

「金を返しにきたのか？」神代恒彦はようやく煙草に火をつけた。「おれがおまえを追っかけはじめたんで、びくついて金を返してご破算にしようってのか？」

「そうじゃねえ」野鼠はかすかに笑った。「警告しに来ただけだ」

「警告だと？」

「おれを追いまわすのはやめな。無駄なことだ。そいつを教えにやってきた」

「本気で言ってるのか？」神代恒彦の声が上ずった。

「もちろんだ」グエンは平然と答えた。

新たな沈黙が訪れた。

神代恒彦は煙草を大きく喫いこんだ。吐きだす煙とともに怒声が肚の中から噴出した。

「おれの金はどこへやった？　ハンス・ボルマンとおれの金は？」

「おまえとボルマンの金か？」野鼠はせせら笑った。「そう言えば、ボルマンはどうした？

あのぶざまな格好をしたドイツ人は？」

「やつは死んだ！」

「死んだ？　おまえが殺したのか？」

「ふざけるな！」

「何をいきりたつ？」グエンは鼻を鳴らした。「おまえは金のために殺しをやる。やつが
死ねばおまえの取り分は多くなる。おまえがボルマンを殺したって不思議はなかろうが？」

神代恒彦の頰の肉がぴくぴくと痙攣《けいれん》した。腕の筋肉が強ばった。

「興奮するんじゃねえ！」野鼠が怒鳴った。「ボルマンは何で死んだんだ？」

「おまえに説明する義理はねえ！」神代恒彦は怒鳴り返して煙草を床の絨毯に落とし、踵《かかと》
で揉《も》み消した。「いいか、おれの質問に答えるんだ、金はどこへやった？」

グエンは無言のまましばらく神代恒彦の眼を見凝《みつ》めていた。そして、静かに首を振りは

じめた。

「何だ、その素ぶりは？」

「生憎《あいにく》だが」野鼠は答えた。「パレンケから受け取った金はもうほとんどない。使っちまったからな。嘘《うそ》じゃねえ。諦《あきら》めるんだな」

「使っちまったからもうない、諦めろだと？」神代恒彦は怒鳴ったあとの言葉が続かなかった。

憎悪が体を浸《ひた》した。血が冷たくなってきた。神代恒彦の網膜にグエンの姿がより鮮明に映りはじめた。

「金はもうない。だから、いくら追っても無駄だ。そいつを言いに来たんだ……」野鼠がもう一度繰り返した。

神代恒彦は黙ってグエンを見ていた。乾いた下唇を舌で舐《な》めまわしながら、野鼠の眼を睨みつけていた。

長い沈黙が続いた。

窓の下に取りつけられている時代遅れの空調器が乾いた音をたてていた。サンピドロ通りを酔っ払いが調子っぱずれの流行歌を大声で歌いながら通り過ぎた。

グエンが口を切った。

「おれを殺す気か？」

「殺す」神代恒彦は呻いた。「かならず殺す」

野鼠はふたたび黙りこんだ。

そばの若者が顔をひきつらせて神代恒彦を睨んでいた。硬直した右手がいまにも拳銃の引鉄《ひきがね》を引きそうだった。

「逃げられやしねえぜ。おれは殺すと言ったら殺すんだ」神代恒彦の喉から新たな殺意が絞りだされた。

「諦めな」グエンはぽつりと言った。「おまえにおれは殺せやしねえ」

「たいした自信だな？」

「おれはこの場でおまえを殺《や》ることもできるし、逆におまえの行く先々をつけまわすこともできる。だが、おまえはおれがどこをうろついてるかも知らねえ。切札はこっちが握ってるんだ。それに……」野鼠はここで口をつぐんだ。

「はっきり言ったらどうだ？」

「おまえは追われてる。おまえは警察に追われてるんだ。おれが一週間前、アリゾナにいたことはおまえも知ってるとおりだが、アリゾナじゃ、いたるところでおまえの噂《うわさ》でもちきりだった。三つの殺人を犯したそうだな。ツーソンのモーテルで女、パーカーズヴィルで保安官、それにキングマンで正体不明の男。捜査はもうＦＢＩに渡ってるぜ。何だってそんな真似をしでかしたんだ？」

「うるせえ！」

「隣の部屋に運んだ男が、おまえと一緒にパーカーズヴィルの拘置房から逃《ず》らかったというインディアンだな？」

「うるせえ、と言ってるんだ！」

「吼えるんじゃねえよ」野鼠は落ちつき払った。「おれが言ってるのは、おまえはＦＢＩの手を逃れるために、おれをつけ狙うどころじゃないってことだ」

「そう思ってりゃいい……」神代恒彦はせせら笑った。

「不思議なもんだ」グエンが笑い返した。「ＦＢＩに追われているおまえがおれを追い、おれは別の人物を追っている。まあ、世の中、たいていこんなものだが……」

「だれを追ってるというんだ、おまえが？」

「いずれわかる」野鼠はひとりで頷いた。

「はったりを言いやがって……」神代恒彦は乾いた唇を手で拭った。「言いたいことはそれだけか？」

「言いたいことはまだあるが、おまえがこんなに興奮するんじゃあ……」グエンの眼に侮蔑の色が走った。「たかだか金を持ち逃げされたぐらいで、こうぴりぴりするんじゃ、おまえもたいした男じゃねえ。もう少し肚の据わった男なら話そうと思ったこともあったが……」

「その台詞《せりふ》、覚えておくぜ」神代恒彦は野鼠を睨みつけて吐き棄てた。「かならずおまえに命乞《いのちご》いをさせて、それからゆっくりと料理してやる」

　グエンの頬が緩み、冷たい笑みが滲みでた。かすかな笑い声が唇から洩《も》れはじめ、それがしだいに高くなっていった。

若者がちらりと腕時計に眼をやった。

野鼠はヴェトナム語で何ごとか尋ねた。若者が答えた。ふたりは神代恒彦に銃を向けたまましばらく喋りあった。

神代恒彦はしびれを切らした。

「これから、おれを始末する相談か？」

「いまのところは殺しはしねえ」野鼠の小さな眼が光った。「おまえを殺してもたいした意味はない。殺すだけの価値もねえ……」

「後悔するぜ」神代恒彦は挑発的な口調で呟いた。

若者が部屋の隅にたてかけてあったM—16ライフルのはいったゴルフ・バッグを肩に担《かつ》いだ。

グエンは立ちあがった。

「こいつは持っていく。もともとおれたちのものだったんだからな。高い金を出して買ったんだ。おまえに猫糞《ねこばば》されたんじゃたまらねえ……」

野鼠と若者は銃口を向けながらドアに歩いた。

神代恒彦とふたりの位置が入れ替った。

グエンは戸口に立って、しばらく神代恒彦の表情に眺め入った。

「何を見ている？ 気が変わっておれを殺しておきたくなったのか？」神代恒彦はわざと

不貞腐《ふてくさ》れた態度で言い放った。

野鼠は何度も唇を歪《ゆが》め、喋ろうか喋るまいかという逡巡《しゅんじゅん》の仕草を見せた。

「言いたいことがあるなら言っておきな。そのうち、おまえは言いたくとも言えない死体になるんだ」

「逃げられやしねえぜ」グエンはようやく言葉を発した。「ＦＢＩを相手に一匹で逃げおおせようなんて無理な話だ。国境にはすべておまえの顔写真が配布される。空港、道路、港湾、どこへ行っても、どんな変装をこらしても無駄だ。いったい、どうするつもりだ？」

「やかましい！」

「ＦＢＩを甘く見ちゃならねえ。おまえはこの日本人街でしばらく身を潜めるつもりだろうが、ＦＢＩはすぐにやってくる。それも日系人の腕っこきの捜査員がな！　おれでさえが今夜、サンセット大通りのト・ファのところへおまえがやってきたという話を聞いてここをつきとめた。日本語の喋れる日系人ならあっという間だ」

「だからどうだと言うんだ？　おまえの知ったことじゃあるまい！」

「逃げられやしねえんだ。おそらく一週間以内だろうな。すぐにおまえはＦＢＩに殺されるか逮捕される。逮捕されたって、おまえは裁判なんか受けられやしない。ＣＩＡについて知りすぎてるからな。ＦＢＩの逮捕者リストを見て、ＣＩＡがお出ましだ。拘置房の中で密殺されるんだ。自殺、事故死、お役所の報告書には想像力に満ち溢《あふ》れた作文が載っかることになるぜ……」

で神代恒彦はグエンが喋るのを黙って見ていた。野鼠は言葉を止めて憐《あわ》れむような眼差しで神代恒彦の表情を窺い返した。

ふたりの間の沈黙を若者の緊張した咳払《せきばら》いが揺り動かした。

「どうだ、長生きをしたくないか？」グエンが諭《さと》すような口調で言った。「長生きと言っても、そう長くは保《も》つまい。せいぜい、三ヵ月半、生き延びてそんなところだ。だが、一週間以内に死ぬよりかよかろう？しばらくの間はＦＢＩからもロサンジェルス市警からも確実に身を隠すことができる」

「どういう意味だ？」

「おれはいま、あるところにアジトを持っている。安全だ。パレンケから受け取った金の一部で、そこを向こう二年間に亘《わた》って前払いで借り受けた。当分の間はだれからも怪しまれないところだ。そこへ来る気はないか？　おまえの腕を借りたいことがある。そのかわり、いままでのいきさつは忘れてもらうぜ」

「おれの腕を借りたいだと？　何を寝とぼけたことを言いやがるんだ？」神代恒彦の唇から唾《つばき》が散った。「いいか、おまえが何を企んでやがるか知らねえが、おれがいま考えてることはただひとつだ！　おまえをかならず殺す、それだけだ！」

「おれを殺して何になる？」野鼠は首を振りながら呟いた。「おれを殺したって金はもう戻らないんだぜ……」

「仲間うちで金を持ち逃げされたとあっちゃあ、おれの値段が下がる。このけりはどうしてもつけなくちゃならねえ！　だがそんなことよりも……」神代恒彦が野鼠を指さした人差し指がどうしようもなく顫えはじめた。「いいか、おれをこんな目にあわせた男はおまえが最初で、そして最後だ！」

「情けねえ泣き言を言いやがる……」グエンは軽蔑の笑いを浮かべた。「おまえの値段が下がったからって、どうなんだ？　いいか、おまえはもう非合法員《イリーガル》として傭われることはない。公然とＦＢＩに追われている男をどうしてＣＩＡが傭う？　ましてや、おまえは国外に出ることさえできないんだ……」

「うるせえ！」

「よく考えるんだな。どっちみちおまえはもう長く生きられないんだ。そいつはおれも同じことだが」

「言え！」神代恒彦は腹の底から怒気をぶち撒《ま》いた。「おまえは何を言いたいんだ？」

「だから、いずれわかると言ったろう！」野鼠は怒鳴り返したが、すぐに冷静になった。「おれもおまえもどっちみちもうじき死ぬんだ。あとはどう死ぬかだけの問題だ。おれに手を貸せばおもしろおかしく死なせてやる。それとも、おまえはただの犯罪者としてＦＢＩから射殺されるか？　あるいは余計なことを知ってる男としてＣＩＡから暗闇の中で密殺されるか？　おまえはどれを選ぶんだ？」

「わけのわからねえことをほざけるのも……」神代恒彦の喉が顫えた。「いまのうちだけだ……」

グエンはかまわずに続けた。

「おれに手を貸す気ならアジトに来な。歓迎するぜ。FBIから追われる殺し屋とヴェトナムの敗残兵、悪くない組合わせじゃねえか」

「ふざけるな！」神代恒彦は怒鳴ったが、あとの言葉が続かなかった。

一番街を救急車がサイレンを鳴らしながら通り過ぎた。

「憶《おぼ》えているか？」野鼠はその音を聴きながら急に語調を変えた。「おれがメリダのホテルに残したヴェトナムの古い詩を？」

神代恒彦は答えなかった。

「もし、おれのアジトに合流したいと言うのなら」グエンは一語、一語言葉を区切って喋り続けた。「あの詩を日本語新聞の《羅府新報》の英文広告欄に広告として出せ。憶えてないのなら、もう一度教えてやる。《けしの花が風に散った。花びらはメコン河を流れていった》だ。そしたら、おまえを迎えに来てやる。広告の出たその日の夜七時きっかりに羅府新報社の前で待っていな」

「ありがたい忠告だがな」神代恒彦はわざと冷やかな声を出した。「おれの心は変わらねえ。おまえを殺すだけだ……」

「虚勢をはるな」

「虚勢だと？」神代恒彦は全身を揺すって吼えまくった。「おれにはちゃんとわかってるんだ！　隣の部屋のふたりはおまえのヴェトナム時代の部下で、ロ・バン・フーにレ・チエン・チンだろう。そしておまえのそばにいる若僧はキングマンのゴ・チャン・ナムの長男チャン・ホイだ！　おまえを追いつめるのはわけはねえ！」

「さすがだな」野鼠はひとりで頷いた。「そうでなきゃ、長い間、非合法員は務まらねえというわけだ。だが、その手がかりもおまえの前から姿を消す。それから、ト・ファにふたたび近づこうったって無駄だ。あの女はおれのアジトに引き取った。おまえはおれを捜し求めてうろうろしているうちに、ＦＢＩに始末されるだけだ。どうだ、気を変えたら？」

「うるせえ！　変わってたまるか！」

「変えた方がおまえのためなんだが」グエンは溜息をついた。「まあ、おまえは虫みたいに踏みつぶされて死んでいきゃあいい……」

神代恒彦は野鼠を睨みつけたままポケットをまさぐって煙草を取りだした。背中を一筋の汗が流れていった。

若者がヴェトナム語で何か言った。グエンが頷いた。ふたりは銃口を神代恒彦に向けたまま後ずさりをはじめた。若者が部屋のドアを背中で押し開いた。グエンが隣の部屋に向かってヴェトナム語で叫んだ。

隣の部屋でヴェトナム語が答えた。

野鼠と若者は部屋から消えていった。荒々しく閉められたドアがかすかな震動を続けていた。

神代恒彦は煙草を銜えたまま動かなかった。火の点《つ》いていない煙草の先端が鼻の先でぴくぴくと動いたが、それは眼に入らなかった。神代恒彦はふたりが出ていったドアだけを睨みつけていた。

そのドアがまた開いた。

シヴィート・ベアランナーだった。

「あいつか？」インディアンは落ちついていた。「おまえがキングマンで捜していた男は？」

神代恒彦は答えるかわりに部屋に置いてあった椅子を思いきり蹴飛ばした。古い木製の椅子が床に転がって薄汚れた壁にぶつかった。

「あの男はヴェトナム人だな？」ベアランナーは神代恒彦の眼をじっと覗きこみ、それからゆっくり質問した。「おまえはまだあのヴェトナム人を殺す気か？」

「かならず殺す」

「なぜだ？」

「おまえに説明する必要はない」神代恒彦は顔の筋肉をひきつらせた。

「何をいきりたってやがるんだ！」

「何もいきりたっちゃあいねえ。おれはやつを殺すと言ってるだけだ」

「やめな。おまえにあいつは殺せない」

「何だと？」

「おまえはあの男に勝てないと言ってるんだ」ベアランナーは鋭く決めつけた。

「馬鹿なことを言うんじゃねえ」神代恒彦は鼻でせせら笑おうとした。「銃の腕だってやつよりおれの方が上だ……」

「銃の腕なんか問題じゃない……」

「何を言いやがる！　殺すか殺されるかは腕次第だ！」

　インディアンは首を振った。

「おれはな、一九六五年に徴兵でヴェトナムに行った。一年間、戦闘のために南ヴェトナムのあっちこっちに動かされたが、その間に武力の劣る解放戦線がなぜアメリカの物量作戦に対抗できるかを学んだ……」

「おい政治談義はもうたくさんだ！」神代恒彦は忌々しく吐き棄てた。

「おれはおまえがあの男に勝てないと話してるだけだ！」インディアンは急に声を荒《あら》げた。「あいつは何者か知らんが、南ヴェトナム政府軍の中にあいつみたいな男はひとりもいなかった。まるで解放戦線の連中みたいじゃないか」

「解放戦線と同じだと？　冗談じゃねえ！　やつは南ヴェトナムから尻尾《しっぽ》巻いて逃げてきた難民だ。ただ、軍隊にいたんで銃が使えるだけだ」

「だが、いまは火の玉になっている」

「それがどうした？　おれは殺すと言ったらかならず殺す」

「おまえには殺せない。他人に説明できないような個人的理由しか持ちあわせていないおまえがどうして火の玉になっている者を殺せるものか」ベアランナーは抑揚のない声で続けた。「おまえには見えないのか、あの男の体全体から噴きだしている炎が！」

4

午前二時のロサンジェルスにはほとんど車の流れがなかった。イルミネーションの光もめっきりと減っていた。神代恒彦はシヴィート・ベアランナーをＡＩＭの同志のひとりが住むフロレンス街で落とし、ソクラテスの指定するアラメダ通りのレストラン《情熱の花》《ラ・パッショネーリア》へ向かった。

《情熱の花》はメキシコ風のうらぶれた深夜レストランで、白髪を肩まで垂らし浅黒い顔に無数の年輪を刻みこんだ盲目のラテン歌手がギターを抱いて三人しかいない客に弾き語りを聴かせていた。この老いたるギター弾きはとりとめもなく喋り続ける若いアベックと酔いつぶれてテーブルの上に俯《うつぶ》せている中年の男を相手に見えない眼を伏せたまま、じぶん自身に囁きかけるように声を抑えてメキシコ革命のときにできた重苦しい恋唄を唄っていた。閑散とした店内で、悲恋の調べが行き場を求めてさまよっていた。

神代恒彦はテーブルに着くと、トマト・ジュースだけを注文した。

「それだけかね？」太った給仕《ウエイター》があからさまに不満と軽蔑の声をあげた。

すぐに六十セントの飲み物が乱暴に運ばれてきた。

不機嫌な給仕たちの視線の中で、神代恒彦は細長いグラスを手にした。このとき、血の色をした液体の中にソクラテスがゆっくりとした足どりで歩いてくるのが映った。グレーの背広に一分の隙もなくその痩身を包んだこのＣＩＡの正規機関員《レギュラー・スタッフ》ジェイコブ・レヴィンは蜥蜴《とかげ》のような静けさを湛《たた》えて神代恒彦を見据えたまま会釈もせずに近づいてきた。

「べつに心配することはない」ソクラテスはテーブルに着くとすぐに冷やかな声でそう言った。

神代恒彦は黙ってトマト・ジュースを飲み干した。

レヴィンは給仕にブランデーとオードブルを注文して続けた。

「もちろん、局の上層部は怒り狂ってる。きみのアリゾナでの事件についてＦＢＩはすでに特捜班を組んでるんだからな。なぜ、合衆国国内で一般刑事事件に関与しないという条項を無視したんだ？　一応、わたしに聞かせてくれないか」

「説明したくたって説明できない。パーカーズヴィルとキングマンの件はおれがやったが、ツーソンの女殺しはおれじゃねえ……」

「とにかく、局の上層部はきみを抹消リストに載せるように主張した」ソクラテスは短く刈りこんだ亜麻色の髪を撫《な》でながら言った。「だが、きみのいままでの功績は大きい。わたしはきみの力量、忠誠心などを高く評価している。だからまだまだ利用可能な存在だと進言した。つまり抹消すべきではないとな。局の上層部もわたしの言うことを聞いてくれたよ。今回の件についてはきみは抹消リストから省かれたんだ。それを強硬に進言したわたしの立場はわかってもらえるだろうな」

神代恒彦は何も言わなかった。

「いいか」レヴィンは諭すような口調になった。「きみはＦＢＩに追われている。ＦＢＩを舐めてはいかん。こと合衆国国内に関しては最強の情報機関だからな。きみはどこにいようと、かならず捕まる。国内にいれば……」

「遠まわしな言い方はやめて、はっきりと言ったらどうだ？」

「パレスティナだ。パレスティナに飛んでくれ。今後のきみの仕事はヨーロッパとアフリカが専門になる。二度とアメリカの土は踏んではならない。これは命令だ。きみには選択の余地はないはずだ」

「いつ？」

「五日後にヴェネズエラ行きの貨物船がロサンジェルス港を出る。それに乗ってもらう。ヴェネズエラのカラカスからパリ、それからパレスティナへと飛んでもらうことになる」

「五日後か？」

「不服そうだな。きみには感謝されると思っていたが」ソクラテスの眼の奥が鈍く光った。

「不服だとは言ってない」

「そんなことを言える立場じゃないからな。宿命はまず受け入れなきゃならん……」

神代恒彦は薄笑いを浮かべて、空になったトマト・ジュースのグラスとソクラテスの顔を交互に見較《みくら》べた。ジェイコブ・レヴィンはユダヤ人だった。神代恒彦の知る範囲では、この男は十五歳のときに骨と皮ばかりになった生命をマウトハウゼン強制収容所から米軍兵士によって救い出された。それからアメリカ合衆国に移民し今日に至った。父親はレヴィンの眼の前で殺された。ゲシュタポから銃殺されたのでも、ガス室に送られて死んだのでもなかった。父親はマウトハウゼン強制収容所の中でユダヤ人によって殺されたのだ。レヴィンの父親は《カポー》だった。《カポー》はユダヤ人強制収容所の抑留者の中のゲシュタポ代理人であり、収容所のユダヤ人にたいする内からの監視と食糧の分配を受け持っていた。その報酬としてSS（ナチ親衛隊）は《カポー》に住居、食物、煙草、作業などの面でも優遇措置を与えていた。だからレヴィンの父親は他のユダヤ人が痩せ衰えているのにたいして、まるまると太っていた。ある日、収容所の中の食糧の分配をめぐって他のユダヤ人抑留者たちの憎悪が噴出した。十四歳のレヴィンは、痩せこけた無数の腕が群れをなして《カポー》たる父親に殴りかかるのを見た。その直後に撲殺《ぼくさつ》された父親の死体の前で、大勢のユダヤ人抑留者たちがSSによって銃殺されるのを見た。

給仕《ウエイター》がきた。ソクラテスは給仕が席を離れるまで話を中断してオードブルをつまみながら、舐めるようにブランデーを飲んだ。盲目のギター弾きの唄声が一段と低くなった。

「ハンス・ボルマンはどうした？」ソクラテスは憶《おも》いだしたように質問した。

「死んだ」

「死んだ？　なぜだ？」

「それについて頼みがある」

「いいだろう、言いたまえ」レヴィンはブランデー・グラスをテーブルの上に置いて、神代恒彦の眼を見据えた。「きみがそんなことを言うのははじめてだ。きみはいままで局にたいして注文をつけたことは一度もない。何も言わずに局の仕事を忠実にこなしてきた。立派なものだった。だからこそ、わたしはメキシコ内務省保安局特殊任務課に非合法《イリーガル》員の紹介を頼まれたとき、きみを推薦したんだ」

「聞いてくれ」神代恒彦は切りだした。「その保安局の仕事を終えた直後に、おれとハンス・ボルマンは得体の知れない連中に追われだした。で、ボルマンはユカタンの樹海の中で銃弾を喰って死んだ。それから、途中で拾った女とツーソンまで抜けてくると、モーテルで女が殺された。殺ったのはボルマンを始末したのと同じ連中だ。それでおれはツーソン市警を通じてアリゾナ州で指名手配になり、パーカーズヴィルで保安官に捕まり、保安官を殺して逃げた……」

「その得体の知れない連中というのは何だね？」

「それだ」神代恒彦はソクラテスの表情を凝視した。「調べていくうちに連中の名まえがわかった。フェリペ・ギョーム、アンディ・ショウ、アンリ・ピネエ。この三人だ。三人のうち、フェリペ・ギョームはユカタンで始末し、アンディ・ショウはキングマンで殺した……」

「何者だ、その三人は？」

「ほんとうに知らないのか？」

「そういう口のきき方をするんじゃない。知らないものは知らないんだ」レヴィンはぴしりと決めつけた。

「三人ともＣＩＡの非合法員として働いていたことは確実だ。現在もそうかどうかは知らないが」

「三人とも局の非合法員と言ったな？」

「そうだ。そのうちのアンリ・ピネエという男はアルジェリアのＯＡＳにいたフランス人だ。一九七三年の夏からはサウスダコタのパインリッジ居留区《リザベーション》でのインディアン殺しが専門になった。ＣＩＡに傭われてな」

ソクラテスは神代恒彦を睨みつけたまま話を聞いていた。

神代恒彦は続けた。

「ＣＩＡの非合法員だった連中がなぜおれやボルマンを狙うかがわからねえ。このことにＣＩＡが関与しているとは考えられんが……」

「アンリ・ピネエはパインリッジ居留区での作戦行動に加わっていたと言ったな？」

「そうだ」神代恒彦は頷いた。

「ケーブル・スプライサー作戦だな。わかった、局の担当者に訊いてみよう」ソクラテスは立ちあがって、レストランの中にある電話台へ歩いていった。

神代恒彦は給仕を呼んで、トマト・ジュースをもう一杯注文した。

五分ほどでソクラテスが戻ってきた。

「アンリ・ピネエと関与していた局の担当者と話した。ピネエとはもう一年以上も連絡がないそうだ……」

「連絡がない？　ＣＩＡの正規機関員が非合法員を監視もせずに野放しにしていると言うのか？」神代恒彦は声を落として詰問した。

「そう言うな」レヴィンは静かに制した。「局の担当者にもいろんなタイプがいる。厳しく突っこめんのだよ。なにしろ、局も組織が肥大化している。局が完全に一体化して、ことを行なえる時代は過ぎた」

「じゃあ、その担当者はピネエが現在どういう情報機関に関与してるかも知らないんだな？」

「知るまい。局としては完全にピネエを監視下に置く必要はないんだよ。担当者の話では、ピネエはきみみたいに対外謀略に加わったことはない。あの男が局の行なったことを暴露するとしても、インディアン殺しや黒人殺しだけだ。外国の情報機関にそれを知らせても意味はない。ＫＧＢでもどこでも国内の反逆分子の抹殺は常識だ。外国の情報機関がＣＩＡの国内治安策の一端を知ったところでほとんど利用価値はない。対外国謀略でなければな。問題は国内の新聞やテレビだが、ピネエがＣＩＡの国内治安策の実態をマス・メディアに告白したところで、そんなものはすぐに揉み消せる。本人以外は証拠は何ひとつ残っていないんだから、ピネエをまず精神病院に叩き込み、それからゆっくり消毒すればいい」

神代恒彦はトマト・ジュースの赤い色を見ながら黙って聞いていた。

「それに……」ソクラテスが続けた。「他の局員にも訊いてみたんだが、いまのところ、外国の情報機関がいままできみのやってきたことを嗅ぎつけた可能性はないそうだ。だから、きみを拉致《らち》しようという動きは……」

「違うんだ」神代恒彦は小声で制した。「やつらはおれを捕まえて何かを吐かせようというんじゃない。おれを殺すのが目的なんだ。おれの口を封ずるのが狙いだ……」

レヴィンは首を振りながら否定した。

「どの情報機関がきみの口を封ずると言うんだ？　その必要があるとしたら、局か、今度の仕事をしたメキシコ保安局しかない。もし、局がきみの口を封じるつもりなら、そんなこみ入った手は使いはしないことはきみもよく知ってるはずだ。メキシコ保安局もその可能性はない。きみを紹介したのは、このわたしだからな。局の正規機関員のわたしがきみを推薦したんだ。現在の米墨《べいぼく》関係を考えれば、メキシコ保安局がそんな馬鹿なことをするはずがない」

「だから、わからないんだ」神代恒彦は低い声で吐き棄てた。「おれはメキシコに行くまで個人的感情で人を殺したことはない。ＣＩＡの作戦に基づいてか、あるいはおれの仕事の邪魔をする人間を排除するためにやむをえずやるか、どっちかだった。しかも、その殺しの痕跡《こんせき》は一度も残してないつもりだ。だから、個人的な怨恨《えんこん》が理由で、ああいう連中を傭うような人間がいるはずがない……」

「わかった。とにかく、それについては引き続きこっちで調査してみよう」ソクラテスは判事のような口調で断言した。

「ついでにもうひとつ」神代恒彦は間をおいて言った。「CIAの組織力で四日以内に調べてもらいたいものがある」

「何だ？」ソクラテスの眼の奥がまた鈍く光った。

「グエン・タン・ミンというヴェトナム人の居所だ」神代恒彦は少し声を荒らげた。「どうしても、個人的な決着をつけなきゃならない男だ！」

「何者か話してくれるか？」

「ヴェトナム難民だ。南ヴェトナム政府軍のときの最終的な階級は少佐だった。あんたには黙っていたが、メキシコでの作戦はハンス・ボルマンとグエン・タン・ミンの三人でやった。メキシコ保安局の仕事だから、いちいちCIAに報告を入れることもあるまいと判断して、このヴェトナム人と組んだことをあんたには黙っていた……」

「わかった。早急にその男の居所を洗わせる。で、そのグエン・タン・ミンというヴェトナム人をどうしようと言うんだ？」

神代恒彦は答えなかった。

「まあいい」レヴィンはブランデー・グラスに残っていた最後の液体を飲み干した。

「とにかく、きみには五日後にパレスティナに向かってもらう。あまり、余計なことは考えんことだな。きみはもう二度とアメリカの土は踏めないんだ。身のまわりの整理でもしてくれ」

「身のまわりなんて何もない」神代恒彦は冷たく答えた。「ただ、アメリカの銀行に置いてある金をパリに移すだけだ」

「局のルートを使えばいい。きみが危険を冒して銀行に出入りすることはない」ソクラテスはここまで言って、いったん息を呑《の》み、蜥蜴《とかげ》のような静けさで囁きかけた。「どうだ、金はかなり貯まったか？」

神代恒彦はその質問を無視した。

「だいぶ貯まったろうな……」レヴィンがもう一度囁いた。

「金なんかいくら貯めても」神代恒彦は挑発するような口調になった。「地獄へは持って行けはしねえ……」

「わたしなら死ぬ前にその金で水晶の棺をつくらせる」

「水晶の棺？」

「彫刻を施したアイボリー・ローズの棺《ひつぎ》に天窓をつくるんだ。ちょうど死体の眼の位置にな。そこに透き通った水晶をはめこむんだ。水晶の天窓のついた棺さ」

「何のためにそんなものをつくる？」

「死んでも、その天窓から世界が見渡せるじゃないか」

「くだらねえ」

「くだらないか？」ソクラテスはそう言いながら立ちあがった。「きみにはくだらないことだろうな」

「あんたには意味があるのか?」

「あるね」ジェイコブ・レヴィンはテーブルの上に代金とチップを置いた。「大いに意味のあることだ。きみに説明する気はないが」

「おれも聞きたくない」神代恒彦はポケットから一ドル紙幣を二枚、取りだしてトマト・ジュースのグラスの中に突っこんだ。「次の連絡はいつだ?」

「こっちから連絡する。いままでのわたしの連絡先はある事情で使えなくなった。しばらくはそっちからこっちへの連絡はできない。連絡はわたしからきみに一方通行のかたちでする。きみの連絡先は例の……」

「サンファン通りのバー、《白蟻《ホワイト・アント》》だ」

ふたりは挨拶もせずに別れた。

神代恒彦は《情熱の花《ラ・パッショネーリア》》を出て、一九七四年型のポンティアックを小東京《リトル・トウキョウ》に向けた。《浮島ホテル》の黴《かび》臭いベッドに身を横たえると、力のない屁《へ》がひとつ、みすぼらしい音をたてた。

5

シェードの隙間からはまだどんな光も洩れてはこなかった。はるか彼方から淡く滲んでくる音は深夜作業のクレーン車のエンジン音だった。耳朶に擦り寄ってくるその振動音に混じって、かすかに部屋の窓枠が軋んだ。わずかだったが、外気が差しこんできて顔を撫でた。神代恒彦は薄眼を開けていた。

巻きあげ式のシャッターの留め金が静かにはずされた。

何かが侵入してくる気配に、神代恒彦は息を止めた。枕の下のS＆Wに右手がゆっくりと伸びていった。

暗闇の中を見えない影が躍った。

ナイフがベッドに突き刺さった。

神代恒彦は銃把で影の顔を力まかせに殴りつけた。

影が呻いた。

神代恒彦は胸ぐらを摑んで身を入れ替え、渾身《こんしん》の力でふたたび影の顔に銃把を叩きつけた。

長い悲鳴が闇を揺すった。

「いいか、動くんじゃねえぜ」神代恒彦は銃口を影の後頭部に突きつけた。

ベッドライトをつけると、長身の黒い男がベッドの上にうずくまって顔を両手で蔽《おお》っていた。白いシーツを鮮血が赤く染めぬいていた。

「顔をあげな」

男はこっちを向いた。痩せて不健康な眼をした黒人だった。両手でまだ口を押さえていたが、その指の間からは血が流れだしていた。黒人の両耳には模造ルビーのイヤリングがはめこまれていた。

「だれだ、おまえは？」神代恒彦は左手でベッドに突き刺さっている飛びだしナイフを引き抜いた。

男は声を発しようとしなかった。

「だれなんだ、おまえは？」もう一度、訊いた。

黒人はそれでも答えようとはしなかった。ただ、呆《ほう》けたように神代恒彦の表情を窺っていた。その眼は麻薬患者《ジャンキー》の眼だった。ヘロインの冷たい臭いがかすかに鼻腔《びこう》をついた。男の空虚《うつろ》な眼差しは何を考えているのか見当もつかなかったが、その眼つきにはどこかで見覚えがあった。

「手を口から離せ！」

黒人は言葉を理解しかねるように呆然《ぼうぜん》としていた。

「手を口から離せと言ってるんだ！」神代恒彦は銃口を男の頭に擦《こす》りつけた。

男はようやく手を口から離した。大きな瞳とめくれあがった唇が特徴的だった。

「どこかで会ってるな？」

反応はなかった。

神代恒彦は男のシャツの袖をナイフで切りさいた。

黒く細い左腕に《ロア》という刺青《いれずみ》があった。

「やっぱりか……」神代恒彦はひとりで頷き黒人を睨みつけた。

男はそれでも呆けたように神代恒彦の顔を眺めているだけだった。

「おれは気が短い」神代恒彦はナイフを黒い首筋にあて押し殺した声を出した。「いいか、質問にちゃんと答えるんだ」

男の瞳の中にはじめて恐怖の色が浮かんだ。

「おまえはロア・シュバリエだな？　セルマの息子だな？」

「なぜ、おれの名を？」男は怪訝《けげん》な表情をして訊き返した。「おれの名まえだけじゃなくおふくろまで知っているんだ？」

「おれはおまえに二度ほど会ってる。最初は九年前だ。その次は四年前だ。おまえの家でだ。セルマの医務室で」

ロアは眼を細めて何かを憶いだそうとしたが、すぐに諦めてうなだれた。

「なぜ、おれを殺そうとした？」

男は顔を伏せたまま首を振った。まだ口から流れ落ちている鮮血が左右に飛び散った。ロアはベッドの上で両膝を抱いたまま首を振り続けた。

「言え！　なぜおれを殺そうとした？」神代恒彦は声を荒らげた。「セルマがおれを殺すように言ったのか？」

「違う！」ロアは弾《はじ》かれたように顔をあげた。「おふくろにはもう一年以上も会ってない！」

「じゃあどうしてだ？」神代恒彦はナイフの刃を黒い首筋にさらに強く押しあてた。

「仕方がなかったんだ……」黒人はか細い声で同じ台詞を何度も繰り返した。「仕方なかったんだよ。仕方がなかったんだ……」

「何が仕方ねえと言うんだ？」

「麻薬だよ、麻薬……」ロアは情けなさそうな表情をつくって喋りはじめた。「仕方ないだろう……ここでは一週間に百ドルもかかる。ヴェトナムじゃ、せいぜい二、三ドルだったんだ……」

「何が？」

「麻薬だよ、麻薬の値段だよ。おれはヴェトナムで麻薬を覚えた。最初は戦闘の合い間だったけど、そのうち、いつもやってなきゃ駄目になった。で、戦場で使いものにならなくなって、おれは合衆国に追いかえされた。あれは一九七二年だったよ。おれは二年ぶりにロサンジェルスの土を踏んだ……」

「それからは麻薬びたりか？」

「仕方ないよ、仕方ないんだ……」黒人はじぶん自身に言い聞かせるように続けた。「おれは失敗するように生まれついたんだ。何をやっても駄目なように生まれついたんだ。な、わかるだろう？　いや、わからなくてもいい。そういうやつっているんだ。ほんとうにどうあがいたって駄目なやつっているもんなんだ。おれは生まれついたときから弟とは正反対だった……」

「おまえの弟はヴェヴェと言ったな？」

「何で、そんなことまで知ってるんだ？」ロアは首を振りながら言った。

「ヴェヴェは警察に殺されたそうだな？」

「七年前にＦＢＩに撃ち殺されたんだ。ヴェヴェは黒豹党《ブラック・パンサー》の党員だった。七年前にサンフランシスコでＦＢＩが黒豹党のアジトを襲撃したときのことを知ってるか？　派手な銃撃戦になった。黒豹党の連中は二十八人も死んだ。ヴェヴェはその中に含まれていた……」黒人はここまで言って口をつぐんだ。

「どうした？」神代恒彦はナイフを押しつけて促した。

「ヴェヴェは若くして死んだけど、ちゃんと生きたんだ。短い人生だったけど、ほんとうに生きたんだ。仲間や友人から信頼されていたし、年下の者からは尊敬されていた。恋人は黒曜石のような可愛《かわい》い娘だった。ヴェヴェはみんなから期待されるように振舞って、そして死んでいった。ところがおれは……駄目なんだ、な、わかるだろう、何をやっても駄目なんだ。うまくいきっこない。おれは麻薬をやって別の世界に行ってるときだけが……」

「それで麻薬を買うために……」

「仕方ないだろう、仕方ないんだよ。麻薬がないと駄目なんだ。麻薬を買うために働くったって、おれなんかだれも傭っちゃくれない。たとえ傭われたとしても、どうせ三日も保ちゃしないんだ。それに働いて稼ぐ金なんて知れてるし、麻薬は一週間分で百ドルもするんだ……」

「いくらで傭われた？」

「五百ドル」

「人ひとり殺して五百ドルか？」

「他に金を稼ぐ方法なんかありはしないよ。おれみたいな人間はまだ他にもいくらでもいる。みんなヴェトナムで麻薬をやっておかしくなった連中だ。中には退役軍人（ＶＡ）病院で治療しようとするやつもいるが、結局はみんな麻薬から抜けられないんだ……」

「もういい！」神代恒彦は怒鳴った。「もうその話はたくさんだ！」

ロアは不意を打たれて黙りこんだ。口から流れていた血はもう止まっていた。黒人は首を振りながら、また頭を下げた。

「おまえを傭った人間の名を聞こうか？」神代恒彦は低い声でロアを促した。

「名まえを教えれば見逃してくれるか？」黒人はか細い声で哀願した。

「命だけはな」

「鵜沢幸治《うざわこうじ》という日本人だよ」

「鵜沢幸治？」

「そうだよ。この日本人街で鮨屋をやっている鵜沢幸治。この《浮島ホテル》の六〇三号室に泊まっている客を殺せば五百ドルやると言われた……」

「嘘じゃあるまいな？」

「嘘じゃない」

「もし嘘だったら」神代恒彦はロアを睨みつけた。「おれはセルマを殺す。いくら失敗するように生まれついたおまえでも、おまえの嘘のおかげでおふくろを殺すような真似はしたくあるまい」

「嘘じゃない！」黒人は真剣な顔で叫んだ。

「わかった。こっちへ来な！」

「な、何する気だ？」

「その床に座れ！　両膝を下にして座るんだ！」

「何をするつもりなんだ？　あんたを殺せと言った人間の名は、ちゃんと喋ったじゃないか。あれは絶対に嘘じゃない！」

「いいから、そこへ座れと言ってるんだ」

「どうしようと言うんだよ？」ロアは不安そうな声を出しながら正座するような格好になった。

「耳をこっちへ向けな。左耳だ！」

「どうするんだ？」

「証拠品として左耳を貰《もら》う」

「冗談じゃない！」黒人がのけぞるようにして叫んだ。

「冗談じゃないだと？」神代恒彦は怒鳴りつけた。「人ひとり殺そうとして失敗したんだぜ、おまえは！　本来なら、とっくに命はないところだ。それを依頼者の名を喋ったぐらいで無傷で帰ろうってのか？　そんなことだから、おまえはいつも何をやってもうまくいかないんだ！　そんな根性でいままで何人殺せた？」

「十二人」ロアは怯《おび》えながら答えた。

「それでよく十二人も人を殺せたもんだ！　おまえみたいな男に殺された死者は浮かばれねえ」神代恒彦はそう言いながら、黒人の左耳の上にナイフの刃を載せた。「いいか、動くんじゃねえぞ。すぐに済む」

ロアは嗚咽《おえつ》しはじめた。眼から涙がこぼれ落ち、握りしめたふたつの拳が痙攣しはじめた。

「動くんじゃねえと言ってるんだ！」神代恒彦は叱《しか》りつけるような声を出した。「動くとナイフがおまえの首に刺さるぜ」

黒人は嗚咽を止めた。

神代恒彦はナイフを握る手に力を込めた。

ロアが絶叫とともに手で左顎の上を押さえて立ちあがった。黒く平べったい軟骨がぽとりと床の上に落ちた。耳たぶに埋められた模造ルビーが鮮血に濡れていた。

「おふくろのところで治療してもらえ」神代恒彦はナイフについた血をベッドのシーツで拭《ぬぐ》った。

ロアは海豹《あざらし》のように泣き喚《わめ》きながら出ていった。耳のつけ根からぽたぽたと落ちる紅い血が薄紫色の絨毯に淡く正円を描き、それがドアの向こうに続いていった。

神代恒彦はロアが耳を押さえながら一番街を走り去るのを部屋の窓から見届けると、切りとった耳をポケットに入れ、エレベータで降りて受付の老人を起こし、《浮島ホテル》を引き払った。玄関を出るとき、老人の溜息が背中にふりかかった。

「とうとう署名してくれんのか。署名したからって、あんたに迷惑がかかるわけじゃなかろうにのう？」

6

日本人庭師相手の小さな定食屋はモーニングサーヴィスの時間を終わり、他に客はいなかった。カウンターの中で五十歳過ぎの小太りの日本人が閑《ひま》そうに一ヵ月前の週刊誌を読んでいた。白い前掛けはもう何日も洗濯した形跡がなく汚れが汚れの上に染《し》みついていた。

神代恒彦は《浮島ホテル》から車を転がして、パーシング・スクエアの地下駐車場に潜《もぐ》りこみ、そこで三時間ほど眠り、ふたたび小東京《リトル・トウキョウ》に戻ってこの店でカレー・ライスを注文し、カウンター越しに定食屋と向かいあっていた。

「鵜沢幸治という男を知っているか？　この近くで鮨屋をやってるらしいが」

「知ってるよ」定食屋はカウンターを雑巾《ぞうきん》で拭《ふ》きながら和歌山訛《なま》りで答えた。「この先の二番街で《大和鮨》という鮨屋をやっている」

「親しいのか？」

「親しいってほどやない。ただ、この小東京《リトル・トウキョウ》で飲食店をやってる同じ日本人というだけや」

「どんな男だ？」

「どんな男って……」和歌山訛りが少し荒くなった。「お客さん、あんた、何者なんや？　わしはあの男のことはほとんど知らんでえ！」

神代恒彦はポケットから二十ドル札を出してカウンターに置いた。

「何の真似や？」男は警戒心をまるだしにして言った。

「知ってることを話してくれさえすりゃあいい」

定食屋は神代恒彦とカウンターの上の二十ドル札を交互に見較べた。

「迷惑はかけない。ただ、知ってることを喋ってくれりゃいいんだ……」

「同じ小東京の日本人の悪口は言いとうない。だから、あんたに喋るわけにはいかん」男は狡猾そうな笑いで顔を歪めて神代恒彦の眼の動きを窺いながら、カウンターの上の二十ドルを握りしめた。「そやけど、わしが独り言を言うのを、あんたが聞くのは勝手やろ」

神代恒彦は頷いた。

定食屋は皿にカレーを盛りながら喋りはじめた。

「あの男はな、七年前にこのロサンジェルスに流れてきた。それまでは何をしていたかは知らん。最初は庭師をやり、それからウェラー街の鮨屋の見習いになった。その鮨屋はもう潰《つぶ》れてしもうとるけどな。鵜沢幸治はしばらくその鮨屋で働いとったが、三年前に二番街のいまの店の権利を買いとった。金をどこでどう都合したかは知らん。庭師や飲食店の見習いなんかでそんな金が貯まるわけがないし、親が金持ちで送金してもろうたなんて話も聞いたことがない。なのに、あの男はぽんと大金を投じてあの店を買いとったんや。それからは強引やった。強引なやり方でいまではかなりの資金を貯めこんどる……」

「強引なやり方ってどんなやり方だ？」

「いいかね、この小東京の飲食店は二種類ある。ひとつはわしの店みたいに庭師や二世の労働者相手にその日の飯を売る商売。たいした儲《もう》けにはならんが、そのかわりに投資額も少のうて済む。もうひとつは派手な店や。これは日本からやってきた商社マンなどの駐在員相手や。こういう店は空領収書さえ切ってやれば、高い料金をふんだくれる。そのかわり、店構えを派手にしなきゃ駄目や。うんと高級そうな店じゃなきゃな。店構えを立派にすりゃ、どうしても人手が要る。そやけどアメリカ市民を傭うと賃金が高い。だから、労働許可証のない無銭旅行者を傭う。弱味につけこんで安う買いたたくんや。この小東京じゃ、人手を使うてる店はどこでもやってることや、移民局に内緒でな。鵜沢幸治はライバルの店が繁盛しそうになると、移民局にそれを密告する。すぐに移民局がマイクロ・バスを運転して労働許可証のない連中を捕まえにくるやろ、無銭旅行者は国外追放やし、店はしばらくの間、営業停止や。それで潰れた店もある。鵜沢幸治がむかし見習いをやってた鮨屋も潰れた。鵜沢幸治に密告されてな。その鮨屋をやっとったのは、わしのいとこや」

「鵜沢幸治自身は無銭旅行者を傭わないのか？」

「傭うとる、傭うとる、十九人、使うとるが、板前ふたりをのぞいてあとはみんな無銭旅行者や！」

「なぜ、仕返しに密告しない？」

「密告したいのはやまやまやが、怖《こお》うてな」

「怖い？」

「あの男は妙な連中とつきおうてるんや。百ドルばかしの銭で人を殺しそうな連中と。それにあの男の性格を知れば、かかわりあいになりとうなくなるんよ。小心なくせに蛇のようにに狡猾やからな。そやから、あの男が密告屋なのをこの小東京《リトル・トウキョウ》の日本人はだれでも知っとるけど、注意もできんし逆に密告しかえすこともできん……」

「鵜沢幸治の風貌を教えてくれ」

「四十歳ぐらいかな。中肉中背で度の強い眼鏡をかけとる。もみあげが長く、眉と眉の間が極端にせまい」

「鵜沢幸治はその《大和鮨》には毎日、顔を出すのか？」

「かならず顔を出す」定食屋は腕時計を見て不快そうに吐き棄てた。「あと十五分でおでましや。毎日十時きっかりに店に顔を出す。これ見よがしに、リンカーン・コンチネンタルで乗りつけてくる」

　神代恒彦は定食屋を出て、二番街の《大和鮨》の手前に一九七四年型ポンティアックを駐車させた。《大和鮨》は十五階建てのビルの一階のフロアを四分の一借りきって店をかまえ、道路に面した窓ガラスの奥が障子ばりになっていた。入り口に、風神と雷神の立像が置かれ、店の中では数人の若い日本人が開店の用意をしていた。

神代恒彦は車の中でバックミラーを眺めながら待った。

十分後に、二番街の向こうから真紅のリンカーン・コンチネンタルが悠然と進んできた。運転している男の風貌は定食屋の説明とぴったり符合していた。眼鏡の奥の眉毛が真ん中で繋《つな》がっていた。

男はパーキング・メーターのある路上にリンカーン・コンチネンタルを停めると、車の鍵《キー》を振りまわしながら歩きはじめた。あたりを窺うような落ちつきのない眼が、眼鏡の奥でときどき朝の太陽に煌《ぎら》ついた。

神代恒彦は車を降りて男と肩を並べた。

「鵜沢幸治だな？」

「だれだ、気安く呼ぶのは？」

男が無警戒に振り返ると同時に、神代恒彦はロア・シュバリエから奪ったナイフを男の脇腹に突きつけた。

「鵜沢幸治か、と聞いてるんだ」

「そうだが」鵜沢幸治はふんぞり返って答えた。

「来てくれ」

「どこへ行くんだ？」

「いいから、来な！」神代恒彦は鵜沢幸治をポンティアックへ促した。

「おれが何者だか、わかっているのか？」鵜沢幸治は舐めきった態度で言った。

「薄汚《うすぎたね》え密告屋だ」

「そうかい、その薄汚い密告屋のまわりには」鵜沢幸治はまだ高《たか》を括《くく》っていた。「どれだけ気の荒い連中がうろついているか知っているのか？」

「その連中はおまえが死体になってもまだまわりをうろついてくれるかな？」

鵜沢幸治の顔色がようやく変わりはじめた。

「どうしようというんだよ？」

「運転するんだ」

「どこへ？」鵜沢幸治はおずおずと神代恒彦の表情を窺った。

「まっすぐ走って、高速道路《フリー・ウエイ》に乗れ」

鵜沢幸治は命令に従った。二番街から三番街にはいり、サンタモニカ高速道路を時速五十五マイルで走りはじめた。

「おれはおまえにいままで会ったこともない……」神代恒彦は低い声で呟いた。「おまえはおれをどこで知った？」

「おれだって、あんたなんか知らない。いま会ったのがはじめてだ」鵜沢幸治はおどおどしながら答えた。

「嘘をつくんじゃねえ」

「嘘じゃない！」鵜沢幸治はハンドルを握りしめて叫んだ。

「会ったこともなくて、なぜおれがだれだか知っている？」

「おれはあんたなんか知らない！　知ってるわけないじゃないか！」

「知らないのに、おれを殺そうとしたと言い張るのか？」

「殺す？」鵜沢幸治は弾かれたように声をあげた。「殺すって何のことだ？」

　神代恒彦は手にしているナイフを運転中の鵜沢幸治の眼の前にかざした。

「な、何だよ？」

「このナイフに見覚えがあるはずだ」

「見たこともないよ、そんなナイフは。ほんとうだ」

「じゃあ、こいつはどうなんだ？」神代恒彦はポケットからロア・シュバリエの耳を取りだして運転台の前に置いた。

　鵜沢幸治は血のこびりついたどす黒い軟骨を不審の眼で眺めたが、耳たぶに埋めこまれた模造ルビーを確認して小さな悲鳴をあげた。その衝撃で車がハンドルをとられて左に揺れた。

「見覚えがないとは言わさねえぜ」神代恒彦はロアの耳をつまんで鵜沢幸治の前でひらひらと振って見せた。

「違う！」鵜沢幸治は顔面を蒼白《そうはく》にして叫んだ。

「違う？　何がどう違うんだ？」

鵜沢幸治は唇を嚙《か》みしめた。眉と眉は完全にくっついていた。表情にははっきりとした悔悟と焦燥の色が浮かんでいた。

「言え！　なぜおれを殺そうとした？」

「違う！　あんたなんかを殺そうとはしない。おれは何も知らないんだ！」

「おい、舐めるんじゃねえぜ」神代恒彦は凍《い》てつくような声を出した。「きのうの夜、いや、きょうの明け方、ロア・シュバリエという黒人がこのナイフで《浮島ホテル》に泊まっていたおれを殺しにきた。この耳の持ち主だ。そいつが依頼者はおまえだとはっきり言ったんだ。鮨屋を経営する鵜沢幸治だとな！」

「何かのまちがいだろう！　おれは知らん！　おれは知らんよ！」鵜沢幸治は同じ言葉を繰り返した。

「そうか、あくまでもしらばっくれようというのか？」神代恒彦はロア・シュバリエの耳をポケットにしまいこんで、ナイフを鵜沢幸治の脇腹に突きつけた。

「危ないからやめてくれ。おれは何も知らないんだ」

「もう一息、おれが力を入れると」神代恒彦は鵜沢幸治の横顔を見凝めた。「こいつがおまえの脇腹を突き破る。三十秒だけ待とう。おまえが喋らなきゃそのまま地獄行きだ」

「そうなりゃ、あんただって車もろとも……」鵜沢幸治は媚《こ》びた声で言った。

「おれはかまわねえ。きょうの明け方、殺されたと思えばそれでいいんだ。おまえのように豪勢な鮨屋もリンカーン・コンチネンタルも持っていないしな。さあ、数えるぜ」

「ま、待ってくれ！」鵜沢幸治のめくれた唇から唾が迸りでた。「そう興奮するんじゃないよ」

「殺されかかった男に向かって冷静になれと説教しようってのか？」

「そういうわけじゃないよ」

「十秒過ぎたぜ」神代恒彦は腕時計を見てぽつりと言った。

「わかった。喋るよ、喋る。そのナイフをどけてくれ」鵜沢幸治は消え入るような声で嘆願した。

「おまえにおれと心中しようなんて度胸がないことは最初からわかっていた！　手間を取らせやがって！」神代恒彦は憎々しく吐き棄てた。「いいか、おれはおまえを殺すことぐらいわけはないんだ。妙な細工を考えずに洗いざらい喋っちまえ！　何だって消そうとしやがった？」

　鵜沢幸治は竦《すく》みあがって喋りだした。

「あんたを殺そうとしたんじゃない。ロア・シュバリエをさし向けたのは事実だが、狙いはあんたじゃなかった。ほんとうだ。信じてくれ。おれはあんたなんかきょう会うのがはじめてだし、恨みも何もない。あんたを殺すわけがないだろう？」

「おれじゃなくてだれだ？　あの黒人は《浮島ホテル》の六〇三号室に泊まっている人間を殺せと頼まれた。おれは六〇三号室に泊まっていた。おまえが殺そうとしたのはこのおれだ！」

「だから、こっちのミスだったんだ」

「ミスだと？」

「あの男がホテルを引き払ったのを知らなかったんだ。やつは一年近くも《浮島ホテル》の六〇三号室で暮らしていたんだ……」

「あの男ってだれだ？」

「檜垣真人」鵜沢幸治は躊躇《ちゆうちよ》しながら答えた。

檜垣真人という名は二度ほどシヴィート・ベアランナーが口にした名まえだった。神代恒彦は鵜沢幸治を見据えながら、上ずった声で訊いた。

「何者だ、そいつは？」

「都市再開発反対の運動をやっている」

「なぜ、そいつを消さなきゃならん？」

「知らない。ただ、上林《かんばやし》さんが……」答えて、鵜沢幸治ははっと口をつぐみ慌てて話題を変えた。「いや、檜垣真人は……」

「ごまかすんじゃねえ。上林というのは何者だ？」

「それだけは勘弁して欲しい。あんたも殺されたわけじゃないし、深いことを知る必要はないだろう？　金なら……」

「やかましい！」神代恒彦はナイフを男の脇腹にぐいと押しつけた。「言え！　上林というのは何者だ？」

「上林重信《しげのぶ》」鵜沢幸治は消え入るような声を出した。「日本企業懇話会の上林重信さんだよ」

「日本企業懇話会というのはどんな組織だ？」

「アメリカに進出してくる日本企業の相互協力をやっているところだよ。いろんな便宜をはかっている……」鵜沢幸治は口ごもりながら答えた。

「日本企業懇話会の上林重信が檜垣真人を消したい理由は何だ？」

「だから、そいつは知らない。おれは頼まれただけなんだよ。商売をやってると、厭《いや》とは言えないんだ。な、わかるだろう？　上林さんにはいろいろと世話になってるんだよ。だから、おれはどういう理由があるのかは知らないけど、とにかくロア・シュバリエを備って……」

「日本企業懇話会はどこにある？」

「ウィルシャー街だよ」

「車をそこへ向けな」

「じょ、冗談じゃない！　そんなことをしたら、上林さんに……」

「車をそこへ向けるんだ」

「ま、待ってくれ。そんなことはできないよ」鵜沢幸治は哀れっぽく喋ろうとした。「お、おれが悪かった。あんたにはほんとうに済まないと思ってる。許してくれ、金ならいくらでも出す……」

「車をそこへ向けるんだ」神代恒彦はナイフを持つ手に力を入れてもう一度繰り返した。

7

日本企業懇話会はウィルシャー街の中心地にあった。壁面が御影石《みかげ》でできた古く瀟洒なビルの八階で八人の日本人事務員がひとりの金髪のタイピストを囲んで声高に冗談を言いあっていた。会長の上林重信の部屋はマホガニー材でできた重厚な扉の奥で、会長室が応接室を兼ねていた。

「きみにはここに顔を出すなと言ってあるはずだ」

上林重信は葉巻に火をつけながら横柄な口調で鵜沢幸治に言った。六十歳を過ぎたばかりのこの日本人はゴルフ焼けした顔に自信を漲《みなぎ》らせて、大きな背もたれのついたワイン・カラーの革張りの回転椅子にふんぞり返って煙を吐きだした。

「何者だね、その男は？」

「どうしても上林さんに会いたいと言うもんで……」鵜沢幸治は狼狽《ろうばい》を隠し切れなかった。

神代恒彦は上着の下に隠し持っていたS&Wの銃口をゆっくりと上林重信に向けた。

上林重信の自信に満ちた表情が一変した。

「従業員をみんな帰せ」神代恒彦は低い声で命じた。

「何の真似だ？」上林重信は叫んだあと、すぐに神代恒彦の眼の鋭さに気づき、視線を鵜沢幸治に変えた。「どういうつもりだ、鵜沢くん、説明してもらおうか」

鵜沢幸治は顔を真っ青にしてただ硬直していた。

「いいから、おれの言うとおりにするんだ」神代恒彦は銃口を上林重信の顔面に向けた。「そのインタホンで従業員をひとり残らず帰すように指示するんだ。緊急の用ができたんで事務所を会議室に変えると言って……」

上林重信はインタホンを取って命令に従った。ゴルフ焼けの頬からは血の気が完全に失われていた。

扉の外のざわめきが消えた。

「おまえに答えてもらう前に、おれから説明しておこう」神代恒彦は左のポケットに手をやった。

上林重信は葉巻を大理石の灰皿の上に置き、腕組みをした。落ちつきを取り戻そうとする努力がありありと窺えた。その眼の前のマホガニー製の机の上に模造ルビーの埋めこまれた黒く平べったい物体が無造作に投げ棄てられた。

「そいつが何だかわかるか？」

「何だね、これは？」上林重信は机の上に視線を落とした。

「手にとってよく見たらどうだ？」

上林重信はその物体を手にして近くへ引き寄せた。それが人間の耳だと確認すると、鈍い呻きとともに顔を歪めた。

「その耳の持ち主がきょうの明け方、おれの泊まっているホテルの部屋へやってきた。おれを殺すためにだ」

「それがわたしに何の関係がある?」上林重信は喉から絞りだすような声で言った。

「黙って聞きな」神代恒彦はそばにいる鵜沢幸治の胸ぐらを摑んだ。「その男はこいつに頼まれて、ある日本人を消そうとした。その日本人はおれが泊まっていたホテルの部屋の住人だった。そして、その男にたいする殺しはおまえから依頼されたものだとこいつは言っている。おまえがその日本人、檜垣真人の暗殺を依頼したと言っている。隠しても無駄だ。こいつがすべてを吐いた」

上林重信の瞳に不安と怯懦《きょうだ》が点滅した。

神代恒彦は鵜沢幸治の胸ぐらを離した。鵜沢幸治はマホガニー製の机の上に両手をついて顔を伏せた。

「仕方がなかったんですよ、上林さん。ナイフで脅されていたもんだから……」鵜沢幸治は上眼づかいに上林重信を盗み見ながら言った。「ナイフだけじゃなく拳銃も持ってるなんて知らなかった……」

上林重信は不快そうに鵜沢幸治から顔をそむけた。

神代恒彦はふたりを観察しながら続けた。

「幸か不幸か、その男は宿を変えていた。そいつが泊まっているはずのホテルの部屋におれがいたというわけだ。それを知らずにこの鵜沢幸治は刺客をさし向けた。わずか五百ドルの麻薬患者《ジャンキー》の殺し屋を」

「五百ドルの殺し屋？」上林重信が疑惑の声をあげた。

「いや、違うんですよ、上林さん……」鵜沢幸治が慌てて何か言おうとした。

「五百ドルだ。ロア・シュバリエというヴェトナム帰りの黒人だ」神代恒彦は上林重信を睨みつけて断言した。「ヴェトナムで麻薬を覚え、アメリカへ帰ってからは麻薬を買うためにわずかな金で殺しを引き受ける最低の殺し屋だ。度胸も技術も頭もないそういう男におまえはこの鵜沢幸治に仲介させて檜垣真人を消そうとした」

　上林重信は忌々しそうに鵜沢幸治を見凝めはじめた。

　鵜沢幸治はばつが悪そうに瞼をせわしなく閉じたり開いたりした。

「鵜沢くん」やおら上林重信が口を開いた。「きみはわたしにそういう値段は最低二万ドルだと言ったな？」

「違うんです、上林さん。わたしは何もあの男ひとりだけに頼んだんじゃない。信じてください、他にも……」鵜沢幸治は懸命な表情で喋りだそうとした。

「黙りたまえ！」上林重信がぴしりと決めつけた。「このことはよく覚えておくからな」

　鵜沢幸治は首を縮めた。

　上林重信は険悪な眼でしばらく鵜沢幸治を睨みつけていたが、やがてゆっくり視線を神代恒彦に移した。そして、その薄い唇から急に愛想のいい声が洩れはじめた。

「ごらんのとおりだ。すべての事情はもうおわかり願えたと思う。確かにわたしはこの男に檜垣真人の暗殺を依頼した。しかし、残念なことに、この男の薄汚い猫糞根性のために失敗した……」

上林重信は落ちつきを取り戻したことを証明しようと、灰皿で消えている葉巻を銜えてふたたび火をつけた。

「きみがどういう人間だか知らないが」葉巻の煙が豪奢《ごうしゃ》な室内にたちこめた。「すぐに警察に届けなかったのは何か意味があるんだろう？」

「警察に行ってもらいたかったのか？」

「意地の悪いことを言わんでくれたまえ」ゴルフ焼けの頬に高を括った笑みが浮かんだ。

「まず、きみの要求を聞こう」

「檜垣真人とは何者だ？　なぜ、その男を消したい？」

「こうなりゃ、包み隠さず説明しなきゃならんだろうな」上林重信は椅子の背もたれに身を預けた。「小東京《リトル・トウキョウ》の都市再開発計画というのを知ってるかね？　あの鼠の巣窟《そうくつ》のような老朽ビルを取り壊して近代的な街にしようという計画だ。サンフランシスコの日本人街のような高層ビルの立ち並んだ清潔な街にするためのね。これには日本からも銀行やホテルなどが協力している。世界第二位の生産力を持つ日本があんなスラムをほったらかしにしておくのは恥ずかしいかぎりだからな」

神代恒彦は黙って聞いていた。

「小東京に住んでいれば、この都市再開発計画と同時に、その反対運動もあることを知っているだろう。あのスラムが取り壊され、近代的なビル群が立ち並ぶと、そこに居住しながら働いていた人間が食えなくなると言うんだ。そんなことはないんだがね。補償や再就職の問題はちゃんと考えてあるんだ。だが、反対運動の連中はロサンジェルス市当局の都市再開発局の言うことや、そこに進出する日本企業の言うことは信用できないらしい。檜垣真人はその反対運動を裏から牛耳っていた。檜垣真人は反対運動煽動者《せんどうしゃ》だった……」

「それが抹殺の理由か？」

「都市再開発反対をやってるから殺す？」上林重信は無理な笑い声をあげた。「冗談じゃない。そういう反対運動なんていくらやってくれてもかまわんよ！　そういう運動をどう牛耳ろうと、どう煽動しようとどうってことはない。連中が権利だとか義務だとか喚《わめ》いているうちは危険は何もないんだよ。市民法に基づいてやってくれるぶんにはどう転んでもたいしたことはない。結局、こっちの土俵で勝負してくるんだから、何とでもごまかせる。いや、そういうのをやってくれるおかげで、都市再開発計画の持ついろんな矛盾が事前に修正改良されることもあるんだ……」

鵜沢幸治は上林重信の話しっぷりを、初対面の人間にでも接しているように緊張して眺めていた。神代恒彦はS&Wを握りしめたまま、上林重信の喋るに委せていた。

「檜垣真人を消さなきゃならんのは、あの男が反対運動の煽動者だからという理由ではない。あの男は一方で反対運動を牛耳りながら、他方でロサンジェルスに来ている日本の進出企業から金をゆすっていた。総会屋まがいの手口でな！　いいかね、片方で反対運動を盛りあげておいて、片方で用地買収や建設開始を焦る日本からの進出企業に、運動を終息させたかったら、と脅して金を巻きあげていたんだ。それも相当額の金をな」

「それがやつが殺されなきゃならん理由か？」

「いや、違う！ 反対運動をやろうが、総会屋めいたことをやろうが、そんなことは人の命を奪うほどのことじゃない！」上林重信は手にした葉巻を神代恒彦に向けて顫わせてみせた。「あの男はそうやって巻きあげた金をどう使ったと思う？ 檜垣真人はその金を使って、反対運動に飽き足らない若い日本人をピックアップしてどこかへ送っているんだ！」

「どこへ？」

「そいつがわかりゃ世話はない。だがな、もう何人もの人間が反対運動から消えた。みんな運動の最左派だった連中だ。それが檜垣真人の手によってどこかへ送られた。どこへ送られたかはわからないが、そのうちのひとりが最近になって発見された。死体となってな」上林重信は声を荒らげて続けた。「その死体はモンタナの山岳地帯で発見された。しかもその死体は完全武装していた。戦闘用具一式を装備していたんだ。死因は急性盲腸炎で悶死《もんし》したものだとモンタナ州の検屍官《けんしかん》は説明している。武装した死体に驚いたモンタナ州の警察はすぐに付近の山岳一帯を調査したが、他には何の痕跡も発見できず、結局、頭のおかしい酔狂な日本人がひとり酔狂な死に方をしたのだということに収まった。だが、わたしはそのニュースを聞いた途端、檜垣真人が何か途方もないことを企んでいると直感した……」

「途方もないことって何です？」鵜沢幸治が横から口を出した。

「そいつはまだわからない。だが、危険なことを企んでいることだけは確実だ。おそらく日米関係に重大な亀裂を生じさせるようなことだ。わたしには日本の警視庁公安に友人がいる。それで檜垣真人の日本での活動歴を洗ってもらった。だが、公安の調査の結果、檜垣真人という男で、現在、外国に出かけている者はいないということがわかった。あの男は偽造旅券を使っているんだ」

　上林重信はここまで言ってしばらく黙りこみ、回転椅子をまわして左右に体を揺すり、神代恒彦の顔色をあらためて窺うような眼つきをした。神代恒彦は突っ立ったままそれを無視した。

「それだけじゃない」上林重信は言葉を継いだ。「あの男が日本企業から掠《かす》め取った金の一部がＡＩＭに流れているんだ。ＡＩＭというのを知っているかね？　黒豹党《ブラック・パンサー》壊滅後、ＦＢＩが合衆国治安に関しての最大の敵と折り紙をつけている団体だ。インディアンどものな。ある人間が、檜垣真人がＡＩＭのメンバーに金を渡すところを見てるんだ。その人間の名を明かすわけにはいかないがね」

「そんなやつだったんですかい、あの檜垣真人という男は……」突然、鵜沢幸治が憎々しげに言い放った。

「きみは黙ってろ！」上林重信が叱りつけた。

鵜沢幸治は不服そうに黙りこんだ。

「日本人として」上林重信は神代恒彦に向きなおった。「日本人としてこんな男を許せるか？　こんな男をほっておけるか？　ニクソン・ショックで揺れた日米関係もいまはしっくりいっている。この男が決定的な行動を起こす前にこっちが手を打つのは当然だろう。檜垣真人が行動を起こす前にあの男の計画が露見してＦＢＩに逮捕されるのもまずい。その計画がマスコミに書きたてられ、アメリカで日本人が妙な眼で見られはじめるのは確実だからな。アメリカ全体の国民感情が反日派議員に利用されるのはあっという間だよ。いままで親日派議員の手で何とか押さえこんである日本品ダンピング課税の問題や、鉄鋼、自動車、家電の輸入制限の問題が一気に噴きだすことは眼に見えてる。その前に、檜垣真人を葬らねばならん！　きみも日本人なら、わたしの意見に賛成してくれるはずだ！」

神代恒彦は黙ってゴルフ焼けした男の憤激ぶりを眺めていた。上林重信は満を持していたように葉巻を灰皿に擦りつけて消し、机の引きだしを開けようとした。

神代恒彦は銃口を押しだしてそれを制した。

「誤解しないでくれたまえ」自信を取り戻した笑いが上林重信の唇から洩れた。「わたしにきみが考えてるような荒っぽい真似ができるわけがないじゃないか。ここに銃はないよ。だからこそ、鵜沢くんに檜垣真人の件を頼んだんじゃないか。もっとも、わたしは完全に舐められたようだけどね」

「最初からちゃんと教えてくれればよかったんですよ、上林さん。そんなだいそれたやつだとは知らなかったんだ……」鵜沢幸治が拗《す》ねた声を出した。

「きみは今後、一切、信用しない。あの店もいままでのようには繁盛しないと考えた方がいいな」

「そんな。上林さん、おれだってあなたのためにはいままでいろいろと……」

上林重信はもう鵜沢幸治の言葉を聞いてはいなかった。懐柔するような眼つきで神代恒彦に向かって猫撫で声を出した。

「引きだしを開けるのは、檜垣真人の写真をきみに見せるためだよ」

机の上に一枚の写真が取りだされた。

写真には神代恒彦と同年配の男が映っていた。眼差しはどこか遠いところを見凝めていたが、整い過ぎた目鼻だちがどことなくひ弱そうな印象を与えていた。

「この男だ」上林重信は意味ありげに呟いた。「穏やかな顔をしてるくせに、考えてることは危険きわまりない」

「何でそいつの写真をおれに見せる？」神代恒彦は上林重信の眼を見据えた。

「意味を理解してもらいたい。わたしには、きみがどういう種類の人間かだんだんわかってきたんだ。法律だの、警察だのと喚かない人間、市民法の枠からはずれている人間だとね。これだけ言えば、きみにはわたしが何を言いたいか、もうわかってるはずだ」

神代恒彦はあらためて上林重信の瞳の底を見凝めなおした。かまえているS＆Wは微動だにしなかった。

上林重信も懸命な表情で神代恒彦を見返していた。眼差《まなざ》しにはもう狼狽の色はなかった。

腕組みした腕はびくともしなかった。ゴルフ焼けした顔の筋肉が硬く張りつめていた。

ふたりの間の緊張を鵜沢幸治が息を殺して見守っていた。

神代恒彦の頬にかすかな笑みが滲みでた。

上林重信の頬も緩んだ。

鵜沢幸治が小さな溜息をついた。

「小切手を切ってもらいたい。宛名なしの持参人払いで」神代恒彦は静かに言った。

「やってくれるか！」上林重信の声が弾んだ。

「誤解するんじゃない」神代恒彦は冷えきった声を出した。「おれはただ、おまえらがおれを殺そうとしたことにたいする賠償を求めているだけだ。賠償金を払ってもらう」

上林重信は啞然《あぜん》として神代恒彦を眺めた。鵜沢幸治はその場で何が起こっているのかさえ理解できかねてるふうだった。

「早く小切手帳を出しな。おれはおまえの言うとおり、法律だの警察だのと喚かない性質《たち》だ。そのかわり……」神代恒彦はS＆Wを軽く振って見せた。「こいつに話をさせることにしている……」

「後悔するよ」上林重信はなおも威厳を保とうとした。「わたしと仲良くした方があとあとまできみのためになるんだよ」

神代恒彦は黙ってマホガニーの机を迂回《うかい》して上林重信に近づいた。

「な、何をするつもりだ？」

「おまえの言葉づかいを聞いてると胸がむかついてくる……」

「わ、わかった。小切手を書くよ。きみに迷惑をかけたお詫びにな」上林重信は蒼白になって顫える手で小切手帳を取りだした。

鵜沢幸治の眼がまばたきもせずにその小切手帳に吸いつけられていた。

「金額は二十万ドルだ」神代恒彦はぽつりと言った。

「二十万ドル？」上林重信と鵜沢幸治が同時に声を発した。

「少なすぎるかな？」

「ちょっと待ってくれ。わたしはこの鵜沢くんに二万ドルで暗殺を依頼したんだ。きみは死んだわけじゃないし……」上林重信が狼狽しながら早口でまくしたてはじめた。

神代恒彦は無言のまま首を振った。

「きみ、いくら何でも、二十万ドルという数字は……」

神代恒彦は舌打ちしながら銃口を上林重信の頭にあてた。

上林重信は息を呑んで黙り込み、小切手に二十万ドルの数字を書きこみはじめた。

「そいつが不渡りになったら、おれはかならずまた来る」神代恒彦は小切手に書かれた数字を確認した。「何しにやってくるかは頭のいいおまえにはよくわかっているはずだ……」

上林重信は小切手のサインを終えた。

「警察に脅迫罪で訴えてもいい」神代恒彦は小切手を引ったくってポケットにねじこみ、拳銃をかまえたまま後ずさりをはじめた。「そのときはおまえのだいじな日米関係も抱きあい心中だが」

上林重信は虚脱状態だった。両手で頭を抱えて俯いていた。鵜沢幸治は硬直した姿勢で神代恒彦を見凝めていた。

マホガニーの扉に手がかかった。

そのときだった。体の中ですーっと何かが落ちていった。発作が起きたのだ。メリダの《ユカタン・ホテル》の浴室で発作を起こしてから二週間も経《た》たないというのに、原因不明の持病がまた再発した。体を支えている両膝に力がなくなった。天井が見えていた。天井の木目がどこまでも遠ざかっていった。背中が絨毯の上に崩れ落ちた。

眼がかすんでいた。マホガニーの机のそばでふたりの日本人が身動きもせずにこっちを見ているのがかろうじて網膜に映っていた。

「何が起こった？」上林重信の声だった。

「わかりません」鵜沢幸治が答えた。

「気絶したのかな？」

「みたいですね」

「飾り棚の三番目の引きだしに銃がはいってる。とにかくこいつを始末するんだ」

「おれがですか？　おれはまだ人を殺したことはない」

「わたしだってだ！　ぐずぐずするんじゃない！」

「やつの銃を奪ったらどうでしょう？」

「近づくのは危険だ！　気絶してるところをここから撃ち殺せ！」

「死体はどうします？」

「そんなことはきみが考えろ！　何のために二万ドルも手渡したんだ！」

かすかに聴こえていたふたりの会話がしだいに大きく鼓膜に響きはじめた。体を動かしてみると、筋肉に力が戻りつつあった。

視力も回復しはじめた。マホガニーの机の向こうの飾り棚でふたりの日本人が蠢《うごめ》いている像が鮮明になった。

鵜沢幸治が二十二口径のベレッタを手にしてこっちを振り向いた。

神代恒彦の右手のS＆Wがその方向に動いた。

引鉄をたて続けに、二度引いた。

8

ふたりの日本人の死体を残し神代恒彦は花崗岩《かこうがん》造りのビルを出た。突発的なことが起こらないかぎり、死体の発見は明日の朝になるはずだ。ダーク・ブラウンのサングラスが午後の太陽と色彩とを遮断《しゃだん》し、歩道を歩く背広姿のビジネスマンたちが色褪《あ》せたシルエットとなって映しだされていた。

神代恒彦はポケットに手を突っこんだまま三区画《ブロック》ほど歩いた。

上林重信のサインした小切手の振出銀行は同じウィルシャー街にあった。神代恒彦はそこで小切手を現金化し、近くの店でアタッシェ・ケースを買い、札束をそれに詰めこんで、公衆電話から《白蟻《ホワイト・アント》》へ連絡を入れた。

「あんた宛にふたつの電話があった」バーテンのコーキー・クラインがぶっきらぼうな声で言った。「ひとつは夜十時過ぎにもう一度こっちに電話を入れるから、できればこの店で待つようにとのことだ。名まえは名乗らない。抑揚のない太い声だった」

「もうひとつは？」

「もうひとつはイーライ・スローヴィックという男からだ。あんたに至急連絡したいことがあるそうだ。行き先の電話番号を教えておいて欲しいとのことだ。あんたの一時間後の出先はどこだ？」

「中華街《チャイナ・タウン》だ。姚九竜《ヤオ・クールン》という男のところにいる。イーライ・スローヴィックから電話がかかってきたらそう言ってくれ」神代恒彦はジョー・コッポラから紹介を受けた表向きは『経営相談』の看板を掲げる私立探偵・姚九竜の電話番号を教えた。

電話ボックスを出ると、ウィルシャー街を四台の消防車がけたたましく鐘とサイレンを鳴らしながら通り過ぎた。ダグラス・マッカーサー公園の近くに白煙があがっていた。火事の規模はそれほど大きくはなかった。

神代恒彦は地下駐車場のポンティアックに辿《たど》りつき、進路を中華街に向けた。マディソン通りに車を停めて、中華街の雑踏の中にはいると、噴水の前で《モンキー・

ビジネス》と書かれたエプロンをつけた小さな猿が見物人の投げるコインを拾ってはエプロンのポケットにしまいこんでいた。姚九竜の事務所はその噴水の前の老朽ビルの四階だった。そのビルは三階までがレストランで、四階はいくつもの小部屋に分かれた貸事務所だった。姚九竜の事務所はバケツやモップなどの掃除用具の置かれた暗く薄汚れた廊下の突きあたりのそばにあった。

　中にはスティールの机がふたつ、向きあわせに置かれ、その机の上に電話が三台、あとは書類の束が雑然と置かれていた。窓際には年代物の籐《とう》の長椅子が備えつけられ、そこには毛布と枕が置いてあった。

　姚九竜はその長椅子に寝転んで中国語新聞を読んでいたが、神代恒彦の顔を見ると中国語で挨拶しながら起きあがった。

「日本人だ」神代恒彦は英語で名乗った。

「店の経営相談かね？　日本人が中国人のところへ経営相談に来るとは珍しい」姚九竜はウーロン茶を淹《い》れはじめた。

「ボストンのジョゼッペ、ジョー・コッポラからの紹介だ。表向きの看板じゃなく、本職の方、つまり、ちょっときな臭いことに絡んだ人捜しをやってもらいたい」

　姚九竜は答えずに黙々と茶を淹れながら神代恒彦を凝視していた。この三十歳代半ばの中国人は知的な瞳の中に筋金入りの自信を湛《たた》えていた。

「経営相談の看板を掲げようが、許可なしで探偵業をやろうが、おれの知ったことじゃない。そいつに市民権や永住権があろうとなかろうと」神代恒彦は突っ立ったまま続けた。「おれは仕事のできるやつに仕事を頼みたいだけだ」

中国人は静かに笑った。動揺した素ぶりは微塵《みじん》も見られなかった。

「脅かしているつもりなら、そういう言い方は時間の無駄だ」穏やかな声だった。「あんたは必要があってここへやってきた。こっちは金さえ払ってくれれば仕事をする。まあ、かけたらどうだね？」

神代恒彦は机の前に腰かけた。

姚九竜は茶を勧めながら言った。

「おれは少々、人相学をやる。あんたは追われているはずだ。それもＦＢＩか何かにね。あんたの人相にはアリゾナあたりでバッジをつけた男を殺したと出ている……」

神代恒彦は茶を飲む手をぴたりと止めて中国人の顔に見入った。眉毛の極端に薄いこの男は満面に静かな笑みを湛えていた。

「何を言いたいんだ？」神代恒彦は呻くように呟いた。

「そう怖い顔をするな。冗談だ……」姚九竜は笑いながら茶を啜った。「実は、おれのところにあんたの資料はすでにファイルしてある。資料と言っても、ただの新聞の切り抜きだがね。おれはアメリカ各地の地方紙《ローカル》を取っているんだ。四日前にアリゾナのユマの地方紙が届いた。おれはアメリカにおけるアジア人の犯罪に興味があってね。アジア人の犯罪記事は切り抜いてファイルしてあるんだ。その中にあんたのもはいっているというわけだ。

さっき茶を淹れながら、あんたの顔を見ていて新聞の顔写真を憶いだした。どう書かれてるか興味があるなら見せようか？」

「興味はない」神代恒彦は首を振った。

「つまり、おれが言いたいのは、あんただっておれが非合法でこういう商売をやってることを当局に密告するわけにはいかないということだよ。おれの客はみんなのっぴきならない事情を抱えてここに飛びこんでくるんだ。主として密入国してきた市民権のない中国人だがね」

神代恒彦はふたたび茶に手をつけた。

「おれもそうだ。おれは六年前の暮にアメリカへ密航してきた」姚九竜は静かに続けた。「おれは北京《ペキン》大学の学生だった。文化大革命のときは最左派のひとりとして紅衛兵組織の一角を握っていた。武漢《ウーハン》事件のときは最前線で指揮をとって実権派を叩き壊《つぶ》した。しかし、それによって劉少奇《リウ・シャオチー》らを追い落とすと、おれたちは林彪《リン・ピャオ》、江青《ジャン・チン》、それに毛沢東《マオ・ツォートン》から武装解除の命令を受け、都市を追放された。俗にいう《下放《シャーファン》》だよ。おれたちは不満だった。おれたちの力によって劉少奇から権力を取り戻したというのに、毛沢東は用済みになったおれたちを辺境に追放しやがったんだからね。おれたちが巻き返しを画策するのは当然だよな。おれたちは紅衛兵組織のたて直しを検討しはじめた。そしたら、おれたちのまわりに刺客がうろつきだした。何人もの仲間が殺されていったよ……」

神代恒彦の飲み干した湯呑みに新しく茶が注がれた。机の上を階下のレストランから湧きでたゴキブリが一匹、するするっと走り抜けていった。

「刺客を送りこんできたのは、当時、公安部長をやっていた華国鋒《ホワ・クオフオン》だ。あの男は稀《まれ》に見るほど陰湿な男だった。おれは次々と仲間が殺されていくので、ついに香港《ホンコン》へ脱走することに決めた。三日ほど香港行きのトラックの荷物の中に隠れて、ようやく香港に辿りついたおれはすぐにある地下ルートを通じてアメリカへ密航してきた。おれがアメリカへ渡ってきたのは、今後の世界は米中関係が機軸になると思ったからだ。やつらがアメリカとねっこりいちゃつこうとするのはわかりきっていた。そいつに一矢《いっし》を報いるつもりだったんだ。この中華街で経営相談の看板を出して裏街道の連中と接触を持つようになったのもそれなりの計算があったんだ。しかし、時が過ぎていつのまにかおれはこのざまさ。法の裏で蠢《うごめ》いている連中のただの便利屋に過ぎない。便利屋としてこそこそと生活費を稼いでいる……」

姚九竜《ヤオ・クールン》はそう言って乾いた声で笑った。肝の据わった笑いっぷりだった。笑い終わると、茶をぐいと飲み干して用件にはいった。

「さてと、これでおれがどういう人間かはだいたい説明しえたと思う。おれが依頼人の秘密を洩らさないように細心の注意を払わなきゃならないってことは状況的に判断願えるだろう。依頼内容は何だ？　用件を聞こうか」

神代恒彦は黙ってポケットから札束を取りだした。

「金は前金で全額払う。四日以内にグエン・タン・ミンという男を捜しだして欲しい」

「グエン・タン・ミン？　名まえから察するにヴェトナム人だな？」

「二年前にアメリカへやってきたヴェトナム難民だ。しばらくはメープル通りのヴェトナム人スラムに徘徊《はいかい》していたが、現在は数名のヴェトナム人と一緒にロサンジェルスかその近くをうろうろしてるはずだ……」

「顔写真は持っているか？」

「いや」神代恒彦は首を振った。

「四日以内？」

「どうしても四日以内だ。実は他の連中にもこのグエンを捜させている。おれがじぶんの鼻で嗅ぎまわることができない事情はさっき指摘されたとおりだ。どうしても四日以内にかたをつけなきゃならないことがあるんで、ここへやってきた……」

「もっと詳しく話してくれ」姚九竜は紙と鉛筆を取りだした。

「なぜグエンを捜しださなきゃならんかは喋るわけにはいかないが……」神代恒彦はそう前置きして野鼠の容貌・性格・交遊関係などを喋りはじめた。

姚九竜《ヤオ・クールン》は要点を質問しながらメモを取った。

神代恒彦は紙に書かれていく漢字を眺めながら説明を終えた。

「おれが喋れることはこれだけだ」

「わかった。やるだけやってみよう」中国人はあっさりと引き受けた。

「いいか」神代恒彦は念を押した。「四日以内だ」

「わかってる」姚九竜は新たに茶を淹れなおして神代恒彦を見凝めた。射るような視線だったが、敵意は含まれていなかった。

「何だ？」

「差しでがましいが」中国人は言葉を区切りながら言った。「おれの判断では、あんたはきわめて政治的な渦の中に巻き込まれていると見た。ツーソンのモーテルの女殺し、新聞じゃこれもあんたがやったことになっているが、おれは信じていない。保安官を殺るような男があんな真似はしないからな。肚を割っておれに話してみないか？」

神代恒彦は中国人の言葉を黙殺した。

「あんたはほんとうは」姚九竜は続けた。「檜垣真人という男ではないのか？」

「檜垣真人？」わざと訊きかえした。

「あんたとパーカーズヴィルで一緒に拘置所を破ったシヴィート・ベアランナーというインディアンはＡＩＭの最硬派だ。おれは見たことも会ったこともないが、檜垣真人という日本人がＡＩＭと緊密な関係にあると聞いている。もしかしたら、あんたは……」

「違うな」神代恒彦は重々しく首を振った。

「まあいい」姚九竜はうまそうに茶を啜った。「政治謀略に絡むことでおれを利用したかったら大いに利用してくれ。資料はかなり持ってるつもりだ。ＣＩＡもＫＧＢも、二重スパイも何人かはリスト・アップしている。欲得抜きで協力するよ。久しぶりにそういう事件で血を燃やしてみたい……」

このとき、事務所にひとりの眼つきの鋭い中国人がはいってきた。姚九竜の新たな依頼客のようだった。

「おれはこの事務所で寝泊まりしている」姚九竜は語調を変えた。「グエン・タン・ミンという男に関して、そっちでも何らかの情報を摑んだら、何でもいいからこの事務所に連絡を入れてくれ。おれがいないときは電話のテープが記録する」

「わかった」神代恒彦は立ちあがってドアに歩いた。「もうひとつ頼みがある」

「何だ？」

「イーライ・スローヴィックという男がおれ宛にここへ電話を入れてくるかも知れん。そしたら、おれは十時過ぎに《白蟻《ホワイト・アント》》というバーで待っていると伝えて欲しい」

「お安い御用だ！」――中国人は明快に答えた。

神代恒彦は姚九竜《ヤオ・クールン》の事務所を出た。

中華街の中に閑古鳥の鳴いているレストランを選んで四川料理を注文した。テレビに見入っていた小太りの給仕が大声で注文を料理場に取りもって、ふたたびブラウン管に眼を移した。テレビは臨時ニュースを報じていた。

『――本日午後三時五十分、ヘンリー・トムプソン海軍少将がロングビーチの自宅で何者かによって狙撃され死亡しました。トムプソン海軍少将は休暇でサンディエゴ海軍基地から帰省した直後にこの暗殺にあったものです。ロングビーチ市警の調査では、いまのところ犯人の手がかりはありませんが、昨日のＳ・ヒースロー空軍少将暗殺と何らかの関連があるのではないかと見て、背後関係を洗っています。トムプソン海軍少将はヴェトナム戦争時にトンキン湾封鎖の最高責任者として部下の信頼も厚く、連続して起きた軍高官のこの暗殺に関係者は一様に大きな衝撃を受けています……』

9

バー《白蟻《ホワイト・アント》》の中は、男たちの怒声、女たちの嬌声でごった返していた。白人、黒人、メキシコ人と三種類の常連がぶつぶつ言いながらも狎《な》れあって盃を交《かわ》し、夜の酒場の喧噪は極に達していた。カウンターから客席へとウイスキー・グラスが無造作に手渡され、紫煙の中で三人の酔っ払いがジュークボックスに合わせて、よたよたとステップを踏んでいた。客席の向こうにはビリヤードの台が置かれ、そこでは数人の男たちが小銭を賭けてゲームにうち興じていた。さらにその向こうには、店内の雑音を遮断した電話ボックスが備えられていた。

「あんたに電話だ」バーテンのコーキー・クラインが神代恒彦の前のカウンターを指で叩いた。「向こうの電話ボックスで受けてくれ。向こうに切り換えておく」

神代恒彦は左手に二十万ドルはいったアタッシェ・ケースを握りしめて酔客の間をぬうようにして電話ボックスに近づいた。

電話はシヴィート・ベアランナーからだった。

「明日、メキシコに発《た》つ」インディアンは抑揚のない声でいきなり宣言した。「ロサンジェルス港から地下ルートの船が出る。そいつに乗って密航するつもりだ。どうしてもやらなくちゃならんことがユカタンでおれを待ってるからな。そこで、頼みがある」

「何だ？」神代恒彦はしばらく間をおいて訊き返した。

「宝石の故買屋を知らないか？」

「直接には知らないが、探しだすのは簡単だ。いつまでに探しだせばいい？」

「明日中にはどうしても金が要る。こっちはインディアン・ジュエリーをかなり大量に持っている。そいつを金に換えたい。ふつうの宝石屋じゃ換金できない代物だ」

「盗品か？」

「いや、盗品じゃない」ベアランナーは言葉を濁《にご》した。「しかし、ちょっと事情のある品物だ……」

「わかった、船は明日のいつ出る？」

「深夜だ。夜十一時ごろ出航の予定だ。それまでに少なくとも一万ドルの金は用意したい」

「こうしよう。明朝五時に小東京《リトル・トウキョウ》の例の《浮島ホテル》の前にいな。おれはもうあのホテルには泊まっていないが、明朝六時までにそこでおまえを拾う。それまでに信頼のおける故買屋を調べておく」

「恩に着る」インディアンはそう言ってしばらく沈黙したあと、おずおずと口を開いた。

「おい、おれはいまどこにいると思う？」

「どこだ？」

「場所はわからない。しかし、おれはアンリ・ピネエを追ってきた。きょう一日、やつを追いまわして、やっとやつのアパートの前に来ている。やつの車がアパートの前に置いてあるぜ。おれはそのアパートの前の公衆電話から電話をかけているんだ」

「どうやって、ピネエを発見した？」

「ＡＩＭの仲間がおれに通報してくれた。で、きょうの朝からおれはやつを追った。やっとのことで、積年の想いを果せそうだぜ」ベアランナーの口調は軽い興奮に彩られていた。

「おれはピネエがアパートから出てきたところを殺す。それもかならず頭蓋をぶち割ってやる……」

神代恒彦は電話口で黙りこんだ。

インディアンも少しの間、口をつぐんだが、やがて声を抑えて切りだした。

「おまえがおまえの手でアンリ・ピネエを殺したいのはわかる。おまえにもやつの頭に弾丸をぶち込ませてやりたいのはやまやまだが、時間がないんだ。おれはやつがアパートから出てきしだい殺す……」

ベアランナーがみなまで言い終わらないうちだった。受話器の向こうで鈍い音がした。

鈍器が柔らかい物を打つ音だった。

「どうした？」神代恒彦は怒鳴った。

受話器の向こうでふたたび鈍い音が響いた。

「おい、どうした？」

返事はなかった。

電話が切れた。

神代恒彦が受話器をおいて電話ボックスを出ようとしたとき、中の電話のベルがけたたましく鳴った。神代恒彦はすぐに受話器を取った。

「どうしたんだ？」神代恒彦は詰問するように言った。

「どうしたって、何がだ？」声はイーライ・スローヴィックのものだった。

「おまえか」

「おれじゃ悪いのか？」チェコ人はだみ声で笑った。「おまえの捜していたヴェトナム人の居所がわかったぜ。グエン・タン・ミンのな」

「どこだ？」神代恒彦は声を上ずらせた。

「電話じゃ話せない。一時間でそっちへ行く。そこで待ってな」イーライは重々しく答えた。

神代恒彦はカウンターに戻って、グラスに残っていたトマト・ジュースを飲み干した。

「あんたがウイスキーを飲まずにそいつをやってるときは、いつも何か重大なことが起こってるときだな。どうだい、図星だろう？」

バーテンのクラインが近づいてきてそう言った。頬にナイフの古傷のあるこの五十歳前の男は声を落として続けた。

「ところで、いつものやつを貰おうじゃないか。今日はまだ例の連絡費を貰っていねえ」

神代恒彦はポケットから百ドル札を取りだしてカウンターの上に置いた。

クラインはそれを握りしめて片眼をつぶって笑い、遠ざかりながら吐き棄てた。

「おたがい、持ちつ持たれつだからな。あんたが何をやってるか知らんが」

神代恒彦はそれを無視して煙草に火をつけた。

バー《白蟻》の中はますますたてこみはじめていた。ビリヤードにうち興じる声は、怒声と笑い声が入り混じって猥雑《わいざつ》な不協和音をあたりに撒きちらし、ジューク・ボックスに合わせて床を踏むステップも荒々しくなってきた。女連れの客が神代恒彦のそばに腰を下ろし、男が何か言うたびに肌の荒れた赤毛の中年女はアルコールでやられた嗄れた声で尾を引くように笑った。

イーライ・スローヴィックはちょうど一時間で《白蟻》に顔を出した。酒焼けした顔にぶよついた頰がたるみ、窪んだ眼にはほとんど精気がなかった。巨体をふらつかせながら、この五十歳過ぎのアルコール中毒のチェコ人は戸口で手招きした。

「車の中で話そうぜ」

ふたりは《白蟻》を出た。

入り口の前のパーキング・メーターのところに一九六九年型の古びたマーキュリーが駐車してあった。

「最近、買ったんだ。見かけはこうだが、性能はまだ落ちていない」イーライは車の中にはいって助手席のドアを開けた。「さあ、乗ってくれ」

二十万ドルのはいったアタッシェ・ケースを膝の上に置いて座った瞬間だった。神代恒彦の背中に不吉な予感で冷気が走った。イーライの吐息からアルコールの臭いが消えていたのだ。

「おまえ！」かすかな叫びとともに肉体を躍動させようとした刹那《せつな》、神代恒彦の脇腹にイーライのコルト・パイソンがぴたりと突きつけられた。

「動くんじゃねえ、動くんじゃねえ」チェコ人は声を押し殺して命令した。「この瞬間のために、昨日からウイスキーを断ってサウナ風呂で汗を流してきたんだ……」

「何のつもりだ？」

「何のつもり？」イーライは鸚鵡《おうむ》返しに怒鳴って、それから忍び笑いを洩らしはじめた。しだいに高くなっていく忍び笑いが終わると、チェコ人は憎々しい調子で吐き棄てた。「何のつもりだと？　この件についちゃあ、たっぷり楽しませてもらうぜ。いいか、いまは黙ってな！　一時間ほどドライブを楽しんだあと、何のつもりでこうなったか、じっくり聞かせてやる」

「アル中でよたよたのおまえがおれを隣に乗せて一時間もドライブできるのか？」

「うるせえ！　余計な心配をするんじゃねえ！」イーライは銃口を押しつけて怒鳴った。

「バックミラーを見な！　ほら、長い間、おまえの尻《けつ》を追いまわしていた恋人がお出ましだぜ」

バックミラーに頭の禿げた眼鏡の中年男がゆっくりと歩いてくるのが映った。ピネエだった。アルジェリアのOAS出身のこのフランス人は血の気のない顔で静かに一九六九年型マーキュリーに近づいてきた。

「どうだい、こんなに近くでおまえに片想いを続けてきた男の顔を見る気分は？」チェコ人は喉を顫わせて嬉しがった。

ピネエは後部座席にはいりこむと、うしろから二十二口径のコルト自動拳銃《オートマチック》を神代恒彦の後頭部に突きつけた。

「油断するな」イーライがピネエに声をかけた。「こいつの腕はおれがよく知ってるんだ」

「わかってる」ピネエが静かに答えた。

イーライは神代恒彦の胸のホルスターからS&Wを抜きとり、ピネエに手渡して、車のエンジン・スイッチを入れた。

「どこへ行こうというんだ？」

神代恒彦の問いをイーライが怒声で制した。

「うるせえ！　黙ってろと言うのがわからねえのか！　あと一時間でおまえの墓場がどんなところかお目にかかれるんだ。それまではただ黙って心の中でお祈りでも唱えてりゃあいい！」

10

一時間の運転で、レドンドビーチの港の灯りが見えてきた。ハーバーライトだけが夜霧に白く滲み、人影はどこにも見あたらなかった。ここは昼間は採りたての魚介類をその場で食わせる観光地を兼ねた漁港だったが、夜はひたすら眠りこけて閑散としていた。イーライ・スローヴィックは車を港に面した魚介類即売所のくすんだ建物のそばに横づけた。

「降りな」

神代恒彦は二十万ドルの札束のはいったアタッシェ・ケースを手にしたまま、アンリ・ピネエに銃をつきつけられて外へ出た。湿っぽい潮風が頬を撫でた。岸壁の水銀灯に照らされて、ドックの中のさざ波が笑っていた。

「こっちだ」チェコ人はコルト・パイソンをかざして魚介類即売所の建物の中に神代恒彦を誘導し、ピネエに顎をしゃくって命令した。「灯りをつけなよ」

蛍光灯がまばたきしながら建物の中を照らしだした。中には昼間魚介類を陳列するガラス・ケースが空のまま息を殺していた。

「おまえの墓場は二階だ」イーライが喉の奥で忍び笑いをしながら急《せ》き立てた。「階段を昇るんだ。十三階段じゃないのが残念だろうがな」

二階へ上がると、四つの事務所のドアが見えた。ピネエは一番手前のドアのそばの電源スイッチを入れた。

「はいんな。ドアに鍵はかかってねえ」イーライが神代恒彦の背中を銃口で押した。「昼間、おまえの死に場所を探しておいてやったんだ」

中にはいった。

四つの机が向きあって並べられ、壁にはスティール製の書類棚が置かれていた。事務所はほとんど使われている形跡がなく、床の上も机の上も埃だらけだった。その塵埃《じんあい》の中に、ひとりの男が猿ぐつわをされ両手両足を縛られて部屋の隅の送風パイプに繋《つな》がれていた。シヴィート・ベアランナーだった。インディアンは神代恒彦を見ると、体をひねってもがいたが、すべて無駄な動きだった。

「そこに座んな！」チェコ人が机の前の回転椅子を神代恒彦に押しだした。

神代恒彦はそれに腰かけ、アタッシェ・ケースを机の上に置いた。

「そのインディアンを知ってるな？」イーライは嬉しそうに言った。「さっき、そのインディアンがピネエを殺ろうとして飛びこんできた。いいカモだぜ。ピネエはこいつが尾《つ》けてきたのを知ってたから、おれに連絡した。とっ捕まえるのは造作《ぞうさ》もねえ……」

ピネエはコルト自動拳銃《オートマチック》をかまえたまま神代恒彦を睨んでいた。

「このインディアンがなぜピネエを追いまわしたか知ってるか？」イーライが机に尻を乗せて続けた。「こいつはＡＩＭのメンバーだ。ピネエは四年前からインディアン殺しを専門にやった。だから、ＡＩＭの中じゃピネエの首はとりあえず最優先目標となっていた。

だから、このインディアンはピネエを追ってきたと思うか？　ああ、それもある。それもあるぜ。だが、もうひとつ個人的な理由もあるんだ。おい、ピネエ、さっきおれに話したことをこいつに話してやれ」

「いいじゃねえか、そんなこと……」ピネエは低い声で呟いた。

「いいから、話してやんなよ」

ピネエはそれでも黙っていた。

「そうかい」チェコ人はわずかに機嫌を損ねたようだったが、すぐに気を取りなおして言った。「じゃあ、おれがかわりに喋ってやる。ピネエはな、このインディアンの女房をパインリッジの草原で強姦しようとした。何せ、あのあたりじゃ評判の美人だったそうだからな。ところがそのインディアン女は強姦されそうになると、舌を嚙みきって死にやがった。それだけじゃねえ。そのそばに三歳になる子供がいた。そのインディアンとインディアン女の間の男の子だ。その餓鬼は母親が死んだのを見て、ピネエに飛びかかって嚙みついた。三歳の餓鬼がだぜ。それで、ピネエはその子供を大地に叩きつけて殺しちまった。だから、そこに繫がれてるインディアンはＡＩＭとしての政治的理由だけじゃなく、個人的にも大いに怨《うら》みがあるというわけだ……」

送風パイプに繫がれているベアランナーが憎悪に燃えた眼でイーライとピネエを睨みつけてもがいた。そのたびに体に巻かれたロープが肉に食いこんだ。

ピネエがインディアンのそばに近づいて、銃把で力まかせに後頭部を殴りつけた。鈍い音とともにベアランナーの体から力が抜けた。

それを見てイーライが笑いながら神代恒彦に言った。

「とにかく、おまえはその失神したインディアンと心中することになるんだ。ふたりとも FBIに追われている。何らかの理由で、ふたりはレドンドビーチのこの薄汚い事務所で殺しあった。作文屋が登場して、明日の夕刊にはそういう記事が載っかるはずだ。みんな、ピネエが考えたことよ。この男はほんとうに頭がいい」

「最初から、おまえら手を組んでやがったのか?」神代恒彦はレドンドビーチに着いてからはじめて言葉を発した。

「手を組んでいた?」チェコ人はひとしきり喉を顫わせて笑ったあと、ピネエに向かって声をかけた。「手を組んでいた? おい、手を組んでいた、だとよ!」

ピネエがつきあって低い声で笑った。笑いたくもないのに無理して調子を合わせたという笑い方だった。

「最初から手を組んでた、だとよ!」イーライはもう一度繰り返した。「いいや、そんなんじゃない。ピネエと一緒に組むことにしたのは、きょうの朝だ。それまではそんなことは考えたこともねえ。おまえを殺ることに決めたのは、この男がおれと一緒に組まないか、ともちかけてくる前だ。つまり、きのうの夜だ。きのうの夜、おれは依頼を受けた。おれはいったいだれからおまえを始末するように頼まれたと思う?」

「だれだ?」

「知りたいか？」チェコ人はまた忍び笑いをはじめた。「知りたいか？　ほんとうに知りたいか？」

「言いたくなきゃ言うな！」神代恒彦は回転椅子を揺すりながら吐き棄てた。

「いいや、教えてやる。冥土《めいど》の土産に教えてやる」イーライは舌舐《したな》めずりした。「おれにおまえを殺すように依頼したのはソクラテスだ」

「ソクラテスだと？」神代恒彦の喉から嗄れた声が絞りだされた。

チェコ人は馬が嘶《いなな》くような奇声をあげて笑った。

「そうよ！　ソクラテスだ、ジェイコブ・レヴィンだ！　おまえが信頼して止まないあのソクラテスだ！　おまえにパレスティナへ行けと命じたあのレヴィンだ！」

神代恒彦は唇の乾きを舌で湿らせた。

「パレスティナだとよ、パレスティナ！　おまえはほんとうにパレスティナで仕事をするつもりだったのか？　パレスティナで！」イーライは真底、愉快そうだった。「ソクラテスが言うには、ＦＢＩに追われるような男を危険を冒《おか》してパレスティナまで運ぶわけにゃいかねえ、とよ！」

ピネエは銃口を神代恒彦に向けたまま無表情にチェコ人の独演に耳を傾けていた。

「ジェイコブ・レヴィンが言うには、ＦＢＩに追われるようなへまはどれほど功績があろうと生かしちゃおけねえ、とよ！　おまえのようなへまはな！」チェコ人は嬉しくて仕方がないというふうに喉の奥で笑い続けたあと、ポケットから画鋲のようなものを取りだした。

「こいつが何か知ってるな」

それは消音器《サイレンサー》だった。毒物注入器だった。

イーライ・スローヴィックは神代恒彦の反応を見ながら、ひとりで頷いて言った。

「そうよ！　この中には巻貝の毒がはいっている。こいつを体のどの部分にでも一突きすると、三十秒も経たないうちにあの世行きだ。どんな医者が調べたって、死因は急性心不全としか出てきやしねえ……」

神代恒彦は黙ってチェコ人の表情を眺めていた。チェコ人はぶよついた頬にうっすらと汗をかいていた。

「ソクラテスはな、これでおまえを殺れと命令した。だが、おれは断わった。おまえとは長い付き合いだ。おれはソクラテスにこう言ってやった。おれはかならずやつを消すが、やり方はおれに委せてもらいたい。長い付き合いだから地獄への餞別《せんべつ》がわりにせめて弾丸を食うのがどんな味だか教えてやりたい、とな。どうだ？　おまえは、おれたちの商売に友人はいない、パートナーがいるだけだ、とほざいたが、おれは友情に厚いだろう？」イーライはそう言って、急に黙りこんだ。

「そろそろ、かたをつけようじゃねえか」ピネエがそばから口を出した。

「もう少し待ちな」チェコ人はピネエを制し、ふたたび神代恒彦に向かった。「おい、ソクラテスから聞いたぜ」

「何をだ？」

「おまえがメキシコでやった仕事だ」イーライの語調が変わった。重苦しく低い声になった。「なぜ、グエン・タン・ミンというヴェトナム人を引っぱり込んで長年のパートナーだったおれをはずした？」

神代恒彦の頰の筋肉が自然と緩んできた。

「何がおかしい？」イーライが神経質な吼え声をあげた。

「なぜはずした、だと？　アル中のおまえに何ができる？」神代恒彦は加虐的な口調で唇を顫わせた。「仕事の最中に脳溢血《のういっけつ》でも起こされるのが関の山だ。もう、おまえにゃあ、仕事の下調べぐらいしかできやしねえ。そいつはハンス・ボルマンも同じ意見だったぜ」

チェコ人の酒焼けした顔が憎悪と屈辱で痙攣しはじめた。額から多量の汗が噴きだしていた。

「どうした？　アルコールが切れたのか？」

「そうかい」イーライは左手で額の汗を拭いた。「それが長年のパートナーにたいする別れの挨拶かい」

「殺るなら早いとこ殺らなきゃ、そのうち手が顫えて引鉄も引けなくなるぜ」神代恒彦はそう吐き棄てて低い声で笑いはじめた。

「こいつ、強がって笑ってやがる」ピネエがぽつりと呟いた。

神代恒彦はそれを無視して笑い続けた。笑い声はしだいに高くなっていった。

「何をそんなに笑いやがる？」チェコ人が怒鳴った。

「笑わずにおれるか！」神代恒彦は鼻を鳴らして吐き棄てた。「おまえもむかしは鳴らしたものだった。それがアル中のために、いまじゃピネエのような三流としか組めねえとはな」

「べつに組んでるわけじゃねえ」イーライは力を込めて否定した。

「何を言やがる！　おまえはソクラテスに命令されて、ピネエと組まされたんだ。国際謀略に絡んだことのないインディアン殺しが専門の三流の非合法員《イリーガル》とな。まったく、お似合いだぜ、ソクラテスも眼が高い」

「違うな。ピネエはジェイコブ・レヴィンとは関係ねえ。レヴィンはおれひとりにおまえの始末を頼んだんだ」チェコ人はむきになって言った。「ピネエは別口でおまえを追ってきた。で、きょうの朝、おれと一緒におまえを殺ろうともちかけてきた。おれはそれに乗ることにしたぜ。そうすりゃ、おれはソクラテスからも、その別口からも金がはいるからな」

「別口とは何だ？」

「知りてえか？」

イーライが喋りかけた途端、ピネエが固苦しい声でそれを制した。

「喋るんじゃない！」

神代恒彦はチェコ人の顔を見凝めて冷たい笑いを浮かべて言った。

「おい、おまえはこんな三流に命令されるのか？」

イーライはそれを聞いてまた忍び笑いをはじめた。

「古い手を使いやがる……。おれとピネエを争わせて、その隙にって魂胆《こんたん》だろうが……」

チェコ人のそばでピネエがかすかな笑みを洩らした。冷えきった微笑だった。

「おい、ピネエ」神代恒彦はその眼鏡のフランス人に向かって言った。「おれを殺ったあと、このイーライも殺ったらどうだ？　そうすりゃ、その別口からの金をおまえはひとり占めできるぜ」

ピネエは何の反応も示さなかった。

「そうもいかねえんだよ」イーライがかわりに答えた。「おれはおまえと違って友人が多い。ピネエと組んだことは友人連中にすでに知らせてある。もしおれの身に何かが起こりや、その連中がピネエを消すという手筈《てはず》だ。抜かりはねえよ」

11

「なあ、そろそろ、かたをつけちまおうぜ」アンリ・ピネエがぽつりと言った。

「そうするか」イーライ・スローヴィックは頷いて、ポケットから折りたたみ式の小型ナイフを取り出しピネエに手渡した。「インディアンの縄をほどいてやんな」

ピネエはシヴィート・ベアランナーの縄をナイフで切ってほどき、猿ぐつわをはずした。

インディアンは意識を回復し吼えかかろうとしたが銃口に制せられた。

「おまえの順番はこの日本人の死んだあとだ！」イーライはベアランナーにそう怒鳴ったあと、ピネエを促した。「いいか、そのインディアンをちゃんと見張ってな！　おれはまずこの男を殺す。いつものように一発で殺りはしねえ。この殺しにはビジネス以外の感情もたっぷりはいってるからな」

「なるべく早く始末してくれ」ピネエが答えた。「どんな不測の事態が起こらないともかぎらねえ」

チェコ人はそれを無視して、神代恒彦に低い声で囁きかけた。

「どうだ、確実な死を眼の前にするというのはどんな気持ちだ？　小便が洩れるか？」

神代恒彦は黙ってイーライを眺めていた。

チェコ人は続けた。

「まず、おまえの腹を撃つ。腸がぐちゃぐちゃになって血が流れだす。その次は胸だ。そして最後に脳天を撃ち抜く。それから、ソクラテスに電話で報告を入れれば仕事は終わりだ」

「ソクラテスはもう事務所を変えたぜ」神代恒彦は愚弄《ぐろう》するような口調で言った。

「余計な心配はするな。朝の五時に、クラーク街の電話ボックス七六一番に連絡することになってるんだ」

「クラーク街の電話ボックス七六一番におれの死亡報告がはいるのか？」

「そのとおりよ！」

「その死亡報告だが、おれと取引するつもりはないか？」

「何だ、この期《ご》におよんで命乞いか？」イーライは嬉しそうに笑った。「いいだろう、いいだろう。たっぷり泣き言を聞かせてくれ。聞き飽きたところで地獄に送ってやる」

「四十万ドルでどうだ？　四十万ドルでおれの耳をやる。そいつをソクラテスのところへ持っていっておれを始末したと言え」

「四十万ドルだと！」チェコ人は侮蔑の表情を露《あら》わにした。「大法螺《ぼら》を吹きやがって！」

「嘘じゃねえ。二十万ドルならいまここに持ってる」神代恒彦は机の上のアタッシェ・ケースを指さした。「二十万ドルなら百ドル紙幣でこの中にぎっしり詰まってる」

「下手《へた》な嘘をつきやがる……」イーライは鼻でせせら笑った。

「嘘じゃねえ」神代恒彦はアタッシェ・ケースを引き寄せた。「開けて見せてやってもいい……」

「妙な真似をするんじゃねえ！」

「中に銃でもはいってると思うのか？　たとえ銃がはいってたとしても、そのためにおまえがおれを撃ち損じることはあるまい……」

「おい」ベアランナーに銃口を向けたままピネエが口を出した。「くだらねえ挑発に乗らずに早いとこかたづけてくれ」

「急くことはねえ」イーライはそう言って、神代恒彦に命令した。「いいか、ゆっくり開けな、ゆっくり」

神代恒彦はアタッシェ・ケースを開けた。

鞄《かばん》の中に詰めこまれた緑色の百ドル紙幣の束を見て、チェコ人の顔色が変わった。猜疑《さいぎ》と当惑の翳《かげ》が酒焼けの頰をひきつらせた。

神代恒彦は札束の封をひとつひとつ指でつまんで開けていった。

「おい、インディアンをよく見張ってな！」イーライはピネエの注意を促して神代恒彦に近づいた。

「他にまだ二十万ドル持っている」神代恒彦はチェコ人の顔を窺いながら呟いた。

「うるせえ！」イーライは興奮していた。「その金をよく見えるように、アタッシェ・ケースをこっちへ向けるんだ」

神代恒彦はふたたびアタッシェ・ケースの縁《ふち》に手をかけた。

その瞬間に、体の全筋肉が躍った。

アタッシェ・ケースがイーライに投げつけられた。

札束が舞った。

札束が紙吹雪となって舞う中を、神代恒彦の肉がチェコ人の巨体に跳んでいた。イーライは神代恒彦の腕の中で半回転していた。

銃声が響いてコルト・パイソンの反動がイーライの腕を伝わって神代恒彦の胸に軽い衝撃を与えた。同時に、ピネエのコルト自動拳銃《オートマチック》が炸裂音をたててベアランナーが呻き声をあげるのが聴こえた。

すべてが一瞬のうちだった。

神代恒彦はイーライの背後から羽交締《はがいじ》めした腕に満身の力を込めた。腕の中で首の骨の折れる音がした。コルト・パイソンがまず床の上に転げ落ち、続いてチェコ人の体が急に重くなった。

神代恒彦はなおも渾身《こんしん》の力でイーライの首を締めあげながら、ピネエとベアランナーを交互に見た。

ピネエは事務所の壁に背をもたせかけて座り、摺《ず》り落ちそうな眼鏡をかろうじて鼻にひっかけて首筋から鮮血を噴きださせながら呻いていた。イーライが体を半回転させられたときに引鉄を引いた銃弾がピネエの首の左を掠《かす》って事務所の窓ガラスを割っていた。掠っただけではあったが、コルト・パイソンの四十五口径の弾丸はピネエの首の動脈をぶっちぎっていた。そこから噴きでる血は木立ちを抜ける風のような音をたてていた。

ベアランナーは胸を撃たれて床の上に転がっていた。ピネエが撃たれた瞬間に発射させたコルト自動拳銃の弾丸はインディアンの心臓をわずかに外れていたようだが、そこから流れているおびただしい血液は埃だらけの床を泥沼のように濡らしていた。ベアランナーはその中で何度も両腕を軸に身を起こそうと試みたが、そのたびに失敗していた。

神代恒彦はイーライの首に巻きつけていた腕を離した。巨大な肉塊がだらしなく足元に崩れ落ちた。

「銃をくれ、銃を」ベアランナーが消え入るような声で呟いた。それをインディアンに手渡した。骨太く巨大なふたつの手が拳銃を握ったが、たいした力はなかった。神代恒彦はその両手の中にコルト・パイソンを無理やりに固定させてやった。

「体を起こしてくれ」ベアランナーはか細い声で言った。

神代恒彦はインディアンの体を起こした。

ベアランナーは半身《はんみ》の体勢のまま、ゆっくり両手をあげ、壁際で虫の息になっているピネエに照準を合わせた。神代恒彦はインディアンの胸から噴きでてくる血潮に濡れながら、その体を支えた。

炸裂音がした。

ピネエの顔面から血と眼鏡が飛び散った。

「どんな具合だ?」神代恒彦は撃ち終わったベアランナーに尋ねた。「セルマ・シュバリエのところまでの一時間半、辛抱できるか?」

インディアンは黙って首を横に振った。

「体の中にはいってるのは二十二口径だ、心臓も外れてる」

「慰めを言うんじゃない、この血を見ればわかる……」ベアランナーは喘《あえ》ぎながらそう言って瞼を閉じた。

遠くで船の汽笛が聴こえた。

「おい」神代恒彦はインディアンの体を揺すった。

ベアランナーは弱々しく瞼を開いた。

「眠るんじゃねえ」神代恒彦はインディアンの瞳を覗きこんだ。

「もう何年も前から……」ベアランナーの唇からかすかな言葉が洩れた。「おれはこんな薄汚いところで下水道の鼠のように、こうやって死ぬとわかっていた……」

「情けないことを言うな。インディアンは風にでも鳥にでもなれると言ったじゃないか」

ベアランナーは答えなかった。手にしていた拳銃が力なく腹の上に落ち、血まみれになって床に転がった。インディアンはそれを眼で追ったが、その眼はどこか遠いところでも見ている眼つきだった。

一匹の蛾《が》が割れた窓ガラスから部屋の中にはいり込んできた。そして白い粉を撒きながら事務所の蛍光灯のまわりを舞いはじめた。

「おれは、な」ベアランナーが抑揚のない声で呟いた。「ほんとうは大地に抱かれて死にたかった。草の褥《しとね》で。サウスダコタの平原で、風の囁きや川のせせらぎに見守られて土に還っていきたかった……」

神代恒彦は手を伸ばして床の上に散乱している百ドル札を掻き集め、ベアランナーの胸の上に積みあげた。アメリカ合衆国独立宣言の起草委員のひとりベンジャミン・フランクリンの肖像画のはいった緑色の紙幣が血でべとべとになった。

「ほら、金ならいくらでもある。これはみんなおまえの金だ。檜垣真人がおまえらインディアンに渡すはずの金だ」神代恒彦は怒鳴るように言った。「これだけありゃあ、おまえの行きたがっていたメキシコにいくらでも行けるじゃないか！」

ベアランナーはその言葉には何も興味を示さなかった。束《つか》の間の沈黙のあと、インディアンは弱々しく口を開いた。

「おれはもうじき死ぬんだ、もう教えてくれてもいいだろう？」

「何を？」

「おまえはいったい何者なんだ？」

神代恒彦は一瞬、黙りこんだ。ベアランナーはそれ以上追及しようとせずにふたたび瞼を伏せた。

「おれは……」神代恒彦は言いかけて口をつぐんだ。突然、インディアンが大きく眼を見開いたからだった。死はもう目前に迫っていた。眼は大きく見開かれていたが、もはや神代恒彦の存在など眼中にないのは明らかだった。神代恒彦は大きな吼え声をあげた。「おい、おまえ！」

ベアランナーは眼を見開いたまま短く何かを言った。おそらく、それはスー族の言葉だった。何を言ったのかは見当もつかなかった。

「おい、英語で喋ってくれ」神代恒彦はインディアンの体を揺すった。「ＡＩＭの連中に何か伝えたいことがあれば伝えてやる」

ベアランナーの答えはなかった。かわりに体が顫えはじめた。全筋肉、全神経が電撃に撃たれたように痙攣しはじめ、顫えはしだいに大きくなった。

神代恒彦は揺れ動くインディアンの体を抱きしめた。しかし、痙攣はますます強くなり、神代恒彦の両腕はすぐにその巨体の震動にかっぱじかれた。

神代恒彦はもう一度ベアランナーの背中に手をまわそうとした。そのときだった。突然、インディアンの喉の奥から低い声とともに多量の血反吐《ちへど》が臓腑をかきわけて絞りだされた。ベアランナーはばね仕掛けの人形のように胸を大きくそらせてそのまま動かなくなった。

12

レドンドビーチの夜霧はますます深くなりつつあった。神代恒彦は白い水蒸気に包まれながら、魚介類即売所のくすんだ建物のそばに駐《と》めてある一九六九年型マーキュリーのトランク・ルームを開けた。

中に黒い鞄が置いてあった。イーライ・スローヴィックのガン・ケースだった。留め金をはずすと、ベルギー製のL１A１ライフルと74テレスコープが分解されて収納してあった。

ガン・ケースのそばにはポリエチレンの予備ガソリン・タンクが置かれていた。イーライはケニアのナイロビでガス欠のため車が動かなくなり小さなミスを冒して以来、どんな過密都市でも車を運転するときはかならず予備のガソリン・タンクを持つようにしていた。

神代恒彦はガソリン・タンクを手にして三人の死体の横たわる魚介類即売所の二階へ駆けあがった。

部屋中にガソリンをぶち撒いてマッチを擦った。

黄色い炎がまず床を這い、それがすぐに鈍い音とともに巨大な渦となった。火炎《ほむら》で眼が眩《くら》み、顔の皮膚がぴりぴりと突っ張っていった。猛火に包まれた事務所の中はすでにシヴィート・ベアランナーの屍《しかばね》もイーライ・スローヴィックの死体もアンリ・ピネエの残骸も何も見えなかった。ただ、炎だけが踊り狂っていた。

神代恒彦はゆっくりとそこを離れた。

一九六九年型マーキュリーを運転してクラーク街に向かった。バックミラーに夜を焦がす火柱が赤々と映しだされたが、すぐにそれは遠ざかっていった。

神代恒彦はセプルヴェダ大通りを疾風のように走り続けた。

クラーク街はレドンドビーチから北へ一時間ほど走ったところだった。夜霧が悠然と湧きあがる中に廃墟のようなビルの谷間が映しだされた。

イーライがソクラテスに連絡を入れるという七六一番の公衆電話ボックスはクラーク街の中心にあった。緑色のペンキを塗ったサッシュにふちどられたガラス張りの電話ボックスがそれだった。

神代恒彦は車を降りて中にはいり電話番号を確認した。

電話ボックスの中からは、道路の向かいの赤煉瓦造りの九階建てのビルがよく見えた。

おそらく、そのビルの三階の窓からはこの電話ボックスの中がまる見えのはずだった。

神代恒彦は車に戻り、電話ボックスから百メートルほど離れた小路に駐車して、イーライのガン・ケースをトランクから取りだした。赤煉瓦造りのビルに向かって歩きはじめると、夜霧の中を靴音がゆっくりと徘徊した。胸のホルスターでイーライのコルト・パイソンが揺れていた。

赤煉瓦造りのビルの非常階段を昇った。三階まで来たところで、神代恒彦は非常口のドアを押してみた。

非常口には鍵がかかっていた。

神代恒彦は上着を脱いで、それをコルト・パイソンに巻きつけた。銃口を鍵の部分にめがけて引鉄を引くと、鈍い発射音とともにドアが向こう側に開いた。

ドアの向こうには闇が続いていた。戸口のそばの壁に手さぐりで触ると、電源スイッチがあった。点灯すると、安っぽいプラスチック・タイルで貼り変えられたばかりの廊下が照らしだされた。

神代恒彦は電話ボックスに面している側の部屋のドアの前で足を停め、体当りでドアを押し破って中にはいった。部屋の灯をつけると、中は小さな会計事務所だった。書類がすべて小ぢんまりと整理され、この事務所の使用主の几帳面で小心な性格を物語っていた。

時計を見ると三時過ぎだった。

神代恒彦は事務机の上の電話を使って姚九竜《ヤオ・クールン》のダイヤルをまわした。四度の呼びだし音のあとで中国人は受話器をとった。

「おれだ」神代恒彦は名乗った。「昼間、グエン・タン・ミンというヴェトナム人の捜索を依頼した……」

「ああ、まだ調査は何の進展もしていない」眠そうな声だったが、姚九竜は不機嫌ではなかった。

「そのことなんだが、もう調査は打ちきってもらって結構だ。渡した金はそのまま受け取ってくれ」

「まだ調査らしい調査もしてないのに、それじゃあ貰い過ぎだ」中国人は屈託がなかった。

「いや、いい」神代恒彦は姚九竜を制した。「そのかわり……」

「何だね？　受け取った分だけはどんなことでもする」

「ＣＩＡとＫＧＢの二重スパイを知ってると言ったな？　世界の情報機関の動きを細かく知ってる男を探している。そいつを教えてくれないか」

「ちょっと待ってくれ」電話の向こうの息づかいが遠のいた。机の引きだしを開ける音がした。「いいかい、言うぜ」

「待ちな。書き取る」神代恒彦はポケットからボールペンを取りだし、煙草の箱の裏側を机の上で開いた。「喋ってくれ」

「ロサンジェルスの近くで一番のそういう大物はベケットだ。ドナルド・ベケット……」

「どんな男だ？」

「表面的には、南カリフォルニア大学の歴史学の教授だが、ＣＩＡのカリフォルニア支部に週一度は出頭して部長クラスへ情報を流している。同時に、ロサンジェルスに在住しているレオン・マーフィという画家としょっちゅう逢っている。このマーフィというのは、本名ウラジミル・マホウスキーというロシア人でＫＧＢの完全な機関員だ」

「レオン・マーフィ、本名ウラジミル・マホウスキー、だな」神代恒彦は念を押した。

「そうだ」姚九竜は力強く相槌を打った。

「ドナルド・ベケットの住所はわかるか？」

「ヴィセンテ大通りの高級アパートだ。ビヴァリーヒルズの近くだ」中国人はベケットの住所を教えた。

「このベケットがＣＩＡとＫＧＢに流している情報はどんな種類のものだ？」

「ベケットがＣＩＡに流している情報はロサンジェルス周辺の文化人や知識人の動向、学生の動きなどだ。それに、ロサンジェルスのカリフォルニア大学や南カリフォルニア大学に留学してきている第三世界からの留学生にたいしてＣＩＡのスパイになるよう勧誘している。スパイ化工作が仕事だ」

「ＫＧＢにたいしては？」

「ベケットはＫＧＢにたいして、ＣＩＡの戦略や内部事情、それにＣＩＡを経由してはいってくるアメリカの他の情報機関、たとえばＦＢＩや国防総省《ペンタゴン》の国防情報局（ＤＩＡ）に関する情報を流している」

「ベケットの家族構成は？」

「家族はいない」

「ひとり者か？」

「ひん曲ったことをして食っている男だ。家族なんかあろうはずがないじゃないか」

姚九竜《ヤオ・クールン》は乾いた声で笑った。

「ベケットが確実に自宅にいる時間はわかるか？」

「深夜だろうな。だが、いまはいない」中国人がノートをめくる音が受話器に伝わった。

「いまやつはロサンジェルスにはいない。ヴァージニアのラングレーに行ってる。わかるだろう、CIAの本部のあるところだ。二日後に戻ってくるが、翌日にはハワイに発つ」

「二日後だな」神代恒彦は念を押した。

「おい」姚九竜は躊躇しながら言った。「あんた、ほんとうに檜垣真人じゃないのか？　だとしたら嬉しいんだが」

「違うな」神代恒彦は電話を切った。

腰かけていた椅子がかすかに軋んだ。

神代恒彦はイーライのガン・ケースを取りだし、分解されているL1A1ライフルを丹念に組みたてはじめた。十五分かけて最後の繋桿《ボルト》を締めこんだ。何度もバランスを確認したあと、74テレスコープを装着し、弾丸を込めて窓際に立った。

窓からは四十メートルほど離れた街灯の下の無人の電話ボックスが一望された。この長方形のガラス張りのケースは、心もとなく放置されている姿を夜霧に淡く曝《さら》していた。

神代恒彦はいったん事務机の前に戻り、椅子と電話を窓際に引き寄せて、窓ガラスを開けた。湿った外気が頰をゆっくりと撫でた。

銃身を窓辺に押しつけてスコープから電話ボックスを覗いた。電話ボックスの中の受話器が大映《うつ》しになった。コインの投入口や受話器の前に貼りつけられている注意書までがはっきりと確認できた。

神代恒彦はライフルを引っ込め、事務所の戸口に歩き部屋の灯を消した。おぼろげながら事務所の輪郭を照らしだすものは、わずかに窓から洩れてくるクラーク街の街灯の明りだけになった。

吹きこんでくる浜風が事務机の上の書類をめくった。

試射をしスコープの照準を調整しなければならないが、クラーク街に排気音の大きな車輛が通過してくる気配はなかった。神代恒彦は煙草に火を点け、紫煙を吐きだして電話のダイヤルをまわした。

「こちらロサンジェルス消防署」声が出てきた。

「倉庫が燃えてるんだよ、倉庫が！」

「場所はどこです？」

「クラーク街七九八番地」

サイレンの音が聴こえてきたのはそれから五分後だった。神代恒彦はＬ１Ａ１ライフルの銃身を窓台に固定し、スコープの照準を電話ボックスのそばのパーキング・メーターに合わせた。

消防車のすさまじい排気音がクラーク街を通過しはじめた。銃声を聴かれる心配はもうなかった。神代恒彦は最初の銃声を放った。それはパーキング・メーターには命中しなかった。つまみを調節してスコープの位置をわずかにずらした。二弾目を発射すると、今度は銃弾がパーキング・メーターのジュラルミン・カヴァーを削り取るのが見えた。

消防車はクラーク街の左手で停まった。さっきの電話が悪戯《いたずら》だと判明するにはあと二、三分はかかるはずだ。けたたましいサイレンの音はやみそうになかった。

神代恒彦は三弾目を放った。銃弾はパーキング・メーターのガラスを粉々に砕いた。あとはもう微調整だけだった。四弾目が針をぶっ飛ばし、五弾目がその心棒を捉えた。スコープの調整が完全に終わった直後に消防車が動き出した。サイレンを掻き鳴らしながらクラーク街を引きあげていった。

神代恒彦はライフルを抱いて窓際に置いた椅子に腰かけた。ライフルを抱いたまま何もせずに待った。ただひたすら時間が過ぎるのを待ち続けた。空白な時間は緩慢ではあるが確実にクラーク街を過ぎ去っていった。東の空が白みはじめた。

夜霧が朝靄《もや》に変わっていった。

時計を見ると、五時三分前だった。

クラーク街の彼方からエンジン音が聴こえてきた。エンジン音はしだいに大きくなり、黒塗りのメルセデス・ベンツが姿を現わした。

神代恒彦は静かに椅子から離れた。L1A1ライフルを右手で握りしめたまま、左手で受話器を引き寄せ、窓際にしゃがみこんだ。

メルセデス・ベンツは電話ボックスの前で停まった。

神代恒彦はライフルの銃身を窓辺に置いてスコープを覗いた。

メルセデス・ベンツは停車したままで微動だにしなかった。乗っているのはひとりしかいなかったが、その運転者の顔は死角になって見えなかった。

神代恒彦は電話ボックス七六一番のダイヤルをまわした。

メルセデス・ベンツのドアが開いて、ひとりの男が電話ボックスへ悠然と歩いていった。ソクラテスだった。ジェイコブ・レヴィンは電話ボックスの中にはいって受話器をとった。

「どうだ、仕止めたか？」電波を通じて耳元に流れてくるソクラテスの声は自信に満ち溢れていた。スコープの中に映っているレヴィンの表情は取引に成功した勝ち誇るビジネスマンの顔だった。

「何を仕止めるんだ？」神代恒彦は声を落として訊き返した。

「おまえか！」ソクラテスの顔が驚愕《きようがく》でひきつった。

「そうだ、おれだ」

「どこから電話してる？」レヴィンは何とか落ちつきを取り戻そうと懸命だった。

「パレスティナからだ」神代恒彦は答えた。

「パレスティナ？」

「忘れたのか？　おれにパレスティナへ行けと言ったのはおまえじゃないか。さっき、イーライと別れの挨拶を済ませたところだ」

「ちょっと待ってくれ」ソクラテスは神代恒彦をとりなそうと言葉を探しはじめた。「これには理由があるんだ……」

「どんな理由だ？　ＦＢＩに追われるようなへまな非合法員《イリーガル》を始末するのに理由なんか必要あるまい……」

神代恒彦の低い声にレヴィンは黙りこんだ。74テレスコープはその当惑の表情を照準のど真ん中に捉えていた。

「おまえは」神代恒彦は語調を変えて続けた。「水晶の棺にはいって死にたいと言ってたな？」

ソクラテスは何も言わずにただひたすら戸惑いの色を浮かべているだけだった。

「おまえには……」神代恒彦は受話器に向かって柔らかく囁いた。「水晶の棺よりも、そのガラスの棺桶の方が似合ってるぜ」

レヴィンの表情が一変した。何が起ころうとしているかを一瞬にして理解したようだった。理智が売り物の瞳の中で恐怖と戦慄《せんりつ》がめまぐるしく交錯した。ソクラテスは受話器を投げだし、体をぶっつけるようにして電話ボックスを飛びだそうとした。

神代恒彦の指が引鉄を絞りこんだ。

軽い炸裂音の中で、電話ボックスのガラスの破片とソクラテスの顔面から噴きでた赤い飛沫《ひまつ》が小さく舞った。ガラスの箱の中で、レヴィンの体が窮屈そうに沈んでいった。

13

二番街の教会の鐘が午前八時を告げた。

小東京《リトル・トウキョウ》の朝はとっくにはじまっていた。月極《つきぎめ》の安ホテルからは作業服に身を包んだ日本人たちが続々と吐きだされ、朝食サービスの定食屋の店先は白い前掛けをした男たちによって次々と開けられていった。生鮮食品を運ぶ冷凍車がスーパー・マーケットの前を埋めはじめ、支配人らしい小太りの日本人が眠そうな眼をした店員たちに荷物の受け取りを指示していた。

神代恒彦は一九六九年型マーキュリーをサンピドロ通りの日本語新聞《羅府新報》社の前に停めた。

《羅府新報》社の橙《だいだい》色のビルの壁は朝日に眩《まぶ》しく照りつけられていた。玄関前に置かれた告示板には、近くに迫った《独立記念日《インデペンデンス・デイ》》の記念行事と《二世週間《ニセイ・ウィーク》》の催しが日本語と英語で並記されてあった。

神代恒彦は車の中で三十分待った。

《羅府新報》の英文広告係は八時半に左ハンドルのトヨタ・セリカに乗って姿を現わした。

長い黒髪を肩まで垂らした脂ぎった顔の三十歳前の日系女性だった。

「英文広告を出したいんだが」神代恒彦はサングラスをかけたまま広告受付カウンターの前に立った。

「いいよ、いつ出したいんよ?」女が崩れた日本語で尋ねた。

「いま申し込めば、いつ掲載される?」

「明日の新聞になるんよ」

神代恒彦は広告文を差しだした。

女は怪訝な顔をした。

『けしの花が風に散った。花びらはメコン河を流れていった』

終の奏　山岳のレクイエム

1

日本からの観光客を満載した貸し切りバスは小東京《リトル・トウキョウ》のサンピドロ通りとウェラー街の交差点で停まった。添乗員に引率された老若男女はぶ厚い財布を握りしめて、日本語の看板のかかった土産物屋へざわめきながら向かっていった。宝石や貴金属を扱うその店の入り口はたちまち買物客の群れで押しあいへしあいし、それまで神妙な表情をしていた添乗員はバック・コミッションの算段で顔をほころばせはじめた。《羅府新報《らふしんぽ》》社の橙色のビルの脇でポケットに手を突っ込んだまま立っていた神代恒彦はサングラスを通してその光景を眺めていた。

日は暮れかかっていた。

あちこちでネオンがつきはじめた。

神代恒彦は五本目の煙草《たばこ》を歩道に落とした。火がついたままの吸い殻は風に吹かれて、かすかな煙を残しながらどんどん遠ざかっていった。

煙草の行方を眼で追いはじめると、背後で重いブレーキ音がした。振り返ると、がっしりとしたランド・ローヴァーが二番街を左折してこっちへやってくるところだった。ランド・ローヴァーは神代恒彦の眼の前で停まった。

運転席から若いヴェトナム人が飛び降り神代恒彦に向かって手真似《てまね》で、車に乗れ、という仕草をした。キングマンのゴ・チャン・ナムの伜《せがれ》、チャン・ホイだった。

神代恒彦は黙ってランド・ローヴァーに乗りこんだ。

中にはグエン・タン・ミンがいた。上着の中に隠し持っている野鼠のS&Wの銃口はぴたりと神代恒彦の胸を狙っていた。

グエンは若者に何ごとかヴェトナム語で命じた。チャン・ホイはすばやく神代恒彦の身体を検査しようと背後に近づいた。

「銃なら左胸のホルスターにはいっている」神代恒彦は無理に顔を歪《ゆが》めて笑った。

若者はコルト・パイソンを取りあげた。

「あの広告でおまえを呼びだして殺すなんてことはしねえ」神代恒彦は声を落として呟《つぶや》いた。「もうおまえを消すのは諦《あきら》めた……」

野鼠は一分近く神代恒彦を睨《にら》みつけていたが、やがて拳銃をしまいこんでチャン・ホイに英語で命令した。

「行きな」

若者は運転席に飛び乗ってアクセルを踏んだ。神代恒彦もグエンもしばらくの間、一言も口をきかなかった。ランド・ローヴァーは三番街から左折してミッション街道をまっすぐ東へ向かいはじめた。

「おまえとは不思議な縁だった……」グエンが息苦しさに耐えかねたように押し殺した声で切りだした。

神代恒彦は返事をしなかった。ただ、通り過ぎていく見慣れた景色を眺めていた。

野鼠は煙草を銜《くわ》えながら続けた。

「憶《おぼ》えているか、おれたちが最初に逢《あ》ったときのことを？」

「おれが憶えているのは、おまえがおれたちを裏切り、金を盗んで逃げたということだけだ」神代恒彦は皮肉っぽい調子で答えた。「いまさら、プロッサー街の射撃練習場でのやりとりを憶《おも》いだして何になる？」

グエンは煙草を喫《す》う手を休めて神代恒彦の顔を覗《のぞ》きこんだ。唇が歪み、やがて乾いた笑いがふきこぼれ、その声がしだいに高くなっていった。

「何がおかしい？」神代恒彦は野鼠の顔を見凝《みつ》め返した。

「やはり憶えちゃいなかったんだな」グエンは笑いを止めて静かに首を振った。「おれたちが最初に出逢ったのはプロッサー街じゃねえ。ヴェトナムだ」

「何だと？」

「いいか、四年前のことを憶いだすんだ」

「最初から説明しないとわからねえらしいな、おまえは」野鼠は神代恒彦の反応を楽しむような眼つきをした。「おれは南ヴェトナム空軍のパイロットで、最終的な階級は少佐だった。他のヴェトナム軍人に較《くら》べて出世は早い方だった。おれは二十五歳から二十七歳までの二年間、カリフォルニアのサンディエゴ基地で空中戦と地上ゲリラ戦の訓練を受けてヴェトナムに帰国したエリートだったからな。ヴェトナムに帰国してからは毎日、F104機での空爆と、ヘリコプターでジャングル地帯に降りてのゲリラ戦、このふたつの繰り返しだった……」

「四年前だと？」

「少佐は立派な軍人だったんだ！」運転をしていたチャン・ホイが、突然、口をはさんだ。うまくない英語だった。

「おまえは黙ってろ！」グエンは低い声で若者を制し、ふたたび神代恒彦に向かって喋りはじめた。「戦場では、作戦命令は米軍の参謀が出し、実際の戦闘の陣頭指揮はこのおれがとった。何人の人間を殺したかは数えきれない。おれはコミュニストたちから《サイゴンの殺し屋》という異名をとるようになった。つまり、おれはアメリカの軍事理論家W・W・ロストウのS&D《サーチ・アンド・デストロイ》作戦の申し子だった……」

「それがおれとどういう関係があるんだ？」

「いいから黙って聞きな」野鼠は神代恒彦の右肘《ひじ》を小突いた。「あれはちょうど一九七三年の正月だった。おれはゲリラ戦から戻ってサイゴンの将校宿舎にいた。いまはホー・

チ・ミン市と言うらしいがな。米軍の中では、近々、ヘンリー・キッシンジャーと北ヴェトナム特別顧問レ・ドク・トがパリで秘密会談を持つらしいという噂《うわさ》が流れていた。和平協定を結ぶためのな。南ヴェトナム政府軍を見棄てるためのお上品なお話しあいだ。だから、おれは事の真偽を確かめるために、深夜、数名の部下とともに、当時、サイゴンに駐在していたF・クーリマン米空軍少将のところへ押しかけようとした。おれはそのとき酔っ払っていた。酔っ払った勢いでなきゃ、一ヴェトナム人少佐が米軍の少将のところへ押しかけるなんてできやしねえ。なぜ、おれがクーリマンを選んだかと言うと、クーリマンはヴェトナム戦争継続を主張する米軍内の最大のタカ派で、ヴェトナム人将兵の間では一番、人気があったからだ……」

グエンはここでしばらく黙りこみ、じぶんの吐きだす紫煙の行方を追った。神代恒彦は何も言わず次の言葉を待った。

「クーリマンの宿舎の前に来たときだった」野鼠が話を再開した。「いきなり、中からおまえが飛びだしてきた。おまえはメキシコで使ったものと同じS&Wチーフス・スペシャルを抜き身で手にしたまま、ものすごい勢いでクーリマンの宿舎から飛びだしてきた。おれたちはまずそこで最初に出逢ったんだ。憶えてないか？」

神代恒彦は首を横に振った。

「おれに出逢ったことはともかくとして」グエンは早口になった。「まさか、おまえはあのときあそこにいなかったとは言うまい？」

「確かに一九七三年の正月、おれはクーリマンのところにいた」神代恒彦は面倒臭そうに肯定した。

「そうだ、おまえはあのときクーリマンの宿舎の前にいた」野鼠が感慨深げに頷《うなず》いた。

「そして、ものも言わずに闇の中へ消えた……」

「それがどうしたんだ？　おれはあのときそこにはいたが、おまえに逢ったことさえ憶えていない」

「おれは部下を連れてクーリマンの宿舎の中にはいった」グエンは神代恒彦の眼を覗きこんだ。

　神代恒彦はその視線を無視した。

　野鼠は気持ちよさそうに紫煙の輪をつくって言葉を継いだ。

「クーリマンは頭をぶち抜かれて死んでいた。口径の大きな銃弾が脳天にでっかい穴を開けていたぜ。あとでわかったことだが、クーリマンはヴェトナム和平協定を最後まで妨害する者としてＣＩＡの暗殺リストに載っていた。ＣＩＡは極左だけじゃなく時の流れを邪魔するものは極右でも始末するつもりだったんだ。それに、クーリマンは一九七一年に《ニューヨーク・タイムズ》紙で暴露された国防総省《ペンタゴン》とＣＩＡの合作の秘密文書のもっと暗い部分を知っていた……」

　神代恒彦は黙って聞いていた。

「それからどうなったと思う？」野鼠は強い口調で続けた。「死体を発見したおれと部下のまわりにすぐに米軍の憲兵隊が駆け寄ってきた。ものも言わせずにその場で逮捕だ。おれたちは軍法会議にかけられ、全員死刑の判決を受けた。証拠もくそもないめちゃくちゃな裁判だった……」

「そいつはおれのせいじゃない」神代恒彦は首を振りながら言った。「おれはただ、クーリマン暗殺を頼まれただけだ……」

グエンは不機嫌な咳払《せきばら》いをして呟いた。

「おまえがおれをどうこうしたと言ってるんじゃない。ただ、おれはクーリマン暗殺の容疑で死刑判決を受けたという話をしてるんだ」

「死刑判決を受けたって、ぴんぴんしてるじゃねえか……」

「いいから黙って聞きな！」野鼠の声が軽い怒気を含んだ。「死刑判決を受けると、おれたちはすぐに軍刑務所に入れられた。だが、運のいいことに、死刑執行の前夜にその軍刑務所がコミュニストによって爆破された。おれたちは瓦礫《がれき》の中から逃げだした。それからおれたちは米軍と南ヴェトナム政府軍から追われながら、コミュニスト相手に戦わなきゃならなくなった。おれたちは脱走犯として米軍と南ヴェトナム政府軍から首を狙われてると思ったからどうしてもコミュニストの支配する区域に逃げこまざるをえなかったんだ。そこじゃあ、《サイゴンの殺し屋》の異名をとったおれはひっきりなしにコミュニストたちの攻撃を受け、それを防ぐのに必死だった……」

グエンはここで二本目の煙草に火をつけた。神代恒彦もポケットからウィンストンの箱を取りだしたが、中は空だった。

「おれにも一本くれ」

「フィルター煙草じゃねえぜ」野鼠はキャメルを神代恒彦に差しだした。「何ごとも生地《きじ》の方が好きなんだ。おれはウイスキーも水割りじゃ飲まねえ……」

神代恒彦はキャメルを一本抜きとって喫った。いがらっぽい強烈な刺戟《しげき》が喉を攻めたてた。

「おれの心配はただひとつ、家族のことだった。米軍や南ヴェトナム政府軍がおれの家族を捕えて拷問しないか、という不安だった」グエンは銜え煙草のまま続けた。「しかし、あとでわかったんだが、そんな心配は無用だった。軍刑務所が爆破されたとき、おれの記録はすべて吹っ飛んじまってたんだ。おれの家族構成や軍歴はおろか、おれって人間が存在したことさえ忘れられちまっていた……」

神代恒彦は煙草の強烈さに閉口して床に落とし、それを靴で踏みにじった。

「何で、灰皿に入れないんだ?」野鼠が軽くなじるように言った。

神代恒彦は答えずに足元の吸い殻を何度も靴で踏みにじり続けた。

「そうだ、忘れもしねえ。一九七五年の四月の末だった、サイゴンはちょうどその吸い殻みたいだったぜ」野鼠が低い声で呟いた。「コミュニストたちがサイゴンに入城してきた。サイゴンのヴェトナム人たちはみんな蜘蛛《くも》の子を散らしたように右往左往して逃げはじめた。大混乱だった。おれは何人もの小さな子供が大人たちに踏みつぶされて死んでいくのを見た。だれもが米軍の最後の撤兵船に乗りこもうとしていたんだ。みんな我先に撤兵船に殺到していた。米軍は定員を乗せ終わると、なおも詰めかけるヴェトナム人たちを蹴落として撤兵船を離岸させた……」

「おれはその船に乗った……」運転をしているチャン・ホイがそう言いかけて、口をつぐんだ。

「おれは……」グエンが若者を制するように一段と声を高めた。「家族を捜してサイゴン中を駆けずりまわったが、ついに見つからなかった。仕方なしに、おれは部下とともに南ヴェトナム空軍のジェット戦闘機を強奪して、フィリピンのマニラへ逃げた……」

神代恒彦は腕組みをしたまま聞いていた。車はすでにロサンジェルスの市街地を過ぎていた。夜のとばりは郊外ののっぺりした風景を蔽《おお》い、点在する人家の灯りが遠くでゆっくり置き去りにされていった。ランド・ローヴァーはまっすぐ東へ向かっていた。

「二度目におまえに逢ったのは、ロサンジェルスのプロッサー街の射撃練習場だった。半年前だったな。おれはたまたま、おまえの隣で銃を撃っていた。おれはすぐにおまえがクーリマンの宿舎から飛びだしてきた男だと気づいた……」グエンは記憶を確かめるように、喋りながらひとりで何度も相槌《あいづち》を打った。

神代恒彦は黙って窓から夜景を見凝めていた。

野鼠は続けた。

「プロッサー街の射撃練習場でおまえに逢ったのは幸運だった。おれはサイゴンのクーリマンの宿舎の前でおまえに逢い、クーリマンの死体を発見し、あとでＣＩＡの暗殺リストを見たときから、おまえの商売が何であるかを見抜いていた。おい、聞いているか？」

「聞いてるぜ」神代恒彦はうるさそうに答えた。

「いいか、ちゃんと聞くんだ。おれはな、サイゴンからマニラ、グアム、カリフォルニアのキャンプ・ペンデルトンと流れ、二ヵ月後にネヴァダ州カリエンテでタマネギ農場を営むある福祉家と称する男に引き取られた。そいつは選挙が狙いだった。可哀相《かわいそう》なヴェトナム難民をこのとおりお世話申しあげておりますというわけだ。アメリカでヴェトナム難民を引き取ったのはみんなそういう連中だ。そこでおれがどんな暮らしをしたか想像がつくか？　毎日毎日、タマネギの皮むきがおれの仕事だった。ヴェトナムではかりそめにも少佐だったこのおれが毎日毎日、タマネギの皮をむく以外に何もすることがないんだ」野鼠は舌打ちをして神代恒彦の脇腹を肘で小突いた。

「痛えぜ」神代恒彦は不機嫌な声を出した。

「衣食住はひどくはなかった。サイゴンに較べりゃ、アメリカじゃどんなところでも天国だからな。多くはなかったが、おれを引き取った福祉家は給料もちゃんと払った。しかし、おれがやることといったら、毎日、眼をしょぼつかせながらタマネギの皮をむくことだけだった。つまり飼い殺しさ！　おれは毎日毎日、タマネギの皮をむきながら考えた。世界をこのままにしちゃおかねえ、とな！　そして、ヴェトナム難民でおれと同じような想いをしている連中と連絡をとって、ある日、おれはそのタマネギ農場を脱《ず》らかった。それから一目散にロサンジェルスに向かい、まず、あのプロッサー街の射撃練習場に飛びこんだ。思いっきり、銃をぶっ放してみなきゃ気がすまなかったんだ。そしたら、隣におまえがいた……」

「おまえはタマネギをむいてりゃよかったんだ」神代恒彦は消え入るような声で言った。

「おまえにあそこで出逢ってからだ、すべてがおかしな具合に変わっちまったのは……」

「いまさら泣き言を言うんじゃねえ」グエンは低い声で笑った。「とにかく、おれはおまえの正体を知っていた。おまえの商売がかなりの金になることもな！　おれには金が必要だった。まとまった金が必要だった。あることをやるために、だ。だから、おれはおまえがおれと組みたくなるように振舞った。おれはおまえの商売にぴったりの資質があるように演技した……」

「何だ、そのあることってのは？」

グエン・タン・ミンは答えるかわりに、胸のポケットから二枚の新聞の切りぬきを取りだした。それはＳ・ヒースロー空軍少将とＨ・トムプソン海軍少将暗殺を告げる《ロサンジェルス・タイムズ》紙の切りぬきだった。

「いくらで引き受けた？」神代恒彦は紙面に眼を落とし、次いで、野鼠の眼を見凝めながら反応を待った。

「悪い冗談はよしな！　何のためにいままでおれが長々と喋った？」グエンは新聞の切りぬきをポケットにしまいこんで怒鳴り、わざとらしい侮蔑《ぶべつ》の溜息《ためいき》を洩《も》らした。「金なんか受け取っちゃいねえ。だれに頼まれたわけでもない。こっちの金を使い、武器を買い、おれたちで計画を練ったんだ。その理由はもう説明したはずじゃねえか！」

2

ランド・ローヴァーはうねうねと曲りくねった強い勾配《こうばい》のアスファルト道路を怒気を発しながら登りはじめ、ロサンジェルスから四十マイル離れたウィルソン山の中腹でいったん停まった。そこは砂利が敷きつめられた展望地《ヴュー・サイト》だった。谷側に設けられたその展望地の反対側にやっと車が通れるほどの小径《こみち》があり、ゴ・チャン・ホイはハンドルを切ってその中に乗り入れた。ランド・ローヴァーはところどころ木の根の露出した舗装されてない山道をゆっくりと進みはじめた。

「この向こうだ」野鼠がぽつりと言った。

ヘッドライトの中に鉄柵に囲まれた古い煉瓦《れんが》造りの二階建ての館が浮かびあがり、その中央に星条旗がはためいているのが見えた。車がさらに近よると、門扉にかかっている真鍮の表札が照らしだされた。そこには《アジア救済協会カリフォルニア支部》と大きなゴチック体で銘うたれ、その下に《飢えたアジアの子に募金を！》と書かれていた。

「この胡散《うさん》臭い看板をでっちあげるにはそれなりに苦労した」グエン・タン・ミンは嬉しそうに笑った。「ここは二年間の契約で借りてある。持ち主はいまヨーロッパだ。この山は週末にはかなりの数のドライバーで賑《にぎ》わうんだが、この山道まではいってくる物好きはまずいない。たまたま妙なのが紛れこんだとしても、この看板を見りゃすぐに逃げだすという仕掛けだ。アメリカ人はみんなアジアだの救済だのって言葉にうんざりしているからな……」

話の途中で、チャン・ホイがクラクションを三度鳴らした。

煉瓦造りの館から懐中電灯が走り寄ってきて鉄の門扉を開いた。

ランド・ローヴァーはタイヤを軋《きし》ませながら玄関の前まで進んだ。玄関の前にはフォルクス・ワーゲンと一九七四年型のムスタングを駐車してあった。

「降りな」グエンが低い声で促した。「おまえのことはもうみんなに話してある。みんな、おまえの腕を期待しているんだ」

神代恒彦は野鼠と肩を並べて館の中にはいった。チャン・ホイと鉄門を開けた男がそれに続いた。玄関を抜けると、すぐに大きな居間があり、そこで三人のヴェトナム人が突っ立ったまま神代恒彦を迎えた。

三人のヴェトナム人のうち、ふたりはグエンとともに《浮島ホテル》に押しかけてきてシヴィート・ベアランナーを拉致《らち》した男だった。あとのひとりは眼鏡をかけた四十二、三歳の知的な臭いを漂わせるヴェトナム人だった。

「紹介するぜ」野鼠がソファに腰を下ろしてはじめた。「この中の三人はもうおまえも知ってるはずだ。《浮島ホテル》でおまえが言いあてたとおり、運転してきたこの若い男がゴ・チャン・ホイだ。そして、おまえの前にいるのが、かつてのおれの部下でロ・バン・フーにレ・チェン・チンだ……」

神代恒彦は黙ってロ・バン・フーとレ・チェン・チンを眺めた。ふたりのヴェトナム人は眼で軽く会釈した。

「あとはおまえもはじめてのはずだ」野鼠が続けた。「その眼鏡をかけた男はカオ・バン・クアンだ。むかしは南ヴェトナム政府軍の軍医だった。それから、さっき門を開けてくれたその男はダン・テ・ナム。そいつは通信兵だった……」

カオは右手を開きながら笑って挨拶した。ダンはただ黙って神代恒彦の顔を凝視していた。

「チャン・ホイを除いて、この連中はみな英語は不自由なく喋れる」

グエンがそう言ったとき、二階から階段を降りてくる軽い足音がした。女の歩き方だった。足音はすぐに居間の扉を開けて姿を現わした。

ボー・ト・ファだった。

ト・ファは完全に化粧を落とし、サンセット大通りのテレサとはうって変わった印象を与えた。神代恒彦と視線が合うと、女の兎《うさぎ》のような眸《まなこ》の中で羞恥《しゆうち》と嫌悪と軽蔑が微妙に交錯した。

「ボー・ト・ファはおまえもよく知ってるはずだ」野鼠は無理に笑おうとしたが、すぐに顔を強《こわ》ばらせて叫んだ。「だが、もうここではそれはすべて忘れてもらうぜ。ト・ファ、おまえもだ！」

　ト・ファはチャン・ホイのそばに突っ立ったまま腕組みをして神代恒彦を眺めた。神代恒彦の一挙一動を監視するような眼つきだった。

「座れよ」野鼠が声を落として言った。

　神代恒彦はソファに腰を下ろした。

　眼の前に暖炉があった。暖炉の上には自由の女神のミニチュア模型が飾られ、壁には大きな星条旗が貼りつけられていた。

「これか？」野鼠が笑った。「外にも星条旗がはためいていたろう？　家の中にもこうしてカモフラージュがしてある。住民調査かなんかで踏みこまれたときの用心のためにな。隣の部屋には《アジア救済協会カリフォルニア支部》のでたらめな書類が山積みになってるぜ。それをつくるのに、大の大人が五人がかりで五日もかかった……」

「わたしの計算では」突然、軍医だったカオが丁寧な英語で口をはさんだ。「アメリカの官憲が最初から家宅捜索を目的としているのでなければ、つまり、住民調査や消防法の点検調査などのただの事情調査のためにこの館を訪れるのなら、われわれが不審を抱かれる可能性はまずないと判断していい。官憲は一階と二階しか調べはしない。居間はこのとおり星条旗と自由の女神だし、隣の部屋は《アジア救済協会カリフォルニア支部》の書類で埋めつくされてる。あとは寝室だ。われわれの計画に付随する資料や武器弾薬はすべて地下室に置いてある。地下室の入り口は一眼ではわからないようにカモフラージュしてあるし、ふつうの事情調査ではそこまでは立ち入らない」

「最初から家宅捜索が目的だったら、どうなんだ？」神代恒彦は元・軍医を観察するような眼差しで尋ねた。

「そのときは隠しおおせない」カオは冷然と言い放った。

「家宅捜索が行なわれるようなことはありえねえ」グエンが元・軍医の言葉を引きとった。

「おれたちがおれたちのやったことで疑われ、家宅捜索が行なわれるなんて考える必要はない。なぜだか、おまえにゃわかってるはずだぜ。おれたちは疑われて家宅捜索が行なわれるようになる前に銃撃戦で死ぬ。この館のカモフラージュは、住民調査だとか消防法のための建造物点検だとか、そういうくだらない事情調査で偶然に尻尾《しっぽ》を摑《つか》まれなきゃ、それでいい……」

ヴェトナム人たちは野鼠の言葉に大きく頷いた。居間の扉のそばにかけられた柱時計が九時を知らせた。

ト・ファが憶いだしたように居間から消え、すぐにコーヒー・カップと魔法瓶を持って戻ってきた。テーブルの上に八つのコーヒーが注がれた。

「さてと」グエンはコーヒーを飲み干して神代恒彦の眼を見据えた。「明日の行動を打ち合わせる。準備はほぼ完璧だと思うが、おまえの意見も聞きたい」

「明日の行動とは何だ？」

野鼠は元・軍医に眼で合図した。カオはポケットから一枚の顔写真を取りだし、テーブルの上に置いた。それには米海軍の軍服の上に勲章を飾りたてた五十歳過ぎの白人が写っていた。

「だれだ？」神代恒彦は写真を手にとった。

「米海軍中将アーノルド・フッカー」元・軍医が答えた。

「何だってこいつを殺《や》るんだ？」神代恒彦は興味なさそうに写真をテーブルの上に抛《ほう》りだした。

グエンの顔が歪みはじめた。野鼠は怒鳴りつけるように元・軍医にヴェトナム語で何か言った。カオは頬を引き締めて頷いた。

「英語で話せ」神代恒彦は苛立《いらだ》った。

「喚《わめ》くんじゃねえ！」グエンが吼《ほ》えた。「おまえにちゃんと説明してやろうってんだ！車の中のおれの話で充分だと思ったが、おまえはまだ何もわかっちゃいねえようだ。いいか、この男はな、サイゴン大学を首席で卒業した男なんだ。だから、筋道だてて、なぜおれたちがアーノルド・フッカーを殺らなくちゃならないかを説明してくれる」

「聞かなくたってわかってる。アメリカがヴェトナムを見棄てて撤兵した腹いせに米軍のお偉方をぶち殺そうってだけの話じゃないか」

「いいから黙って聞きな！」野鼠はテーブルを拳骨《げんこつ》で力まかせに叩《たた》いた。テーブルの上のコーヒー・カップがかすかな音をたてながら震動した。

神代恒彦は腕組みをして黙りこんだ。

元・軍医が静かに口を開いた。

「基本的にはあんたの言ったとおりだ。南ヴェトナム政府がアメリカの傀儡《かいらい》であったことはだれでも知っている。にもかかわらず、われわれはその傀儡政府のもとでコミュニストと戦った。つまり、われわれはアメリカの飼い犬だった。そのことをいまあげつらわれてもわれわれに抗弁する術《すべ》はない。重要なことはなぜアメリカだけが無傷なのか、ということだ。新聞や雑誌を見れば、アメリカの左翼と称する連中が盛んにヴェトナム戦争の傷跡を喚きたてて る。しかし、じぶんでわかるような傷なんて傷のうちにははいりはしない。ほんとうの傷がどんなものか教えてやる必要があるんだ。いいかね、アメリカはパリの和平会談でわれわれを見殺しにすることによってすべてのけりをつけ、あとはソ連と中国にそれぞれ愛想笑いをして、二十年間にわたるヴェトナムを玩具《おもちゃ》にしてきた罪をすべてご破算にした。そして、われわれヴェトナム難民やヴェトナムに残った元・南ヴェトナム政府の関係者、それに民族解放戦線に協力しなかったヴェトナム人にのみ、政治力学から必然的に生じた不快な泡として消滅していくことを押しつけた。こうすることによって、アメリカの主導してきた世界の秩序はびくともしないというわけだ。こんなことを抛っておけるかね?」

「つまり、おれに向かってタマネギをむいていろと命じた連中を、だ」グエンが不機嫌な声で補足した。

「世界の秩序ってやつは」カオが続けた。「アメリカが世界にばらまく収支見積書にソ連と中国がどういちゃつくかという図式だ。そいつはヴェトナム戦争が終わってからますます確実になった。サイゴン陥落後のヴェトナム、つまり南北統一後のヴェトナムで実際の政治権力を握ったのはすべて旧・北ヴェトナムの政治屋どもだ。実際に血を流したヴェトコン連中の意見はすべて無視され、北から凱旋《がいせん》将軍のように入城してきた算盤《そろばん》片手の政治屋どもがソ連と中国の両方の顔色を窺った結果、アメリカといまや取引関係にはいろうとしているんだ」

「そんなことはわかりきったことじゃねえか」神代恒彦は舌打ちした。「パリの和平会談が行なわれた時点で」

「確かに理屈ではわかっていた」元・軍医は苦笑した。「しかし、そういうことにたいして何をしなくちゃならないかがわかったのは、このアメリカに漂着してきてからだ。難民となってはじめてアメリカにたまりにたまった勘定書を支払わせる決心がついた……」

「毎日毎日、タマネギをむかさせられりゃ、何をしなくちゃならねえかは餓鬼でもわかるぜ」野鼠がふたたび補足した。

「歴史の激突点に住んで血を流させられた連中を邪魔もの扱いにして世界を丸く収めようとする動きにたいして」カオ・バン・クアンは言葉を噛《か》みしめながら言った。「一矢《いっし》報いることが、ヴェトナム難民が世界史の中で果せる唯一の役割だ」

「それがS・ヒースロー空軍少将とH・トムプソン海軍少将の暗殺であり、今度のA・フッカー海軍中将の暗殺計画か？」神代恒彦は元・軍医に訊《き》いた。

「こいつはまさに歴史の皮肉だが」カオは頷きながら答えた。「アメリカの飼い犬として傀儡政府のもとで働いたわれわれヴェトナム難民が民族解放戦線に替ってヴェトナム戦争を継続し、アメリカを正面の敵とすることになる。この計画はわたしと少佐で練りに練ったものだ。手紙のやりとりによってな。少佐はネヴァダ州カリエンテのタマネギ農場からたえず、必要な金はどんなことをしてもつくるから米軍の動向を確実に調べておいてくれ、とわたしに手紙を書いた」

「おれは」野鼠が話を引き継いだ。「どんな手荒な真似をしても、必要な金をつくるにはタマネギ農場を脱走してから一年はかかると見ていた。それが幸運なことに脱走してロサンジエルスに着いたその日におまえに出食わしたというわけだ」

「われわれの計画は、まずアメリカ西海岸の米軍の高官にたいするテロだ。政治家でなく軍人を選んだのはこれがヴェトナム戦争の継続であることを思い知らせるためだと理解して欲しい。西海岸《ウエスト・コースト》を選んだのはとくに理由があるわけじゃない。ここに集まった同志がいずれも西海岸の近くでアメリカ生活をはじめていたからだ。われわれはロサンジェルス、サンディエゴと西海岸の米軍高官三人を血祭りにあげる。三人を葬ったら東部へ移動して同様のテロを続けるつもりだ。すでにふたりは仕留めてある。三人目が明日のアーノルド・フッカーだ。少佐の話では、あんたはこういうことの専門家らしい。明日の攻撃にも加わってもらうつもりだ……」

「待ちな」神代恒彦は立ちあがりながら元・軍医の言葉を制した。

同時に野鼠の声が飛んだ。

「何を待つんだ？」

「こんな自殺行為におれを引きずり込むつもりか？」

「自殺行為？」グエンが鸚鵡《おうむ》返しに叫んだ。「そうかも知れねえ。しかし、生きながら精神が死んでるよりよっぽどいい！」

「こんなことは」神代恒彦は喉を顫《ふる》わせた。「おまえには意味があったとしても……」

「おまえにゃ無意味だと言うのか？」野鼠が神代恒彦にみなまで言わせずに怒鳴った。「ＦＢＩに追われＣＩＡに追われ、ただ虫けらのように抹殺される運命にあるおまえに意味だのへちまだのとほざいている余裕がどこにあるんだ？」

神代恒彦は気勢に押されて言葉を失った。

「それとも」グエンは容赦なく続けた。「おまえはこの館に隠れ住んで一生を終えようと計算しているのか？」

神代恒彦は野鼠の言葉を聞きながら、ふたたびソファに腰を下ろした。革張りの中のスポンジが萎《な》えた音をたてた。

「こいつ、怖気《おじけ》づいたんだよ、きっと」いままで口をきかなかったト・ファがぽつりと言った。

神代恒彦は女の表情を一瞥《いちべつ》した。ト・ファは腕を組んだまま神代恒彦を見下ろしていた。

「アメリカ合衆国の命令で、新興国の革命家や民族指導者は嬉々《きき》として殺すくせに」女は平然と続けた。「アメリカ合衆国を相手どって、ことを構えようなんて度胸はどこにもないのさ。要するに、こいつは男じゃないんだよ」

「女は黙ってろ！」グエンがト・ファを怒鳴りつけた。それから、神代恒彦へ向かい、諭《さと》すような口調ではじめた。「おい、よく聞きな。おまえはアメリカの官憲に追われている。死ぬことはまちがいない。なあ、おまえもアジア人ならわかるだろう、どう生きるかはどう死ぬか、だ。さんざん利用されて都合が悪くなったからといって、ただ抹殺されるつもりかよ？」

神代恒彦は答えなかった。

「それに」野鼠は続けた。「おまえはこの館に合流してきたんだ。言ってみりゃ、おまえとおれたちはもはや運命共同体だ。いちいちおまえの好みを聞いてるわけにゃいかねえ」

神代恒彦は無言のままグエンを見凝めていた。

「どうなんだ？」野鼠が苛立って神代恒彦の反応を促した。

居間の中のすべての視線が神代恒彦へ集中していた。ヴェトナム人たちは息を殺して神代恒彦の表情に注目していた。

「とにかく、明日はまずい」神代恒彦の喉から低い声が絞りだされた。

「何がまずいんだ？」

「明日はやらなきゃならないことがある」

「おい！」グエンが血相を変えて立ちあがった。「ハムレットにでもなったつもりか？

色男ぶるんじゃねえ！　おまえはおれに投降したんだ。文句は言わさねえ。今後はおれの指揮下にはいってもらうぜ！」

「待ちな！」神代恒彦も唾を飛ばしながら立ちあがった。

「だから、何を待つんだ？」野鼠が大声で怒鳴った。

「おれの言うことも聞け！」神代恒彦はグエンを睨みつけた。「いいか、おれはおまえの言うとおり、ＦＢＩに追われてる。同時に、ＣＩＡもおれを殺そうとしている。理由はおれがＦＢＩに追われているからだ。ＣＩＡはＦＢＩがおれを逮捕しておれの口からおれが国外でやった仕事が外に洩れるのを怖がっておれの口封じをしようというわけだ」

「見な！　おまえもおれたちと同じじゃないか」野鼠が唸《うな》り声をあげた。「さんざん利用されたあげく、結局はそうなるんだ！」

「黙って聞きな」神代恒彦の声が落ちついてきた。「おれはな、《羅府新報》に例の広告を出す前に、おれと同じような非合法員《イリーガル》を使っておれを消そうとしたＣＩＡの正規職員《レギュラー・スタッフ》を殺した。しかし、それでＣＩＡの動きが止まるわけじゃないのはもちろんだ。ＣＩＡは次々と非合法員を使っておれをつけ狙うだろう……」

「あたりまえだ」グエンが叱《しか》りつけるように呟いた。

「それはそれでいい」神代恒彦は声を落として続けた。「だがな、おれがＦＢＩに追われＣＩＡにつけ狙われるようになったのは、もとはと言えば、メキシコからおれをつけまわしてきたやつがいるからだ。おまえが金を持って逃げたすぐあとだ。アンリ・ピネエ、アンディ・ショウ、フェリペ・ギョームという三人の非合法員がおれの命を狙いはじめた。ハンス・ボルマンもパレンケもこの三人に殺された。途中で拾った女エイプリル・ローズもこの連中に切り刻まれた。例のツーソンのモーテルの女殺しだ。そのためにおれはツーソン市警に追われ、行きがかりでパーカーズヴィルの保安官を殺した。それがFBIに追われるようになった理由だ……」

「なぜ、そいつらはおまえを追いまわす？」

「おれが知りたいのはそこだ。おれはやつらに恨みを受ける覚えはどこにもない。かと言って外国の情報機関がやつらを傭《やと》っておれを始末する理由も思いあたらねえ。CIAやメキシコ内務省保安局特殊任務課が口封じのためにおれを狙ったふしもない……」

「おまえはその三人の口からその理由を吐かせようというわけか？」

「いや」神代恒彦は首を振った。「やつらはもう口はきけない。三人とも殺した……」

「それじゃ、もうお手あげじゃねえか」

「ひとりだけ、それについて情報を持っていそうな人間がいる。そいつは明日、ロサンジエルスに戻ってきて、あさってハワイに向けて発《た》つ」

「だれだ、そいつは？」

「そいつに会うには明日しかない」

「だれだと訊いてるんだ！　こうなったからにゃ、おまえはおれの質問にすべて答える義務があるはずだぜ」

「ドナルド・ベケット」神代恒彦は静かに言った。「表向きは南カリフォルニア大学の歴史学の教授だが、実際にはＣＩＡとＫＧＢの二重スパイだ。この男はロサンジェルス周辺の文化人、知識人、学生などの動向をＣＩＡに流し、レオン・マーフィという偽名を持つＫＧＢの正規機関員ウラジミル・マホウスキーにＣＩＡに関する情報を流している。それにＣＩＡとＫＧＢを経由してはいってくる他の情報機関の動向にも詳しい」

「そいつに会えば、おまえがなぜつけ狙われたかがわかるのか？」

「そいつは何とも言えねえ。ただ、とにかくいまのところおれが接触できる唯一の情報源だ」

「どうしてもそいつに会ってみたいと言うのか？」野鼠は神代恒彦を睨みつけた。

「おまえの言うとおり……」神代恒彦は低い声で答えた。「どっちみち、おれは殺される。それも遠くないうちにな。どうせ死ぬわけだが、地獄へ行く前におれを墓場に案内したやつがどこのどいつだか知ってからくたばりたいじゃねえか」

グエンは神代恒彦を睨みつけたまま頷きはじめた。野鼠の顔からはしだいに興奮の色が退《ひ》いていった。だれもがこの男の次の反応を待っていた。

「明日だけだ」野鼠の嗄《しわが》れ声が館の中に響いた。「明日はおまえに時間をやる。そのかわり、明日の結果いかんに拘《かか》わらず、翌日からはおれの指揮下にはいってもらう」

3

翌日、神代恒彦は正午前に眼を覚ました。

充《あ》てがわれた二階の寝室はだだっ広く、天井には薄汚れたシャンデリアがぶら下がっていた。壁には額縁《がくぶち》のついた大きな鏡が埋めこまれ、その前には小さな古びた机が不釣合に置かれていた。神代恒彦は年代物のベッドから身を起こし、階下へ降りていった。

居間の中にいたのはボー・ト・ファだけだった。視線が合っても、女は会釈ひとつしなかった。「他の連中はどうした?」神代恒彦は女に訊《たず》ねた。

ト・ファは答えなかった。不快そうな一瞥を投げかけて台所に消え、すぐにコーヒーとトーストと茹卵《ゆでたまご》を持ってきた。

「朝食だよ」

「他の連中はどうした?」神代恒彦は同じ質問を繰り返した。「出かけたのか?」

「まだ寝てるよ!」女は面倒臭そうに答えた。口調は喧嘩腰《けんかごし》だった。

神代恒彦はソファに座り、朝食に手をつけた。

「他の連中が何を考えようと」ト・ファは腕組みをして神代恒彦を見下ろした。「わたしはあんたを信用していないからね!」

神代恒彦はそれを無視してトーストに齧《かじ》りついた。眼やにを擦《こす》り落としながら、コーヒーを啜《すす》った。

「その態度を見てると胸が悪くなるよ、まったく！」女は悪態をついて、ふたたび台所へ消えていった。

神代恒彦は食事を終えると、テーブルの下に置いてあった雑誌類を取りだした。一年前の《ニューズ・ウィーク》誌があり、『ニュー・アメリカン』というタイトルのもとに、キャンプ・ペンデルトンのヴェトナム難民収容所の模様を特集していた。神代恒彦はぱらぱらとページをめくったが、すぐにそれをテーブルの上に抛り投げた。

このとき、居間の柱時計が正午を告げた。

ヴェトナム人たちが次々と居間へ集まってきた。ト・ファは嬉々として食事をテーブルの上に運びはじめた。

グエン・タン・ミンは一番最後に、寝室から起きだして居間へやってきた。茹卵の皮をむきながら、野鼠は神代恒彦に眠そうな声で訊いた。

「そっちはいつ発つ？」

「深夜だ」神代恒彦が答えた。

「こっちもだ。十一時にここを出発する予定だ……」

「車を借りるぜ」

「フォルクス・ワーゲンを使え。ムスタングはキャブレターの調子が悪い」グエンはそう言って、ゴ・チャン・ホイにヴェトナム語で何ごとか命じた。

若者は食事を中断して二階に駆けあがり、すぐに戻ってきた。テーブルの上にS＆Wが置かれた。ト・ファが不満そうに拳銃を眺めた。

「おまえはコルト・パイソンより、S＆Wの方が使い慣れてるはずだ」野鼠が茹卵をほおばりながら言った。

神代恒彦はS＆Wを手にして立ちあがった。

「どこへ行くのよ？」ト・ファがけたたましい声で喚いた。

「この館の近くをぶらつくだけだ」

女はヴェトナム語で喋りはじめた。元・軍医のカオ・バン・クアンが女に同調するようにしきりに頷いた。

野鼠がヴェトナム語で怒鳴るように女の言葉を制した。ト・ファは恨めしそうに黙りこんだ。

「晩飯は何時だ？」神代恒彦は女に訊いた。

「七時よ」ト・ファが不貞腐《ふてくさ》れた声を出した。

神代恒彦は居間を出た。

七時まで館の周囲をぶらついたが、眼についたのは白い岩肌と草と雑木だけだった。

七時の夕食はヴェトナム料理だった。食卓での話題は何もなかった。

八時から十時半までは二階の寝室のベッドに横たわって、ただ時間を費やした。耳を澄ますと、開け放たれてる窓から遠くの谷を渡る風のすすり泣きがかすかに聴こえてきた。

山岳地帯を這《は》いずりまわるその音は赤子の産声《うぶごえ》にも似ていた。神代恒彦はベッドの上で煙草を八本、喫った。

十時四十分、神代恒彦はＳ＆Ｗに弾丸を装塡《そうてん》してフォルクス・ワーゲンに乗りこんだ。館の前庭は玄関のライトと居間の大きな窓から洩れてくる灯りであかあかと照らしだされていた。光の中をランド・ローヴァーが黒い影を落とし、そのまわりを五人の人影がせわしなく動きまわっていた。

神代恒彦はフォルクス・ワーゲンのフロント・ガラスを通してその光景を眺めていた。グエンはランド・ローヴァーのそばで、チャン・ホイ、ロ・バン・フー、レ・チェン・チン、ダン・テ・ナムの四人に武器の積み込みを指示していた。ト・ファとカオは玄関前に突っ立って神妙な顔つきでそれを見守っていた。

開けたままの車の窓から夜の冷気が頰を撫《な》でた。

「勝手に出かけるぜ」神代恒彦は腕時計にちらりと眼をやって野鼠に声をかけた。

グエンは四人のヴェトナム人に指示する手を休めてフォルクス・ワーゲンに近づいてきた。

「いいか、忘れるんじゃねえぜ」野鼠は車のそばまできて念を押した。「おまえが勝手に動けるのは、きょう一日だけだということをな」

神代恒彦は眼で頷いてエンジン・スイッチをひねった。フォルクス・ワーゲンの空冷エンジンが乾いた始動音をたてた。

グエン・タン・ミンは腰を落として車の窓から首を突っ込み、声を殺して早口で喋りはじめた。「明日の夜でも、ゆっくりおまえと話をするが、あの四人は……」野鼠は顎をしゃくってランド・ローヴァーのそばの男たちを話題にした。「現場でどれだけ動けても、まだ総合的な判断ができるわけじゃない。ヴェトナムでの戦闘経験は豊富だが、実際に戦場でじぶんの判断で動いたことはないんだ」

「カオは？」

「やつはただの理論家だ」野鼠は首を振りながら続けた。「それに、カオはもともと医者だ。軍医だったから、人が死ぬのはたくさん見てきている。しかし、じぶんで人を殺すとなれば話は別だ。やつは頭がいいから緻密《ちみつ》な狙撃の計画は立てられる。だが、実際の狙撃の場では……」

「ちびるというわけか」

「おまえにゃわかってるはずだ」野鼠は頷きながら答えた。「考えてることを正確に言えるような人間に人なんか殺せねえ。なぜ、ヴェトナム難民がこんなことをしなくちゃならないかをやつの口から聞いたろう？　おれの気持ちをうまくまとめりゃ、ああだ。だが、おれは革命だの何だのときれいごとを言うつもりはねえ。おれはおまえと一緒になってメキシコでインディオを殺したんだからな。そんなことを口にする資格はどこにもない。おれはただ、このアメリカを火だるまに追いこんでやりたいだけだ……」

「今夜の狙撃にはカオは連れて行かないのか？」

「とんでもない話だ」グエンは唇に冷えた笑いを浮かべた。「いままでの二度の狙撃でもあの男はここで留守番だ。やつは参加したいとおれにせっついたが、おれは断わった。荒っぽいことは無理なんだ。それに……」

「何だ？」

「おれは知ってる。カオは、やつ自身も実際に現場に行くことをほんとうは望んじゃいねえ。やつは連れていけとおれにせがむが、そいつはただのポーズに過ぎない。心の底では、な、インテリの考えてることは、なあ、わかるだろう、どれほど立派なことを言っても実際にじぶんで手を下《くだ》すことを恐れているんだ……」

　神代恒彦は野鼠の言葉を聞きながら、ラジオのスイッチを入れた。スピーカーから雑音とともにソウル・ミュージックが飛びだしてきた。

「とにかく、話は明日聞こう」神代恒彦はグエンの顔から眼を離した。

「いいか」野鼠は神代恒彦の腕を摑《つか》んだ。「おれは伊達や酔狂でおまえをここに引きずりこんだんじゃない。おまえの腕を真底、あてにしてるんだ！」

　神代恒彦は静かにアクセルを踏んだ。

　グエンの体がフォルクス・ワーゲンから離れていった。バックミラーに映るヴェトナム人たちの姿がしだいに小さくなって、やがて消えた。

　山道を抜けて、展望地《ヴュー・サイト》へ出た。

　神代恒彦はそこから蛇行する強い勾配のアスファルト道路をスピードを殺しながら降り

ていった。三十分も走ると、夜霧の彼方にロサンジェルスの灯が淡く浮かんで見えてきた。

4

水銀灯が緑に映えていた。

フォルクス・ワーゲンはうっそうと生い茂る常緑樹に包まれたビヴァリー・ヒルズの豪邸街をひた走った。孤独なエンジン音が樹々の間に谺《こだま》して夜の底を顫えながら伝わっていった。

神代恒彦は金満家《ミリオネヤー》たちの居住区を抜けて、ヴィセンテ大通りの北のはずれにそびえ立つ高層アパートの近くにフォルクス・ワーゲンを停めた。中国人、姚九竜《ヤオ・クールン》の教えてくれたドナルド・ベケットの住所はその十八階建てのアパートの最上階だった。

ガラスの自動扉から透けて見える高層アパートの入口《エントランス》は真紅の絨毯が敷きつめられ、シャンデリアの灯りに大理石の壁が乳白色に輝いていた。入り口の中はバッキンガム宮殿の警護兵に似せて造られた制服《ユニホーム》のガードマンが所在なさそうに行ったりきたりしていたが、人影と言えばこの男だけだった。

神代恒彦は入り口の中に足を踏み入れた。

ガードマンが立ちはだかった。二メートル近い黒人だった。

「訪問先は？」大男は威圧するような声を出して、神代恒彦を見下ろした。

その瞬間に神代恒彦は男の鼠蹊《そけい》部を右脚で思いきり蹴りあげた。ガードマンは股間を押さえて身をしゃがめた。その顔面をふたたび神代恒彦の右脚が襲った。呻き声とともに巨体が紅い絨毯の上に崩れ落ちた。

神代恒彦は気絶した男の脚を引っぱって入り口のそばに設けられている警備人室の中へ連れこんだ。中には警報装置のついた机が置かれ、そのそばに清掃用具の置場に抜けるドアがあった。神代恒彦はドアを開けて用具室の中にガードマンを運びこんだ。バケツの縁《ふち》にかけられていたタオルで猿ぐつわをかまし、モップのそばに投げ棄てられていたホースで男の体を縛《しば》り、用具室から警備人室を抜け、エレベータに乗りこんだ。

ドナルド・ベケットはアパートの最上階のフロア全体を借りきって住んでいた。神代恒彦はS＆Wを握りしめて玄関のチャイムを鳴らした。たて続けに十数度、鳴らしてみたが返事はなかった。

神代恒彦は屋上へ上がり、屋上の鉄柵を越えて十八階の暗いベランダに飛び降りた。S＆Wの銃把でベランダに面したガラス戸を軽く小突いてみたが、返事はなかった。しだいにガラス戸を叩く音を大きくしてみたが、やはり、中で人が眠っている気配はなかった。

神代恒彦は握りしめているS＆Wに力を入れてガラス戸を叩き割った。そこから手を突っ込んで、プッシュ式の錠前を開けて中にはいった。

「ベケット！」神代恒彦は居間の壁際に立って叫んだ。

「ベケット！」もう一度叫んだが、だれも応える者はいなかった。

毛足の長い絨毯に足をとられながら暗闇の中を歩きまわって、居間の灯りのスイッチを探しだした。柔らかな間接照明の中に、広い部屋の隅々に置かれている贅《ぜい》をつくした古典趣味の家具と調度品が浮かびあがった。

神代恒彦は居間のガラス戸を開け放ち、アパートの中を探索しはじめた。ふたつの寝室を覗いたあと、三つ目の扉のノブに手をかけた。

ドアを開けて一歩、足を踏み入れた瞬間だった。後頭部に強い衝撃があった。力まかせに振り下ろされたのは鈍器だった。崩れかかる体を持ちこたえようとするところを二度目の衝撃が右耳の付け根を襲った。

体が沈みこんでいった。意識が薄れるのと、絨毯の上に転がるのが同時だった。脳裏は束《つか》の間空白になった。

空洞の世界がどれぐらい続いたのか見当もつかなかったが、何かが右手に触るのがおぼろげながら感知できた。触っているのは人間の手だった。S&Wを握りしめていた指が一本一本、引き剝《は》がされていった。

銃把の感触が手のひらから消え、続いて、身辺から人の気配が消えた。それから、絨毯を踏む嗄《かす》れた靴音が聴こえはじめ、それが遠ざかっていき、どこかで乾いた音が小さく響いた。部屋の灯りが点灯されたらしく、瞼《まぶた》の中の暗さが急に白んだ。瞼を通じて柔らかな光が眼球を浸すと、すぐに足音が戻ってきて、だれかが体のそばに身をかがめる気配がした。

吐息が顔に近づいてきた。

人間の手が神代恒彦の顎《あご》を摑んだ。

その手は顔面を二度ほど強く左右に振った。そのたびに神代恒彦の口の中からぬるぬるしたものが流れ出た。涎《よだれ》だった。手が動かなくなると、やがて男の声が神代恒彦の鼻の先に降りかかってきた。

「こいつか」アジア人訛《なま》りの英語だった。「この男がなぜここに？」

顎を摑んでいた手が離れた。

神代恒彦は涎を流しながら、足音がふたたび遠のいていくのを聴いていた。他の神経はすべて麻痺《まひ》しているのに、聴覚だけが動いていた。

足音が立ちどまった。

椅子に腰かける音に続いて、木製の台の上に金属を置く音が鼓膜を叩いた。その音に刺戟されて、神代恒彦の脳髄を蔽っていた不透明な膜がしだいに剝がれていった。それとともに後頭部の痛みがずきんずきんと疼《うず》きはじめた。

「起きな！」突然、太い男の声が響いた。日本語だった。

混沌《こんとん》とした意識の中で、神代恒彦は瞼を開こうとした。だが、まだ顔の筋肉は動かなかった。絨毯の長い毛足に触っている両手にも力ははいらなかった。ただ、後頭部の痛みだけがますます激しくなっていった。

「起きるんだ！　それぐらいのことでおねんねを決めこむほど、おまえは軟弱《やわ》じゃなかろう！」また日本語が響いた。

その声に脳膜にこびりついていた最後の翳《かげ》が取り払われた。神代恒彦はようやく眼を覚ました。

周囲に眼を配ると、そこは書斎だった。三方の壁にある造りつけの書棚はぎっしりと本で埋めつくされ、窓際には両袖の巨大な机が部屋全体を睨むように配置してあった。机の上には電話が置かれ、そのそばに神代恒彦から取りあげたS＆Wが銃口をこちらに向けて置かれていた。そして、その向こうの椅子にはひとりの男が銃身の短い拳銃を手にして座っていた。他にはだれもいなかった。

男は東洋人だった。

神代恒彦は頭を振り振り立ちあがろうとした。

「立つんじゃない！」途端に男の日本語が飛んだ。落ちついた力強い声だった。「そのままの姿勢でいるんだ！」

神代恒彦は両腕を床についたままその東洋人の顔を眺めた。

男は三十歳を超えたばかりだった。体は大きくはなかった。整った目鼻だちはすべてが小造りで、それがその小男の印象を一見、ひ弱なものにしていた。だが、椅子に座った姿勢にはまるで隙がなく、S＆Wスナップ・ノーズを握った手つきにはどこにも無駄な力がはいっていなかった。

「おれはおまえを知っている」小男は確信に満ち溢《あふ》れた眼差しで神代恒彦を見下ろしてい

た。「おまえの腕の方もな」

　神代恒彦はまだ完全には焦点の定まらぬ眼で小男を見返していた。視力の回復とともに後頭部の痛みがしだいに退《ひ》いていった。

「おれでなくとも、アリゾナ州の新聞を読んだ人間なら、だれでもおまえがどんな男か知ってる」小男は張りのある声で続けた。「顔写真入りででかでかと紹介記事が出たんだからな。だが、おれはおまえについて新聞に書かれた以上のことを知ってる……」

「おれもおまえを知ってるぜ」神代恒彦は唇から顎に残る涎を拭《ぬぐ》いながら言い返した。

「ほう？　おれはだれだい？」

「檜垣真人――そいつが本名であるかどうかは知らんが」

「何でおれの名を知ってる？」小男はかすかに苦笑した。

「上林重信という男を知っているか？」

「日本企業懇話会のか？」

「やつのところでおまえの顔写真を見せられた。おまえがどんな男かもやつから聞いた」

神代恒彦はそう言いながら腕時計に眼をやった。

「安心しな。このアパートの住人はまだ三十分はここへは戻ってこない」檜垣真人は諭すような口調になった。「で、上林重信は何と言った？　このおれの暗殺をおまえに依頼したのか？」

「暗殺だと？」

「しらばっくれなくてもいい。おれはずっと前からやつがおれの命を狙ってることは知ってた」

「やつが四日前に死体になったことは？」

「新聞で読んだ。おまえが殺ったのか？」

神代恒彦は答えなかった。

「どうして、おまえはやつと知りあった？」小男はかまわずに質問を続けた。「だれかの紹介でおまえは上林重信に近づいたのか？」

「おれはな」神代恒彦は檜垣真人の反応を窺いながら呟いた。「おれはおまえとまちがわれて殺されかかった。やつが差し向けた殺し屋がおれとおまえとを混同したんだ。だから、おれは依頼王の上林重信のところへ押しかけた……」

「刺客がおれとおまえとを混同した？」小男はそう訊き返して、それから喉を鳴らして笑いだした。「おれもメキシコに出向いてインディオ殺しを引き受けた非合法員とまちがえられるとはな」

「なぜ、そんなことを知ってる？」神代恒彦は弾かれたように問い返した。

「おまえは不思議な男だ。ユカタン半島の禁猟区でインディオ殺しを引き受けながら、インディオとの連帯をもっとも熱心に推し進めてきたＡＩＭの最硬派シヴィート・ベアランナーと一緒にアリゾナで脱獄、かと思えばおれとまちがえられ上林重信から狙われる……おまえは不思議な非合法員だ」檜垣真人はそう言って笑い続けた。

「どこでそんな情報を手に入れた？」神代恒彦は低い声で質問した。

だが、小男はなおも笑い続けていた。笑ってはいたが、Ｓ＆Ｗスナップ・ノーズを持った姿勢は微塵《みじん》も崩れてはいなかった。

「おれが非合法員だということをどうして知った？」神代恒彦は絨毯に爪を立てて小男を睨みつけた。「おまえも裏じゃ、おれと同じ商売をしてるのか？」

檜垣真人はぴたりと笑うのを止めた。そして、束の間の沈黙のあと、言葉を選びながら話しはじめた。

「おまえがここに何しに来たか知らないが、この部屋の住人ドナルド・ベケットはＣＩＡとＫＧＢの二重スパイだ。おれはベケットがＫＧＢに手渡す資料の中に、対ＡＩＭの諜略に関する文書が混じってはいないかとここへ忍びこんできた。おれの欲しいものはなかったが、資料を引っ掻きまわしているうちに妙なものを発見した。それでメキシコのユカタン半島での虐殺について一切が呑みこめた」

「何を見つけだしたと言うんだ？」

「知りたいか？」

神代恒彦は眼で頷いた。

檜垣真人はしばらく黙りこんだあと、銃口をわずかに左右に動かしはじめた。そして、やおら口を開いた。

「立ちな。ゆっくり立つんだ。両手をあげたまま背後の書棚に歩け。妙な真似をしたら、わかってるだろう、背中に三十八口径の穴が開く」

神代恒彦は言われるままに動いた。

「書棚の三番目の段の左端にあるそのぶ厚い本を五冊ほど引きだしてみるんだ。奥に隠し戸があるはずだ」背後の声が催眠術師の言葉のように響いた。

五冊のぶ厚い書籍を引きだすと、指摘どおり書棚の奥に巧妙に細工された隠し戸があった。板の継ぎ目を利用した引き戸だった。そこを開けると、中に数冊のノートが置かれていた。

「その中の緑色の表紙と黄色の表紙のノートを取って、こっちを振り向くんだ」

神代恒彦は二冊のノートを手にして振り返った。檜垣真人の銃口は相変わらずぴたりと心臓を狙っていた。

「前に二度ほどここに忍びこんだことがあるから、おれはこの部屋の中に詳しい」小男はそう言って笑ったが、すぐに命令口調に戻った。「その二冊のノートを持って、元の位置に座れ」

神代恒彦は銃把で殴られて転がっていた場所にあぐらをかいた。

「まず黄色い表紙のノートをめくってみるんだ」

檜垣真人に促されて、神代恒彦はページを開いた。どのページにも個人名が羅列してあり、その中に神代恒彦が知っている男たちの名が混じっていた。その男たちはどれもCIAの非合法員をしていた。名まえの下にはそれぞれ簡単な経歴が記されていた。

「そいつが何だか見当はついたろう？　ＣＩＡの非合法員の名簿だ。その中におれの知ってる非合法員が何人かいる。どいつもこいつも蝮《まむし》みたいな男だ。そのノートが非合法員の名簿であることはまずまちがいない」

神代恒彦は黙ってページをめくり続けた。

「うしろから五番目のページにおまえの名が出ている」小男の重々しい声が飛んだ。「日本人の名は珍しいからすぐに眼についた。そしたら、その非合法員はアリゾナでシヴィート・ベアランナーと一緒に脱獄して新聞を賑わした日本人だったというわけだ……」

神代恒彦はうしろから五ページ目に眼を落とした。そこには確かに神代恒彦の名が記されていた。名まえの下には『一九四六年生まれ。国籍・日本。九年間にわたり世界各地で破壊工作に従事。禿鷹《はげたか》への貢献度きわめて大』という注釈が添えられていた。

「禿鷹というのはＣＩＡを指してると看てまちがいない」檜垣真人が断定した。「おまえは禿鷹の羽毛の中に寄生する虱《しらみ》というわけだ。ノートを変えな」

緑色のノートは雑記帳だった。数字や人の名や場所名が各ページに書き殴られ、ところどころに短い説明文がつけ加えられていた。

「最終ページを見るんだ」

そこにまた神代恒彦の名が出ていた。その名の下に、『犬鷲《いぬわし》の依頼により、フェリペ・ギョーム、アンリ・ピネエ、アンディ・ショウの三人が追跡開始。フェリペ・ギョームの調査により、標的は現在（一九七七年六月中旬）、ユカタン半島において何らかの破壊工作を進行中』と書かれていた。

「犬鷲とは何だ？」神代恒彦はノートから眼を離した。

「知らん」小男は不動の姿勢で吐き棄てた。「おそらく、別の情報機関の暗号名だろう。ソ連かも知れないし、ヨーロッパのどこかの国の情報機関かも知れん。非合法員のおまえが知らんのか？」

神代恒彦は首を振りながら緑色の表紙のノートを膝の前に置いた。書斎の天井の蛍光灯が二冊のノートの表紙についた手垢《てあか》をくっきりと映しだしていた。

「とにかく」檜垣真人の張りのある声が部屋の中で跳《は》ねかえった。「そのふたつのノートを重ね合わせてみりゃ、おまえがメキシコで何をしていたかはすぐにわかる。六月中旬と言えば、ユカタン半島の通称《禁猟区》と呼ばれる地域で、フリオ・コステロ、ミゲル・オルチス、パブロ・ハラミージョ、アルベルト・アヤラという四人の男が殺された時期だ。禁猟区の中の内部抗争の果てに撃ちあって死んだように見せかけてあったが、職業的殺人者の手による暗殺であったことはまちがいない。つまり、非合法員が動いたんだ。どうだ、否定はできまい？」

「何が？」

「おまえが殺ったことは歴然としてるんだ！　ＣＩＡによる依頼か？　それともメキシコの情報機関に傭われたのか？」

神代恒彦は答えなかった。檜垣真人の質問を無視してもう一度眼の前の二冊のノートを取ってページをめくってみた。

「まあ、どっちに傭われたのでもいい」小男の声がしだいにとげとげしくなってきた。「どっちみち、ふたつは同じ穴の貉《むじな》だ。重要なのはおまえがあの四人を殺したということだ。帝国主義の民族絶滅策に真っ正面からぶち当ろうとした中南米の先住民族運動の指導者をその薄汚い手で消したということだ。おれはな、ＡＩＭのレポ役としてあの四人に会ったことがある。卓越した指導力を持つ男たちだった……」

「だから、どうだと言うんだ？」神代恒彦は床の上にふたたび二冊のノートを投げだし、不貞腐れた台詞を吐いた。

檜垣真人は話を中断して神代恒彦の眼を改めて見据えた。小男の眼窩《がんか》から放たれた重い視線はせせら笑おうとした神代恒彦の頬の肉を硬直させた。それまで檜垣真人の眼の中にあったかすかな気安さが完全に消えていた。それに代って、確実な殺意が急速に浸しはじめていた。

喉が急速に乾きはじめた。

「おれをどうするつもりだ？」神代恒彦はからからになった下唇を右手の甲で拭った。

「連中に代っておれを殺すか？」

檜垣真人は黙っていた。無言のまま銃口をこちらに向けて座った姿勢に変化はなかった。底冷えのする視線もぴたりと神代恒彦の眼を射抜いたまま動かなかった。

神代恒彦はまた唇を拭った。唇は乾ききっていたが、手のひらは汗で濡れていた。その汗を絨毯の毛足で拭った。

「どうしようかと考えている」ようやく檜垣真人が口を開いた。事務的な口調だった。

「この場で処刑すべきかどうかを」

「処刑だと？」

眼が頷いた。小男は本気だった。

5

五分過ぎても、檜垣真人はまだ引鉄《ひきがね》を引かなかった。表情からは、いつまでこの状態を続けるつもりなのか、まったく読みとることができなかった。神代恒彦は全神経を集中して、この小柄な日本人の隙を窺っていた。

重く張りつめた空気を机の上の電話が引き裂いた。

神代恒彦の神経はけたたましいベルの音にかき乱されたが、檜垣真人はそうではなかった。握りしめているS&Wスナッブ・ノーズの銃口は電話が鳴っても、ぴくりともしなかった。

呼びだし音は五回ほど鳴って切れた。

ベルが鳴り終わると、長い沈黙を破って檜垣真人がぽつりと言った。

「シヴィート・ベアランナーはどうした？」

「三日前にレドンドビーチで死んだ」

「死んだ？」小男の声が急に上ずった。「いつのことだ？」

「死んだ」

檜垣真人の眼の色が変わった。同時に、体全体が水を打たれた犬のように硬直した。動揺は隠しようがなかった。

「新聞には出なかったか？」神代恒彦は小男の顔が血の気を失って歪んでいくのを見ていた。「港に面した空《あき》事務所から出た三つの焼死体のうちのひとつがベアランナーだ」

檜垣真人は何か言おうとしたが、すぐには言葉は出そうにもなかった。かわりに手にしている拳銃が小刻みに顫《ふる》えだした。

「何を興奮してやがるんだ？」神代恒彦はそう言いながら小男の変化を観察しはじめた。

檜垣真人はいまにも引鉄を引きそうだった。さっきまでの確信に充ちた冷静さは影もかたちもなかった。蒼《あお》ざめた顔の中で、眼だけが煮えたぎっていた。

「やつとおまえとはどういう関係なんだ？」神代恒彦は訊いた。

檜垣真人は答えなかった。口は開かなかったが、瞳の中ではっきりとした疑惑の色が点滅しはじめた。

「おれじゃねえ」神代恒彦は低い声で吐き棄てた。「おれは報酬もなしに殺しをやるような素人じゃない。おれの命を狙うやつなら話は別だが」

「ベアランナーの首には」小男は喉を嗄《から》してやっと言葉を発した。「ＦＢＩから懸賞金が懸かっていた……」

「保安官殺しで追われてるこのおれがどの面下《つら》げてFBIに出頭するんだ?」

「金めあてでないとすりゃ」S&Wスナップ・ノーズの振幅はさらに大きくなっていった。

「ベアランナーはおまえの正体を知っておまえを処刑しようとした。AIMの男ならだれでもそうするはずだ。だから、おまえは……」

「事実を知りたくないのか?」

「うるせえ!」小男は吼えながら立ちあがった。血走った眼はもうすぐ沸騰点《ふっとうてん》に達しそうだった。

神代恒彦は檜垣真人が近づいてくるのを待っていた。小男が机の向こうから激昂《げっこう》して歩み寄ってくるのを期待していた。距離が狭《せば》まればいつでも跳びかかれるように、息を止めて檜垣真人を窺っていた。

だが、小男はそれから先は動かなかった。机の向こうで棒立ちになって体を顫わせているだけだった。

「やつはおれのことは最後まで知らなかった」神代恒彦は揺れ動く銃口を見ながら言った。

「そいつは嘘じゃない」

「ごまかすな!」

「嘘じゃない。やつとおれとはアリゾナで一緒に警察から追われ、ロサンジェルスでもしばらく一緒だった。だから、やつはおれが何者かを知りたがったが、非合法員だとは疑いもしなかった……」神代恒彦が小男の次の反応を待ちながらここまで喋ったとき、二度目の電話が鳴った。

呼びだし音はまた五回で切れた。

檜垣真人は電話のベルによって興奮から引き戻されたようだった。瞳の中から急速に激情が消えていった。S＆Wスナッブ・ノーズの銃口はふたたび動かなくなった。小男はゆっくりと腰を下ろした。その姿勢にはもう隙はなくなっていた。

「信じようと信じまいと勝手だが」神代恒彦は溜息を洩らした。「おれはベアランナーが死んだ現場にいた。やつを殺したのはアンリ・ピネエという非合法員だ」

「ピネエだと？」小男の声は完全に落ちつきを取り戻し、眼差しがまた冷気を帯びはじめた。

「おまえもＡＩＭに関係してるなら聞いたことがあるだろう。ピネエは一九七三年以降、サウスダコタのパインリッジ居留区でインディアン殺しを専門に引き受けた非合法員だ。ベアランナーはそのピネエに復讐しようとして殺された。死体を燃やしたのはこのおれだが……」

「ベアランナーはどうやってピネエと出食わした？」

「ピネエはメキシコからアリゾナ、ロサンジェルスとおれを消そうとして追ってきた。途中でおれがベアランナーと一緒になったのは、新聞に出たとおりだ。で、ベアランナーは旅の途中でおれを追ってるのがピネエだと気づいた。だから、ベアランナーはロサンジェルスで傷の手当てが終わると、逆にピネエの居所を嗅ぎまわった……」

檜垣真人は神代恒彦の話を信じるふうもなければ、疑う様子も見せなかった。ただ、息を殺して冷えた視線を送り続けていた。

「だが、ベアランナーは反対にピネエにとっ捕まった。おれも、むかしパートナーだった男にひっかけられて銃を突きつけられた。アリゾナで一般刑事犯罪を犯したおれの口封じのために、CIAがその男におれの暗殺を依頼したんだ。そこで、ピネエとその男は打ち合わせて、FBIから追われるおれたちふたりを仲間割れに見せかけて一緒にレドンドビーチの空事務所で始末しようとした……」

「ピネエとその男はどうした？」

「死んだ」神代恒彦はレドンドビーチの空事務所の中で起こったことを説明しようとした。

このとき、三度目の電話が鳴った。甲高いベルの音が机の上で響きわたり、神代恒彦の話の腰を折った。けたたましい音はやはり五回きりだった。

「それで、おまえだけが生き残ったというわけだ」電話が鳴り止むと、小男は静かに口を開いた。

神代恒彦はその言い方を無視しようとした。

「それで、おまえだけが生き残ったというわけだ！」小男はもう一度、今度は少し声を荒《あら》らげて吐き棄てた。

「だったら、どうなんだ？」

檜垣真人はそれには何も答えなかった。眼窩《がんか》の奥の光だけがますます冷たくなった。

「おれの話が嘘だと言うのか？」神代恒彦は吼え声をあげた。

檜垣真人はやはり何も言わなかった。言葉を喋るかわりに左手が机の上の神代恒彦の拳銃に向かってするすると伸びはじめた。右手のS&Wスナッブ・ノーズはそのままだった。

「べつにおまえにおれの話を信じてもらいたいわけじゃないが……」神代恒彦はそう呟きながら、小男の左手の動きを見ていた。

檜垣真人の左手が神代恒彦のS&Wチーフス・スペシャルを掴んだ。

「そういうわけか」神代恒彦は不貞腐れた声を出した。

拳銃を握りしめながら、小男はちらりと左腕の時計に眼をやった。

「インディオ殺しのこのおれを処刑する時間がきたというわけだ……」神代恒彦の唇から挑発的な台詞が零《こぼ》れた。

S&Wチーフス・スペシャルの撃鉄がゆっくりと引き起こされた。

神代恒彦の頬が緩んだ。なぜこんなときに笑みが浮かんでくるのかは見当もつかなかったが、頬の筋肉は勝手に緩んでいった。

檜垣真人はもう一度、腕時計に眼をやった。

神代恒彦の顔から笑いが消えた。同時に喉の奥から怒声が絞りだされた。

「何をぐずぐずしてやがるんだ！　さっさと引鉄を引いたらどうだ！」

檜垣真人はそれでもまだ指を動かさなかった。小男の両手に握られたふたつの拳銃は神代恒彦の心臓を狙ったまま、ぴくりともせずに静止していた。

「それとも、おれと取引でもしようってのか？　それならそれで……」神代恒彦は苛立って腰を浮かせかけた。

「座ってな！」小男の声が飛んだ。

逆らうことのできない強い声だった。神代恒彦は小男を睨みつけながら絨毯の上にまた腰を落とした。

檜垣真人は左手の拳銃を机の上に置きなおした。そして、静かに断言した。

「おまえは生かしておく」

「何だと？」

「おまえは生かしておく」小男はそう繰り返して立ちあがった。「おまえはアリゾナで保安官を殺してFBIに追われている。おまえの言うとおり、国家の薄汚い秘密を抱えた非合法員が一般刑事犯罪でFBIに追われてるとなりゃ、CIAが口封じに動くのは当然だ。裁判で何を喋られるかわからんからな。CIAはかならず次から次へとおまえに刺客を送る。だが、おまえのような男はむざむざ殺されることもあるまい。死ぬまでの間に、何人かのFBIやCIAの関係者を殺すことになるだろう。おまえのような男はそういうかたちでこのアメリカ合衆国を消耗させるのに役立つ。つまり、おれたちにとっておまえはそういう利用価値があるというわけだ。何匹かの番犬どもを殺してくれりゃありがたい。そのために、おまえを生かしておく」

神代恒彦は檜垣真人を見上げながら、その台詞を聞いていた。両手は相変わらず床の上についていた。両手の下の絨毯の毛足はべとべとに湿っていた。

「あと十分足らずでドナルド・ベケットが戻ってくる」小男はそう言って机の向こうから一歩、足を踏みだした。

「おい、眼をつぶんな！」

「何だと？」

「眼をつぶれと言ってるんだ！」

「何のためにだ？」

「いいから、眼をつぶれ！」

神代恒彦は言われるとおりに瞼を伏せた。

絨毯の上を靴音が近づいてきた。靴音は神代恒彦の背後で立ちどまった。

「いいか、何人ものＦＢＩやＣＩＡの連中を殺せ！」頭のすぐ上で檜垣真人の声が響いた。

「それがおまえが殺した人間たちへのせめてもの供養《くよう》だ！」

神代恒彦は鼻を鳴らそうとした。その瞬間にＳ＆Ｗスナップ・ノーズの銃把が力まかせに後頭部に振りおろされた。

神代恒彦はその場に昏倒《こんとう》した。

6

意識を回復すると檜垣真人はもういなかった。机の上に置かれた神代恒彦の拳銃はそのままだった。二冊のノートも持ち去られてはいなかった。

神代恒彦は緑色のノートの最終ページを引きちぎってポケットに入れ、それから机の上のS＆Wを摑んで弾倉を開いた。中の実包を確認してから、消灯して書斎を出た。

居間に戻ると、居間の灯りも消して、ソファに座った。

暗闇の中で、神代恒彦は腕組みをしたままアパートの住人が帰ってくるのを待った。開け放たれてる全面採光の窓からはいってくる微風にかすかにカーテンがそよぐ音が聴こえるだけだった。

五分ほど経った。

エレベータの十八階のドアが開く音がした。

靴音が近づいてきた。ふたりだった。神代恒彦はソファのそばのマガジン・ラックから新聞を取りだして、それでS＆Wをくるんだ。

鍵穴が軋んだ。

玄関のドアが開いて、ふたりがはいってきた。

ふたりは立ち停まった。

かすかな喘《あえ》ぎに続いて粘膜を吸う音が聴こえた。

灯りがついた。

壁際のスイッチのそばで、銀髪の大男が小柄な少年を抱いて唇を吸っていた。

「ドナルド・ベケット！」

神代恒彦の低い声に、銀髪は弾《はじ》かれたように少年から顔を離した。四十五、六歳の肩幅の広い男で、いかにも精力的な学究という顔つきをしていた。少年は二十歳前だった。象《ぞう》牙《げ》色の肌に黒い髪をしていた。目鼻だちを見ると、シリアかイラクの中東の人間だった。

ふたりはかすかにハシシの臭いを漂わせていた。

「だれだ、きみは？」銀髪の彫りの深い顔がひきつった。

「ずいぶん、お見限りだと思ったら、そんな若いのとお楽しみというわけだ」

「何を言ってるんだ、きみは？　いったい、だれなんだ？　何しにここに来た？」ベケットの語気が荒くなった。

「ぼうやの前じゃ、やけに威勢がいいな」神代恒彦は腕組みをしたままふたりを睨みつけた。「その小僧はおまえが教えてる南カリフォルニア大学の留学生か？　授業料をふんだくったうえに、おかま相手にたらしこむって寸法か？　大学教授ってのは悪くねえ商売だな」

「さっさと出ていかないと」銀髪は少年の肩を引き寄せた。「家宅侵入罪、いや、場合によっちゃあ強盗罪で警察を呼ぶことになるが……」

「呼びたきゃ呼びな」神代恒彦は笑いながら言い棄てた。「裁判になりゃ、おれは弁護側証人としてレオン・マーフィという絵画《えか》きを呼びだすつもりだ。おまえの親友のな。ウラジミル・マホウスキーと言った方がおまえにゃわかりやすいかも知れんが」

ベケットの頬からさっと血の気がひいていった。灰青色の双眸《そうぼう》に狼狽の色が点滅しはじめた。

「話は十分で済むんだ。その小僧を外に出しな！　おまえも聞かれたくはなかろう？」

少年が不安の眼差しで銀髪を見上げた。ベケットは黙ったままだった。

「小僧！」神代恒彦の低い声が少年に向かって飛んだ。「大人同士の話があるんだ。十分ほど外でおとなしく待ってな」

少年は動かなかった。

「ドナルド・ベケット！　その小僧に外でいい子にしてるように言え！」

神代恒彦の怒声に銀髪はようやく少年の肩から手を離した。

「いいか、ただおとなしく外で待つように言うんだ。この新聞の中の一九二〇年代のブランデーの小瓶を飲みながら、おれとおまえとで十分間ほどむかしの恋物語をしなきゃならねえ……」神代恒彦はテーブルの上の新聞紙にくるんだS&Wを引き寄せながら、ＣＩＡ関係者にだけわかる隠語を使った。一九二〇年代のブランデーの小瓶とは銃器を意味していた。

「十分で済む。この男の言うとおりに外で待ってなさい」ベケットは少年に囁《ささや》いた。「何も心配はいらない。この男はわたしの友人の友人なんだ……」

　少年は恨めしそうな顔をして媚態《びたい》をつくったが、銀髪は顔を強ばらせて外で待つように示唆した。少年は諦《あきら》めて出ていった。

「用件を聞こう」ベケットは神代恒彦の向かいのソファに腰を下ろした。

「こっちの切り札は」神代恒彦は新聞紙の中からS＆Wを取りだして銃口を銀髪に向けたままテーブルの上に置いた。「おれはいまこの場でおまえを撃ち殺すこともできるし、いつだっておまえがＫＧＢと通じてることをＣＩＡに密告《たれ》こむことができるということだ」

「用件は何だ？」

「ただ、おまえが知ってることを喋ってくれればいい……」

「何について？」

「おれについてだ」

「きみについて？」ドナルド・ベケットは頓狂な声をあげた。

　神代恒彦は頷いた。それから、ゆっくりと書斎から持ってきた緑色のノートの最終ページをテーブルの上に置いた。

「どこからそいつを手に入れた？」銀髪の頬が痙攣しはじめた。

「今後は書棚の奥の隠し戸に入れときゃ秘密書類は安全だと思うのはまちがいだと教室で教えるんだな」神代恒彦はベケットの眼を見据えたまま低い声で呟いた。

　銀髪は舌を動かして唇の乾きを止めはじめた。

「こいつを説明してもらおうか」神代恒彦はノートの最終ページを指さした。「アンリ・ピネエ、フェリペ・ギョーム、アンディ・ショウ、この三人がどうしておれを消そうとしたのかを」

銀髪は答えなかった。だが、明らかに落ちつきを取り戻しつつあった。

「知らねえとは言わさねえぜ」神代恒彦はノートの四角い紙片をつまんで銀髪に投げつけた。「こんな悪戯書《いたずらが》きを書いたんじゃ、しらばっくれるわけにもいくまい。犬鷲とはいったい何だ？」

ベケットはまだ黙っていた。沈黙のまま、まじまじと神代恒彦の顔を見凝めていた。灰青色の瞳が鈍い光を放っていた。

神代恒彦はテーブルの上のS&Wを手にした。

「きみか、例の東洋人というのは……」銀髪はようやく口を開いて立ちあがった。

「何の真似だ？」

「葉巻を喫う」ベケットの声に自信が漲《みなぎ》りはじめた。

神代恒彦は拳銃を握りしめて銀髪が居間の隅の豪奢な飾り棚に葉巻のケースを取りに行くのを眼で追った。ベケットはソファに戻ると銀製のライターで火をつけた。

高級葉巻の香がたちこめた。

「ハヴァナ種はいい」銀髪は煙をくゆらせた。

「金だけじゃなく葉巻もKGBから受け取るのか？」

「いまはハヴァナ種はどこでも買える。フランス経由ではいってくるんだよ」ドナルド・ベケットは葉巻の煙とともに陰湿な笑いを唇から洩らした。

「時間がない」神代恒彦は煙にむせながら言った。「おまえの知ってることをすべて喋るんだ」

「わたしが喋らなければ？」

「わかってるはずだ。おまえもその上等の葉巻やこの豪勢なアパートとおさらばする気はなかろう？　それにあの小僧とも泣き別れする気か？」

「非合法員《イリーガル》お得意の台詞だな」

「時間がないんだ」神代恒彦は銃口を銀髪の胸に向けた。

「そいつを知ってどうするつもりだ？」

「ただ、知ればいい」

「どういう意味だ？」

神代恒彦は答えなかった。

ベケットは葉巻をくゆらせながら天井を向いて何かを考えはじめた。薄紫の煙が居間の中で渦を巻いた。

「喋る気はないようだな」神代恒彦はS＆Wの撃鉄を起こした。

「待ってくれ。もう一度訊く」銀髪は値踏みするような口調で質問した。「わたしがそいつを教えたら、きみはどうするつもりだ？」

「そいつはわからねえ。おまえの答えしだいでどうするかを決める」

「損な取引だな」

「頭のいいおまえのことだ。だれがこの場の切り札《エース・カード》を握ってるかを忘れたわけじゃあるまい」

「他に方法はなさそうだな」

「ない」神代恒彦は断言した。

「これはKGBから得た情報なんだが」ドナルド・ベケットは葉巻を大理石の灰皿に擦りつけて消した。「こういうことはCIAよりKGBの方がよっぽど詳しい。きみを追ってるのは国防総省の国防情報局だ。犬鷲とは国防情報局の暗号名《コード・ネーム》だよ」

「国防総省《ペンタゴン》だと？」

「アンリ・ピネエ、フェリペ・ギョーム、アンディ・ショウの三人はきみを殺すために国防総省に傭《やと》われた……」

「国防総省がなぜおれを消さなきゃならない？」

「きみは一九七三年の正月、ヴェトナムでF・クーリマン空軍少将を暗殺したはずだ。CIAの依頼によって」

「それがどうした？」

「KGBの調査では、あの時点でヴェトナムに戦術核ミサイルが搬入されていた。ヴェトナム戦争の末期に国防総省が開発した最新の核兵器だ。それがヴェトナムのどこかに搬入されてたんだよ。それについて聞いたことはないかね？」

　神代恒彦は首を振った。

「無理もない」銀髪は神代恒彦の眼を窺いながら続けた。「この情報はまだＣＩＡですら摑んでないんだからな」

「その戦術核ミサイルとクーリマン暗殺がどう関係があるんだ？」

「あのころ、国防総省の対ヴェトナム戦略は完全にふたつに割れていた。大統領府、議会、それにＣＩＡと呼応しあって漸次《ぜんじ》、ヴェトナムから撤兵することを考えていたグループと、あくまでもヴェトナム戦争の継続を主張するグループとに」

「そいつは知ってる」

「もちろん、国防総省の中でも撤兵派が圧倒的多数だったが、戦争継続派の巻き返し工作も相当なものだった。その混乱に乗じて、最大のタカ派だったクーリマンはヴェトナムに戦術核ミサイルを持ち込んだというわけだ。しかも最新の核兵器を。国防総省もＣＩＡも大統領も知らないうちにだ」

「それがＣＩＡがおれにクーリマン暗殺を依頼した理由だと言うのか？」

「いや、それは違う。ＣＩＡがクーリマン暗殺をきみに依頼したのは、あの男がパリの和平会談を妨害するというそれだけの理由だ。あの時点で、ヴェトナムに核兵器が持ち込まれたことを知ってた者はほとんどいない。そのことが国防総省の中で明らかになったのは、つい最近のことだ。クーリマンの腹心の部下が国防総省に報告して、はじめてヴェトナムに核兵器が持ち込まれていることが判明した。しかも、その戦術核ミサイルは撤去されずにそのままヴェトナムのある場所にカモフラージュされて保管されてるということが明らかになった……」

「撤去されていない？」

「そうだ。KGBもまだその所在地についての情報は入手していないが、ヴェトナムのどこかに米軍の最新戦術核ミサイルが隠されていることは確実だ。国防総省は統一ヴェトナム政府がそいつを発見する前に何とか撤去しようと懸命だ。ヴェトナムに先にこれを発見されれば、ヴェトナムとソ連の関係から見て、ソ連に引き渡されてじっくりとアメリカの戦術核ミサイルの最新技術を検討されたうえ、ヴェトナム政府から今後の外交折衝の取引材料にされることは明白だ。そうなりゃ、ヴェトナム戦争の処理そのものが大幅に遅れることになるだけじゃなく、ソ連とのSALT《ソルト》交渉にも重大な支障が生じる。パレスティナやエチオピア、ソマリアの問題での発言権にも大きな影響が出てくることは必至だし、ヴェトナム戦争中に盛りあがったアメリカ国内の反軍感情を再燃させ、ようやく鎮静化した反体制運動にふたたび火をつけかねない……」

ドナルド・ベケットは新しい葉巻に火をつけて続けた。

「つまり、いろんな意味でこの核兵器がヴェトナムもしくはソ連の軍事顧問団に発見されるとまずいことになる。これが発見されれば、ヴェトナム戦争後ようやく落ちついた国防総省の中の秩序は外圧によってめちゃくちゃに崩壊することが考えられる。国防総省としてはその前に何とかこの戦術核ミサイルをヴェトナムから秘密裡《り》に撤去したいところだ」

「どうやって？」

「その方法についてはまだ情報を入手していない。おそらく、南シナ海のどこかの海岸から国防総省の精鋭が闇にまぎれてヴェトナムに潜入することになるだろう……」

「ＣＩＡはいまもその戦術核ミサイルについては何も知らないのか？」

「ＣＩＡがこれについて何かを知ってるというふしはまずない。この国の情報組織はもうばらばらだ。それぞれの組織が勝手に肥大化して、たがいにセクショナリズムでがんじがらめになっている。それぞれの情報機関が行なうプログラムはアメリカの国家目的のためなんかじゃない。組織の保全と拡大しか念頭にないんだ。情報組織の最終段階はいつもこうなんだがね。おそらく国防総省はその戦術核ミサイルのヴェトナムからの撤去を完了するまで、このことをＣＩＡに知らせはしないだろう……」銀髪はうまそうにハヴァナ種の葉巻の煙を喫いこんだ。

「国防総省《ペンタゴン》とヴェトナムの戦術核ミサイルの関係はもういい」神代恒彦はＳ＆Ｗを弄びながら言った。「で、おれが国防総省の情報部に追われる理由は何だ？」

「きみはクーリマンの最期《さいご》の現場にいた」ドナルド・ベケットはもってまわった言い方をした。「きみはクーリマンの生命を奪ったんだからな」

「それがどうした？」

「そのとき、クーリマンの机の中から一枚の書類が消えた。憶えてないか？」

「書類だと？」神代恒彦は呻き声をあげて銀髪の表情を見守った。

「きみはその書類を持ち去らなかったかね？」

「何の書類だか知らないが」神代恒彦は一語、一語、言葉を区切りながら答えた。「おれがクーリマンの部屋に踏みこんだとき、やつは机の上で一枚の書類に見入っていた。そして、やつはおれに気づくと慌てて何かを書き込もうとした。おれはやつがおれについて何らかの言葉を残そうとしたんだと考えた。だから、おれはクーリマンを始末したあと、その書類を手にしてそこを出た」

「その書類はどうした？」

「途中で焼き棄てた」

「中身を読まなかったのかね？」

「ただ、兵器類の番号が並べられているだけだった。軍関係者には珍しくもない書類だ。おれはクーリマンがその書類におれについて何も書き込んでいないことを確認してそいつを焼き棄てた。暗殺の証拠物件を持ち歩く馬鹿はいないからな」

「きみも不幸な非合法員《イリーガル》だ」ドナルド・ベケットの唇から皮肉な笑いが洩れた。

「焦《じ》らすんじゃねえ」神代恒彦は苛立った。「その書類はどういう書類だったんだ？　何が書かれていた？」

「その書類は」銀髪はわざとゆっくり答えた。「KGBの調査によれば、クーリマンが国防総省に隠れてヴェトナムに持ち込んだ戦術核ミサイルの搬入書類だったはずだ……」

「つまり、おれはヴェトナムに最新の戦術核ミサイルが持ち込まれたことを知っている人間だと国防総省に目されたというわけだな。それがおれを消す理由か？」

「というわけだな」ベケットは大袈裟《おおげさ》に頷いたあと、含み笑いをはじめた。

「しかし、おれはＣＩＡの依頼でクーリマンを殺したんだ。ＣＩＡとは冷えた関係の国防総省がどうしてそれを知った？」

「おそらく、例の上院特別委員会の調査の非公開部分が国防総省に流れたんだ。その詳しい経緯は知らないが、ＣＩＡの依頼できみがクーリマン暗殺を行なったことを国防総省が知ってるのは事実だし、きみがその際、戦術核ミサイルの搬入書類を持ちだしたことを知ってるのも事実だ」銀髪は語気を強めた。「だから、国防総省はきみをきわめて危険な存在と断定した。アンリ・ピネエ、フェリペ・ギョーム、アンディ・ショウの三人が国防総省の国防情報局に傭われたのはそのためだ……」

「おれがＣＩＡのほぼ専属で、ＫＧＢや他の外国情報機関にその情報を売る可能性がないとわかっていてもか？」

「国防総省はそうは考えてない。きみはＣＩＡの最近の変化に気づいていないか？」

「何のことだ？」

「ＣＩＡが肥大化しすぎ、動脈硬化を起こしていることは知ってるだろう。ウォーターゲート事件以来、贅肉《ぜいにく》を落とすのに懸命だ。その減量作戦でまず切り落とされるのは言うまでもなく非合法員だ。現段階では仕事量を減らしてるに過ぎないが、そのうち本格的な契約破棄が行なわれる。つまり、死だ。抹殺だ。そうなりゃ、CIAにたいする忠誠も何もあったもんじゃない。非合法員たちがパニックを起こすのは眼に見えている。パニックを起こした非合法員は何をするかわかったもんじゃない。CIAの秘密を土産に外国の情報機関に鞍替《くらが》えしようとする連中も出てくるだろう。だから、国防総省としては、きみが何を考えていようと、きみの口を封ずるのが一番、安全というわけだ……」

「それにしちゃ、程度の低い連中を傭ったものだ！」神代恒彦は忌々しそうに吐き棄てた。

「あの連中におれが殺られてたまるか！」

ドナルド・ベケットは神代恒彦の反応を楽しむように睨《ね》めまわしながら葉巻を喫った。紫煙を吐きだして、銀髪は嬉しそうに言い放った。

「腕の悪い非合法員ほどCIAの変化に敏感だ。その連中は仕事量を減らされて、アメリカ国内の他の情報機関に売り込みをかける。国防総省の国防情報局は非合法員の補塡《ほてん》に不自由はしない。きみがどんなにあがこうと、国防総省はきみを仕留めるまで非合法員を送り続けるだろう……」

7

窓の向こうは闇だった。十八階から見えるロサンジェルスの空はスモッグで星ひとつなかった。神代恒彦はS&Wをテーブルの上に置いて、煙草に火をつけた。

「さてと」ドナルド・ベケットは両腕を大きく振りあげて背伸びした。「わたしの知っていることはすべて喋った。これからどうするつもりかね？」

「何をだ？」神代恒彦はマッチの火を吹き消した。

「きみ自身をだ」銀髪は弾むような声で答えた。「きみは国防総省だけじゃなく、ＣＩＡからもＦＢＩからも追われている。巨大な三つの情報機関を相手にどうしようってのかね？」

「おまえの知ったことじゃあるまい」

ドナルド・ベケットは薄笑いを浮かべてしばらく黙っていたが、突然、右手で左腕を叩いた。左腕のふさふさした銀色の体毛の中に赤い小さな染《し》みができた。染みの中にさらに小さな黒点があった。蚊だった。

「何年ぶりかな、ロサンジェルスのこんな高層アパートに蚊が飛んでくるのは？」銀髪は左腕にへばりついている蚊の死体を指で引き離しながら、上眼づかいに意地の悪い視線を流した。「蚊がどれだけ血を吸おうと、じぶんの何万倍もある大きなものには勝てるわけがない」

「何を言いたいんだ？」

ベケットは答えずにソファの背後のステレオ・プレイヤーにレコードを置いた。低いベースの音が響きはじめ、すぐにテンポの早いドラムが続いた。

「ジャズは好きかね？」銀髪はダウン・ビートのリズムに合わせ、指でテーブルの上を軽く叩きはじめた。「ジャズはいい。アメリカが産みだした文化なんて、ジャズと映画だけだ」

神代恒彦はその言葉を無視して腕時計に眼をやった。一時四十分過ぎだった。

「モスクワに行く気はないかね？」ベケットが急にテーブルを叩いていた指を止めて、低いがはっきりした声で言った。

「モスクワ？」

「モスクワだよ。きみは国防総省、CIA、FBIと三つの情報機関に追われてるんだ。このアメリカじゃどっちみち長生きはできない。うまく西側のどこかの国に逃げのびたとしても、三つの情報機関はどこまでも追いかけてくる。死にたくなきゃ、モスクワにでも行く以外に方法はないじゃないか。つまり、政治亡命だ」

「モスクワに行って何をするんだ？」神代恒彦は自嘲《じちょう》の笑いを浮かべた。

「きみがいままでCIAに傭われてやったことを証言するんだ。そうすりゃ、西側諸国に散らばっているKGBの工作員を動かしてアメリカの非道なやり方にたいしての国際世論を創りだすことができる。もちろん、きみはヴェトナムに持ち込まれた戦術核ミサイルについても喋らなきゃならない」

「おれはそれについちゃ何も知らねえ。いまおまえに聞いたのがはじめてだ。いったい、何を喋るんだ？」

「大丈夫だ」銀髪は自信たっぷりに笑った。「きみが喋ることはすべてこっちが用意する」

「ご親切なことだな」

「もちろん、それだけじゃない。KGBはきみの腕の方も大いに評価するはずだ。きみは相当の高給を受けて東欧でKGBの非合法員として働くことになる。どうだね？　悪い話じゃあるまい。きみがその気なら、きみをモスクワに運ぶ秘密ルートを用意する……」

「舐《な》めるんじゃねえ！」神代恒彦は低い声で怒鳴った。

「何に腹を立ててるんだ？　わたしはきみの腕を惜しんで言ってるんだ。きみが活躍できるところはCIAだけじゃない」

「だから、舐めるんじゃねえと言うんだ。おれは伊達にこういう商売を長年やってるんじゃない。KGBがどんなところかぐらいは知ってる」

「ほう」ベケットはわざとらしい声をあげた。

「どんなところだね？」

「おれがモスクワに着いたら、まず亡命者然として記者会見の席でKGBの作文を読まされる。その役が済んだら、おまえがCIAとKGBの二重スパイだということをどうやって知ったか、を細かく喋らなきゃならねえ。もし、おれが物忘れでもしようものなら、拷問に次ぐ拷問だ。おれから聞きだした話をもとに、アメリカのKGBの工作員が動いて、おまえが二重スパイだという情報をおれに洩らした男を始末する。おれは密殺か、収容所《ラーゲリ》送りだ。東欧で働く？　冗談じゃねえ！　取引先を変えて敵対する外国の組織といちゃつこうとする非合法員を信用するような情報機関がどこにある？」

「疑い深いんだな」銀髪は頬をひきつらせてつくり笑いをした。「たとえ、その可能性があったとしても、賭けてみる価値はあるはずだ。きみはこの国にいれば確実に殺されるんだから」

「さすがに南カリフォルニア大学の教授は頭がいい。うまく考えるもんだ」

「何が？」

「おれがモスクワに運ばれりゃ、どう転んでもおまえだけは安泰というわけだ。おまえが二重スパイだということが暴露《ばく》れる危険は一応、なくなる……」

「どう考えようと自由だが」ベケットは背後を振り返ってレコードのヴォリュームをさらに強め、それから大きな声で二者択一を迫った。「これが最後だ、どうするんだ？　わたしの提案を受け入れるのか、受け入れないのか？」

「生憎《あいにく》だったな」神代恒彦も大きな声で言い返した。「おまえにできることは、ＣＩＡだろうがＦＢＩだろうが国防総省だろうが、連中が早いとこおれを射殺しちまうことを祈るしかない。まちがっても、連中が逮捕して、おれにおまえのことを喋るチャンスを与えることのないようにな」

銀髪の表情が複雑に歪んだ。

レコードのサキソフォンの音量が切なく膨れあがった。神代恒彦はジャズ・サウンドの渦の中でベケットの当惑の眼差しを眺めていた。

「待ってくれ……」そう言いかけた銀髪の瞳が何かに煌《きら》めいた。

神代恒彦の全神経が緊張した。

テーブルの上のＳ＆Ｗに手を伸ばそうとした。その瞬間に、左肩に痛覚が走り、何かが首に巻きついた。同時に、銀髪が眼の前のＳ＆Ｗをなぎ払った。拳銃は開け放たれた全面採光の窓から勢いよく飛びだし、闇の中に消えた。

「放すな！」

ベケットの怒号の中で、神代恒彦は立ちあがった。左肩の痛みは錐《きり》状のものをぶち込まれた痛覚だった。首には、背後から男だか女だかわからない細い腕が巻きつけられ、ハシシの臭いがそこから強く漂ってきた。神代恒彦はそのままの姿勢で立ちあがった。

「放すんじゃない！」銀髪がものすごい形相でもう一度叫んで、大理石の灰皿を摑んだ。

神代恒彦は満身の力で細腕を首から離そうとした。レコードのドラムの音がけたたましく鳴り響いた。

ベケットが大理石の灰皿で、神代恒彦の顔面に殴りかかった。

銀髪の太い腕が空を切ると同時に、神代恒彦と背後の人間の体が離れた。神代恒彦の右脚がベケットの腹部を蹴った。銀髪の骨太い体が呻きながら床に崩れ落ちた。

神代恒彦は左肩に突き刺さったものを引き抜いた。アイスピックだった。血にまみれたステンレス製の錐を手にして、神代恒彦は振り返った。

外で待ってるはずの少年が憑《つ》かれたような眼をして、そこにいた。

「立ちな！」神代恒彦は床で呻いているベケットを怒鳴りつけた。

銀髪は腹部を手で押さえながら立ちあがった。彫りの深い大きな顔がいたるところで引きつってぴりぴりと動いていた。

「レコードの音量を強めたのはこのためだったというわけだ！　うまく考えたもんだ！」

神代恒彦はアイスピックをかまえながら少年と銀髪を全面採光の窓からベランダに追いこむようにして近づいた。

ふたりは後ずさりをはじめた。全身を硬直させながら、一歩一歩、後退していった。

レコード演奏はピアノ・ソロに変わった。

三人はベランダに出た。

「待ってくれ」ベケットが泣きだしそうな声で言った。

「時間を稼いで今度はどの手を使うつもりだ？」神代恒彦はアイスピックの先端を向けながら距離を詰めていった。

「違う！　まだ、話が残っているんだ……」銀髪は嗄れた声で何か言おうとしたが、それ以上は言葉にならなかった。

「おまえのようなお上品な二重スパイに非合法員《イリーガル》が殺されると思ったのか？」神代恒彦はさらに距離を詰めた。

「待ってくれ」ベランダの手摺り《ハンド・レール》まで追い詰められたドナルド・ベケットはそばにいた少年の襟首《えりくび》を摑んで引き寄せ楯にした。「こいつがやったんだ。こいつはシリア人だからハシシを喫ってる。ハシシを喫って頭がおかしくなってる。台所の合い鍵を使って忍びこんだんだ。きみとわたしの仲を誤解して嫉妬したんだ……」

　少年は襟首を摑まれたままもがいた。首筋を押さえられた小猫のように背中をくねらせて暴れたが、すぐに諦めて銀髪の顔を見上げた。眼には涙が溢れていた。

　レコード演奏が途切れた。

「おまえは死ぬんだ」神代恒彦は銀髪に低い声で言った。

「冗談じゃない！」ベケットはそう叫んで少年の体を神代恒彦に向けて力まかせに突き飛ばした。

　小柄な肉体が突進してきた。

　神代恒彦は身をひねって、アイスピックを振るった。右手に柔らかな感触があった。少年は腹わたの引きちぎれるような声を出して左眼に突き刺さったアイスピックを抜きとろうとした。神代恒彦はその襟首を摑んだ。

　銀髪めがけて少年を投げつけた。

　小柄な肉体が飛んだ。同時に少年の右の靴が脱げて、それが宙に舞った。ベケットの骨太い体が少年に巻きこまれて、ベランダの手摺り《ハンド・レール》の向こうに飛んでいった。ふたりの体が消えたあとのベランダには、少年の靴だけが転がっていた。

　神代恒彦は手摺りのそばに近づいて、眼下を見下ろした。

　ヴィセンテ大通りに十八階から落下したふたりの死体がぼろ布のように横たわっていた。

アスファルトの地肌に飛び散った血液の中のふたつの肉塊は街灯の白い光に照らされてい

た。

8

神代恒彦がドナルド・ベケットの高級アパートからウィルソン山の中腹へ戻ったとき、館にいたのはボー・ト・ファと元・軍医のカオ・バン・クアンだけだった。ト・ファは神代恒彦の顔を見ると、あからさまな失望の色を見せた。

「グエンはどうした？」

神代恒彦の質問にカオは無言のまま、まだ帰ってきていない、という仕草をしたが、ト・ファは不快そうに吐き棄てた。

「そんな口のきき方をするんじゃないよ！　じぶんを何だと思ってるのさ！」

神代恒彦は女を無視して元・軍医に声をかけた。

「アイスピックで肩を突かれた。手当てしてくれ」

カオは居間の戸棚から医療鞄を取り出して、神代恒彦の左肩の創傷を調べた。出血はとうに止まっていたが、肩を動かすたびに鋭敏な痛みが首筋を襲った。

「運がいいな、あんた」元・軍医は化膿止めを塗りこみながら言った。「アイスピックが左右どちらかにずれていれば、動脈をやられるか、左腕が切断されていた」

「ウイスキーはないか？」神代恒彦はト・ファの顔を一瞥した。

「駄目だ、アルコールは傷の治りを遅らせる」カオが女のかわりに答えた。「痛むのか？」

「それほどでもないが、早いとこ眠りたい」

「大麻《マリファナ》がある、こいつを喫え。神経が休まるし、痛みも忘れる」元・軍医はポケットから大麻の袋を取りだし、巻き紙ですばやく紙巻《ジョイント》をつくった。

神代恒彦は大麻を大きく喫いこんだ。吸い口近くまで喫い続けると、酔いがまわってきた。筋肉が弛緩《しかん》し、視神経が緊張を失った。

時間が緩慢に動きはじめた。

暖炉の上に活《い》けられた薔薇《ばら》の花びらが一枚散った。花片《かへん》はふわふわと宙を泳ぎながら床に落ちていった。

ト・ファはソファに身を沈め脚を組んでいたが、何度もその脚を組み変えた。カオは膝の上に医療鞄を置いて中身を点検していた。

「遅い」ト・ファがしびれを切らしてだれに言うともなく英語で呟いた。「あの人のことだから失敗するようなことはないと思うけど」

カオがにたにたしながら、からかうようにヴェトナム語で何か言った。その言葉の中に、グエンという音が二度ほど聞きとれた。女はぽっと頬を赤らめ、怒った素ぶりで何か言い返した。元・軍医はじぶんの膝を叩いてわざとらしい笑い声をあげた。ト・ファはテーブルの上のマッチ箱をしなをつくってカオに投げつけた。

そのときだった。ランド・ローヴァーの喘ぐようなエンジン音が近づいてきた。

「帰ってきたわ」女の顔が輝いた。

神代恒彦は大麻《マリファナ》の酔いの中で、ト・ファとカオが居間から飛びだしていくのを別世界のできごとのように眺めていた。ふたりがいなくなったソファの窪みをぼんやりと見ていた。

突然、外で女の悲鳴が聴こえた。

大麻の酔いがいっぺんに冷めた。神代恒彦は反射的に立ちあがった。

乱暴な靴音が館の中に侵入してきた。

グエン・タン・ミンがはいってきた。

野鼠はふたりの部下に抱きかかえられてはいってきた。蒼白の顔がびっしょり汗をかき、眼はつぶったままだった。腹から噴きでる血に衣服はぐしゃぐしゃに濡れていた。

「どうした?」

だれも神代恒彦の質問に答えなかった。

殺気だった沈黙の中で、グエンは居間の中央のソファの上に運ばれた。カオがヴェトナム語でヴェトナム人たちを指示した。野鼠の体はソファの上に横たえられ、ト・ファの膝枕に首を落とした。

グエンは瞼を閉じたまま体全体を硬直させていたが、ときどき口を開けて空気を吸いこむように大きく息をした。元・軍医は医療鞄を持って野鼠のそばにしゃがみこんだ。

カオは野鼠のズボンのベルトをはずし、シャツをまくりあげて傷口を調べにかかった。下腹をべっとり濡らした血潮の中にグエンのペニスが見えた。半勃起の状態だった。消毒液を浸み込ませたガーゼが野鼠の下腹を拭いた。

突然、グエンの眼が見開かれた。

ヴェトナム人たちは息を殺して野鼠の表情を見凝めた。だが、グエンの視線は神代恒彦に向いていた。野鼠の小さな眼は神代恒彦を見ていた。

グエンのぎごちない手が胸のポケットに動いた。一枚の紙切れが顫えながら取りだされた。

神代恒彦はそれを受け取った。

野鼠は顔をあげて何かを言おうとした。血の気のない唇がわずかに動いた。しかし、声にはならなかった。グエンの小さな眼が諦めに潤み、ふたたび瞼がゆっくりと閉じられた。最後の力で持ちあげられていた首が女の膝の上に落ちた。

ト・ファが金切り声をあげた。

カオが脈をとってみて、あわただしく医療鞄の中から注射器を取りだした。蘇生用の心臓注射だった。元・軍医は野鼠のボタンを引きちぎり、シャツをはだけた。下着が引き裂かれて、グエンの胸が露出《あらわ》になった。

注射器が垂直に突き立てられた。

注射器の中に深紅の血液がむくむくと湧きあがった。それは原爆のキノコ雲にそっくりだった。カンフル剤が野鼠の心臓を刺戟した。だが、何の効果もなかった。グエンは微動だにしなかった。

カオはヴェトナム語で低く何かを呟き、神代恒彦に向かっては、ただ首を横に振って野鼠の死を知らせた。重苦しい沈黙がグエンの臨終の場を包みこんだ。

張りつめた空気の中では吐息さえ聴こえなかった。だれもが息を殺して野鼠の死体を見ているだけだった。しかし、その静寂は長くは続かなかった。ト・ファが長い叫びをあげはじめた。女はグエンの首を抱いて、髪を振り乱しながら泣き喚き続けた。ヴェトナム人たちは沈鬱な表情でそれを見守っていた。神代恒彦は野鼠から手渡された紙切れを開いた。それには、七人のアメリカ人の名まえが書かれていた。

そばにいた元・通信兵のダン・テ・ナムがちらりとその紙に眼をやった。

「どうしてこんなことになった？」神代恒彦は声を落として訊いた。

「アーノルド・フッカーの自宅には、見たこともない警報装置がつけられていた。それで銃撃戦になって……」

「アーノルド・フッカーは仕留めたのか？」

「駄目だった」ダンは弱々しく否定した。「少佐が撃たれたんで、すぐに撤退することになった……」

「尾《つ》けられはしなかったか？」

「それは大丈夫だ。どう見ても、完全に撒いた。その心配はない」

「この紙に書かれた名まえは？」神代恒彦は野鼠から手渡されたものを元・通信兵にかざ

した。

「今後の狙撃目標だ」ダン・テ・ナムはぼそりと言った。

「なぜ、グエンはこれをおれに渡すんだ？」

元・通信兵はそれには答えなかった。

神代恒彦は書きつけられた名まえをもう一度ゆっくり眼で追った。グエンの筆圧の強い金釘《かねくぎ》流のゴチック体が七人の標的をしっかりと紙面に刻みこんでいた。

「この七人は西海岸《ウエスト・コースト》に住んでるのか？」

「いや、その七人は東部の方だ。アーノルド・フッカーを含めた三人を西海岸で仕留めたら、東部へ移動してその七人をかたづけなきゃならない。詳しいことは軍医に聞いてくれ……」

「東部でのアジトはもう確保してあるのか？」

「少佐と軍医でなきゃわからない……」元・通信兵の声は消え入りそうなほど小さくなった。

神代恒彦は視線を紙片から居間の中央へ移した。

柱時計が鳴った。重い音がひとつだけだった。三時半だった。

カオが野鼠の首を抱いてすすり泣いてるト・ファに声をかけて、死体を引き離そうとした。ト・ファは涙で濡れた眼で元・軍医を睨みつけ、ヴェトナム語で喚き返した。カオはたじろいで黙りこんだ。女は泣きじゃくりながら、さらに強くグエンの首を抱きしめた。

野鼠の血の気のない顔が女の涙でべとべとになった。ト・ファはその顔に激しく頰ずりをしはじめた。

他のヴェトナム人たちはその様子を無言で眺めていた。だれもが身動きひとつしなかった。立ちつくしたまま、グエンとト・ファを見ていた。

嗚咽はやがて慟哭《どうこく》に変わった。

女の喉からひとつのヴェトナム語が絞りだされた。その言葉は何度も何度も同じ調子で繰り返された。

「何を言ってるんだ?」神代恒彦は小声で、そばのダンに訊いた。

「あんたの子供が産みたかったよ、と繰り返してる」元・通信兵は答えた。

慟哭はしばらく続いた。

いつの間にか、カオが神代恒彦のそばに立っていた。

「死体はどうするんだ?」神代恒彦は元・軍医に尋ねた。

「近くに埋める以外にないだろう」

このとき、ト・ファの慟哭が咆哮《ほうこう》に変わった。女は天井を見上げたまま、吼えはじめた。長いヴェトナム語だった。

「何と言った?」

「ト・ファはこう言った」元・軍医は女の言葉を直訳した。「あんたの子が産みたかったよ、あんたの子が産みたかったよ! あんたの怒りの種子をわたしのこの腹の中で育て、アメリカのこの大地に産み落としたかったよ！」

9

「頼むから、わたしとこの人をしばらくふたりきりにしてくれない？」

ひとしきり吼えまくったあと、ト・ファは英語で懇願した。有無を言わせぬ顔だった。だれもがその言葉に従って、女と野鼠の死体を残したまま、その場を離れていった。

「わたしたちはヴェトナム式の通夜をやる」

居間の扉のところで、カオが神代恒彦にそう宣言し、それからヴェトナム語でヴェトナム人たちを促しはじめた。ヴェトナム人たちは隣の事務室に重い足どりで向かっていった。

「待ちな」神代恒彦はカオに声をかけた。

「さっきのやつはまだあるか？」

「さっきのやつって何だね？」

「大麻だよ」

「こんなときに大麻を喫うのか？」元・軍医は咎《とが》めるような口調で訊いた。

「眠れそうもないからな」

カオは乱暴な手つきでポケットから大麻の袋と巻紙の束を取りだした。はっきりとした軽蔑と憤怒《ふんぬ》の色が眼に表われていた。

「明日は早く起きる」神代恒彦はそれを受け取りながら言った。「目覚時計はないか？」

「あとで、チャン・ホイに持っていかせる」

神代恒彦は二階へあがった。

寝室にはいると、まず壁に埋めこまれた大きな鏡の前の古机の上で紙巻をつくり、それを銜えたままシャンデリアの灯を消した。窓からは星明かりひとつはいってこなかった。闇の中で神代恒彦はベッドに横たわり、手さぐりでマッチの火を点けた。

野草の臭いが鼻腔を伝わった。

大麻を喫いながら、神代恒彦はじぶんの顔に触ってみた。短い間に急速に痩せこけた頬に硬い不精髯《ひげ》がへばりついていた。

酔いがまわってきた。

階下から、風が砂漠に吹きすさぶような音が聴こえはじめた。ト・ファのすすり泣きだった。神代恒彦は腕時計をはずし、暗がりの中で竜頭《りゅうず》をまわした。女の泣き声が海鳴りのような切なさに変わったとき、神代恒彦は階段を昇ってくる軽い足音を耳にした。

足音は寝室の前で停まった。

ドアがノックされた。

「だれだ？」

「はいっていいか？」若い声だった。

「電気を点けな」

ドアが開く音に続いて、シャンデリアが点灯された。ゴ・チャン・ホイがその下に立っていた。若者は発条《ぜんまい》仕掛けの旧式なスタイルの目覚まし時計を手にしていた。

「こいつが要るんだろう？」

「そうだ、そいつを頼んでたんだ、すっかり忘れてた」神代恒彦は紙巻の吸い殻を床に落として、ベッドで半身を起こした。大麻の酔いで呂律《ろれつ》がおかしかった。

チャン・ホイは目覚まし時計を神代恒彦に手渡すと、黙って窓辺に歩いていった。窓を開けて外の空気を入れた。

「どうした？」

「もうじき、風が出てくる」若者は外の闇を眺めながら、たどたどしい英語で言った。

「この山じゃ、明け方に強い風が吹く。風が吹くと、この山を蔽っている雲を吹き飛ばす。雲がなくなると、星が見えてくる。星が見えたあと、すぐに東の空が白んでくる。だから、星が見えてる時間はほんとうに少ない……」

神代恒彦はチャン・ホイの後ろ姿を見ながら目覚時計の発条《ぜんまい》を巻きはじめた。低く、籠《こも》った音が大麻《マリファナ》で鋭敏になった聴覚をくすぐった。

「おれは」若者がいきなり振り返った。

神代恒彦は発条を巻く手を止めた。

「おれは……」チャン・ホイは言いかけて、また口ごもった。

「何だ？」神代恒彦は若者を促した。

チャン・ホイは神代恒彦に見据えられてしばらく俯《うつむ》いていたが、やがて決意したように顔をあげた。頰が紅潮していた。

「おれはカオを好かん」

「何があった？」

「何にも」

「何があった？」神代恒彦の声が詰問調になった。

「何にもないよ」若者は煮えきらない答え方をした。

神代恒彦は言い方を変えた。

「カオはいま何をしてる？」

「明日からのことをみんなに話してる」チャン・ホイはぼそりとそう言って頭上を見た。開け放たれた窓から飛びこんできた二匹の黄金虫《こがねむし》が若者の頭の上を飛びかっていた。乾いた羽音は薄汚れたシャンデリアのまわりをまわっていた。

「明日からのことって何だ？」

「襲撃のことだよ」

「カオは何と言ってる？」

「いろんなことを言ってる。敵をじぶんの手で殺したことのない人間が何であんなことを喋るんだ！」チャン・ホイのおぼつかない英語が喉につっかかりながら吐きだされた。

「それが、おまえがカオを嫌う理由か？」

若者は答えずに眼を床の上に落とした。

窓から風が吹きこみはじめ、それに刺戟されたように黄金虫の羽音が余計に大きくなった。二匹の昆虫は何度もシャンデリアに体当りを食らわせ、シャンデリアの上に積《つ》もっていた白い埃を部屋の中にばらまいた。

「カオ・バン・クアンは」若者が躊躇《ためら》いながら口を開いた。「じぶんが少佐のかわりになれると思っているんだ。軍医だった男にそんなことができるわけがない。第一、人の殺し方さえ知らないじゃないか。こういうことは慣れた人間だって難しいんだ。あれほど経験のある少佐だって、きょうのアーノルド・フッカーの襲撃に失敗した……」

「フッカーのところには特殊な警報装置があったそうだな？」

「フッカーのところに押し入ったとき、少佐は……」チャン・ホイは説明しかけて途中で首を振りはじめた。「駄目だ、うまく言えない。おれの英語じゃ、とても説明できない……」

「いいから、言ってみろ」

「駄目だ、できないよ」若者は無念そうな表情を残してドアに向かった。

神代恒彦は若者の背中に声をかけようとしてやめた。視力がおかしかった。大麻の酔いで、若者の後ろ姿がわずかに歪《ゆが》んで見えた。

まばたきをして眼を回復しようとしたとき、戸口でチャン・ホイがゆっくりと振り返った。

「少佐が死ぬ前に」若者は上ずった声で言った。「なぜ、あんなことをしたか、知ってるだろう？」

「何のことだ？」

「少佐が死ぬ前に」チャン・ホイはさらに声を上ずらせた。「なぜ、あんたにあの紙を渡したか、わかってるだろう？　あの紙に書いてあった狙撃目標を見たろう？　あれはあんたに銃撃の指揮を執れ、という意味なんだよ！　もう気づいているだろう？」

「銃撃の指揮だと？」神代恒彦は反射的に吼え返した。

若者は頷いた。

「おれに銃撃の指揮を執れ、だと？」神代恒彦は今度はもっと大きな声で吼えた。

若者は眼を輝かせて頷いた。

同時に階下からカオの声が聴こえてきた。ヴェトナム語は若者の名を呼んでいた。チャン・ホイはくるりと背中を向けた。荒々しく閉められたドアの音に、黄金虫の羽音が一段とうるさくなった。

足音が小走りに階段を駆け降りていった。

神代恒彦はその音を聴きながら、まだ目覚まし時計を手にしていることに気づいた。発《ぜん》条《まい》を巻き終え、続いて起床時間を八時に合わせようとしたが、大麻で麻痺した神経はそれが面倒臭かった。四時二十分にベルが鳴るように合わされた針をそのままにして、ベッドに長々と身を横たえた。

曖昧な時間が過ぎていった。

神代恒彦は天井を見ていた。天井にできている染みを眺めていた。その染みは世界地図のようでもあり、ロールシャッハ・テストの模様のようでもあった。

突然、耳元で声が谺《こだま》した。

〈あれはあんたに銃撃の指揮を執れ、という意味なんだよ！〉

さっきのチャン・ホイの台詞だった。神代恒彦は頭を振りながらベッドで身を起こした。

大麻《マリファナ》による幻聴だった。

〈あれはあんたに銃撃の指揮を執れ、という意味なんだよ！　もう気づいているだろう？〉

声がまた聴こえた。その声に重なって、もうひとつの言葉が脳裏に響きわたった。檜垣真人の言葉だった。

〈何人ものＦＢＩやＣＩＡの連中を殺せ！　それがおまえが殺した人間たちへのせめてもの供養《くよう》だ！〉

幻聴は何度も続いた。

顔から多量の汗が噴きだしはじめた。神代恒彦は外気にあたろうとしてベッドを離れた。大麻《マリファナ》のために弛緩した体を引きずって窓辺に向かった。黄金虫の羽音と幻聴が交錯して、頭の心《しん》がぐらぐらと揺れた。

鏡の前を歩いた。

眼が鏡の中に釘づけになった。

そこに映っている顔がいつもとは違っていた。輪郭が歪んでいるだけではなかった。額や頰の皮膚がまるで無数の蟻《あり》が這いずりまわっているように動いていた。

神代恒彦は瞼を擦った。

効果はなかった。皮膚の動きはますます大きくなり、それがやがて黒い色を帯びはじめ、顔面にまだらの紋様をつくっていった。額から頰にかけてびっしりと浮かんできた黒々としたその斑点はしだいに小さな墨文字のように網膜に映りはじめた。

〈婆さんはおまえの顔に涅槃経の経文を書きつけて殺そうとした……〉

ふいに耳元で別の声が囁《ささや》いた。神代恒彦が十二歳になったとき、戸籍上の父が病の床で語った言葉だった。

〈婆さんはおまえなんかこの世に生まれてくるべきじゃないと考えてたんだ……〉

幻聴のまっただ中で、神代恒彦はさらに顔を鏡に近づけた。反射体に映った豆粒のような無数の黒点はもっとはっきり墨で書かれた経文のように見えてきた。神代恒彦は鏡から眼を離そうとした。その途端、何かが首筋にとまった。

黄金虫だった。

神代恒彦は飛来してきたその昆虫を反射的に指で摘んだ。黄金虫の足が首筋を引っ搔いた。かすかな痛覚が肌を走った。

蟻走感《ぎそうかん》がその瞬間に消えていった。

鏡の中の神代恒彦の顔から黒い斑点が消えていった。額や頰の皮膚はもう動きはしなかった。大麻の酔いのために呆《ほう》けた表情をしている東洋人がそこにいるだけだった。

神代恒彦は視線を鏡から黄金虫の柔らかな腹に移した。この鞘翅目《しょうしもく》の昆虫は六本の足をせわしく動かして懸命にもがいていた。細く短い針金のような足があわただしく空を切った。神代恒彦は緑色の硬い羽を持ったこの昆虫を窓の外へ投げ棄てた。

黄金虫は闇の中へ飛翔していった。

神代恒彦は昆虫の飛び去った彼方へ眼を向けた。闇の中で風が舞っていた。山岳を蔽っている雲がちぎれ飛んでいき、その合い間でときどき星が光った。外気に頬を撫でられながら、神代恒彦は身動きもせずに、遠くの谷間《たにあい》で這いずりまわるとぎれとぎれの風のすすり泣きを聴いた。

大麻の酔いが冷めていった。

酔いが冷めても、神代恒彦は腕組みをしたまま闇の中を見凝め続けた。夜がどこまで深くなったのか見当もつかなかったが、神代恒彦は長い間そこに立ちつくしていた。やがて、闇に向かって囁くような言葉が神代恒彦の唇を押し開けた。

「おまえにおれを預けるぜ」

風がその声をかき消した。

同時に闇の中でちらっと何かが動いた。

全身の血が急激に冷たくなっていった。神代恒彦の眼が闇の一部を追いはじめた。

暗がりの中でまた何かが動いた。

10

「包囲されてるぜ！」

神代恒彦は階下に駆け降りて叫んだ。

膝の上のグエン・タン・ミンの死相に呆然《ぼうぜん》と見入っていたボー・ト・ファが空虚《うつろ》な眼をして夢遊病者のように振り返った。右手にジャック・ナイフが握られていた。

「何の真似だ？　自殺して、あの世でグエンといちゃつこうってのか？」

女は答えなかった。

「愚図ついてる暇はない！」神代恒彦は女を叱りつけて、もう一度大声で叫んだ。「包囲されてるぜ！」

ト・ファの顔が水に打たれたかのように引き締まった。女が野鼠の頭を膝から下ろして立ちあがろうとしたとき、矢継ぎばやに靴音が居間に駆けこんできた。館の住人がすべて揃《そろ》うまで十秒とかからなかった。だれの眼も落ちくぼんでいた。どのヴェトナム人も眠っていた様子はなく、脂汗でどす黒く汚れた顔が緊張に強ばっていた。

「包囲されてる」神代恒彦は低い声で三度目の言葉を繰り返した。

ヴェトナム人たちはすぐに窓辺に近よろうとした。

「慌《あわ》てるんじゃない！　ここからじゃ見えねえ！」

神代恒彦の怒鳴り声にヴェトナム人たちは息を呑んで振り返った。狼狽は隠しようもなかった。ヴェトナム人たちは無言のまま神代恒彦の表情に釘づけになった。やがて、カオ・バン・クアンが声を顫わせた。

「相手は何者だ？　何人だ？」

「おれが知るか！　人数もわからねえ！」

カオは神代恒彦の語勢に押されてたじろいだ。しかし、すぐにとりなすような口調で質問した。

「どうする？」

神代恒彦はそれを無視して、傍《かたわ》らのロ・バン・フーに怒鳴りつけるように訊いた。

「スターライト・スコープはあるか？」

ロがケロイド状の右頬をひきつらせて頷いた。

「銃器類と一緒に持ってきてくれ」神代恒彦は低い声で命令した。

ロはレ・チェン・チンとチャン・ホイを促して地下室へ消えた。残されたカオ・バン・クアン、ダン・テ・ナム、ボー・ト・ファの三人はまばたきもせずに神代恒彦の一挙一動に注目していた。

「どうするつもりだ？」元・軍医がもう一度、おずおずと口を出した。

「やつらの出方しだいだ」神代恒彦はうるさそうに吐き棄てた。「こんなことはヴェトナムで慣れてるだろう？」

カオは侮辱されたような表情をして黙りこんだ。落ちつかない眼はすぐに神代恒彦から離れ、ダンとト・ファの顔を交互に見較べはじめた。

ふたりは何も言わなかった。

地下室から靴音が駆けあがってきた。

スターライト・スコープと銃器類が運ばれてきた。神代恒彦は夜目にもくっきりと標的を捉えることのできるこの照準器をM―16ライフルに装着しながら、ヴェトナム人たちに命令した。

「二階のおれの部屋からやつらが見渡せる。足音をたてずに二階へあがれ。部屋の電気は消してある……」

ヴェトナム人たちは銃器を携えて階段を昇りはじめた。神代恒彦はM―16ライフルのバランスを確かめながら、その後ろ姿を見送った。

強くなってきた風が居間の窓ガラスを叩いた。

神代恒彦は二階へあがった。

暗い寝室の中ではヴェトナム語がひそひそと交《か》わされていた。窓から吹きこんでくる風に曝《さら》されながら、ヴェトナム人たちは外の闇を見凝めていた。

「かなりの数だ。二十人以上はいる。おれはヴェトナムの夜戦で眼が慣れているから、まずまちがいない……」窓辺にへばりついていたロ・バン・フーが神代恒彦に振り向いて小声でそう言った。

「どきな」神代恒彦はヴェトナム人たちを押しのけて、窓からスターライト・スコープを装着したM―16ライフルの銃口を突きだした。

夜空にはいつの間にか星がいくつか光っていた。

神代恒彦は銃身をゆっくりと左右にまわした。

スターライト・スコープの中に何人もの人影が映しだされた。銃器を手にした黒いシルエットが館を取りまく叢《くさむら》の中に見え隠れしていた。

「およそ三十人というところだ。裏手にも同数がいると考えた方がいい」神代恒彦はスコープから眼を離して呟いた。

そのときだった。夜の大気を拡声器の声が引き裂いた。

「グエン・タン・ミン！　聴こえるか？　こちらはＦＢＩとロサンジェルス市警だ。この館は完全に包囲されている！　武器を棄てておとなしく出てこい。全員、武器を棄てて出てくるんだ！」

ヴェトナム人たちの乾いた緊張とかすかな動揺がとぐろを巻いて暗い部屋の中で蠢《うごめ》いたが、声を出す者はいなかった。だれもが息を殺して闇の向こうから聴こえてくる声に耳を傾けていた。

拡声器は続けた。

「三分間だけ待つ。三分間待って出てこなければ、こちらから攻撃を開始する！　繰り返すが、諸君らは完全に包囲されている。抵抗も脱出も不可能だ。聞こえてるのか、グエン・タン・ミン！　聴こえてるなら返事をするんだ！」

ゴ・チャン・ホイがそれを聞いて、わざとらしく鼻を鳴らした。短い鼻息をたてると、若者は無理に低い声で笑い、それからぎくしゃくした英語で呟いた。

「あいつら、少佐がまだ生きてると思ってやがるんだ！」

ト・ファがその気負いを勇気づけるようにチャン・ホイの肩に手を置く気配がした。若者の力みは暗い部屋の中をさらに重く静かな緊張感でむせかえらせた。

拡声器の音がまた夜空に響いた。

「これが最後だ、グエン・タン・ミン！　三分間だけ待つ。三分後に攻撃を開始する」

拡声器を通じて、マイクロフォンのスイッチを切る音がした。

窓の外に静寂が戻った。

「いいか、よく聞きな」神代恒彦は闇の中でヴェトナム人たちに向きなおった。「この館は完全に包囲されてる。包囲してるのはＦＢＩとロサンジェルス市警だ。こういうことにたいしての訓練は充分に行き届いてる連中だ。やつらの言うとおり、万にひとつも脱出の可能性はない。おまえら、どうするつもりだ？」

だれもしばらく返事をしなかった。

強い風がせっつくように部屋の中を吹き荒れた。風の音に混じって、チャン・ホイが嗄れた声を出した。

「戦って死ぬだけじゃないか！　それ以外に何の方法があるんだ？」

「そのとおりよ！」ト・ファが口を添えた。「他に方法はないよ！」

言葉が途切れた。

だれかが喉の奥でしわぶきをした。同時に、背後でけたたましい金属音が鳴り響いた。暗がりの中で、ヴェトナム人たちが反射的に振り返った。神代恒彦がさっき時間を合わせ損った目覚まし時計のベルの音だった。金切り声はベッドのそばで暑苦しくがなり続けた。

「うるさいな」カオが舌打ちした。「何だって、こんなときに……」

チャン・ホイがベッドに駆け寄って目覚まし時計の音を消した。

「どうするんだ？」カオが闇の中で神代恒彦に近づいてきた。「あんたはどうするんだ？」

神代恒彦はそれには答えず、逆に元・軍医に訊き返した。

「煙草はあるか？」

カオが闇の中で首を振る気配がした。他のヴェトナム人たちも持っている様子はなかった。

「煙草をどうするんだ？」元・軍医の切迫した声が耳元にふりかかった。

「喫うんだよ」神代恒彦は苦笑した。

ヴェトナム人たちはだれもその笑いにつき合わなかった。重苦しい吐息がそこらじゅうにへばりついていた。

「修羅場になる」神代恒彦はぽつりとそう言って、ト・ファとチャン・ホイを促した。

「女と子供は投降しな」

「舐めるんじゃないよ！」女の怒気が闇の中で弾ねかえった。「ヴェトナム人は死に方ぐらい知ってるよ！」

「死に急ぐこともあるまい、おまえらは……」

神代恒彦の言葉をカオが強引に引きとった。元・軍医は声を上ずらせて喋りはじめた。

「この男の言うとおりだ。ここで死んでもたいした意味はない。われわれの任務はヴェトナム難民の意味を世界に知らせることだ。ここで無言のまま殺されたら、われわれがなぜあんなことをしなきゃならなかったのか、だれにも知らせることはできない。このまま黙って死んだら、世間はわれわれのやったことはただの狂気の沙汰だと思うだろう。そうなれば、アメリカ政府の思う壺《つぼ》だ……」

「投降しろと言うのかい？　わたしとチャン・ホイに？」ボー・ト・ファがぎすぎすした声で吼えた。

「われわれヴェトナム人は全員、投降しよう。われわれはこの男のようにＣＩＡの秘密を握ってるわけでも何でもない。ただ、アメリカ合衆国の刑法を犯してきただけだ。だから、裁判も受けられる！　つまり、われわれのいままでの闘いを法廷闘争として引き継ぐんだ。新聞もテレビもわれわれの主張を報ぜざるをえない。ここで死ぬよりもはるかに効果的だ……」

「だから、あんたは駄目だって言うんだよ！」女の唇から憎しみを帯びた泣き声が洩れた。

「だから、あんたは駄目なんだよ……」

「興奮せずに聞くんだ」カオは腕時計の蛍光盤を気にしながら女に説明しようとした。

「聞くことなんか何もないよ！」ト・ファはそう叫ぶと、急に言葉をヴェトナム語に切り換えた。ヴェトナム語で元・軍医を痛罵しはじめた。短い音声が次から次へと棘々《とげとげ》しく女の唇から吐きだされた。

カオがヴェトナム語で何か言い返したその瞬間だった。

闇の中で女の肉体が躍った。

カオの喉から小さな呻きが迸った。

生暖かい液体が窓辺にふり注いだ。

カオの体が崩れ落ちた。元・軍医は一言の言葉も発せずに床の上をのたうちまわった。心臓部から噴きだす鮮血が柔らかい音をたてていた。

ト・ファはジャック・ナイフを手にして立っていた。白刃が窓から差し込んでくるかすかな星の光に微笑《ほほえ》んだ。

「さあ、戦端を開いておくれ」女は声を顫わせて促した。

ヴェトナム人たちは思い思いに銃口を窓から外に向けはじめた。神代恒彦は左膝を窓の敷居に置き、M—16ライフルの銃身を支えた。スターライト・スコープの中にシルエットが映しだされた。

包囲の群れは銃を構えたまま叢にしゃがみこんでいた。神代恒彦はそのうちのひとりに照準を合わせた。

引鉄の上の指を手前に絞りこんだ。

炸裂音とともにスコープの中の男があおむけに倒れこんでいった。間髪を入れずに、ロ・バン・フーがヴェトナム語で怒鳴り声をあげた。

それが攻撃命令だった。

周囲で一斉にヴェトナム人たちの銃が乱射されはじめた。神代恒彦はおびただしい量の硝煙に浸みる眼球をスコープに近づけたまま、銃身をわずかに右から左へと移動した。

スコープのレンズが次の標的《ターゲット》を捉えた一瞬だった。突然、何も見えなくなった。白亜の世界が訪れた。スターライト・スコープの中に強烈な光が差し込んで、一切の像が消えた。サーチライトだった。

洪水のような光の中で神代恒彦は吼えた。

「伏せるんだ！」

ヴェトナム人たちが床に倒れこむ響きとともに、風を切る音が飛来してきた。

光の渦の中でチャン・ホイが宙に浮くのが見えた。小柄な体は宙を泳いで壁に叩きつけられた。ガス弾が若者の頭蓋を直撃していた。顔の半分はすでになかった。

続いて第二弾が撃ちこまれた。シャンデリアが粉々になった。ガラスの破片が背中に降り注いだ。

「みんな、階下《した》に降りな！」

催涙ガスにむせびながら神代恒彦は怒鳴ったが、その声をかき消すように続けざまにガス弾が撃ちこまれてきた。部屋の中は白い煙の海と化した。

「階下へ降りるんだ！」神代恒彦はふたたび叫んだ。

催涙ガスの海を泳ぐようにヴェトナム人たちは移動しはじめた。床を転がりながら部屋を出ていった。最後に神代恒彦が階下へ向かった。

階段を駆け降りたときだった。

階段のそばの玄関の扉がバズーカ砲で吹き飛んだ。神代恒彦はその破片を全身に浴びながら、半開きになったままのドアに体ごと叩きつけるようにして居間の中に飛び込んだ。同時に、サーチライトの光が方向を変えて居間の中を照らしだした。

ボー・ト・ファが見えた。

ダン・テ・ナムが見えた。

ロ・バン・フーが見えた。

レ・チェン・チンが見えた。

四人のヴェトナム人たちは金色の光を浴びながら踊っているように見えた。

「何をやってやがんだ！」

神代恒彦の吼え声をガス弾の鈍い音と軽機関銃のけたたましい響きがかき消した。窓の外から降り注いでいるいろんな炸裂音が渦巻く中で、神代恒彦の体が沈みこんでいった。

眼は催涙ガスに曇りきっていた。

曇りきった網膜に、ヴェトナム人たちが瞬時のうちに斃《たお》れていくのが淡く滲んでいた。

暖炉の上に置かれた自由の女神の模型が機銃の弾丸に粉々になるのが映っていた。暖炉の上の壁に貼りつけられた大きな星条旗がガス弾の衝撃で剥ぎとられて宙に浮いてるのが見えていた。星条旗は上下さかさまになって舞っていた。

「おい……」神代恒彦は呟いた。だが、その声は聴こえなかった。

ひっきりなしにぶち込まれてくるガス弾と軽機関銃の弾丸が居間の壁に無数の弾痕を開けていた。だが、その音は聴こえなかった。

体はすでに床の上に横たわっていた。何発の銃弾を食らったのか見当もつかなかったが、体のいたるところから噴きでる血で全身がいやに生暖かかった。

「おい……」神代恒彦はもう一度言った。だが、その声は聴こえなかった。

じぶんの声が聴こえないだけではなかった。だれに何を呼びかけたいのか、じぶんでもわからなかった。呼びかける相手も語るべき言葉も脳裏に浮かんではこなかった。神代恒彦はただ、じぶんから確実に力が消えていくことしかわからなかった。

銃撃が止んだ。

精魂が体の中をしだいしだいにすり抜けていき、遠くはるかな黄泉《よみ》の階段を昇りはじめた。意識が脳膜の中でぷつんとかすかな音をたてて途切れた。

11

　ＦＢＩ捜査官サム・デドオは懐中電灯で館に転がっている八つの屍を確認していた。催涙ガスと硝煙の残り香がまだたっぷりと漂う中に死者たちはみな眼を見開いたまま斃れていた。

「ウィルビィ、驚いたぜ、こっちに来てみなよ！」デドオは定年間近の同僚ウィルバート・ペインを呼んだ。「こいつはツーソンのモーテルで女を殺し、パーカーズヴィルで保安官を殺してインディアンと一緒に逃げた日本人だぜ、例のＦＢＩ最重要指名手配になっている……」

　ペインが神代恒彦の死顔に見入った。

「どうだ、まちがいないだろう？」デドオは相槌を求めた。

「まちがいない。狼の洞穴に突っ込んだら山猫の死骸があったというわけだ。しかし、何だってヴェトナム人の中にこの日本人がまぎれこんだんだろうな？　それにしても……おい、ジョージ！」ペインはロサンジェルス郡《カウンティ》検屍官のジョージ・オカムラに声をかけた。

　日系二世オカムラが神代恒彦の死体のそばに来てしゃがみこんだ。

「この顔についてる血を見ろよ」ペインは神代恒彦の死相を指さした。「おれはな、第二次大戦のあとしばらく横須賀にいた。ＭＰだったから、他の兵隊が見られないような日本のいろんな習慣にお目にかかったもんだよ。あるとき、亭主が満州に行ったまま帰ってこない日本女性が米兵に強姦されて子供を産んだ。その女は貞操観念の塊のような女で、もし戦争がなければ、亭主以外の男に触れることもなかったんだ。しかし、米兵のペニスはその女の腹に無理やりに生命を植えつけた。産んではならない子だったが、敗戦直後のどさくさの中では堕胎の術《すべ》もなかった。女は水に入ったり、重い物を持ちあげたりしたが、結局、子供は生まれた。子供を産むとすぐに亭主が復員してくるというニュースを女は耳にした。で、その子はどうなったと思う？　女はじぶんの産んだ混血児をどうしたと思う？」

「知らんね」オカムラが答えた。

「殺したんだよ。首を締めて殺したんだ。殺す前に、女は赤子の顔に米粒のような小さな墨文字で仏教の経文を書きつけた。細い筆で顔中、隙間のないほどに、だ。日本じゃ、生まれてはならない子供を殺す前に、そういうことをする習慣があるのか？　あんた、日本人だからわかるだろう？」

「知らんね。日本人といっても日系二世だから、せいぜい日本語が喋れて読み書きできる程度だよ」

「この男の顔を見ろよ。血で何かの文字が書きつけられてるようじゃないか。おれが三十年前に横須賀で見た赤ん坊の死顔には、ちょうどこんな具合に顔いっぱいに筆で仏教の経文が書きつけられていた。どうだ、よく見ろよ、この男の顔の血は字には見えないか？

日本語は読めるんだろう、ジョージ」

　オカムラは深々と神代恒彦の死相を覗きこんだ。そして、苦笑しながら答えた。

「確かに、仏教の経文のように見えるが、意味はないよ。ただの偶然だよ。偶然、血しぶきが経文のように顔に吹きつけられてるだけだよ。激しい銃撃戦でできあがった死体にはありえないケースじゃない」

「おれは商売柄、死体には慣れてるが、こんなのははじめてだぜ。あんたはあるかい？」

「ない。しかし、なぜそんなにこだわるんだね？」

「こだわってるわけじゃない。ただ、三十年前を憶《おも》いだしただけだよ」

「そんな古い話を憶いだすなんて、あんたも年齢《とし》だね」オカムラはそう言って笑い、話題を変えた。「ところで、明日の独立記念日はどうするんだい？　パレードでも観《み》に行くのかい？」

「いや、家のペンキを塗り変えなくちゃならない。前から女房に頼まれているんでね」

　会話はここで途切れた。

　いくつかの靴音が床を踏み鳴らすたびに館の中は明るくなってきた。太陽が昇りはじめたのだ。銃弾で留め金をぶっ壊されだらりと垂れ下がった窓のシェードから斜めに差し込んでくる白い光の中で、無数の微粒子が黄金色に輝きながら精霊のように舞っていた。その動きに合わせるかのごとく、館を取り囲む木立ちの中で鳥たちが囀《さえず》りだした。カリフォルニアの陽光が完全に姿を現わすころには、すべての死者の検屍が完了した。

死体は事務的にかたづけられはじめた。

デビュウ事情

船戸与一

本作品はわたしのデビュウ作である。小説を書くようになったのはひょんなきっかけからだ。四十数年まえのことである。小説家志望の知人が講談社の編集者に会うので一緒につき合えと誘う。わたしはそのころノンフィクション・ライターと名乗っていたが、身過ぎ世過ぎはそれでは到底追いつかず、実際には週刊誌のリライトや劇画の原作などで糊口《ここう》を凌《しの》いでいた。閑《ひま》なので、その知人にくっついて行った。すると、編集者がたまたまわたしの書いた旅行記を読んでいて、あなたの筆は小説に向いていると言う。ひとつ書いてみないか、いま刊行しやすいのはミステリーだとも。わたしははいはいと答えて、そのまま忘れた。どうせ編集者の愛想で、その場の会話を円滑にするための言辞だろうと考えたからだ。だが、半年後、依頼した小説は進行しているだろうかという手紙が来た。あれ、本気なのだと思ったが、わたしはミステリーというものをほとんど読んだことがない。

そこで、読書家の友人にどんなものを書けばいいだろうかと相談した。その友人、曰《いわ》く「頭の悪いおまえには本格ミステリーはまず無理だし、いかにいいトリックを考えたとしても、先人がそれを使っていればただの物真似《ものまね》に過ぎなくなる。だから、おまえはハードボイルド・ミステリーに挑戦しろ」。そこで、ハードボイルドの傑作十選なるものを推薦された。ダシール・ハメットやレイモンド・チャンドラー、ロス・マクドナルド等だ。わたしの小説執筆のための第一歩はその十冊を分析的に読むことからはじまった。

それを読み終えてメキシコのユカタン半島からアメリカに抜けるコースを舞台にした小説の執筆に着手した。それまでアメリカは何度か旅をしていたし、メキシコは講談社の編集者から手紙が来る直前に三ヵ月ほどいた。ロサンジェルスで中古車を買い、それを転がしてメキシコ入りし、ふたたびロサンジェルスに戻って中古車を購入金額の七割ぐらいで売るというやりかたが当時の最先端の方法だった。わたしもそうやって石油資源開発の特需に沸くユカタン半島入りしたが、カリブ海やマヤ遺跡を中心とした観光開発が着手されるのはその十四、五年後で、そのころは実に神秘的な印象を与える地域だった。石油施設のためにできた産業道路は閑散としており、小さな市街での交通機関はまだ馬車だった。

マヤの遺跡も知られているのはチチェン・イツァぐらいで、残りは密林のなかに埋もれていたのだ。そういうところから、札びらが傲慢《ごうまん》に一切を決めていく資本制の本拠地アメリカ合衆国に舞台が移っていく。そんな構想で筆を進めていこうとした。

ユカタン半島の風景やベトナム難民、アメリカ先住民族運動などは、それまでの取材経験で、荒唐無稽《こうとうむけい》なものに仕上がるかも知れないという畏《おそ》れはなかった。不遜《ふそん》にも、自信めいたものがあった。困ったのは情報組織に関する知識だった。CIAやFBI、国防総省といった国家組織はもちろん、マフィアなどの犯罪組織に関する文献で信頼の置けるものは入手できなかったのだ。いまでこそいろんな書籍が出まわっているが、当時は巷間《こうかん》囁《ささや》かれている噂をそのまま受け入れるか、もしくはフレデリック・フォーサイス『ジャッカルの日』等の小説から類推してひねり出すしかなかった。

自信と不安の混在のなかで壱の奏を書き終えたのだが、読み返すとどうにもしっくり来ない気がする。サイズに合わない借着を纏《まと》っている着心地の悪さなのだ。これは何に起因するのかを考えた。ストーリーを進めるに当たってある部分はハメットになり、ある部分はチャンドラーになっている。ある会話は大藪春彦《おおやぶはるひこ》なのに、ある会話は生島治郎《いくしまじろう》なのだ。要するに、着心地の悪さはみずからが文体を持ってないせいだった。文体を作るにはどうすればいいか？　わたしはまずじぶんの文章のなかで使ってはならない十項目のテクニックを選びだした。未熟なボクサーに好き放題の試合をさせると、ボクシングの基本たるジャブを忘れて、いたずらにフックを振りまわしたがる。そういう話をあるトレーナーから聞いたことがあった。そういうボクサーを矯正するためにはフックを封印してリングに上がらせることだ。わたしはその言葉を憶《おも》いだし十項目の禁止テクニックをみずからに課し、弐の奏、参の奏、終の奏と書きつづけ、それを終えたところで壱の奏を全面的に書き直して編集者に手渡した。

出版はすぐに決まったが、タイトル決定は難航した。もう憶《おぼ》えてないが、最初に提出したタイトルは松本清張作品に似たようなものがあると却下され、その後六、七本が検討されたがなかなか決まらず、本文の著者校が終了したころようやく当該タイトルに決定した。

刊行された直後に、わたしはイラン・イスラム革命取材のためにテヘランに赴くことになった。友人たちに今度小説を出したからぜひとも買ってくれと言い残して成田空港を飛び立った。半年後に帰国して、友人たちに小説の感想を聞かせてくれと言った。だが、どの友人も言うのだ、本屋に出掛けたがおまえの小説なんか売ってない、いい加減な嘘《うそ》をつきやがって。わたしは狐につままれたような気になって担当してくれた編集者にどういうことになっているのだと問い合わせた。

しかし、編集者の答えは意味不明でまったく要領を得ない。そこで、わたしは同じ質問を営業担当者にした。営業の答えは実にはっきりしていた。あ、あの本ね、八千部刷ったけど、さっぱり売れないんで四千部断裁しました、残りも倉庫にあるけど取次が扱わないんで書店に出まわることはないと思いますよ。

わたしのデビュウ一年後に同じ版元から志水辰夫が『飢えて狼』を引っ下げて登場した。その志水辰夫が折りにつけて厭味《いやみ》をぶっつけて来た。おまえの初版は八千部ハードカバーだったろ、しかしおまえの小説が売れなかったせいで、おれの小説は六千部ソフトカバーになった、実に迷惑したよ。しかし、そのせいではないだろうが、『飢えて狼』は増刷に増刷を重ねた。

その後、わたしは数冊の小説を上梓《じょうし》したが、売れる気配もない状態がつづく。そして、同時期にデビュウした大沢在昌《おおさわありまさ》とともに永久初版作家という栄誉ある称号を業界から授かるのである。

いずれにせよ、デビュウは三十五年もむかしの話だ。

出版状況は昨今ますます厳しさを増している。わたしたちがデビュウしたころのような牧歌性はもう残ってないらしい。どんな檄《げき》を送っても、新人作家には空しく聴こえるだろう。

小学館文庫
好評既刊

パイプのけむり選集 味
團 伊玖磨
名作曲家による感性豊かな伝説の名エッセイ『パイプのけむり』シリーズから、世界の美味を描いた傑作を集める。

深夜食堂
大石直紀／著
安倍夜郎／原作
真辺克彦 他／脚本
「深夜食堂」のマスターが作る懐かしい味に、客たちの人生模様が交差。国民的「食」コミックの映画版を小説化。

ぼくたちと駐在さんの700日戦争 22
ママチャリ
130万部突破シリーズ最新巻！ ブログの読者投票によって生み出された「花ちゃん番外編」がついに登場。

大脱走 英雄〈ビッグX〉の生涯
サイモン・ピアソン
吉井智津／訳
映画『大脱走』の実在のモデルを追った伝記。知られざる34年の生涯と作戦の全貌を描く傑作ノンフィクション。

仮面の商人
アンリ・トロワイヤ
小笠原豊樹／訳
フランスの巨匠による傑作。自殺した無名の小説家が、死後ベストセラー作家に。その挫折と栄光の謎を追う長篇。

デビクロ通信200
中村 航
イラスト／宮尾和孝
映画原作『デビクロくんの恋と魔法』で登場する「デビクロ通信」が新たに描きおろされた文庫オリジナル作品。

小学館文庫

好評既刊

帰還せず
残留日本兵六〇年目の証言
青沼陽一郎
祖国とは何か。日本が海外で戦争することの意味を考えさせる、珠玉のノンフィクション。

マザー
原案／楳図かずお
涌井 学
恐怖漫画の巨匠、楳図かずお氏が77歳にして初監督に挑戦した話題の映画を完全ノベライズ。主人公は楳図氏自身。

イン・ザ・ヒーロー
大石直紀
脚本／水野敬也
李鳳宇
アクション映画の〝影の主役〟であるスーツアクターたちに史上初めてスポットを当てた同名映画をノベライズ。

闇を駆けた少女
サム・ドライデン シリーズ1
パトリック・リー
訳／田村義進
少女は男に追われていた。冒頭からパワー全開のノンストップ・ジェットコースター・スリラーの新シリーズ！

天頂より少し下って
川上弘美
奇妙な味とユーモア、そしてやわらかな幸福感――川上マジックが冴えわたる、7篇の傑作を収録した恋愛小説集。

モップガール2
事件現場掃除人
加藤実秋《みあき》
事件・事故現場専門の清掃会社で働く桃子は、特殊能力の持ち主である。前代未聞の新感覚ミステリー、涙の完結!?

本書のプロフィール

本書は、一九七九年三月に講談社より単行本を刊行。八四年六月に徳間文庫として文庫化。九六年六月講談社文庫で刊行したものを再文庫化しました。

小学館文庫

非合法員《ひごうほういん》

著者　船戸与一《ふなどよいち》

二〇一五年一月十日　初版第一刷発行

発行人　稲垣伸寿
発行所　株式会社　小学館
〒一〇一-八〇〇一
東京都千代田区一ツ橋二-三-一
電話　編集〇三-三二三〇-五六一七
販売〇三-五二八一-三五五五
印刷所――――中央精版印刷株式会社

ISBN978-4-09-406116-1

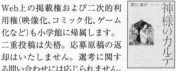